中原往事

邓书静　著

中国出版集团　现代出版社

图书在版编目（ＣＩＰ）数据

中原往事／邓书静著. — 北京：现代出版社，

2024.6. — ISBN 978-7-5231-0978-6

Ⅰ.I247.5

中国国家版本馆 CIP 数据核字第 2024UF9424 号

著　　者	邓书静	
责任编辑	杨学庆	

出 版 人	乔先彪
出版发行	现代出版社
地　　址	北京市安定门外安华里 504 号
邮政编码	100011
电　　话	（010）64267325
传　　真	（010）64245264
网　　址	www.1980xd.com
印　　刷	北京荣泰印刷有限公司
开　　本	710mm×1000mm　1/32
印　　张	21.25
字　　数	370 千字
版　　次	2024 年 6 月第 1 版　2024 年 6 月第 1 次印刷
书　　号	ISBN 978-7-5231-0978-6
定　　价	78.00 元

序 言

书写中原乡村人物的精神图谱

邓书静的写作，可能要追溯到她的学生时代。那时她经常投稿。由于工作关系，我曾经每天的工作任务就是给来自全国各地的青少年写点评信。每封信都是手写的，当时电脑还没有普及。远程函授教学为主，寒暑假的面授为辅，在成千上万的来稿中，邓书静的文字还是很有特点的。清新，纯真，热烈，真切。由一些短小的篇章，到长篇作品的过渡，凸显了邓书静内在的坚韧和执着的力量。

仓促读到《中原往事》。从一开头的楔子，小文青的视角，就能感受到邓书静富有某种自传体色彩的乡村味道。"扎着羊角辫的小文青，正站在村子的东边，扳着手指朝坝坡上翘首期盼父亲归来的身影。"颇有地域色彩的画面感，从湮没的岁月尘埃里，发掘出浓郁而又芳香的乡村气息。乡愁和守护，蒲公英和麦田，温暖和悲欢。从邓书静早期散文作品《爱在尘埃落定时》，到她后来的长篇小说《爱在流年陌路》，都是其青春期情感萌动的象征和符号。1986 年出生的邓书静，大学时期依然初心不改，笔耕不辍，一直到步入社会，更是与时俱进，贴近了乡土，书写生活的原貌和人性的率真。

邓书静《中原往事》的楔子就是一个药引子，然后又分了九十二章，在她的书跋里写道："爷爷辈的故事是家国历史的见证，也是岁月的宝藏，在时间的长河中，他们以爱为船，划过生活的波澜壮阔，缓缓行进在后代的血脉中，于无声处传递着无尽的温暖和力量。那些往事见证了家族的变迁和社会的进步，承载着无穷无尽的智慧，充满了沉甸甸的厚重感。关于爷爷，已经是一个很遥远的记忆，打开尘封在那些年月里的陈年旧事，老人家也从历史深处缓缓地走了出来。"这一段，凸显了乡村故园的根，爷爷奶奶的故事，以及《中原往事》的整体框架和人物原型及种种命运轨迹，都是一种原乡诗性的勾画。写林保成耕牛丢失，突出乡民身上质朴的品性，真诚厚道却不张扬，屋漏偏逢连夜雨，又遇到罚款，以及种种磨难，强化了人物命运的吊诡和复杂。

从当代小说的谱系中，可以发现这样一个规律，真正的写作会形成一个无法回避的文学标杆，确认历史存在与现实依存之间有着难以切割的精神联系。尤其，充满探索性的文本里总会指向一个独特的普适性原则，也就是体现着经典小说中共有的美学调性和意义指向。邓书静《中原往事》的书写来自作者自身的生活经历，至少是来自家乡的那些道听途说，虽然也凸显了中原乡村家庭生活个例中极具真实感的人物形象，但也能够体察到更多细微的情感特质。"穿村而过的微风就夹带了浓重的凉意，一缕一缕地驱赶着那些企图侵吞村庄的白雾，去留不定的雾霭正在犹豫不决，一片片浓重的树影瞬间就不由分说地笼罩了整个村庄。从村东的大坝上远远地俯瞰林湾，这个犹如躺在襁褓里的小村庄此刻就像是一个朦胧又遥远的梦。"这种充满诗意的美学调性，使读者一下子跃离开乡村现实的困境，历史中粗粝的部分，却暗藏着奔腾的霈霖潮涌。

耕牛丢了。这对于普通乡村人家，就是一件大事。邓书静在前两章里围绕这一事件，展现了相关人物的对话、行为及性格、心理，乃至具象化的细节。读者一下子被代入其中，身临其境，有了一种共鸣。"中原农村的处事方式就是这样，即使有人告诉你是谁偷了你的东西或者在背后坑你，只要不是你自己当面亲自抓住，都是不会轻易去翻脸揭穿的，即便是遇到丢牛这么大的事，刘若兰也同样选择了这种处理方式：一是自己没有亲眼看见得邦兄弟俩合伙偷牛；二是绝不能出卖焕英，哪怕牛真回不来了也算了。由此可见，乡风民俗对乡村有着多么强的约束力！"这段书写，就是第二章的重点，也是作者对民俗风情的认识和理解。在这一乡村叙述中，别出心裁地从作者出生的1986年前后写起，从耕牛丢失事件来牵引众多的人物关系，从而既兼顾了中原乡村生态的描画，又凸显了更加纵深的历史与现实，强化了时代坐标。

当然，邓书静的书写，似乎在重新理解那个原生"自我"的中原地域，不仅是乡村史，而且通过这块土地上的爱恨情仇来表达更深厚的主题。这样的乡土叙述，不同于前辈作家，比如《创业史》《山乡巨变》《三里湾》《黄河东流去》的当代主体意识的真实流变。在邓书静这儿，更多的似乎是萧红与张爱玲的某种艺术个性，在《中原往事》里有了一些体现。不能说，已经很成熟，但也是风俗人情、历史物相和天地自然中，凸显了她若隐若现的内在超越。这种短章式的结构，既有写实的，又有写意的，富有诗性的婀娜多姿。"得贵在路过文青身边时，随手拉了拉她的羊角辫，原本扎得干净利落的小辫子一下子就散乱了，文青气得哭了起来……"这是小说中第十三章的描写，文青这个人物与作者同龄，其实也是作者的真实影子。这也是小说叙述之奥秘，真实与虚构之间，有着现实的透射，从而在曲径通幽中，一下子让读者豁然开朗。

从某种意义上看，《中原往事》就是邓书静深具自我成长之隐喻，乡村农人的生活命运轨迹之折射。中原土地上，有这么一群人，他们的呼吸，他们的挣扎，他们的成长，生死相依，不离不弃。尽管如此，"重新回归日复一日年复一年静寂的村子里，再也听不到此起彼伏唤孩子回家吃饭的叫喊，也看不到村里那些年轻人三五成群大呼小叫燃放烟火的狂欢，黯然矗立的乡村别墅怅然目送着主人驾车离去，来不及蓬勃的菜园子在连一只羊也等不到的凄然里重新与寂寥为伍，岁月的痕迹在斑驳的墙体上寂寞无语，承载着无数悲欢的老槐树见证着一个村庄的走失"。小说的最后一章里，作者按捺不住的乡村情愫在涌动，也是在时代的流变中，凸显着中原大地周而复始的轮回演变。整部小说是一种散点透视的笔法，贴近于新乡土叙述的写作路径，但却又有着中原乡土一代人沉沉浮浮而又不屈不挠的精神图谱。

是为序。

张爱玲文学奖获得者、鲁迅文学院辅导教师　李迎兵

2024 年 4 月 21 日

目 录

楔　子

　　一场又一场的梦不时地把文青带回那遥远的过去，多少次，模糊的梦境里矮小的二叔还依偎在柴垛边为簇拥在身边的孩子们讲着故事，扎着羊角辫的小文青正站在村子东边扳着手指朝坝坡上翘首期盼父亲的归期，母亲依然坐在院子里哼着豫剧就着针线筐纳鞋底，文钊又在东沟上钓了一袋黄鳝刚刚回到院子里，姐姐们休假归来再次带回了新鲜稀奇的零食，村子东头那个蹒跚的老太太裹着小脚坐在树疙瘩上晒着太阳喂小鸡，而穿着用无数块边角废布料拼接而成的漂亮马甲的老浆毛正在麦场上打着车轮踢着毽子……

　　岁月疾驰向前，记忆举步维艰，无数个明月高悬的夜晚，文青都会想起小时候夏夜在院子里凉席上听大人讲鬼故事的惊险和刺激，也会想起大人们干农活的劳累和辛苦，想起小伙伴们做游戏时的可爱和偏执，想起故乡晨昏袅袅的炊烟在微风中摇曳生姿，想起林湾村那圪塝狭缝里玩不尽的童趣，想起远去的故土、远离的亲人、远行的伙伴以及远在天边那无法触及的一份份思念。

　　时光在不经意间匆匆流逝，翻阅曾经写下的文字，那些再熟悉不过的亲人和村邻突然就被风吹散到了看不见的地方，一个个悄无声息地隐匿在了岁月深处。回首往事，往事如烟，那些曾给过她美好过往又消失不见的人将在她终会抵达的另一个纬度沉睡千年。岁月的洪流汹涌向前，卷走了童年，卷走了故乡，卷走了她记忆里那个心心念念的村庄，卷走了太多无法再来的幸福过往。

　　行走在清风徐来的四月，没有快马扬鞭，没有涕泪悲怆，也没有深情的离歌，所有的告别，都在这个草长莺飞的季节，他们从文青那绚烂的而立之年抽身离开，带着未完的遗志，揣着满腹的心事，穿过鸢尾，穿过木棉，穿过四海为家的蒲公英，穿过清香弥漫的麦田，抵达深秋那个冷风萧瑟的夜晚，于故园深处，唱着最为古老的戏曲，在忘川河对岸，守护着她生命里所有的温暖和悲欢。

第一章

林保成耕牛丢失　邻居们八方追击

1985 年一个初冬的黄昏，残阳正在滑落，雾霭已经登场，昏苍苍的暮色笼罩着豫西南这个叫林湾的小村庄。袅袅炊烟伴着牛羊归圈的叫唤，村口的小河欢唱着丰收的赞歌，夜色在蛙鸣虫唱中将整个村庄一点点涂抹，村民家零零星星的橘色灯光营造出万物归巢的温暖和喜悦。冬天的夜总是来得很快，还没等逗留在村边疯玩的孩子们回家，还没等牛羊鸡鸭完全归圈，太阳就哧溜一下滑进了西山。于是，穿村而过的微风就夹带了浓重的凉意，一缕一缕地驱赶着那些企图侵吞村庄的白雾，去留不定的雾霭正在犹豫不决，一片片浓重的树影瞬间就不由分说地笼罩了整个村庄。从村东的大坝上远远地俯瞰林湾，这个犹如躺在襁褓里的小村庄此刻就像一个朦胧又遥远的梦。

据传，明嘉靖二十一年（1542），有一家三口自山西省洪洞县清河村迁于林湾村北一公里处的后林湾，又于清朝初期自后林湾南迁至此，因此，林湾也叫前林湾。也因其沿小溪弯曲处建村，故名。整个村庄呈不规则长方形聚落，以农耕为主，兼工、商、渔、副业，粮食主要生产小麦、玉米、豆类、芝麻、红薯，特产有烟叶和辣椒。那座位于村东高高的大坝，就是村里灌溉庄稼用的水库。1969 年冬季，当时所属区七八个村子的民工们共同筑起了这座 70 亩的小型林湾水库，库内每年投放鱼苗 15 万尾，不但保障了林湾村的灌溉，也为村里带来了较为可观的经济收入。说是小型水库，其实从常年的蓄水量和水面的辽阔度来说，水库并不小。而于林湾村的村民们来说，那就是他们的大海。

在林湾村东头，二十多岁的林保成不但是个精于养牛的庄稼人，而且是个极受孩子们喜欢的故事高手，无论是史书有所记载还是当场临时杜撰，他讲起故事来能三天三夜不重复，孩子们都爱往他身边凑。林保成个头不高，但五官端正，生就一副喜相，真性情的他说话心直口快，为人大气正派。此时，趁着牛刚吃完草料正在院外的老槐树下倒沫，趁着嫂子晚饭还没做好，在一群孩子的簇拥下，保成一如既往地倚在大门外的柴垛边声情并茂地讲着故事。就在他故弄玄虚设悬念的间隙，村里传来了大人们喊娃回家吃饭的声音，保成突然就想起了不远处拴着的耕牛，这一看不打紧，牛槽边空空如也，就连洋槐树上的拴牛绳也没了。保成吓得呼爹喊娘地跑进院子："嫂子嫂子，牛不见了，爷呀，这可咋整啊？牛木（没）影了，牛不见了！"

"你看你，胡说啥哩？可白（别）吓我，哪儿敢开这样的玩笑？准备吃饭了！"系着围裙的刘若兰闻讯从厨房不紧不慢地走出来，她知道小叔子保成是个嘻嘻哈哈爱开玩笑的人。

"嫂子，我木有胡说，牛真是不见了啊！"保成带着哭腔再次强调。刘若兰这才意识到他说的可能是真的，她匆忙白了保成一眼，就三步并作两步地小跑出院子，直奔炕烟炉墙角的老槐树而去。刘若兰走近树边定睛一看，自己家那头黄色的大耕牛果然不见了，她不敢也不愿相信地摸了摸平日里用来拴牛绳的老槐树，可哪里还有牛的影子？！她着急慌忙地把目光投向远方，偌大的天地一片漆黑，整个世界顿时就写满了无尽的绝望。一头耕牛啊，天哪，这头牛是前两年土地下放时生产队给分的，那可是家里最值钱最重要的大物件，是庄稼人的命根子！这可咋整啊，四个孩子中最大的才十岁，小的刚满两岁，孩子的父亲林康成在离家六十多里外的穰县县城工作，牛丢了，谁能帮忙去找？浓密的夜色中，刘若兰眉头紧蹙，眼泪已经在眼眶里溜溜地打着转！

看嫂子一脸焦急，同样慌得不知所措的保成急中生智地说出了自己的想法："这会儿才喝罢汤（吃过晚饭，中原一带习惯把吃晚饭说成喝汤），人们都在家才对，咱们挨家挨户地看一下，要是谁木在家，那么谁就有重大嫌疑！"

紧急商议之后，保成和嫂子就立马行动起来，他们一家接一家地喊门。得福全家都在家，得贵全家正一起吃着晚饭，接着，是建设、建国等，全家都一个不少地在家，唯独得邦家不愿开门，得邦媳妇隔着门用她那母鸡叫一样的嗓音极不耐烦地回话："得邦感冒了，早就喝了辣汤睡下了。"保成和嫂子互相看了一眼，气得没法。在得邦兄弟三个当中，时常拉着一张黑脸说话极其难听的得福是生产队长，强势跋扈的得贵和寡言少语不合群的得邦则是出了名的喜欢偷鸡摸狗趁火打劫，这个时候偏偏他得邦家不愿开门，让人不得不怀疑得邦就是偷牛贼。然而，毕竟没有一把手抓住，又苦于手上没证据，一旦出了乱子，得罪人不说，得邦喜欢报复的歹劲儿可不是一般人扛得住的，于是，保成和嫂子只得心有不甘地离开了。

中原的冬夜特别黑，整个夜色就像一大缸打翻了的黑墨水，这浓密的夜色让人在产生恐惧的同时，于刘若兰和保成来说，更多则是深深的绝望。已是晚饭后，寒冷的西北风呼呼地刮着，干枯的树枝不时在半空中疯狂地发出"呜呜啦啦"的鸣叫，盖在柴垛上的塑料布被风吹得像帆一样鼓胀起来，不停地发出"扑扑踏踏"的声响。20世纪80年代的农村没什么夜生活，村子里除了此起彼伏的狗叫声和大人或吓唬或责骂孩子的嚷嚷声，就是小孩嗷嗷的哭声。刘若兰慌忙安顿好几个孩子，再三叮嘱孩子们从堂屋里面把门闩插好，自己把院子门从外面锁上，就和保成各自拿着一把手电筒兵分两路就近找牛去了。在这天寒地冻的夜里，人们差不多都睡下了，漆黑的深夜，手电筒的照明效果微乎其微，可丢牛的人哪里肯甘心？然而，尽管保成和嫂子各自地毯式找遍了村里村外的沟沟坎坎，却依然是一无所获。

凌晨两点左右，刘若兰拖着疲惫不堪的身体心神恍惚地回来了。孩子们早已入睡，她没精打采地打开院子门，在堂屋门口轻声喊着睡得离门最近的二女儿文夏，七八岁的孩子睡得太熟，大概喊了十几声，文夏才应声。可是，只听屋里有动静，门却迟迟不见打开。本来白天干了一天的农活全身疼痛，老棉靴又太旧、太松阔，走起路来脚趾需要更用力才行，刚才走那么多深一脚浅一脚的夜路把脚脖子和脚底累得生疼难忍，丢牛的痛楚这个时候也忽忽闪闪地一并袭来，加上门又迟迟未开，这一切彻底激起了刘若兰心底的那团火，气不打一处来的她腾地变了脸，抬起头生气地朝堂屋里骂了起来，直到文夏吓得瑟瑟发抖地打开堂屋门出现在她的面前："妈，你白（别）骂了，我太瞌睡了，迷迷糊糊哩就把有点儿亮光的窗户当成门了，我刚才走了好多遍也没走出来，妈，牛找到了没有？"此时的刘若兰哪还有心思理孩子，她神情呆滞地迈着重重的脚步进屋，因为心情沉闷，整个人越发显得有气无力，她穿着旧棉靴的右脚一个趔趄，差点儿被门槛绊得摔倒。还没来得及关上门，刘若兰隐忍了一个晚上的眼泪终于一下子涌出了眼眶……

刘若兰中等个头，双眼皮，大眼睛，白净的瓜子脸上总是带着恬静的笑意，常年的体力劳动和几个孩子带来的劳累，使其整个人看上去很清瘦。她原本梳着一对漂亮的长辫子，后来孩子多了，家务和地里活也太忙，也就无暇再顾及那么多，在生文钊那年，她很不舍地剪去了自己心爱的长辫子，成了如今的齐耳短发。因为公婆去世早，在林湾村，刘若兰这一辈就是整个村里的最高辈分了。此时的刘若兰虽然尽力压抑着自己的情绪，只怕惊醒熟睡的孩子们，她尽可能不哭出声来。然而，十岁的大女儿文心还是在睡梦中听到了母亲窸窸窣窣的抽泣，文心立马悄悄从床上爬起来围紧棉被睁大双眼努力朝母亲这里看，借着窗外几乎完全黑暗的些许微光，黑漆漆的夜色里，母亲端庄的面部轮廓因极度难过而显得模糊且变形，她吓得既不敢继续睡觉，又不敢走过去劝慰，只好就那么半睡半躺地在黑暗中用忧心的眼神定定地看着无助的母亲，心里只恨自己无力分担。

大概半夜三点多，院外传来一阵紧似一阵的狗叫声，接着，就听到"扑通"一声闷响。"保成哪，咋样？"刘若兰知道是小叔子怕喊门惊醒孩子们，所以就直接翻院墙回来了，她也顾不上自己方才的腿疼脚困，急忙起身拉开堂屋门。

"木……木有找着，呜呜呜……嫂子，你骂我一顿吧，我木看好牛。"话音刚落，就传来了保成充满自责和不甘的呜咽声。

"你走快（赶紧）回去睡吧，这也不能怪你，只能怪偷牛贼太不像话！"刘若兰简单回应几句，直接愁眉苦脸地靠在堂屋当堂的椅背上打起了瞌睡。

保成自责地用棉袄袖子擦着眼泪回了自己位于后院的屋子，他长时间地抄着手坐在床边愁眉不展，也没心思脱衣服睡下，坐了老半天之后，他起身拿起地上那个弯弓一样光滑的牛梭头看了又看，又走进晚上拴牛的牛屋里瞅了瞅，他多希望那头和自己日夜相伴的大黄牛突然出现在牛屋里啊！想到这里，保成一阵难过，眼泪禁不住再次流了出来，因为实在是太无奈、太难过了，他甚至哭出了声。这铺天盖地的绝望，让人在不敢相信也不愿相信的同时，更有一种哭天天不灵、叫地地不应的无力。

第二章

遍寻无果洒眼泪　有人发现偷牛贼

一夜糟心。次日早上五点多，天还没完全放亮，刘若兰就起床了，她打开门，看到保成不知啥时候已经坐在院子里的牛槽边，两眼无神地发着呆。刘若兰急匆匆地烧了热茶馏了馍，她喊保成一起简单吃了两块白蒸馍蘸辣椒水，就算解决了早饭。然后，刘若兰用空罐头瓶装了一瓶热开水，又用手巾包了几块馏过的热馍当干粮，她准备继续去找牛。

"若兰，我跟你一起去周边的村子找找去，我知道有个算命哩，说是算哩准哩很，咱们去试试，你看咋样？"房后的刘新芝穿着厚厚的棉袄包着一个深灰色头巾拖着矮胖的身体迈着大步急匆匆地走了过来，她和刘若兰娘家是一个村的，自然比别人要亲近很多。

"行，那咱们去试试也行，真是急坏人了！这要是找不到，新芝你说我可咋整哩？"刘若兰一向反对迷信，更不相信所谓的算命，可在这火烧眉毛的时刻，她还是接受了发小刘新芝的建议。应允之后，她若有所思地看了看刘新芝，又仰起头焦灼迷茫地看了看灰蒙蒙还没完全放亮的天空。

这样紧急的事，可容不得半点耽搁。刘若兰小跑进院子，随手在拉车上抓起自己的棕色头巾边往头上缠着，边随刘新芝一起朝算命人的村子大步流星地奔去。

她们赶到那里时，算命先生正躺在一个柴垛边摇头晃脑地哼着不成调的曲子，听完来意，他懒洋洋地起身，自言自语地扳了扳手指头，然后突然一扭头，眼睛朝天上翻着，自信又傲气地说：这牛啊，这牛就在北方……哎，北方，不隔村的，那个村东边有个坑塘，刘寨，对，就是刘寨了，牛这个时候正在那坑塘边儿上吃草，跑快点儿去，还来得及。

算命的说得有板有眼，就像是亲眼看到那头牛了一样，刘若兰听完之后如获至宝，她付了算命钱，就和刘新芝一路小跑着穿过自己的村子去了后面的刘寨村东头。这儿还真是有个硕大的坑塘，然而，除了一群伸长脖子嘎嘎叫的鸭子和几只没心没肺地嚼着干红薯秧的山羊，哪儿有自己家那头大黄牛的影子？满怀希望的刘若兰两眼发昏，一屁股坐在了麦秸地上。刘新芝急忙掐住人中，连喊带拽地把她给拉了起来。

失魂落魄地回到家，大女儿文心已经把午饭做好了，她盛了一碗浇了辣椒水的酸菜面条端给母亲，刘若兰看也没看那碗面条一眼，她伤肝伤肺目光呆滞愁容满面地盯着对面的墙壁发愣，一头牛的价格足以抵住屋里的所有家当，这致命的打击谁能承受得了？！

下午一点多，房后刚从部队退伍回来的凯子推着自行车过来了。帅气的五官，干净的平头，脸上总是挂着人畜无害的笑，身着一套橄榄绿颜色的军装，上衣掖进裤腰里，每天早上必然会端着印有红花绿叶图案的白色搪瓷缸刷牙，平时但凡有邻居在干活，他总会伸手相助，这便是凯子，一个热情大方又讲究的退伍青年。他表情严肃地把车子支在门口，神态很是共情地进了院子："大奶奶，我骑着车子带你一起去找牛吧！"凯子的爹妈去世早，他当兵退伍回来后，村支书成党和副支书财娃商量后，安排他在村里负责看青，也算有个体面的差事。看青就是扛着一杆火药枪在夏秋时节的庄稼地周边走来走去地巡逻，不但要防止本村和邻村的人偷庄稼，还得严格把守着，别让牲畜跑到地里祸害庄稼。凯子是个斯文又认真的年轻人，他对人很热心，看青也看得细致，村里人都挺喜欢他，因为是前后邻居，凯子又是一个人过日子，刘若兰家平时也没少喊他过来吃饭。

凯子话音刚落，刘新芝的丈夫林建设也走了过来。林建设中等个头，身材瘦气，平时看起来没什么表情的脸上总是浮着一层浅浅的忧愁，微微苦楚着的脸上写满了淡淡的焦虑和掩饰不住的遗憾。进了院的建设像是为了表达自己对找牛这件事的重视程度，大着步子的他不由自主地加快了语速："我去石林找找看吧，那个街上集市大，距离咱村几十里远，兴许偷牛人会在那儿的牛行把牛卖掉。"刘若兰觉得建设说得很有道理，她若有所思地使劲点点头，转身跑回里屋拿了一盒湍河桥香烟，在建设的推辞中强行塞进了他的口袋。文心和文夏都上学去了，刘若兰把文钊和文青临时托付给刘新芝，就由凯子用自行车载着一起着急慌忙地出去找牛了。

一路上，他们又是打听又是分路寻找，然而，却始终也没有牛的半点儿消息。天擦黑的时候，刘若兰和凯子风尘仆仆地回到了村里。晚上八点多钟，建设也风风火火地从石林赶回来了，因为跑那么远也是一无所获，所以他过来汇报找牛情况的时候显得很过意不去，那神情，就跟自己犯了啥错误一样。刘若兰急忙倒了一碗茶递给他："建设，可白（别）过意不去，你大爷不在家，你和凯子能主动帮我们找牛，我已经很感谢了，我自己不也木找到吗？快点儿坐下喝碗茶歇歇，那个，凯子啊，你俩先坐着，我赶紧去做饭。"刘若兰边说边奔至厨房拿起水瓢往锅里舀水，建设却说家里已经做好了饭在等着他，凯子也笑着说自己家里还有一碗剩饭，再不吃就坏了，回去倒进锅里烫一下就好了。两人急急起身一前一后向院外走去，当刘若兰握着水瓢追出去时，两人早已消失在夜色里。

正烧火做着饭，隔壁郝疯子端着碗来串门，她背靠着厨屋门蹲下，一边"呼呼噜噜"大口大口地喝着左手碗里的苞谷糁汤，一边时不时地咬一口右手上拿着的蘸足了辣椒水的苞谷面馍。郝疯子大名叫郝焕英，她其实并不疯，话说她婆婆时常和她吵架，有一次，她被婆婆气得几近崩溃，就一口气跑到村子东边一百米远的坝上，准备跳坝自尽，村里一个放羊的人看到了，三步并作两步地跑过去拽住她的衣服救下了她，自此，郝焕英这个名字逐渐被人们所遗忘，由郝疯子取而代之。郝疯子个子高挑，骨架比较大，但她特别瘦，整体给人一种瘦骆驼的既视感。郝疯子有一个女儿和两个儿子，因她和丈夫李丰年属于近亲结婚，大儿子平娃天生就有智力障碍，甚至不知道吃喝，生活完全无法自理，村里人背地里都叫他憨平娃。郝疯子除了平时做事疯疯癫癫、冒冒失失有点儿冲动，她还有一个不太好的习惯，那就是喜欢拍村里那些家长里短的八卦。

"大奶奶，我给你说个事儿，你可别说是我说哩哦！"饭吃到一半，郝疯子忍不住压低声音一脸神秘地打开了话匣子。

"行，有啥你尽管说吧！"刘若兰心不在焉地双手搬过馏着馍的蒸笼，拿起勺子搅着锅里快要煮好的苞谷糁红薯稀饭，满脑子都是自己家那头壮硕的黄色大耕牛，她几乎忽略了郝疯子的存在。

"昨天晚饭那会儿，我去村边菜地里喊平娃他爹吃饭，看见得邦牵着你家那头大黄牛正在过咱们村前菜园子边儿那个小水沟，得贵在旁边帮忙赶牛，后来一直到我刷碗的时候，看见得贵快跑着回来了，他应该是把得邦送过了咱们村东的大坝，大奶奶啊，就是得贵和得邦合伙偷走了你家的牛，你可白怪我当时木给你说，你也知道，他们那号人……"郝疯子一口气痛痛快快地汇报完毕，末了，请求刘若兰不但要为她保密，并且可不要责怪她。

"知道了焕英，不怪你。"刘若兰早已停下了手中正在锅里一圈一圈搅动的勺子，顿了片刻之后，她抬起头来若有所思地看着有点儿惶恐的郝疯子。这几年，在全村都喊郝焕英为郝疯子的情况下，也只有刘若兰始终认真又亲切地喊她焕英。

"那大奶奶，咱可说好了，你可千万不能说出去啊，那个时候天都已经差不多黑了，我不知道他们弟兄俩看见我没有，反正我真是看得一清二楚，当时你家的牛不愿意过水沟，得贵又是拍打牛屁股又是从地上拾起个啥东西使劲地打牛，得邦在前面很不耐烦地扯着牛绳。"在得到刘若兰不责怪也不会说出去的允诺之后，郝疯子补充讲述着。

对于郝疯子所说，刘若兰不再接话，她一边准备盛饭一边看了看郝疯子："焕英，尝尝这红薯稀饭吧？对了，这好面馍你拿几块儿回去给娃儿们吃吧？"

"不了不了，大奶奶，我都已经吃饱了，再说了，娃儿们也不能惯着，吃啥都行，你们走快吃饭吧！"说着，郝疯子用两个干瘦的掌心轮番擦了擦嘴，然后起身扯了扯衣服的后襟往外走去。

看着郝疯子离去的背影，刘若兰靠在灶台上久久回不过神来，虽然她喊不开门时就怀疑得邦是偷牛贼，可当郝疯子实打实地把这个疑心帮她证实之后，她还是觉得有点儿不可思议，得邦弟兄们也真是太缺德、太坏良心了，这个年月的日子多难熬，他们竟能下得了手，简直是畜生不如！虽说郝疯子一向说话冒冒失失，但之前的喊不开门和她现在的说辞往一起一凑，加上那弟兄们人尽皆知的德行，刘若兰自然愿意相信郝疯子的话。但都是低头不见抬头见的邻居，又没有一把手亲自抓住他们，另外，也不能出卖告密的郝疯子，刘若兰只好就当啥也不知道，因怕保成年轻气盛出去乱嚷嚷，她也没敢把得邦偷牛基本就是事实的事儿告诉他。至于自己家那头很排场的大黄牛，刘若兰和保成商量了一下，既然没有任何线索，暂时就不要再提了。

中原农村的处事方式就是这样，即使有人告诉你是谁偷了你的东西或者在背后坑你，只要不是你自己当面抓住，都是不会轻易去翻脸揭穿的，即便是遇到丢牛这么大的事，刘若兰也同样选择了这种处理方式，一是自己没有亲眼看见得邦兄弟俩合伙偷牛，二是绝不能出卖焕英，哪怕牛真回不来了也算了。由此可见，乡风民俗对乡村有着多么强的约束力！

第三章

去穰县找林康成　携儿带女把家归

一家人商量好了不再提丢牛的事，虽然全家都不甘心就此罢休，可保成的不甘心尤为突出，因为家里的牛一直都是他负责饲养和耕种拉收，两年来伙计一样地朝夕相处，让他不但对那头温顺的牛有着特殊的感情，而且他始终认为是自己没看好牛。即使心里基本认定是得邦偷了牛，却也是苦于没凭没据，因此，保成时不时气不打一处来地自言自语："哎呀，我的听话的牛，你咋才回来哩？你看看你被坏人折磨得，这些天都瘦成皮包骨了！"或者是："我的牛啊，你可算是回来了！你是从坝上回来的吧？坏人没伤着你吧？赶紧回槽边吃草了。"有时候是这样的："牛啊，你是从坝上回来的？还是从刘寨回来的？快回来吃草了！"任刘若兰怎么劝说和阻拦，也奈何不了保成的执拗，可能，这也是他无奈之下的一种发泄方式。

在那个农活几乎全靠牛的年代，没了牛就没法干活了，得去穰县喊文钊他爸回来想办法。于是，三天后的清早五点，刘若兰带着五岁的儿子文钊和两岁的小女儿文青去村东三里远的后土乡二中门口坐车，那里是方圆几个村子去穰县县城的集中乘车点。冬天的早上五点，天色还是一团漆黑，孩子们都睡得正熟，刘若兰先是轻手轻脚地费了很长时间的工夫勉强喊醒了文钊，又把两岁的文青用小被子包好，由保成送他们去坐车。保成和刘若兰抄村东头的蚂蚁草小路一前一后往乘车点走，两旁荒草上的露水很快就打湿了裤腿，刘若兰抱着包裹严实的文青走在前面，保成背着依然没睡醒的文钊打着手电筒走在后面。翻过大坝时，就听到了客车按喇叭的声音，按照平时对时间方面的掌握，说明客车这会儿刚过三里外的制药厂，大概七八分钟后就会到达二中路口。于是，在汽车喇叭无形的催促声中，两人不由自主地加快了步伐。

冬天早上五点半的天色依然昏昏苍苍模糊一片，清冷的空气把天幕上彻夜值班的几颗星星冻得时不时地眨巴着疲惫的眼睛。到达后土二中乘车点时，看见有俩人早已在路边等车了，他们谁也没说话，相距十来米远地各自站着，显然，那俩人互相之间并不认识。保成在二中的代销点门口蹲下身，不得不彻底醒来的文钊很配合地用手背揉着眼睛从二叔的背上出溜下来，自己在地上站好。保成弯腰为文钊把刚才纵上去的棉袄和裤腿拉好遮严实，然后从口袋里掏出烟，主动搭讪地走过去和那俩人打了招呼发了烟，正在闲问他们是哪个村里的，去邓县的客车就呼呼呼地喘息着声势浩大地开了过来，然后"噗——"的一声放着气停靠在了他们身边。

早上七点多，母子三人到了文心他爸林康成工作的穰县火车站。刘若兰快速按了几下被孩子一路上压得麻木的双腿，起身抱着文青拉着文钊下了车。清晨的穰县似乎刚从睡梦中醒来，稀薄的空气冷飕飕地侵袭着稀稀落落赶路的人们，整座小城还处于迷迷糊糊尚不完全清醒的状态，只有个别上早班和做早餐生意的人已经在为这座城市新一天的熙熙攘攘热着身。文钊嚷嚷肚子饿了，刘若兰先带他在路边喝了胡辣汤吃了油烙馍，又给文青喂了小半碗豆腐脑，然后左手抱着文青右手拉着文钊避着时不时冲过来的自行车，匆匆忙忙地向孩子父亲的宿舍楼走去。

林康成的宿舍楼距离穰县火车站大概有一百多米远，四层楼房盖了长长的两排，整体呈"L"形的造型，这是当时穰县比较气派的高楼。早上的太阳明晃晃、金灿灿地照在三楼和四楼较高位置的窗户上，窗玻璃映射出自带高档感的璀璨金光，窗外那排法国梧桐上几片稀稀疏疏的枯叶在窗子上印出花朵一样雅致的图案，整座宿舍楼越发显得排场又阔气，出入其中的人总会油然而生一股无法掩饰的自豪感和优越感。

林康成个头中等，生就一双浓眉大眼，斯文的鹅蛋脸上写满了腼腆的淳厚，他生性沉稳，和善中带着不言自威的独特气质，虽说他平时话不太多，但他特别爱看书，喜欢听新闻和长篇评书，如果遇到谈得来的人，他谈古论今的功夫也是在单位一直为同事们所称道的。

走在楼下，不时地有人和刘若兰打着招呼，因为农闲时她总会带孩子们过来小住一些日子，大家都比较熟悉了。穿过宿舍一楼的公共休息大厅，和林康成不同班组的几个同事稀稀落落地坐在成排的椅子上看电视，文钊一看见电视就挪不动脚了，满腹心事的刘若兰哪有心思在这里停留，她稍微用力地扯了一下文钊的胳膊，文钊便听话地边回头瞄着电视节目边随母亲向通往二楼的楼梯子走去。

大概上午十点多，林康成忙完工作回来了，他是个性格不张扬的人，虽不喜欢过多说话，但却特别聪明，脑子也很好使。可能是早就听同事们说家属来了，他进门后就没有显得惊讶，只是冲妻子和孩子们很亲热地笑着："来了？"可能是丢牛的痛与恨已经把人的心情折磨透了，刘若兰并没有像自己之前想象的那样见了面先抱住丈夫痛哭一场，她只是面无表情地微微呆着脸，没像以往那样见面脸上挂满温柔甜美的笑急于分享家里的各种琐事。

看到丈夫下班回来，刘若兰表情木讷、心事重重地抬头看了看他，性格耿直的刘若兰到底是个藏不住一点心事的人。

"你咋了？家里都好吧？孩子们都好吧？保成没惹事儿吧？"看她状态不对，林康成试着问道。

十来年的夫妻，谁有心事，那是一眼就可以洞穿的，面对丈夫一连串的贴心关问，刘若兰终究没能忍住自己那憋了好几天的心伤，她竟然一下子哭出声来，吓得正在摆弄桌子上那台收音机的文钊赶紧把收音机放了回去，坐在床边上的文青也被母亲突如其来的哭声吓得"哇"的一声哭了起来！

林康成拍了拍文钊的肩膀，然后抱起文青，用手心和手背交替为文青擦着眼泪，他心疼又疑惑地看向妻子："白哭白哭，把娃儿们都吓着了，到底咋回事儿了？白急，先喝点儿茶。"说着，林康成快速倒了一搪瓷缸茶水端给妻子。

尽管林康成心里很着急，他迫切想知道家里到底发生了什么事，然而，看着妻子难过的样子，他只好先忍着自己心底的疑惑，故作淡定地安抚着她。他想，自己不在家，若兰这一定是遇到啥难题了，难过了，委屈了。因此，尽管林康成心里很是着急，但为了照顾妻子的情绪，他努力平息着自己的心急如焚。

刘若兰很快就停止了哭声，她侧过脸歉意地看了看两个孩子，又有点愧疚地看了看林康成："咱家的牛被人偷走了，我和保成还有建设、凯子连明黑夜地找了好几个村也木找到，我心疼啊！呜呜呜……"说到这件让人难过的事，刘若兰一时间又忍不住哭了起来，文钊在经历了母亲刚才的哭声之后似乎已经习惯了，他自顾自地抽拉着收音机上的天线，文青则在方才尚未消停的抽泣中吓得再次放声大哭。

听了刘若兰这番话，林康成一边坐在床帮上抖着腿哄着文青，一边难以置信地愣了片刻，这事儿有点儿突然，他努力让自己的脑子快速平静下来："不哭了，丢了就丢了，能咋办？再买一头吧，种庄稼不能没有牛。"

"是得再买一头，可是，哪儿有恁多钱啊？"刘若兰停止了哭泣，泪眼蒙胧地看着丈夫。

"后天我休息，我和聚义换俩班，能回去五六天，回去咱们再想办法，你们先在这儿住两天。"

听完丈夫的话，刘若兰的内心平静了很多，就像一艘在狂风暴雨中飘摇多天的船终于有了可以停靠休憩的港湾。

三天后，林康成买了孩子们爱吃的零食和妻子爱吃的各类青菜，又买了卤牛肉和酱猪蹄，一家四口乘车回到了丹楚县后土乡林湾村。他们在后土二中下车走到村边的时候，天色已经擦黑了，得邦媳妇和得贵以及建国几个人正端着碗在村口那棵大槐树下吃晚饭，见他们走过来，就一边"热情"地和林康成打着招呼，一边用看戏似的眼神寸步不离地追随着这一家四口。刘若兰夫妇则做出一副毫无心事的样子，开开心心地逗着孩子向自家院子走去，待他们进了门，几个别有用心的邻居立马露出了失望的神情，好像丢牛的人必须愁眉苦脸或义愤填膺才符合他们的心理需求和故事情节安排。见不得身边的人好，是人性最大的恶，他们总喜欢看到身边人的各种挫败与痛苦，并因此获得心理上的满足以及情绪上的宽慰，那感觉甚至比自己取得了某项成就还要快活，人性很多时候就是如此的荒唐与不堪。

第四章

买病牛转眼牛死　黄连也没这般苦

次日早饭后，林康成找到村里的信贷员，经全家商量之后，决定贷款买牛，因为一头牛的价格实在太高了，几乎没有谁家能一口气拿出一头牛的钱来，而在那个各家经济捉襟见肘的年代，即使向谁借钱也都很难凑成一个大数目。刚拿到贷款，村西头的保秧就闻讯而至，他自告奋勇要带林康成去自己的亲戚家看牛。咋着都是个买，熟人介绍的，总比去集市上买不知底细的陌生人的牛好。

黄昏时分，林康成兄弟俩和保秧一起赶着牛回来了，虽说是贷款买来的，但看着牛槽边又充满了生机，保成和哥嫂心里都得到了些许宽慰。想着刚买来的牛，用起来怕是还不太顺手，全家人商量之后，一致决定先让这头牛在家休养几天再下地干活。谁知，第二天下午，牛就开始不吃不喝，精神很是颓靡不振，任养牛极有经验的保成如何努力，它始终是一副没精打采的状态。

林康成十万火急地骑着自行车去邻村请来了兽医，仔细诊断之后，兽医叹了一口气："这牛养几年了？平时干活儿咋样？"

听兽医这么问，林康成和保成互相看了一眼，一种不好的预感让这兄弟俩一时间缓不过神来。

见此情形，兽医微微低下头，眼皮不停地眨巴着斟酌再三，用极其缓慢的语气委婉地说："说了你们可白介意啊，这牛情况恐怕是不咋好……"

听到这里，全家人都傻眼了！保成立马想到了保秧，对，去找他问个清楚。任哥嫂怎么阻拦，保成就是不依，虽然保成是个善良的人，可他年轻气盛，凡事讲求正一正二，林康成常年在城里工作，刘若兰觉得让他去别人家理论也不合适，因为怕保成惹乱子，也怕他吃亏，刘若兰只好赶紧从后面跟了去。

保成先一步到达保秧家，他压着心底的怒火刚试着问了一句那头牛的实际情况，保秧就很不爱听地耍着横大声吵吵起来，他特别不耐烦地一句一个自己真不知道这头牛的底细，然后马上又用混账的口气一口咬死地说这头牛本来就没病，甚至不惜把他唯一的儿子拿来诅下毒咒。见他这副混账无赖得不可理喻的样子，刘若兰连推带劝地把保成带回了家。半夜，后院突然传来哭爹喊娘的声音，林康成夫妻急忙起来奔向后院，只见才买回来两天的牛一动不动地躺倒在牛屋的麦糠地上，庞大的身躯就如一座轰然倒塌的山，保成坐在旁边的木墩儿上手里握着一把麦糠心疼地哭喊着……

丢牛，再买牛，牛又病死……一连串突如其来的变故就像天上突然落下了一块块硕大的石头，压得林康成一家一下子喘不过气来！而面对这些哭天天不灵叫地地不应的糟心事，日子还是得过下去，这个普普通通老实巴交又单门独户的家庭只能无奈地照单全收，尽力以一切重来的心态开启新的生活。

牛死了，虽说可以去了皮卖牛肉，但人们都知道这牛是病死的，自然也就喊不起价格了。况且，当时流行"羊肉膻牛肉顽（咬不动，很难嚼）想吃猪肉没得钱"一说，牛肉更是廉价得很。林康成去村西头请来村里的屠夫，帮着把牛分块贱卖。看着硕大一头牛顷刻间化为乌有，刘若兰愁绪满面，她的心生生地绞痛着，丢牛和死牛的双重打击一时半会儿在这家人的心头真的是难以平息。

五六天时间转瞬即过，林康成明天就得返回穰县上班去。这次回来原本是为家里排忧解难的，没承想牛的事会再出这么大的乱子，自小父母过世早，无依无靠，凭自己聪慧大脑谨小慎微地走至今天的林康成瞬间也被这没完没了的绝望逼得甚是难以呼吸。这一夜，他想了很多，这年头，种庄稼没牛是肯定不行的，最终他和妻子刘若兰商定，得抓紧借钱，再加上卖牛肉那点钱，赶紧凑齐了重新买一头牛去。

第五章

再次筹款买牛　患难又见真情

　　林康成是个充满智慧的人，但他也是个本分内向的人，他虽然有俩关系特别好的同事，但时常还是习惯独自行事，业余时间，他喜欢坐在宿舍里看书、读报、听长篇评书，或者是自己在穰县县城到处走走看看，他觉得这样的生活简单又纯粹。不到万不得已，一向推崇君子之交的林康成是不会麻烦同事的，但这次，他实在是没有其他办法了，回到单位的林康成左思右想，他鼓励自己必须打破纪录去找两个关系好的同事借钱。

　　林康成到底是个有威望的人，两个平时比较要好的同事听他说完，很快，一个送来了 50 块钱，另一个送来了 80 块钱。在当时，这数目已经是很不错的了，能借给这个数目的人，关系是相当可以的。捏着手上的 130 块钱，很是了解老家情况的林康成对几家亲戚抱的希望不大，他想了想，把钱锁进宿舍的抽屉里，然后准备去找领导预支一部分工资应急。

　　领导很开明，也是个相当爽朗的热心人，他不但写了条子盖了章让会计给林康成预支两个月的工资，并且自己也拿出 50 块钱说是支援林康成。预支工资是自己提出的应急措施，可是哪好让领导再另外掏钱支援呢？虽然自己确实是急需用钱，但林康成还是连连推辞，不会说太多光鲜客套话的他不停地用朴实的话语对领导的好意表达着由衷的感谢。然而，盛情难却！领导对困难下属有所关爱也在情理之中，领导说这 50 块钱算是单位送的温暖，林康成只得接住了钱，但他再三表示这算是借的，等缓过来了还要再还回去。领导善解人意地笑了笑，示意他赶快去忙自己的事，甚至主动提出再准他几天假，让他赶紧回去安排好家里。

　　在老家后土乡林湾村，刘若兰借钱借得并不顺利，她跑了好几家亲戚，但基本上都算是白跑了，只有她的娘家兄弟东拼西凑地拿出了 65 块钱，亲戚们的日子比她家好过不到哪儿去，每家的孩子又都比较多，吃饭穿衣和上学都需要花销，手头上实在是拿不出多余的钱了。后来，在村子中间几个关系可以的邻居家，刘若兰借到了总共 220 块钱，再加上家里仅有的 100 多块钱，离一头牛大概 700 多块钱还有一点点距离，刘若兰蹙着眉在院子里呆坐着，她的每一根头发都缀满了无边无际的惆怅，心里熬煎得简直能拧下水来。

酷爱读书成绩拔尖的文心看着一筹莫展的母亲，一句话在她的嘴边艰难又矛盾地试了很久，终于，她忍痛割爱狠下心来对母亲说："妈……我不上学了，学费省下来买牛吧。"

听大姐这么一说，正在旁边写作业的文夏也停了下来，她缓缓地扭头看了看大姐，又试着抬眼看了看母亲，握着铅笔的手松松又紧紧，合上又张开，接着，她慢腾腾地起身走到母亲旁边："妈，我……我也……不上学了，我想给家里省点钱。"

看着两个小小的孩子如此懂事，刘若兰眼睛一湿："娃子啊，学咱是一定得上，大人干活挣钱就是为了让你们上学去学知识，可不能再说这不上学的话了，啊！"

见此情景，默默站在边上的老三文钊撇了撇嘴，强忍着眼角马上就要滚落下来的泪水。

第六章

有人牵来一头耕牛　建国见不得别人好

　　林康成从穰县回来了，他听从领导的安排回来操办家里的事。尽管心情很是糟糕，他还是在半路买了两包糖果和几串欢喜蛋，又随手买了两把芹菜，他爱妻子，知道妻子喜欢芹菜，他也爱孩子们，他从来不想让处于馋嘴年龄的孩子们落空。当然，林康成的归来，最主要是瞬间解决了买牛的钱款难题，刘若兰紧蹙的眉头总算得以舒展。

　　次日上午，林康成约上建设一起去了后土街牛行，俩人足足转了一个上午，也没挑选到能看得上眼的耕牛，买牛这样的大事可不敢粗心大意，尤其是有了上次的教训。于是，俩人只得相约着等下次逢集了再来看看。

　　寒露一过，就到了越冬作物小麦的播种时间。眼看就要种麦了，买牛的事必须得抓紧，可这也不是小事，上次受了保秧的坑害，这次咋着也得小心再小心，谨慎再谨慎。庄稼人看天吃饭，收音机上预报说过几天要下雨，耕种的事说开始就紧锣密鼓地开始了，可买牛的事却还没个着落，林康成急，刘若兰也急，保成更是急得心烦意乱地在院子里走来走去，时不时地拿起刷牛槽的专用小刷子，走到牛槽边一遍又一遍地清理着。

　　就这样干着急也不是办法，刘若兰试着对林康成说："不行……咱们先把得福家的牛借来使个半天，我看他家还木开始种麦。"

　　八岁的文夏几乎和父亲林康成异口同声地说："咋可能？"

　　文心抢过话头："就是，他们那号人，不可能愿意把牛借给咱家用，他们的牛就是闲死也不会借给咱家的，那号人，巴不得咱家种不上麦才好。"

　　家里人说得不无道理，那弟兄几个的确是没有一个像样的，人品是坏到骨子里去的那种。当然，邻居十来年了，刘若兰不是不知道这些，她刚才也只是情急之下试着随口说说而已，权作无奈之时的自我宽慰了。

原本，林康成家的耕牛一直和邻居有娃家结对，两家人的关系处得也还不错。但这几天保成注意到了，有娃把他小舅子家的牛借来搭伴种麦了，除了丢牛的第二天有娃和他媳妇先后象征性地跑来关心过几句，那家人再也没操心过大黄牛丢失一事。这让刘若兰觉得特别寒心，一直亲手侍弄耕牛的保成更是气不过，他愤愤地说有娃太没良心，即便不说两头牛搭伴的事，没想到的是他们竟然丝毫不念及两家人这些年的交情，竟然连一句宽心的安慰话都没有。

天擦黑的时候，田娃来了。田娃个头不高，大头圆脸，有着一副胖墩墩的身材，走起路来脚踏实地很用力、很稳健的样子，佛像十足的脸上总是写满了小心谨慎和细致妥帖。田娃是有娃的大哥，也是村里的木匠，他的木活做得很好，是个谨慎又凡事喜欢较真的人，平时比较热心细致，在村里人缘还不错。保成正在厨房烧火，刘若兰在案板上切着白萝卜丝，林康成在堂屋一边招呼俩大女儿写作业一边陪两个小孩子嬉戏。

田娃若有所思地走进院子，他四下看了看，然后就悄无声息地走进了堂屋，顾不得过多说话，田娃先是自己缓缓拉过一把椅子坐下，然后谨慎地向屋外看了看，压低了声音："大爷，我是来给你说一下儿，我家的麦明上午差不多能种完，我是想着看你们使牛不使，要是使哩话你说一声，我心里有个数。"

林康成一边给田娃发烟，一边客气地先行对其表示感谢，然后就因感动而显得有点儿语无伦次："田娃啊，这个时候，你能想着借牛给我们使，真是叫人……唉！你说说这……牛丢了已经够气人了，这贷款重新买来的牛竟然又没了……真是'瘸子拐了拿棍儿捆'啊！"林康成不善于用言语表达自己的感激，他觉得过多的客套话太容易拉开和对方的距离，他把对田娃的谢意表露在充满感恩的眼神里和为对方发烟点火的动作上。当然，从小玩到大多少年了，他们彼此都很了解对方的性格和为人。

当天晚饭后，趁着天黑，林康成和刘若兰简单商量后，安排保成端了一大筛子牛草送到田娃家，在麦秸打碎加工而成的牛草边上，还细心地放着满满一葫芦瓢麦麸。滴水之恩，当涌泉相报，这个举动虽称不上涌泉，但林康成一家的处事风格向来如此：别人使坏，他们采取大人不记小人过的态度；别人给予一点点好，他们就会以更大的热情和实际行动予以回报；别人坏事做尽后回心转意，他们总能以宽广的胸襟给予最宽厚的包容和接纳。在林康成和刘若兰看来，牛是通人性的动物，也是最辛苦的劳动力，田娃有情有义主动提出借牛，这在几个近邻当中，实属难得，咱也必须有所表示，送点别的吧，就田娃两口子的性格，估计是无论如何也不会收下的，想来想去，还是给出力气最大的牛喂饱比较合适。

这个时节，夜里凉气已经很大了，整个村子里到处黑乎乎的，四周一片寂静，只有远处传来的狗叫声和身旁那些盖柴火垛的塑料薄膜发出的呼呼啦啦的声响，还好，路上也没有遇到人，借助别人家屋里发出的零零星星的微光，保成端着牛草在黑暗中深一脚浅一脚地摸索着往田娃家走去。

田娃媳妇正在堂屋门后的火盆上烤汗湿的袜子，在老树根造就的火盆子的炙烤下，湿漉漉的袜子散发出焦煳的臭味儿，这又煳又臭的味儿仿佛带着自然的温暖与妥帖，让生就一张大脸盘子的田娃媳妇觉得特别安心，竟生出了一股岁月静好的满足与幸福。

走到院墙外，保成特意干咳了两声，算是提前敲门了，田娃家拴在院子里的狗像是为了向主人表明自己有多忠诚似的，立马就朝院外狂吠起来，拴狗的铁链子随着狗叫声"哗啦哗啦"很是急促地响着。听到有动静，田娃媳妇借着堂屋煤油灯映在院子里的微弱光线眯着眼朝院门方向看了又看，见是保成来了，赶快对着偏房喊了田娃几声。

田娃应声从偏房的牛屋里走出来，当他定睛看到是保成端着牛料时，顿时很不高兴地猛趔一下身体拉了拉脸嗔怪着："小爷，你说你这是干啥哩？木不就使个牛嘛，谁叫你还送来这些？你看你看，我这屋里草料多哩很，走快端回去吧！"

保成坚持要放下筛子，田娃故作生气地架着他的胳膊往外推："小爷，你听我给你说，真是不用送这，你们这不是遇到困难了嘛？谁都有艰难哩时候，可白（别）这个样，你要是非搁这儿不行，那我这牛就不给你们使了。"

话说到这个份儿上，保成也不好再进一步坚持，他有点儿过意不去地叹了一口气："田娃啊田娃，你咋就非要叫我为难哩？我这再端回去，你大爷他们俩人又要说我了！不就一筛子牛料嘛，你划得着在这儿推推搡搡？"

听到这里，通情达理的田娃媳妇赶紧穿好鞋子从堂屋走了出来："田娃，那你就白（别）叫小爷作难了，撂这儿算了，这也是大爷大奶奶他们哩心意，不然他们还是会再重新送来，撂下吧。"

听了媳妇的话，田娃总算从保成手上接过筛子进了牛屋。

第二天一大早，细心的田娃赶着牛和犁耙路过林康成家门口时，特意停下来在土坯做成的大门口喊了几声大爷。林康成应声从堂屋出来，他快速大步行至楼门下，边从口袋里掏烟边急急回应着田娃。俩人约好了，大概一个半钟头后，林康成兄弟俩用拉车拉着肥料和小麦种子去田娃种麦的地头接应牛和犁耙。

目送田娃赶着牛走远，林康成赶紧回到院子里，他把几袋化肥从里屋扛出来，倒在堂屋门槛边的砖墁地面上，找出家里的大铁锤开始砸肥料，在迅速把结成瓷硬块状的肥料砸成碎碎的粉末后，他又把两种肥料搅在一起慢慢地拌均匀，然后再将拌好的肥料用铁锨一锨一锨地铲起来装回袋子里，种麦前的准备工作就做好了。在保成的协助下，林康成抬起农闲时拆卸下的拉车架子，又喊保成把拉车轱辘滚过来放入架子底槽安装妥当，兄弟俩一起把肥料和小麦种子以及撒肥料用的盆子等农具装上拉车，一切就准备停当了。

这个季节的田野里，虽然到处一片干枯，却让人有一种说不出的温暖和舒适。喧嚣了一年的自然界突然就变得格外安静，除了砍下来晒干还没来得及拉回家当柴火烧的苞谷秆儿，就是光秃秃等待耕种小麦的地块儿，天空在此时也变得干净又澄澈，各色渐变的云团像一座座起伏连绵的小山，悬浮在或远或近的半空中，不声不响地俯瞰着人间，一眨眼的工夫，又逐渐向远方缓慢地延伸着荡漾开去了。

在靠近坝头上的田地里，保成负责驾着牛双手扶着犁耕地，林康成跟在边上撒肥料，刘若兰在后面依次均匀地撒下麦种。刚耕种了两个来回，邻居建国黑着一张脸从地头路过，他手上拿着一根比大拇指略粗的小小白萝卜，萝卜皮剥得很长地垂在空中一纵一纵地像弹簧一样晃荡着，他边走边"咔嚓咔嚓"地咀嚼着嘴里的萝卜，还不等林康成他们打招呼，建国就阴着脸漫不经心地来一句："噫，这麦也种上了啊？这不是田娃家的牛吗？没有牛还能种麦，这事儿整哩可划算。"

听他这么说话，林康成收回刚浮起的笑意，也便没接他的腔，顺势狠狠地瞪了一眼正要开口说话的保成，保成只好不情愿地闭上了嘴。

刘若兰打圆场似的笑了笑客气地招呼着："建国，你麦都种上了？"

建国没有回她的话，他只是黑着一张脸久久地看着正在耕种的麦地，那表情就像是谁招惹他了一样。

林康成怒其不争地瞪了一眼刘若兰，心里气她太爱说话，就林建国那样的混账东西，理他干啥呢！

等建国走远了，保成朝他走去的方向吐了一口唾沫："看看，这鳖娃儿就不是人，早晚都说不出一句像样话来，一肚子坏水。"

建国和建设是亲兄弟，老大建军因生活所迫多年前出门讨饭，后来饿死在河南和湖北交界的一个小村子里，老二建国和老三建设在村里干农活，和建设不一样的是，建国当年参与过焦枝铁路的修筑，虽说最终他没能像林康成那样由组织推荐得到一份吃国家粮的工作，但那段修路的经历还是成了他引以为豪的事儿。他家的农活有媳妇改英的娘家人抢着来帮忙，平时他就给自己冠以与众不同的帽子，好像自己是能够在村里呼风唤雨的村干部似的，他最擅长的就是拉着一张黑脸到处气派地溜达着，时不时地冒出来几句不中听的风凉话，以此显示自己的与众不同。

　　紧赶慢赶，一直到午饭后，林康成家的小麦基本全部种上了。细心的田娃早已吃了午饭在地头等着接牛了，他披着一件补着五六个深灰色补丁的黑色棉袄，手上夹着一根烟，一动不动地蹲在那里，远远看去，就像一只硕大的雕。林康成一家一边对田娃说着感谢的话，一边因耕种久得甚至过了午饭时间而略显不好意思地对田娃表达着深深的歉意。听说林康成家的小麦全部种上了，田娃咧嘴欣慰地笑了："种完了？怪快啊，行行行，那就怪好，我看预报说过几天有雨，要是能下透墒就好了，你们可走快回去做饭吃。"

第七章

计划外生育遭罚款　若兰缝纫机被拉走

从地里收工回来的路上，刘若兰老远就看到大女儿文心踩着小碎步向田间奔来。她觉得苗头不对，就熬煎地蹙着眉大步迎了上去："咋了文心？你跑慢点儿，咋回事儿？"

文心神情恐慌，跑得气喘吁吁上气不接下气："他们……他们要把咱家的东西都……都拿跑。"

刘若兰听得有点儿懵："不急哦娃子，慢点儿说，到底是咋回事儿？他们是谁？都把咱家啥东西拿跑了？他们为啥要拿咱家的东西呀？"

文心边哭边愤愤地说："就是村里那些当官儿哩，他们说咱家孩子多，违反了计划生育，要罚钱，还要搬东西，刚才已经把咱家的缝纫机抬到院子里了，我让他们先别拿走，我说我来地里喊大人。"

听到这里，刘若兰脸色骤变，顿时加大了步子，林康成和保成也随之加快了步伐。

林康成家的院子里，几个村干部都到齐了，建国、郝疯子、凯子、刘新芝和得贵也都在。林康成尽力压下内心的焦灼，赔着笑走进院子，急急从口袋里掏出烟逐个发了起来，刚发出去两三根，烟盒空了，不等林康成开口，懂事的文夏立马撒腿跑回屋里又拿了一盒烟递给父亲。保成顾不得卸下拉车上的农具，他把车子停在靠墙的地方，拿石头支好车轮别溜车，然后一脸焦虑地看看已经被抬在院子里的缝纫机，又看看几个村干部，最后，他没好气地剜了一眼建国和得贵。刘若兰赔着笑脸看了看几个邻居，又转向几个村干部："给你们倒点儿茶吧？"村干部一个也没吭声，倒是几个邻居小声嘟囔着："不渴，不喝……"

院子里出奇得安静，抓计划生育的成才还没说什么，近门儿邻居建国却出人意料地铁青着一张脸突然带着一副踢驴子口气来一句："根据计划生育政策，你们这俩小哩文钊和文青都是计划外生育，他俩都是黑娃儿，得交双倍哩罚款才行，一个二百块，俩娃儿四百块。"

得贵冷不丁地随声附和着："那你说那可是，得罚四百块才行。"

凯子和郝疯子不约而同地悄悄瞪了一眼得贵。建国依然在莫名其妙地发着牢骚，站在旁边一直默不作声的村支书成党看了看大家，然后干咳了两声，众人都齐齐看向他，等着他说点什么。然而，成党什么也没说，他只是用眼角的余光看似不经意地瞥了一眼建国，接着从林康成手上接过一根烟，把自己手上那根短得快要夹不住的烟头抖落一些烟丝，动作娴熟地安接在这根细长的新烟上，然后眯着眼睛深深地吸了一口，再缓慢地吐出一股浓浓的烟雾，众人随着他的一系列动作和表情不由自主地半张着嘴配合着。

在吸了两口烟之后，成党看了看站在自己右侧的副支书财娃："那，财娃，你看咋弄合适？一顿弄好了走吧，还有好几家儿哩！"

还没等财娃接话，本来就拉着一张脸的建国急不可耐地走到财娃身边明目张胆不管不顾地用讨好的话语挑唆着："财娃二哥，你准备咋弄？我看这肯定得搬东西，还得按规定罚钱，你看，就是给他们屋里中点用的家具都拿走也抵不了几个罚款。"

财娃没理会建国，他看了看瘦瘦高高一脸正气的村支书成党，又看了看满脸忧愁强赔着笑脸的林康成，一个是比自己高一级的村支书，一个是自己的近门儿邻居，他在心里反反复复琢磨着到底该咋处理才合适。队长歪嘴得福拉着黑脸皱着眉看了看所有人："你们看咋整，这计划生育政策对谁都一样，该罚该拿，只要违反国家政策，谁家也别想免了。"话说到最后，因为口气太重，得福的嘴歪得越发严重，那是他从娘胎里带来的毛病。

这时，沉吟片刻的成党走近财娃小声嘀咕了几句，财娃听后若有所思地点了点头，然后看向林康成："那就这个样了，给缝纫机拉走。"

建国一听，立马就不乐意了："看这弄哩是个球，钱哩钱没罚，到最后就拿走个缝纫机！"

保成气愤地瞪着建国，要不是怕哥嫂阻拦，他真想直接给建国骂一顿，看着建国那副趋炎附势的嘴脸，保成在心里狠狠地把建国的祖宗十八代逐个痛骂一遍。文心和文夏靠在堂屋前檐下的柱子上，眼瞅着父母被为难成这个样子，两个十来岁的小姑娘撇着嘴挂着眼泪气愤地看着院子里这一群人。

村支书成党是个正直善良又讲情分的人，他瞥了一眼建国，又看了看在场的几个邻居，突然就心生一计："罚款这个事儿，我在这儿说一下儿，康成是吃国家粮哩，他有工作单位，所以这个罚款呐……已经直接在他单位交罢了。"建国顿时无话可说。随几个村干部来的两个队长抬起早已被搬在人群中央的缝纫机走出了院子。没有亲眼看着罚钱，也没有拿走更多的家具，建国和得贵气得咬牙切齿地走了。

　　尽管在村支书成党的庇护下没有罚钱，但看着自己心爱的缝纫机被抬走了，刘若兰的眼泪还是忍不住扑簌簌地滚落了下来，这台缝纫机和自己床头的抽屉桌还有一个大红木箱子，是她结婚时的所有嫁妆。院子里零零落落地放着五六把椅子，可伤心至极的刘若兰却没坐椅子，而是随地找了一块砖头坐下，想着自己的那台缝纫机，她再次心疼得泣不成声。腼腆斯文的凯子在院门口和林康成谈论着小麦的播种情况，试图转移林康成方才的不快，郝疯子和刘新芝分别蹲在刘若兰身旁轻抚着她的肩膀劝慰着，保成闷着头一脸愤恨地靠墙蹲在院子里。文心看了看堂屋条几上那个小小的闹钟，这个时候已经是下午两点多了，她忧心地看了看厨房，又看了看院子里的大人们，慢腾腾地试着走过去小声喊着："妈，吃饭了，饭做好的时间太长了，面条都坨了，我又加进去了一些开水。"

第八章

憨平娃儿掉粪坑　成党还回缝纫机

"妈，妈，快点儿回来啊，平娃儿又掉到粪池里了。"院外传来郝疯子女儿粉娥急促的喊声，郝疯子闻讯，立马脸色一变，心急火燎地起身就向院外奔去。听到郝疯子家出了麻烦，有情有义的刘若兰也顾不得难过了，她欠了欠身赶紧从地上站起来，由刘新芝挽着胳膊一起朝郝疯子家快步走去。刚走了一半路，就看到郝疯子天生智障得没任何自理能力的大儿子憨平娃儿已经被郝疯子用一根粗木棍从粪坑里连戳带挑的打捞了上来，憨平娃儿浑身上下都沾满了粪便，单薄的衣服不停地滴着臭水，他瑟瑟发抖地蜷缩在距离粪池两步远的地上，一脸茫然地用无神的双眼看着这个像是和自己无关的世界。

郝疯子一边不耐烦地骂着，一边喊粉娥快点回去端一盆水来。刘新芝提醒粉娥："粉娥端温水啊，这数九寒天的。"

刘若兰在边上附和着："看给娃子冻得多可怜！"

郝疯子依然在喋喋不休地骂着憨平娃儿，然后很粗鲁地从粉娥手上接过水盆，也不试一下温度，直接对着憨平娃儿的头就一脸痛恨地泼了下去，刘若兰和刘兰芝看得不禁苦楚着脸"哎哟"一声张了张嘴。可是，憨平娃儿的身上依然脏浊不堪，在郝疯子的指派下，粉娥又连着端来两大盆水，这个时候的憨平娃儿总算大致有点儿人样了。

郝疯子动作娴熟地找来两个破旧的化肥袋，她隔着袋子抓住憨平娃儿的双手，连拉带拽地把他弄到自己家门口，然后在旁边的破椅子上拿起一个早已看不清颜色的抹布大致给他身上的脏水擦了擦，就拉起绑在一把破椅子上那个长长的布条子拴住憨平娃儿的一个手腕。这把破椅子本来就是用来拴憨平娃儿的，这几年都是，那根长长的布条子是郝疯子专门用一个穿不了的破裤子撕开后连接而成，只是椅子有点儿轻，家里没人时，憨平娃儿偶尔会在胡乱活动时带动着椅子一起走，而这次，他居然挣脱了布条子和破椅子，自己窜进了前面得贵家的粪池里。

这些年，郝疯子没少气急败坏地痛骂，她骂憨平娃儿，骂那把破椅子，骂布条子，骂李丰年，骂粉娥，唯独舍不得骂她的二儿子小海。小海长得浓眉大眼，小小的人儿已长得有模有样，他是郝疯子家所有的希望，也几乎是郝疯子和李丰年心里的唯一。至于女儿粉娥，那早晚是要上婆家的，李丰年夫妻俩也很稀罕这个女儿，只是从没把她纳入这个家庭以后的生活安排中。

对于郝疯子骂憨平娃儿一事，村里人大多都看不惯，都说郝疯子太不像话了，这个平娃儿憨是憨，但好歹是她郝疯子自己生养的亲儿子啊！然而，刘若兰和刘新芝这两个通情达理的人却能够理解郝疯子，因为住得近，她们一天天看着郝疯子七八年如一日地为憨平娃儿喂饭喂水把屎把尿各种换洗，那种麻烦和拖累，一般人真的是熬不下去，所以，"站着说话不腰疼"这句话不但可以用来发泄，很多时候，它也可以用来抚慰人心。

郝疯子除了爱到处传播家长里短，做起事来也是风风火火、利利索索，她其实是个勤劳能干不怕吃苦受累的热心人，而她的婆婆对她则是鸡蛋里挑骨头，夹在中间的李丰年却啥也不管，他可能是有点儿怵郝疯子那张动肆就破口大骂的嘴，或者是怕他妈手上那动不动就挥舞起来要打人的竹耙子和铁锨，也有可能是他根本就调和不了这常年烽火连天自古就堪比登天的婆媳矛盾。因此，婆媳俩往往是战争不断，说起吵架这事儿，她俩是两天一小架，三天一大架，郝疯子虽然做事说话冒冒失失，但受封建礼教影响之深的她总是顾忌婆婆是长辈，就各种让着她，可婆婆却不那么想，她认为郝疯子那是又尿又窝囊，软弱可欺，她每次吵架都是顺手抄起铁锨或竹竿，不顾三七二十一地扑打过去，直逼得郝疯子没有了活路，郝疯子这个名字就是几年前被婆婆逼得跳坝不成而落下的。

话说有一年大旱，很多人热得心慌生病，热死的也大有人在，郝疯子的大姑姐孝顺得有点儿过分，竟然全然不顾全村人的阻拦和反对，硬是接了一根长长的麻绳把她妈系到了水井里，那可是全村人吃水的唯一的水井啊。当时，有娃媳妇竟给郝疯子出馊主意，让她搬块石头扔到井里去，这样，以后就再也没人和她吵架了。可是，尽管和婆婆生了半辈子的气，尽管心里憋满了委屈和怨恨，但那样狠毒的事郝疯子可是无论如何也做不出来的。井边围满了讨伐郝疯子大姑姐的村民，郝疯子只好一边好生劝说大姑姐停止这个极端的举动，一边不停地对着井底朝婆婆一声接一声地喊着妈，她怕婆婆因缺氧而窒息。当然，对于出这个坏主意的有娃媳妇，看似没心没肺的郝疯子下半辈子却一直对其敬而远之，提起她，郝疯子都瘆得出冷汗。人们平日里都说郝疯子傻里傻气冒冒失失，但郝疯子其实比那些自认为聪明的人有脑子多了，这就是郝疯子，看着疯疯癫癫爱到处传闲话、戳乱子，干起活来也是粗枝大叶、马马虎虎，其实她不但心思细腻，又顾全大局，是个善良纯粹的人。

当天晚上，天刚刚擦黑，保成在厨房烧火，刘若兰正准备把搅好的苞谷糁倒进锅里时，村支书成党来了。天太黑，厨房又点着煤油灯，刘若兰也就没看到成党进院子。走进院子的成党看了看堂屋，他听到林康成正在给几个孩子讲故事，就特意干咳一声，在稍微制造了一点动静之后，成党走进了堂屋。孩子们见家里来了人，就立马散开了。

见是成党来了，林康成赶紧边起身边从口袋里掏出烟客气地招呼着："过来了？喝汤没？吸个害烟。"

成党笑了笑接过来，然后晃了晃自己手上的烟："啥害烟，都一样，还没有喝汤，早着哩！"

在豫西南一带，农村人总习惯把吃晚饭称为喝汤，即使晚饭没有汤，他们也习惯这么说，仿佛这样听起来会有一种天黑归巢的温暖。至于人们吸的香烟，虽说村干部听起来是比普通村民高了一个级别，但其实大家吸的烟都一样，而乡亲们都习惯自谦地说自己吸的烟是害烟，也有个别人因为经济原因或是比较节俭，也或者是嫌买的成品香烟劲儿不够大，依然习惯用老式旱烟袋吸烟。

"是这，我就是来给你们说一下，一会儿趁着天黑，你叫保成拉个拉车去给缝纫机拉回来，可白（别）叫旁人看见了。"成党的话让林康成一个大男人家突然眼睛就有点儿湿润，这个正直又善良的村支书白天庇护着自己免了计划生育罚款，晚上还又专门摸黑跑来说让拉回缝纫机，这着实让林康成狠狠地感激了一把。

"还有，我得给你说一下儿，无论罚不罚款，计划外生育的娃儿也就是黑娃儿都暂时分不了地，这我还是得提前给你说一声。"

听成党这么说，林康成的心里微微"咯噔"了一下，但他立马就释然了，毕竟林康成是个有见识、讲道理的人，他微微顿了顿："嗯，你这一说，我就知道了，分地的事儿以后咱看国家咋安排再说也行，咱听国家的。"

该说的也都说到位了，成党甚至都没来得及坐椅子，抬脚就要走，林康成一边着急地挽留他在这儿喝汤一边对着几个孩子喊着："走快（赶紧）去厨屋交代你妈炒俩菜，就说来人了。"

两个小的正在用绳子玩翻绞绞的游戏，文心和文夏两个大的一听，立马争先恐后地向厨房跑去。

这时候，成党已经出了堂屋门："是那，不费事了，也不细顾了，屋里已经给我哩汤都烧下了，我得赶紧回去了。"

闻讯，刘若兰一边在大脑里飞速编排着能准备啥好一点的菜，一边双手在围裙上擦着急急走出厨房挽留成党。

成党挥了挥手："你们走快吃饭吧，小点儿声，别叫建国他们听见再闹事儿，我回去了啊！"

听他这么提醒，林康成和刘若兰也便不再强行留他，俩人把成党送到大门外，直到他彻底消失在漆黑的夜色里，才意犹未尽地关上了楼门。

晚饭后，在林康成的协助下，保成安装好拉车，考虑到俩人动静会比较大，拉一台缝纫机也不算很重，保成就一个人出发去拉缝纫机了。冬天的夜晚，村子里几乎没人在外面走动，只有此起彼伏或远或近的狗叫声，保成一边在漆黑的夜路上颠簸前行，一边还得不时地应对突然窜出来的狗。成党帮助保成把缝纫机抬到拉车上，然后喊媳妇拿来一个大一点的东西盖在缝纫机上，那是成党媳妇用好几个化肥袋子缝在一起用来铺在地上晒粮食的一个大块鱼皮单子，保成主动表示明天会把鱼皮单子送回来，成党夫妻俩笑了笑："行，你走快（赶紧）拉上回去吧，也不说叫你进屋坐了。"

第九章

红娟割草生闷气　　有娃媳妇有秘密

　　这天上午十点多，一个包着蓝色头巾的中年妇女在林湾村找着换鸡蛋孵小鸡用，就是找那种对着光亮或者手电筒可以看到里面有卵的鸡蛋。虽然她看起来很自然，就和那些串村子挨家挨户换鸡蛋的女人一样，但有娃媳妇还是看出了端倪，她认出那是村子中间红娟她哥红强未来媳妇的娘家妈，她估摸着这女人来林湾村就不是为了换鸡蛋，她只是为了打听红强和他妈的人品，当然，也是为了打听红强家的经济状况和这家人在村里的人缘口碑到底咋样。尽管这是当时中原一带农村人联姻之前惯有的摸底方式，但有娃媳妇还是立马四下散播消息，不一会儿全村都知道了：红强他未来的老丈人妈在村里私下打听他呢！红强听了很不高兴，也觉得特别没面子，但红强妈是个少有的大气人，她微笑着劝红强：打听就打听吧，这也算是咱这里一直以来的一个习俗，木（没）啥可气的，可白（别）往心里去，当妈的都想让自己的娃儿过得好，咱得理解，啊！咱家根正苗红，经得起打听。

　　黄昏的时候，红娟左胳膊挎着半篮子草，右手拿着镰刀回来了。最近，随着村里小学辍学娃儿们的增多，割草的也越来越多，红娟从二姨家回来路过村后那片人迹罕至的沟渠，意外发现那里竟然有一大片肥美的茅草，那可是牛羊最喜欢吃的一种草，红娟当时那个激动啊，她盯着草地看了又看，就只差直接把草吃了或者直接把草揽进怀里才放心。她立马飞一样地跑回家，顾不得给她妈打招呼，抓起院子地上的篮子和镰刀就窜出门，拔腿直接朝村后渠边跑去。远远地，红娟就看到有个黑影肩膀上扛着一篮子草向邻村走去，她顿觉大事不妙，走近一看，哎呀，自己刚才看好的那片草竟然这么快就被人割走了！闻着草茬散发出的清香，红娟不甘心地丢下手里的篮子和镰刀，她趴在地上对着草的断茬处看了又看，闻了又闻，一骨碌站起身冲着那个已经走得看不见人影了的邻村割草人大骂一通,她实在是太生气了!田间小路边和几个小土坡上的草都被小伙伴们割完了,有好几次,小伙伴们为哪片草该是谁的吵翻了天,要不是几个大一点的小伙伴及时阻拦,那手上的镰刀随手下去直接就会闹出人命来。对于孩子们来说,割草是他们节假日的大事,割不来草,牛羊可吃啥呀!红娟越想越气,忍不住又对着那个割草人的方向骂了几句:"哪儿来的王八蛋,就你眼色好,老子刚看好的草就被你抢走了,真想一镰刀头子扔向你,气死老子了!"

正当红娟气得站在路边独自嚷嚷时,一群放羊放牛和割草归来的小伙伴走了过来,他们边走边唱:"大雁听过我的歌,小河亲过我的脸……"还有几个男孩吹起了口哨。自己生气时,哪见得别人开心,红娟听到歌声更是恼火,她心里寻思着咋整治一下这群兴奋过头的家伙。走近时,小伙伴们发现是红娟站在地头独自生闷气,大家立马停止了唱歌和吹口哨,在弄明白情况之后,伙伴们竞相宽慰她,看红娟依然很不高兴,文夏提议大家都把自己篮子和背篓里的草拿出来几大把凑在一起放进红娟的篮子里,要强的红娟说啥也不要,带头的文夏走过去悄声劝慰几句,红娟这才不好意思地说着感谢的话接受了伙伴们的好意。

黄昏的时候,庆义背着母亲悄悄地跑到郝疯子家,一进门,他就猫着腰压低了声音:"哎,谁在屋?"

郝疯子应声抱着三个蒸馍从东间走了出来:"谁啊?我在屋,咋了?"

"就是找你哩,我给你说啊,我刚才路过成才家,你猜你看见谁了?"

"谁?"

"你猜!"

"哎呀你这个娃儿真是哩,有啥话你赶紧说,我还急着做饭哩,一大家子人等着吃饭哩!"

"我走过去的时候,咱村里抓计划生育那个成才的门是从里面插着哩,我以为成才生病了,恁早都睡下了,谁知道,几分钟后我折回来时,恰好看见成才呼啦一声拉开门闩,吓得我赶紧停住了脚步,这时候,成才贼一样把头伸出来东看看西看看,然后有娃媳妇从他屋里像兔子一样跑了出来。"

"真哩?你可看清了?"郝疯子一下子就来了精神头儿,她索性把怀里抱着的几个蒸馍放在了小桌儿上。

"真哩,成天见,我还能认错人儿?"为了证明所言属实,庆义扭过头,拿嗔怪的神情瞪了郝疯子一眼。

"你可看清了是有娃媳妇？千真万确？"

"对啊，就是她，我木看错。"庆义继续压低着嗓音，双眼圆睁，整个面部都在使着劲儿。

"蚂蚱爷呀，她还真是恶心人，看她成天又厉害又装着自己多牛，木想到她还能干出这种事儿？她也不知道图成才个啥？"

"谁知道哩？还不是看成才人长得还行，又大方，还是个村干部，媳妇又经常回娘家伺候她的瘫子妈。"

"也对，白看你人不大，说得还挺在理。不过，再说你人小，你还是不懂啊，有娃媳妇不是违反计划生育了吗，可能她是想多生娃呢，所以才和管计划生育的成才在一起胡混。"

"对对对对，你说得也在理。你可白（别）到处拍（说）这事儿，要是真想拍（说），可白（别）说是我说哩啊，要不，白（别）说有娃媳妇和成才找我算账了，就我妈都会一巴掌呼死我！"

"这你放心，我再闲哩木得事儿了，拍（说）这干啥？我呸，木意思事儿，丢人。"郝疯子朝地上干吐了一口，显出一副极看不起有娃媳妇的不屑，也为了表明态度，意思是自己绝不会出去胡乱宣传这个事儿。

结果，第二天上午，林湾村大部分人都知道了有娃媳妇和成才鬼混的事，当然，俩人还不知道自己成了新闻人物。人们开始有意无意地注意观察他们的动态，果然，建国媳妇改英大清早去房后粪堆上倒尿罐（20世纪90年代左右的豫西南农村，室内尚没卫生间，为了便于晚上起夜，家家户户夜里都会在室内放上尿罐或尿桶），撞见有娃媳妇装作若无其事地从成才家的方向走过来，改英生怕有娃媳妇以后把散播谣言的事讹到自己头上，她只能装作没看见，扭头拎着尿罐就急匆匆地回家了。

第十章

采购湍河桥香烟　糖果分配又偏心

　　转眼，林康成也回来有六七天了，差不多该返回穰县上班了。出发前，他还是一如既往地放心不下家里，和妻子商量之后，俩人准备去后土街买些日常家用。这天早饭后，两个大女儿去上学了，保成要带着文钊去村中间找人下棋玩，林康成表示一会儿想带文钊去街上赶集，保成就自己出了门。林康成从偏房里搬出自行车，他习惯性地拿抹布擦了擦车身，再按按前后轮子，发现后轮的气有点儿不足，于是去堂屋拿来打气筒把后轮打得足足的，又拿出用纸箱包装带和粗铁丝编成的挂篓，挂在自行车后座的右侧，一切准备停当，等妻子刷完锅就可以出发了。

　　在去后土街的路上，他们时不时地遇到熟人打招呼，大家都穿着自己觉得能出门见人的体面衣服，心情自然也就很不一样了。高高低低的路面上坑坑洼洼的还有很多下雨天留下的纵横交错宽窄不一的车辙印儿，林康成不敢大意，他小心谨慎地骑着车，一边和抱着文青坐在后座上的刘若兰有一搭没一搭地说着话，一边时不时地给坐在前面大梁上的文钊解说着路上看到的人和事。

　　到街上时，还不到上午八点钟，这天恰好逢集，农村人起得早，这个时候的街上已经有很多人了，骑自行车的，拉着拉车的，步行的，挎着篮子的，牵着牛羊的……街道中间的土路上此起彼伏地扬起一阵阵灰尘，羊屎蛋儿滚落得这儿几颗那儿几颗，讲究的人们都穿着上街才舍得穿的喝茶衣服，习以为常地享受着这凡俗人间的烟火气和乡村集市的小繁华。

　　街道两旁到处飘着胡辣汤和油条还有锅盔馍的香味儿，文钊眼睛紧盯着路边桌子上码得整整齐齐的油条拉了拉父亲的衣服："爸！"

　　林康成顺着他的目光看过去，顿时明白了，文钊这是想吃油条。于是，抱着文青坐在后座的刘若兰赶紧跳下车子，林康成找了个地方把自行车停好，锁上，然后把文钊从大梁上抱下来，让他在地上站好别乱跑。

林康成让妻子招呼着娃们在卖油条的摊位前找一张桌椅坐下，他买了一斤油条和两碗胡辣汤，油条是让刘若兰和俩孩子吃的，文青太小了，还不能喝胡辣汤，两碗胡辣汤自然是给妻子和儿子喝的。那碗放在刘若兰面前的胡辣汤，却在刘若兰和林康成推来让去的过程中因桌面不平一歪就倒了，在桌子上洒了一大摊，黏稠的汤汁在桌面上缓慢地扩张流动，薄薄的肉片托着几段黄花菜和面筋，刘若兰很心疼。

看着眼前的境况，林康成有点儿生气："一碗胡辣汤又不是啥稀罕东西，你看你何必这个样，咋了？你喝了能咋着？我在穰县随时想喝不是都能喝得到嘛！"

林康成的声音不算大，但表情有点严肃，两岁多的文青立马停下嚼动的小嘴巴，她紧紧地攥着手中的油条，两眼目不转睛地盯着父亲，吓得"哇哇"大哭起来。刘若兰什么也没说，她满脸歉意地微微低下头拍了拍文青的后背，用手心和手背交替着为她擦了擦眼泪，然后很是心疼地端起碗，试图用筷子把洒了的胡辣汤拢回碗里。林康成急忙阻止了她，口气也随之缓和下来："这桌子太脏，不要了不要了，洒了就洒了，木事儿，赶紧吃吧。"刘若兰也便不再坚持。看着妻子和孩子们吃得很香，林康成一脸地满足，他从来也不愿意让孩子们受委屈，尤其是文钊，他唯一的儿子，他更是有求必应，每次好吃好喝的总是先分给文钊，平时在分给几个孩子零食时，也总是忍不住要多分给文钊一些。

林康成在商店里买了两条湍河桥香烟，一条准备给保成，另一条放家里平时来人了用。说实话，林康成这些年在外工作，家里多亏了弟弟保成，又是帮着招呼孩子们，又是各种忙地里的农活。刘若兰在合作社撕了两块布，打算给文心和文钊各做一条裤子，还余两毛钱，站柜台的营业员给找了六个水果糖。看到有糖果，文钊和文青蹦起脚嚷嚷着要吃，刘若兰一边把布料和糖果装进手上提着的篓子里，一边拉着俩孩子往外走："回家和姐姐们一起吃，听话，你爸还在放自行车那个地方等着咱们哩！"俩孩子就不再吵吵，一左一右地跟着母亲去街头和父亲会合。

从后土街回到家，也才十点多钟，两个上学的孩子都还没有放学，保成正在院子里冲洗闲置了一段时间的牛槽。看见他们从街上回来，保成停下手上的活，小跑过去从自行车大梁上把文钊抱下来，先抱在怀里紧了紧，又亲了亲他的小脸，然后才放在地上。

从林康成手上接过那条湍河桥时，保成像是突然想起了什么似的："对了，你们早上吃罢饭刚出门儿，刘寨来人了，说他大娃后天结婚，叫咱们家去个人陪送客。"

林康成随口应了一声，他一边往偏房屋里搬车子一边回头对保成说："后天你去刘寨算了，我回来哩天数也不少了，明早准备去穰县。"

临近中午，两个学生陆续放学回来。看姐姐们都到家了，早已等不及的文钊跑进厨房拽着母亲的围裙角："妈，大姐二姐她们都回来了，我要吃糖。"

正在案板上切着白菜的刘若兰慌忙在围裙上把手擦了擦，去堂屋把糖从布料里抖出来，四个孩子，六个糖，文钊理所应当地分到了三个，两个姐姐早就习惯了，跟没看到一样，小小的文青却带着哭腔指着哥哥手上的糖："妈，我不干我不干，我也要多多的糖。"

刘若兰摸了摸文青的小羊角辫："行，下次妈再上街了，给青青买一大把。"

到底是小孩子，文青听了，也便不再计较，竟攥着手上那颗糖美滋滋地蹦了起来。

重男轻女家庭的孩子就是这样，小时候看到好东西总是分给男孩，还会如初生牛犊般毫无顾忌地忍不住嚷嚷；长大后看到啥好事儿都是尽着男孩子，就会在多年的习以为常中麻木地认为那是天经地义。这，可能就是男尊女卑的根源！

陪送客是中原地区许多年来流传下来的风俗，就是这家的儿子结婚，这家血缘比较近的老亲戚就需要陪着新娘娘家来送亲的那些人一起吃饭，那些娘家人被称为送客，他们吃的宴席就叫送客席。所谓送客席，就是必须有囫囵鸡和囫囵鱼，还有其他很多有讲究有说法的细致菜，总之，那就是婚礼当天甚至是所有宴请中最丰盛、规格最高的宴席了。当然，对于可以去陪送客的老亲戚来说，心里也是特别舒服的。一是说明这亲戚是真亲；二是说明亲戚把咱当回事儿，尊重人；三是不但宴席丰盛，还可以给孩子们带回来一包果子。果子就是送客席快结束时端上桌的几盘点心，一般都是江米条和饼干之类，客人们就像正常夹菜一样，每种点心都夹几个放在事先发下来的一张黄色草纸上，然后用草纸把果子包好，装口袋里带回家，那是孩子们的期待，也是主人家的心意。

第十一章

陪送客喜获牛线索　刘若兰开会遭讽刺

保成在陪送客时，无意间闲说到自己家丢牛的事，一个送客把保成拉到一边悄声嘀咕了一阵："我们村有一家前段时间突然就多了一头大黄牛，邻居们都觉得不对劲儿，会不会就是你家哩牛？你想不想去看看？"保成不假思索地点了点头，和那送客约好第二天上午去他们村看看。

因怕嫂子阻止自己去认领大黄牛，早饭后，保成谎称自己要去后土街转转，看看牛最近的行情。刘若兰简单给保成交代几句之后，保成就戴上他喜欢的红军帽抄着手劲头十足地出发了。

在快到那个送客的村子时，保成刻意拉低了帽檐，想了想，他把棉袄的领子也竖了起来，尽力让人看不清自己的相貌。按那个送客所描述的位置，保成顺利找到了突然冒出一头大黄牛那家，虽然牛拴在院子里，但那家的土坯院墙特别矮，保成看四下里没人，就趴在院墙头上仔细瞅了瞅那头大黄牛，可能牛真的是很有灵性的动物，正悠闲地咂着嘴巴倒着沫的大黄牛听到动静，就扭头朝保成这边长长地叫了一声，吓得他一下子从墙头跌落在地上。保成也顾不得屁股和膀子被摔得生疼，他一骨碌从地上爬起来拍了拍身上的灰尘和草渣，凭着相伴几年的记忆，匆匆一眼他便可确认这头大黄牛不是自己家丢失的那头。保成整理了一下帽檐和衣领，回头看了看那堵低矮的院墙，没精打采地叹了一口气，一脸失望地沿着来路走了回去。

刚走进自家院子，保成就听到队长得福在大呼小叫地喊着开会，声音就跟炸雷一样。保成急急忙忙去了一下厕所，就一边勒裤腰带一边朝大门口走，裤腰带是用废布条子做成的，因为太着急，竟一下子绑成了死结，保成着急地拽来拉去，越拽死结绑得就越紧，一时半会儿应该是解不开了。外面，得福炸雷一样的喊声还在一声比一声紧促地继续着，保成索性放着死结不管了，反正裤带是勒好了，他一边往会场跑去一边忍不住骂着缺德的得福。听到得福的喊声时，刘若兰正在搅拌猪食，她着急慌忙地把猪食端进猪圈，飞速在地上的洗脸盆里撩着水大概地洗了一下手，就一边在衣角抹着湿漉漉的手一边小跑着朝门前的大路上赶去。

当刘若兰走到距离会场大概几米远的地方时，得福突然扯着嗓门来一句："都看看，都看看啊，咱们这个队就刘若兰来哩早，这人啊真是积极哩很。"经他这高门大嗓地一喊，原本围成一个大圈准备开会的林湾村八组全体村民都齐刷刷地把目光投向刘若兰。刘若兰本来就是个脸皮薄的女人，又年轻，这阵势让她的脸一下子就红到了脖子根，她很感屈辱地快速瞥了一眼得福，心里又气又恨，真想找个地缝赶紧钻进去算了。郝疯子慌忙拉了拉她的衣襟："来这儿坐，这儿有个空地。"旁边的刘新芝搬起边上的一块砖头放好，又快速用手在上面擦了擦，刘若兰坐了下来。

这次开会说的是关于一年一次的分地，有娃他爹生前跟着他家生活，他爹是去年死的，在这次的分地中就得把他家的地减去一个人的。尽管这是合理合法的，可有娃媳妇还是很不高兴地和得福吵吵着，抬杠好大一会儿之后，在邻居们的劝解下，双方不再理论，而她家的田地，还是按规定收走了一个人的。大致情况讲清楚之后，得福拿出早已写好的纸条，一个个捏成纸疙瘩，就像抽签一样开始抓阄。有娃媳妇抓到了一块坝头上的水洼地，她几乎是瞪着血红的眼睛跳起来就和得福大吵大闹，反复要求重新抓阄。而抓到好地块的人当然不同意重新抓阄，无论抓多少次，好害地块最终都会有其归属，有娃媳妇纯粹是无理取闹，人群中顿时议论纷纷，大多是看不惯有娃媳妇的蛮不讲理。得福气得歪着头，上下嘴唇微张地左右抖动摩擦着，用愤怒又无奈的眼神反感地瞪着她，看着她那撒泼的无赖样子，得福真是恨不得扇她几巴掌才解气，但碍于有娃的三姐夫在宛南市公安局当副局长，有娃媳妇这行为也确实属于狗仗人势，咽不下这口气的得福也只得强压下心底那团火，他一边把合上的钢笔挂在中山装胸前的口袋外侧，一边耐住性子给有娃媳妇讲了几句道理，然后又勉强忍着随时都有可能喷发的一腔怒火提醒有娃好好劝劝自己媳妇。

有娃生就一张煞白得毫无表情的脸，虽说他每次见了邻居也都会主动打招呼，但他那张脸从来都不会笑，有人在私下里说，有娃是被他媳妇的绿帽子气成那样了，至于有娃到底知不知道自己媳妇和成才鬼混的事，谁也弄不清楚。听得福这么说，有娃惨白的脸上没任何表情，这可是和自家有利害关系的事儿，有娃当然会装死不理地向着自己媳妇。有娃媳妇依然在会场边骂骂咧咧地胡搅蛮缠着，有娃在旁边故意把脸仰得高高的，脸上写满了"我就这样又咋了"和"不服气你就来"的强势和霸道。看着他们夫妻俩那副死猪不怕开水烫的横梁子德行，向来爱占上风头绝不随意向谁服软的队长得福忍无可忍地歪着嘴咬着半边牙齿，另外半边咧开的紫黑色嘴唇微微颤抖着："今儿就这个样了，散会！"他懒得再给谁讲好话儿，说完散会之后，就直接黑着脸双手背后头也不回地跨着大步回家了。

这段时间，电视上正在播放《射雕英雄传》，文心和文夏买了几张黄蓉和郭靖的小贴画，贴在抄歌词的歌本上，文青却嚷嚷着在后土街看到过大张的贴画，文夏一听，立马托建设正要去后土街赶集的二女儿玉转帮忙捎带了一张回来，一起带回来的，还有文夏特意交代过的小虎队组合的一大张海报。谁知，这两张贴画还惹出了乱子：一向节俭的刘新芝看到玉转竟然浪费钱买那么大两张画，立马就骂了起来，还不顾三七二十一地抓过去撕了个粉碎，玉转抢都来不及抢，贴画就这么给糟蹋了。玉转气得哭了一路，回到家也吓得不敢去见文夏，尽管玉转过后给母亲说了这张画是帮文夏捎的，但极其节俭的刘新芝还是装聋卖哑地不愿意给予补救，她啥道理都懂，但想让一分钱当十块钱来花的她拿钱出来，那实在是一件难于上青天的事。

玉转气呼呼地在家里睡了一个下午，想来想去依然觉得实在是没法给文夏交代，自己口袋里也没钱作为赔偿。正在急头上，院外传来了收空酒瓶的吆喝声，玉转一下子就有了办法。她拿来一个洗脸盆，然后悄悄搬出家里去年拜年剩下的半箱酒，她把那些酒一瓶一瓶挨个拧开倒在脸盆里，然后把半盆酒端到院外的坑塘里悄悄倒掉，再回到院子的压水井上反复把洗脸盆里的酒味儿刷了又刷。卖了空酒瓶，玉转的心里总算是踏实了，她不但还了文夏的贴画钱，自己还有三毛钱的剩余。至于倒掉酒的事，她准备将来被家里发现时装糊涂。

第十二章

红娟在婆家轻生掀风波 蛮子性感裤子惹人说

这天大清早，村子中间就传来了乱糟糟的吵吵声，忙着刷锅的刘若兰本来也不爱凑热闹，文青却拉着文夏一起循着声音的来源跑了过去。原来，是嫁在邻村的红娟在婆家和婆婆闹了矛盾，结果遭到了丈夫的殴打，她一气之下天刚亮就哭着跑回娘家来了，她丈夫随后就气势汹汹地追了过来，红娟她哥气得掂起铁锨冲过去就朝红娟丈夫打了起来，红娟妈急忙拉住了他，这会儿双方正在撕破脸皮大吵大骂。只听红娟和她哥不断地喊着骂着说离婚算了，而红娟的丈夫却毫不示弱地喊着说离就离，老球将就谁啊真是的。文青吓得大气也不敢出一口，虽然人小，但她喜欢看电视，喜欢翻看连环画，也大概能听明白吵架的内容，如果真离婚了，红娟可咋办呢，小文青心里竟不禁为红娟担忧起来。

果然，两天后的一个午饭时间，村西头传来噩耗，红娟本来就觉得离婚太丢人，回娘家住又怕嫂子不高兴，也怕自己的母亲为难，可她又实在是没别的地方可去，想不开的她竟然用上吊的极端方式结束了自己年轻的生命。红娟的哥嫂气冲冲地到红娟婆家讨说法去了，悲伤过度的红娟妈一下子就晕了过去……

在把名声和脸面看得比命都重要的中国农村，离婚是一件让人很看不起的事情，几乎所有人都会因此而鄙视当事人，无论是什么原因造成了这个结果，离婚的人就是里子和面子都没了。此外，女方还得顶着无处可去只能回娘家却又怕遭到弟媳或嫂子嫌弃的巨大压力。在林湾村，红娟姑娘竟然成了传统世俗碾轧下的一个悲剧。

说起当初红娟坐着高大的东风车拉着一车厢梳妆台、组合柜和摩托车风风光光被接去婆家的场景，仿佛就是昨天的事，然而，好好的人突然间说没就没了。人们议论纷纷，感叹着红娟的不值得！郝疯子在村中间的大路上边走边惋惜着:"这女子真是憨,这咋就想不开了哩?城里恁多人离婚,还不是都过得好好的,有啥大不了的啊,唉!多好一个女子啊!可惜了。"

"不是是啥,这些年,城里离婚的可多了,就个宛南市,离婚的都不少,我听大穗儿说了,她大姑子两年前都离婚了,人家俩人各自又重新找了对象,各过各的,还不是美气哩很,怕个啥!"有娃媳妇的口气,不知是在抚慰惋惜红娟,还是在偏嘴宛南市排场牛逼有优越感。

"那城里离婚的再多再常见,还不是照样遭人在背后耻笑,别人骂他们,能让他们听见?离婚是啥光彩事儿?丢死万人!"得贵不服气地怼了一句。

有娃媳妇侧过脸狠狠地剜了他一眼:"哼!有人木(没)离婚,也不见得比离婚的人光棍儿(排场,风光)到哪儿去,在家窝窝囊囊哩,在自己女人面前吓哩大气儿都不敢出一个,混哩是个球!还有那个逼脸在这儿说旁人。"

"你骂谁哩你?我问问你骂谁哩?"得贵气冲冲地怒睁双眼伸长了脖子看向有娃媳妇。

"这就稀奇了,有人争吃争喝也就算了,都看看这,还会有人争骂!真是稀奇,吃饱撑着没事儿干了,在家窝囊哩屁都不敢放一个,在这儿闲哩学驴叫!在老子这儿要啥横哩?"

"你那张破嘴放干净一点儿,别再驴腔驴调地乱叫唤了。"得贵往前打了一个箭步,企图用气势镇住有娃媳妇。

有娃媳妇才不是省油的灯,她立马伸长了脖子怒睁双眼死死地盯住得贵,眼看一场恶战就要开始。

"你俩别吵了,你们看划着不划着这个样?红娟为俩人过不成的事走了是不划算,但咱农村人和人家城里人木法比啊,城里人有房子有工作,离婚了也各有安排,红娟上哪儿住去?她妈跟着她哥嫂住,红娟是个出过门儿的人,她上婆子家之前的地早就被生产队收走了,她离婚后吃饭花钱从哪儿来?这都是摆在眼前的问题啊!红娟是个细心人,她啥考虑不到?"轻易不发话的田娃媳妇一通话说得大家都纷纷点头,尽管有娃媳妇依然是一脸的不服气,但她和得贵还是不由自主地散开了。

至于红娟的事后来如何处理,没人敢过问,只见跑去她婆家出气的她哥红强头上一块浸血的白色纱布包了很多天。

又到了提前交下学期学费的时间,文钊听老师一说,放学到家的第一件事就是给母亲说学费的事。刘若兰一边做饭一边笑着看了看文钊:"文钊啊,咱们这交学费总是第一名,学习上也要努力赶在前头啊!"凡事习惯了满不在乎的文钊没有接话，只是若无其事地摆弄着压水井边大盆子里的黄鳝。

午饭后，文钊刚准备提醒母亲拿学费，刘若兰就从口袋里掏出早已准备好的二十块钱递给了他。在这物质和经济并不宽裕的年月里，刘若兰和林康成在保成的辅助下，凭着自身的勤劳踏实把家里家外经营得井井有条，日子平稳，把孩子们也都教育得很好，勤快、懂事、有礼貌、成绩也都不错，在大人优质基因的遗传和言传身教下，几个孩子的情商也都特别高。

下午上课后，因为怕学生们把钱弄掉，作为班主任的语文老师一进班就开始收学费。学生们按座次一个一个去讲台上把学费交给老师，末了，班主任一如既往地让没拿学费的人站起来，同学们扭头看去，除了个别同学是忘了拿或者因为临时情况需要推迟一天半天再拿，另外两三个经济特别困难的学生一遇到交学费就犯难，他们总会在班主任的课堂上一次次因为没交学费被点名，然后就是在接下来的一段时间里需要反反复复地站起来解释原因，接着就得当着全班同学的面说出自己啥时候能把学费带来。那样的尴尬和难堪，文心兄妹几个从不曾受过，刘若兰也从不会让自己的孩子有交学费和吃喝用方面的委屈。

中午时分，郝疯子端着碗来到了刘若兰家的院子里，有椅子她却不坐，总喜欢靠着屋前的台子蹲在那里。打过招呼之后，郝疯子动作麻利地用筷子在自己碗里把面条快速地翻动搅拌了几个来回，接着就自顾自地挑起面条呼呼噜噜吃了起来。片刻之后，看刘若兰终于在厨房做好饭盛一碗端了出来，郝疯子停下了手中那双上下翻飞的筷子："大奶奶，村头那家的蛮子回来了，你知道不知道？"

刘若兰笑着摇了摇头："不知道啊，木听说，她咋这个时候回来了哩？"

郝疯子夸张地笑了笑："哎哟，谁知道她回来干啥哩，你是木看见，那蛮子烫着卷发也就算了，穿那个裤子哟，真是羞死人了，精细儿精细儿哩，紧紧儿地绑在腿上，难看死了，也不知道羞。"

刘若兰宽容地笑了笑："可能她在山西习惯了，城里总和咱农村有点儿不一样，你说是不是？"

郝疯子很夸张地撇着嘴摇了摇头，强烈地表示不认同："反正我是看不下去，真是羞死人了，难看哩很！"说着，郝疯子把吃空了的碗放在脚边的地上，用两个手掌心交替着擦了擦嘴，然后两个手掌对着搓了搓。

下午，在院外拾掇柴火的刘若兰看到了从大路边走过去的蛮子，这时候，她才明白郝疯子为啥那么说。只见蛮子那细细的裤腿紧紧地裹在身上，尤其是两个屁股疙瘩儿，真是难看得很，就跟没穿衣裳似的，实在是叫人看着都难堪，刘若兰替她不自在得心里慌。蛮子是村头林文来早些年在山西当兵时娶的当地媳妇，后来退伍了，也就差不多算是倒插门地留在了山西，这估计是回来探亲来了。

接下来的几天，文来家蛮子的裤子成了林湾村东头女人们的热门话题，所有的女人都为这个过于奔放不知害臊的蛮子感到又羞又臊又难为情，她们只有祈祷蛮子别再跑出来亮相，或者是盼着蛮子赶紧换一条裤子穿，要么就是赶紧回她的山西去。两天后，蛮子终于换了一条裤子，然而，她只是把那条黑色的紧腿裤换成了一条紫色的，这样一来，穿着紫色紧身裤的蛮子越发显得妖媚又惹眼，女人们对此只好无奈地瞪瞪眼摇摇头。

谁能想到，就在短短的两年后，林湾村全村的女人几乎都穿上了这种精细的紧腿裤，就连中小学生也穿了起来，这种被称为健美裤或是脚踩裤的裤子虽然看起来很细很紧，其实弹性特别大，穿着又松软又舒适，无论是下地干活还是在校上学，活动起来都很方便。由此可见，人们向往城市还是有原因的，城市人就像是亲生的孩子，从吃穿用度到交通入学等，好东西永远都是尽着城市人先接触享用。而农村人就像是抱养的孩子，尽管其受苦受累供给城市粮食和蔬果，然而，他们的吃穿用永远都是以简单朴素和粗茶淡饭为主，即使有一天农村真的接触到了好东西，那也是城市供过于求或是火爆流行之后才以剩菜剩饭的形式流通到了农村。这么说，听起来有点儿极端，而事实确实如此。

第十三章

保成买回放心牛　文青被惹骂得贵

林康成家的牛总算是买回来了，这又成了林湾村东头的头号新闻。这头黑色的大耕牛经刘寨的老亲戚介绍，保成和建设还有刘寨的老亲戚一起翻过村东的大坝，穿过坐客车的后土乡二中，又走过五六个村庄，在隶属于穰县的石林花了720元买回了这头油黑发亮的牛。牛主人是个看起来忠厚朴实的庄稼人，是刘寨老亲戚的姑家老表，说是他们队里这几年添的人口越来越多，分的地也就相应少得可怜，养着这头牛也没啥活干，养不起了，其实这头牛温顺得很、通人性得很，他也舍不得卖掉，但迫于生计，实在没办法了，牛主人再三交代保成："一定要善待这头牛，听话着呢，能干着呢，不到万不得已，我是真舍不得啊！"说这些话时，牛主人甚至湿了眼眶。

这头牛看起来确实健壮又温顺，精神和毛色看起来也很不错。林湾村东头的几家邻居都过来看保成新买回来的牛，得福从门前路过，边走边歪着头朝院子里的牛槽扫了一眼，就黑着脸往村子西边走去了。得贵边看牛边不断地好听话和难听话不管三七二十一地喷出来，只图自己嘴巴痛快，保成气得真想拿拌牛草的棍子把他给轰出去。贼眉鼠眼的得邦始终没露面，他虽然阴险歹毒，但却是个向来都不爱串门的人，况且，即使再缺德、再大胆，他偷牛的心虚劲儿应该还没彻底过去吧。建国则一副漫不经心的表情进来看了看，没发表任何看法，就拉着他那张长长的黑脸走了出去。文心和文青跑进厨房，文心把他看到的那几个人的言行都告诉了母亲，刘若兰笑了笑："没事，妈知道了，小娃子不管那些，你带着文青去玩吧。"

得贵在路过文青身边时，随手拉了拉她的羊角辫，原本扎得干净利落的小辫子一下子就散乱了，文青气得哭了起来："得贵是个狗东西，凭啥拉我头发，呜呜呜……"

得贵回头笑了笑："你这个小青青，土匪女子一个。"

刘若兰听到文青在骂人，三步并作两步急急跑了过来："青青啊，你咋能骂人哩？你二哥那是跟你玩哩！"

文青仰起委屈的小脸很是生气地看了看母亲，又回头看向得贵："他就是个狗东西，玩啥玩？他咋不给他家巧月头发拽散哩？"说完，文青气得继续大哭起来。

听到文青哭个不停，刘若兰急忙去堂屋的条几柜子里给文青捏了几块冰糖，特别爱吃糖的文青因为生气得厉害，索性赌气不接，本来刘若兰就干了一上午的活，这会儿又在紧二赶三地忙着做午饭，也就没工夫再继续哄她。文青越想越气，她想想哭哭，再愤怒地对着得贵家的方向骂上几句，以此发泄心里的愤恨。文青讨厌农村这乌烟瘴气的环境，她痛恨农村人所谓的玩笑，那分明就是故意坑人的恶作剧，她急切地想要长大，她巴不得马上离开这个地方，最好是再也不回来。

第十四章

保秧诅咒惨遭报应　雪地捕鸟叔侄情深

中原地区处于一个尴尬的地理位置，漫长的冬天似乎永远都没有尽头，夜里突然刮起了呼呼的西北风，雪花很快就簌簌地落了下来，一夜之间，厚厚的大雪便严严实实地覆盖了整个村庄。清晨，林湾在清脆的鸡鸣声中醒来，白雪皑皑的大地与炊烟袅袅的村庄相互辉映，偶尔有几只瘦小的鸟乖巧地落在地上，又像是受惊了一样忽地一下就飞走了，整个林湾村显得宁静又祥和。

大人在欣喜"今冬麦盖三层被，来年枕着馒头睡"的同时，更多则是为厚厚的大雪犯愁，再下就会没有干柴火烧火做饭，再下孩子们的靴子跑湿了就没有暖和的干靴子穿，再下可咋办啊？小孩子的兴奋就有些没心没肺了，他们穿着靴子在雪地里踩踏着、蹦跳着，甚至不断地摔倒在雪窝里，再爬起来拍拍身上的雪沫子，继续在厚厚的雪地里疯狂打闹，玩够了，他们堆起了胖乎乎的小雪人，反正就是没有回家的打算。刘若兰坐在堂屋门槛里边，手上捏着针线在纳鞋底，看着孩子们兴奋的样子，尽管怕他们弄湿靴子，尽管怕孩子们着凉感冒，但一次次话到嘴边，她都忍住了，她知道，下雪是很烦人，但下一次大雪也不容易，这样的雪一年大概也就下一两次，孩子们难得高兴高兴。

午饭时间，刘若兰和孩子们一起在厨房就着热乎乎的灶火吃着猪油白萝卜丝糊汤面，文青跳着脚喊着让母亲给她的碗里再剜一点猪油，再多放几个油渣。这时，郝疯子端着两碗饭咯吱咯吱地踩着积雪深一脚浅一脚地走进了院子，走到厨房门口，郝疯子使劲跺了跺脚上的雪，又低着头在石头门墩儿上刮着鞋底沾的泥巴。串门儿是郝疯子的喜好之一，哪怕下再大的雪也挡不住她串门儿的脚步，而这次，她是来送肉面的。

刮完鞋底子上的泥巴，郝疯子才又重新抬起头来边进厨屋边高门大嗓地喊着："大奶奶，我这顿割了点儿肉改改善儿，来给娃儿们也端一碗解解馋。"

文青一听，立马不吵吵了，她装作不在意地端着碗安静地吃起饭来，心里却急切地盼着母亲赶紧把郝疯子端的肉面分给她和文钊。

一边跨过厨屋门桥儿（门槛），郝疯子就急不可待把头往低处探了探，眼睛睁得特别大，刻意压低了嗓门儿："大奶奶，你还不知道吧？保秧他娃儿腿瘸了，打针打坏了，成拐子了。"

刘若兰不可思议地放慢了手上的筷子："咋回事儿？真吓人，咋打个针就能打成拐子了哩？"

郝疯子赶紧走进厨房，靠着门蹲下，她边用筷子扒拉着碗里的萝卜丝猪肉糊汤面，边往院子和大门那里警惕地看了看："是这，保秧他娃儿生病了，去找一个大夫看病，那大夫给他娃儿打了一针，结果回来的第二天早上起床就发现他娃的腿动不了了，试着下地走路，就成一拐一拐的了。"

保成从牛屋过来盛饭，听到郝疯子说的话，他把嘴撇了撇："善恶终有报，唉，我那买了几天就没了的牛啊，都是他鳖娃儿作的孽，就那他自己还把他娃儿拿出来做诅咒，我啥也不说，这一下子就灵验了，这真是坏人木好报啊！"

保成话音刚落，刘若兰装作不经意地飞速看了一眼郝疯子的反应，然后瞪了保成一眼："你看你说哩啥话，可不能这个样说，都是邻居，他保秧过去不管做过啥对不住咱的事，他娃儿现在腿脚瘸了，咱心里都觉得怪不美哩。"

见风就倒的郝疯子看刘若兰如此说教保成，立马又顺着刘若兰的话："不是是啥，保秧这真是倒霉，咱们听了心里也都觉得可不得劲儿哦！"

这场持续两天两夜的雪下得有点儿大，房顶和地上都堆起了厚厚的积雪，有十五六厘米厚，看起来天气像是放晴了，却依然看不到太阳，树枝上那些瘦高的积雪时不时就簌簌地落下来一些，总让人误以为天上还在飘雪沫子。茫茫白雪把天地连成一体，整个林湾村显得很是静寂，只有成群的孩子像是怕雪融化了似的，争分夺秒地在雪地里疯跑，大人们看雪已经停了，也便不再厉声呵斥管制，任由孩子们在天赐的自然资源里肆意撒欢儿。

在文钊想要捕鸟的请求下，保成拿了用来端牛草的竹筛子，又找了一根长长的绳子，从门口的小树上折了一根长短合适的棍子，然后在盛麦的粗筒麦梭子里抓了一大把麦子。保成带着文钊在堂屋门外扫过雪的干净地面上支好竹筛子，放好麦子，然后陪文钊拉着绳子坐在堂屋的门槛里边静观动态。很快，两三只觅食的鸟雀"呼隆"一声飞了过来，落在了距离筛子不远的地面上，文钊激动地想要喊出声来，保成赶紧示意他别吭声。那几只鸟雀在筛子附近若无其事地徘徊了一会儿，就试探地向筛子这边走了过来，文钊牵着绳子的手微微抬了一下，但他立马就想起了二叔交代的注意细节，于是，他忍住了，但他牵着绳子的手丝毫不敢松开。这时候，另外两只鸟雀不知怎的就改变了主意，向远一点的地方走开了，只有一只还在不远不近地打量着筛子里的食物，片刻之后，它放心地跳进了筛子，等它低头刚啄几秒钟的食物，在二叔的示意下，文钊猛地一拉绳子，那只放松警惕的可爱小鸟就被罩在筛子里了。在二叔的帮助下，文钊顺利捉到了小鸟，与别人家捕鸟的目的不一样，别人大多是烧了给小孩吃肉或是用来喂小猫，而文钊捕鸟是为了当小宠物饲养。这只小精灵般的鸟雀在陪伴文钊半个月后，就有点儿郁郁寡欢不思饮食了，尽管文钊每次起床和放学第一件事就是照顾它，却依然无法让它高兴起来，在和二叔商量之后，文钊叔侄俩去村边的小树林里把它给放生了。后来的很长一段时间，文钊总说自己梦到那只小鸟了，惹得文青老是笑话他。

第十五章

保秧儿子打瘸了腿　郝疯子婆婆喝农药

　　在林湾村中间的保秧家，三间青砖屋架房门口站了几个邻居，保秧媳妇把棉靴穿成拖鞋的样子趿拉着坐在当堂用三合土（红土、河砂和石灰按一定的比例混合而成）夯成的地面上，她背靠着堂屋东边的柱子痛哭流涕，哭丧着脸边哭边骂边埋怨，时不时地用黑得发亮的棉袄袖子擦一把鼻涕和眼泪。她六岁的儿子穿着有肚兜的背带棉裤光着脚流着泪蜷缩在一张断了扶手的老圈椅上，保秧则闷着头坐在堂屋西边的石头门墩儿上一支接一支地抽着烟，白茫茫的积雪映照得他的眼睛眯成一条缝，零零碎碎的雪沫子时不时地飘过来，落在他的头发上，钻进他的脖子里，逼人的寒气一股接一股无孔不入地侵袭着他，而此时，保秧像是完全没了任何感觉，他痛心自己儿子突然的残疾，他敢怒不敢言于媳妇对自己的痛恨和责骂。

　　保秧媳妇哭累了，也骂够了，突然起身冲过去一把夺下保秧手里的烟摔在门前的雪地上，用脚边趿边气急败坏地痛骂："吸烟吸烟，吸你妈那个蛋哩烟，都怨你，不是你个贱东西日你妈哩浪着给娃儿领到那个大夫那儿，娃儿也不会挨那一针，你说娃儿这辈子可咋整啊，你可养活他一辈子去。"保秧闷声不吭地听任媳妇哭骂着，他心里也是悔恨自责又愧疚，他一大早已经去找过那个大夫，可他儿子又不是在大夫家直接变瘸的，人家现在根本就不承认，更不愿承担任何责任。想着儿子以后的日子，无论是上学还是种地，那腿都不好使了，尤其是将来找媳妇，估计只能去大山里领个憨子或是哑巴回来凑合过一辈子了……保秧越想越难过，越想越绝望，也忍不住一边拍打自己的脑袋一边从门墩儿上出溜下来，干脆一屁股坐在地上抽抽搭搭地哭了起来。

　　保秧媳妇本来就是个蛮横又难缠的人，遇到这事儿自然也不甘心就此罢休，大夫那一针下去就打坏了她娃儿的一辈子，他凭啥不承认是他打针打坏的啊！左思右想之后，她横竖觉得自己的娃儿不能白白受这个罪遭这个殃，想到这里，她一翻身就站了起来，拧一把鼻涕往棉靴后跟上一抹，两个手指头捏住棉靴后跟往上一拉，穿好棉靴的她二话不说抓住保秧的衣领就边走边骂地朝村支书成党家大跨步地走去。

成党正和媳妇在偏房的牛屋里围着一个烧成红色火球一样的树疙瘩（比较大的树根）烤火，保秧媳妇进了院子就哭开了，一头雾水的成党夫妻俩赶紧起身迎了出来，问清楚来意之后，保秧媳妇哭天抹泪地请求成党为她做主。成党是林湾村的村支书，本身又是个热心肠，听她这么一哭诉，仔细想了想，这事儿确实不算小，于是成党就顶着刺骨的寒风在有点打滑的雪地上骑着车子陪保秧夫妻俩去了那个大夫所在村的村支书家。几乎是用了足足一个下午的时间，经那个村的村支书各种劝说和软硬兼施地调和，大夫才很不情愿地答应赔偿保秧家150块钱，但是，保秧家必须给他写个收钱的字据和保证书，保证他娃儿以后有任何身体上的毛病都和这个大夫没任何关系。写完字据和保证书，保秧媳妇拿着大夫赔偿的150块钱，用手指在嘴里蘸了蘸唾沫，一张一张地把那沓十元和五元面值的钱数了两遍，心里七上八下地回到了林湾村，保秧儿子的瘸腿风波逐渐平息了。

初六这天，是房后凯子订婚的日子。虽说前几天凯子就交代了请刘若兰去帮厨，但出于礼节，一大早，凯子又来交代了一遍，并且很开心地从军装口袋里掏出两大把瓜子和糖果分给几个孩子。凯子的未婚妻是三里外张家村人，小学文化，模样俊俏，人也朴实，是个好姑娘。凯子和她相亲至今也快半年了，这次准备订个婚，过了年，正月十六就把婚给结了。凯子爹妈去世早，来帮忙的都是住得近的几家邻居，凯子是个细致又周全的小伙子，他不但提前用草纸为每个帮忙的邻居都包好了一份糖果瓜子，准备让他们带回去给孩子吃，并且特意很大方地给两个在厨屋帮忙烧火的大叔每人一盒白河桥香烟。凯子和未婚妻两人本来就情投意合，也都是老实本分的忠厚人，订婚很顺利，这一天也就热热闹闹地过去了。

黄昏时分，郝疯子家突然传来了呼天抢地的哭声，邻居们纷纷前来探个究竟。原来是郝疯子的婆婆把私房钱藏在米袋子里，藏久了自己也忘了这事儿，午饭后她想村里来了个收大米的，她想着那半袋米是去年舍不得吃的陈米，主要是里面还有一些挑不干净的老鼠屎，就干脆把它给卖了。等她想起来米里面藏的钱时已经晚了，时间都过去一个多小时了，上哪儿还能找到那个收大米的远路人啊！她婆婆越想越觉得可惜，心疼得不能行，又气又急之下竟然喝了大桌子下的半瓶敌敌畏……尽管婆婆天天和郝疯子吵架，把她欺负得没地儿躲，可白天还活蹦乱跳行走如风的婆婆突然就没了，郝疯子还是拉着几个孩子跪在放着婆婆的草席边哭得眼睛红肿、喉咙嘶哑。

李丰年先去代销点买来一串炮子在门前放了，然后无声地流着泪请来了村里的吹手，当唢呐、胡琴儿和锣鼓等全套的铜器一起响起来，全村和周边村子的人很快就都知道附近哪个村有人去世了。李丰年拿着烟去了一趟田娃家，他拿出屋檐下堆了多年的柏木，又买来两大盒黑色油漆，安排木匠田娃紧二赶三地帮着做起了棺材。相邻几家的女人们都不请自来地帮着烧水、择菜，把刚从后土街买回来的白羊布撕成一条一条的白手巾（亲人们戴孝时头上缠绕的细长条状的白羊布头巾），又把死者闺女那更宽更长的白手巾和一般亲朋短一点窄一点的白手巾分开放置，拿起针线和顶针用白羊布给死者的闺女、侄女和外甥女及里外媳妇们缝制白老衣（用白羊布做的简单宽大的戴孝衣物，类似于绑腰带的睡袍），用郝疯子提供的材料做二三十双码数不一的白鞋，供死者亲人们戴孝时穿。郝疯子家门口摆满了各种白事用的物件，看热闹的孩子们的嬉笑打闹声，帮忙人高低不一的说话声，死者亲人一阵又一阵忽高忽低的哭声……郝疯子家门口人声鼎沸，熙熙攘攘，一派乱七八糟的景象。

次日晚上，是给死者报小庙的日子，郝疯子和住得近的亲人们像是走过场一样去村西头大路边的祠堂简单走了一趟，这一趟几乎没有人哭，整个过程显得仓促又匆匆。第三天晚上，所有的亲朋都到齐了，这天晚上是要给郝疯子的婆婆报大庙，所有参与报庙的亲朋都穿着白鞋，头上缠着白手巾，手持一根烧火棍长短粗细的麻秆棍儿，男女分成两路，路线也不同。村里围观的人们都愿意跟着女眷这个队伍，因为贴心的女性亲人们更善于用眼泪表达自己内心的悲伤，亲闺女和外甥女、侄女们总会哭得很厉害，看热闹的人群中有帮忙搀扶哭得伤心过度的，也有开着玩笑把哭丧的人使劲往地上按着不让对方起身的，还有拿着散落的炮子故意点燃了很是恶作剧地丢进哭丧者中间的……报大庙的队伍走走停停，五六步蹲地小哭一会儿，每当到达一个下蹲停靠点，铜器就会很是应景地响得越发激烈，吹唢呐的高高地鼓着腮帮，敲鼓的肩膀和胳膊抬起落下得也很是夸张，和着婉转顿挫曲调悲鸣的音乐，像是在渲染这激荡的气氛，又像是在助推那些戴孝人的悲伤。

第四天早上，是郝疯子婆婆出殡的日子，李丰年已经请阴阳先生看过风水，说是早上五点半必须下葬。尽管天气冷得滴水成冰，人们都冻得缩着身体，但是，才早上四点钟，村里帮忙的人就全部到齐了。由死者的闺女为其洗了最后一次脸，然后在死者亲人的注视下，帮忙的人们缓缓盖上了棺材盖子，又用抓钉把棺材口密封牢固，拿过事先准备好的绳子和杠子，由村里经常帮人抬棺的八个壮实劳力抬出门去。作为去世者的长子，李丰年抱着他母亲的黑白遗像举着一棵顶部糊着白色条状纸的枝繁叶茂的竹子走在出殡队伍的最前面。这个扛影背幡儿的细节也是养儿防老的一个方面，有人悄声感叹着：养儿子就是为了这一天有人给自己扛影背幡儿啊！

和郝疯子吵了十几年架的婆婆走了，这意味着郝疯子和她婆婆之间的战争终于画上了句号。然而，摆脱了压制和欺辱的郝疯子却并没有像邻居们想象的那样高兴，那段时间，她很少出门，也不再说那么多话，而是不停地拾掇屋子，或者是牵着羊去坝坡上一边割草一边放羊。有人说，郝疯子是装样子给李丰年和村里人看的，而刘若兰却相信心地善良的郝疯子是真心在为突然离世的老太太伤心难过。

第十六章

财娃力荐年轻人　建国殷勤有眼色

这是一个天气晴好的冬日，罕见的太阳明晃晃地亮得耀眼，林湾村沐浴在暖暖的阳光里，像是为了配合这个难得的好天气，就连凌厉的冬风也变得轻柔了很多。从坝上远远地望去，呈缓坡状下沉在盆地里的林湾村就像一个乖巧的婴儿，由周边的丘陵和高岗呵护着，安然地享受着静好的当下。

这天上午十点多，一辆吉普车在财娃家门口停了下来，几个乡干部陆续下了车。听到汽车的引擎声，细心的财娃和媳妇早已迎在了院门外，等几位乡干部下车站定之后，财娃与他们一一问好、握手、发烟，然后急忙热情地把几位领导迎进堂屋落座。财娃一边迎合着乡领导们带着官腔开启话题，一边动作娴熟地为几位领导泡茶，并再次按官职由高到低挨个发烟，然后吩咐媳妇赶紧去准备几个好菜，再去宰一只鸡，又指派儿子走快去把建国喊来。在财娃心里，建国是个有才气的人，至于他到底有哪些才气，财娃自己也说不出来，反正自从建国修铁路回来之后，在财娃眼里，他就是一个有本事的人，是一个会有出息的人，是一个不当村干部就亏了材料的人。也就是说，在财娃心里，有才是一种感觉，只可意会，不可言传。

建国很快就来了，他带着虔诚的笑很是老练地给各位领导问好、发烟，然后动作麻利地拎起茶壶为领导们续上茶水，坐了片刻之后，有眼色的建国就起身去厨房帮忙了。财娃用略带讨好的表情朝领导们笑了笑："这年轻人不错，是当村干部的好苗子，修过焦枝铁路，又很会来事儿。"

几位乡领导纷纷点头："不错不错，是还不错。"

财娃会心地笑了，那是一种自己的良苦用心初见成效的欣慰，像是为了答谢乡领导的认可似的，他赶紧又起身为领导们续了一遍茶水。

午饭后喝了一会儿茶，几位乡领导便准备离开，建国拿出早已准备好的几袋红薯和几兜苞谷糁放进吉普车的后备厢，还有十来只刚从村里看青的凯子那里要来的鹌鹑，也一起码好放在了吉普车的后备厢里。几位领导客气地表示不能拿这些，但到底没拗得过建国和财娃的坚持，想着也只是些土特产，领导们也不好再说什么。司机看时间差不多了，就简单检查了一下车况，在建国和财娃的满脸热情中，军绿色吉普车缓缓驶离了林湾村。

几位乡领导前脚刚走，有娃就仰着一张煞白的脸不紧不慢地走进了二哥财娃家的院子。财娃媳妇刚刷完锅，在围裙上擦着手从厨房走出来："有娃，吃饭了木有？木吃的话，这不，今儿乡里来人了，还有点儿菜，我给你热一下。"

有娃仰着一张僵尸脸没有任何表情地应了一声："吃罢了，我二哥哩？"

财娃媳妇朝堂屋喊了一声："财娃，有娃找你。"

财娃有点儿不高兴地回话："我睡会儿瞌睡，今儿喝哩有点儿多，难受。"

听到这里，有娃紧紧地绷了绷嘴，在院子里停留几秒钟后，不声不响地走了出去。

贤惠的财娃媳妇只怕他生气，赶紧追过去几步朝院外喊着："有娃，那你先回去啊，有啥事儿等你二哥晚点儿歇晌（午觉）起来了再说。"

有娃自顾自地走着，他没有回头，也没有应声。

晚饭的时候，财娃的酒劲儿过得差不多了，在几个娃放学回来的吵吵闹闹声中，他才起身来到院子里。媳妇为他端来了温热的洗脸水，他拿起牙膏牙刷准备先刷了牙再洗脸，这时，有娃又来找他了。财娃一边刷牙一边用满是泡沫的嘴简短地问了一句："你有啥事儿你请说，白再一趟一趟跑了。"

有娃扭头看了看大门口，顿了顿，干脆回身跑过去把大门关上，又折身回到财娃身边压低了声音："二哥，我就是来给你说一下，我想当看青哩，我以前跟着看林场的老喜嘎摸过几次那种枪，我会使。"

正在刷牙的财娃显然有点儿意外，他停下手中的牙刷，微微怔了怔，弯着腰半张着满是泡沫的嘴若有所思地回身看了看有娃，没有说话。

有娃继续说："二哥，我能当好这个看青哩，我敢保证，我肯定比凯子干哩好。"

财娃啥也没说，他不紧不慢地刷完牙，洗了脸，这才转身看向有娃："你跑来找我就是为了说这个事儿？"

有娃看二哥终于接他的话了，赶紧又上了一把劲儿："是哩是哩，二哥，我想当看青哩。"

财娃喝了一口水，腮帮反复一鼓一收地在嘴里翻腾了一会儿，吐掉，他像是很随意地看了一眼别处："你说这个事儿我考虑考虑再说。"

这时，财娃媳妇走了过来："有娃啊，就在这儿喝汤吧。"

有娃一边摆手一边向大门口走去："不了不了不了，我老早都喝罢汤了，那个，二哥，事儿我给你说了，那我先回去了，那啥，我明儿再来啊。"

听他这么说，财娃有点儿不耐烦地朝大门口乜斜了一眼，无奈又稍显烦躁地摇了摇头。显然，有娃这是给他出了一道难题。

看有娃走出了院门，财娃媳妇颇为怨愤地说："这个有娃可真是哩，凯子多好个小伙子，人家看青看得好好哩，你看他……"

财娃啥也没说，他不等媳妇把话说完，就微微蹙着眉不太高兴地走进了堂屋，随手端起了早已摆在饭桌上的苞谷糁红薯稀饭。

第十七章

刘若兰赶年集　孩子们盼父归

转眼年关将至，林康成让人捎来信儿，说是腊月二十就从穰县回来过年。孩子们天天扳着手指算父亲还有几天能回来，孩子们盼望过年，盼望吃肉吃糖吃糕点，盼望贴对联拾鞭炮收压岁钱，更盼望父亲能早点回来陪他们。尽管知道父亲还有些日子才能回来，但文青还是会时不时地去村子东头踮起脚尖伸长了脖子朝坝面上看啊看，她总觉得父亲也有可能会提前回来，她甚至觉得自己看多了，父亲就真的会突然回来。哥哥姐姐都笑文青太天真、太好笑，文青觉得自己盼着父亲回来多正常，她觉得父亲又不是没可能提前回来，于是气得坐在院子里的椅子上不高兴地哭了起来。

随着年关将至，后土街的东西也越来越贵，所有的年货几乎每天都在涨价。两个大孩子已经放了寒假，早饭后，刘若兰安排好孩子们之后，就牵着文钊拎着荆条篓子跟着别人家的拉车一起去街上赶集了。她在菜摊上买了一大袋大白菜和一大袋白萝卜，还有圆滚滚的一捆葱和两大把芫荽，另外又买了油盐酱醋五香粉等作料，一起打包装进事先准备好的化肥袋后，放在了邻居家的拉车上。办完这些大件儿年货之后，刘若兰又去合作社撕了几段布料，准备给全家每个人都做一身新衣裳，至于孩子们过年吃的点心糖果之类，刘若兰没有买，她知道林康成会从穰县给孩子们买回花样丰富的过年零食。于是，她只是随手给文钊买了一袋饼干，又割了一大块儿文钊最喜欢的锅盔馍，哄着文钊边吃边走。

明天，父亲就要回来了！四个孩子一个个兴奋得跟要过年了一样，可不是嘛，这次还真是要过年了哩！这天的晚饭依然是苞谷糁红薯稀饭，馏了两三个蒸馍，凉拌了白萝卜丝，平时，四个孩子中，只有文钊喜欢吃红薯稀饭，而这天晚上，四个孩子都在红薯稀饭里吃出了肉的味道，为啥？因为他们的父亲要回来了呀！孩子们是多么盼望能天天和父亲在一起啊，就连晚上睡觉时，小文青也表示自己不想闭眼睛，她鬼机灵地嚷嚷："可能咱爸一会儿就回来了，我不睡觉，我就能第一个看到咱爸。"文钊毫不示弱地睁大了眼睛："我才是第一个看到咱爸的，我也不睡觉。"后来，实在熬不过瞌睡虫的袭击，孩子们一个个进入了梦乡。看着熟睡的孩子们，刘若兰疼爱地把文钊和文青的脚轮着抱在怀里暖着。

孩子们如此想念自己的父亲，刘若兰又何尝不是呢？在这十来年漫长又艰难的年月里，她白天辛苦地劳作于家里和田间，晚上尽管很困乏，但她毕竟是年轻人，正常的夫妻陪伴她也需要，平时她也会时不时地悄悄扳着手指计算林康成的归期。今晚，孩子们一如既往地对父亲的期盼更是深深地触动了她，看着熟睡的孩子们，刘若兰久久地靠在自己陪嫁的抽屉桌和大红木箱子上，一任思绪纷飞，她竟像个天真的孩子般也想一直睁着眼睛等天亮，天亮了，也就腊月二十了，她的林康成就会在这天下午从穰县回到林湾村的家里过年，一家人就可以高高兴兴地团聚了！

次日午饭后，文青和文钊就开始交替着往村子东头的田埂上跑去站岗，两个小人儿不停地回家报告最新动态，虽然大家都知道穰县的客车下午五点半天擦黑时才能到后土乡二中，也就是距离村子最近的客车临时停靠站点，然而，那种对亲情的迫切，是换位思考也无法深切感知的一种特殊情感，只有身处其中的人才能吃透个中滋味。时间接近五点半时，文青哪儿也不再去了，她直直地站在村子东头的小路口，睁大眼睛朝远远的坝面上张望着，她丝毫不敢眨眼睛，只怕错过父亲的身影。深冬的庄稼地里一片萧条，枯枝败叶不时地被风掀得四下翻飞，田野里只剩下耐冻的麦苗在寒冷的晚风中瑟瑟起舞，空旷的天地间，偶尔有几只觅食的小鸟影子似的一闪而过，田里很空旷，视野很开阔，从村边一眼就可以看到坝面上。

终于，在文青迫不及待的焦灼等待中，坝面上影影绰绰地出现了一个人影，在黄昏的田野里显得很小很遥远，踮着脚尖的文青干脆忍不住蹦起来张望，好像那样就真的可以看得更清楚似的。很快，那个人影已经顺着线条一样弯弯的小路走在了坝坡上，文青忍不住回头朝家的方向大喊："大姐二姐，哥，咱爸回来了，咱爸回来了，咱爸回来了——！"

得福的女儿巧敏恰好路过，她瞪着眼对着小文青不客气地撇着嘴说："有啥可高兴的？你没看看谁稀罕你？没人稀罕的多余黑娃子！"

文青回头看了看巧敏那张黑黑胖胖的糙脸，顿时不再吱声，小小的她心里既委屈又难过，要不是想到父亲马上就要回来了，她被气得真想大哭一场，可是，想起疼爱自己的父亲很快就要到家了，文青委屈又难过地撇了撇嘴，强忍住即将滚落的眼泪。

巧敏是个十八九岁的大姑娘，虽然正值青春芳龄，但因为她皮肤又黑又糙，人又有点儿微微的虚胖，所以整个人看上去就像是已婚妇女，她从来都对文青不客气，文青也搞不懂巧敏为啥那么不喜欢自己，反正文青也打心眼里讨厌她，她的脸长得丑也就算了，还老是故意使坏地把文青惹哭。

正郁闷的当儿，父亲已经带着宠溺的笑容走到了文青身边："小青，你是不是来接我的呀？"文青笑着使劲点了点头，却并没有把小手递给父亲，文青想念自己的父亲，可是，有一大段时间没见到父亲了，她觉得有点儿生疏，也有点儿不好意思。林康成很是理解地笑着看了看文青，疼爱地摸了摸她的羊角辫，文青便欢笑着雀跃在前面先行朝家里一路小跑着报信儿去了。

林康成走进院子，几个孩子都笑眯眯地看着他，文心和文夏异口同声地喊了一声："爸回来了！"另外两个早就在村边等待父亲归来的孩子此时却只是远远地看着，尽管他们不好意思走近父亲，但小小的脸上却写满了抑制不住的激动和幸福。林康成和刘若兰还有保成打了招呼，又喊了喊几个孩子，径直走进堂屋东间，把肩上扛着的重重的化肥袋子放在了地上，然后出来洗了手，坐在院里的椅子上点燃一根烟，就开始和几个孩子说起话来，孩子们在不知不觉间慢慢地走近父亲，很快，他们和父亲之间就没了生疏感。

文青喜欢坐在父亲身边看着他吸烟，她特别爱闻烟草的香味儿，那别人觉得呛人的味道却让她感到踏实安全又温暖。后来的很多年，文青一直很留恋烟草的香味儿，哪怕是后来父亲戒了烟，长大后的她依然喜欢香烟特有的醇厚，直到父亲年老后离开这个世界，文青才发现，烟草味儿竟是如此呛人，此后，她总是忍不住劝说和阻止身边那些吸烟的人。而立之年的她终于明白，自己小时候并不是真正的喜欢烟草味儿，而是因为烟草味儿里承载着父亲的气息，父亲常年不在家的她只是太需要父爱带来的温暖和安全感而已。

大人们坐在院子里闲聊，文钊和文青却一直惦记着父亲扛回来的那个袋子，他们知道那里面肯定有父亲买给他们的好吃的，可父亲刚到家一会儿，他们还是不太好意思去看袋子里到底有什么好东西。这可愁坏了馋嘴的两个小家伙，他们时不时地跑到堂屋东间，隔着袋子悄悄地摸摸里面高低不平鼓鼓囊囊的东西，实在是急得没办法，他们真盼望父亲赶快进屋来把袋子打开。

好不容易等到了晚饭后，林康成喊刘若兰把自己带回来的行李袋子打开整理一下东西。几个孩子听见了，就充满好奇地在堂屋当堂焦灼地等待着，文钊和文青直接忍不住跟着母亲去了东间，两个小馋猫早就等不及了，下午至今对他俩来说，简直就是一种煎熬。临进东间前，文青回头用得意的表情挑起眼睛调皮地看了看大姐，大姐文心疼爱地朝她眨了眨眼睛，文青骄傲地冲大姐伸了伸舌头。

林康成突然想起了什么似的，他急急起身走向东间："差点儿忘了，这次袋子有点儿重，恐怕你拎不动。"说着，林康成抢先刘若兰一步，双手提起袋子挪至当堂，刘若兰和两个孩子也一起跟了出来。

林康成坐在桌子边的椅子上喝着茶吸着烟，刘若兰解开扎袋子的麻绳，一样一样小心地往外掏着东西：牛肉、牛头脸、牛肚子、猪肉、卤肉、豆筋、干香菇、干木耳、干黄花菜、一大袋葵花子、一捆分好段两头用绳子捆绑牢固的黑甘蔗、一网兜苹果、几袋花生牛轧糖、几袋大白兔奶糖、几袋牛肉干、一包散称的葡萄干……除了刘若兰爱吃的牛头脸和豆筋等年货，林康成又买回这么多丰富得令他的孩子们特别有幸福感的稀奇零食，是的，林康成爱自己的妻子，也爱孩子们，他总是巴不得把商店都给他们搬回来。这时，文心和文夏也忍不住凑了过来，刘若兰拿出一些零食分给孩子们，大部分先放了起来，说是等过年的时候再拿出来吃。

晚上睡觉前，刘若兰和林康成商量着年底屠宰年猪的事，又说到还需要去后土街一趟，再去买些拜年用的礼物。

第十八章

林康成夫妻买年货　文夏苞谷花惹风波

次日早饭后，保成带着文钊和文青去村子中间下棋了，文心和文夏在家里写作业，林康成骑着家里的永久自行车带着刘若兰向后土街驶去。

临近年关，平时原本逢集就很是热闹的后土街更是熙熙攘攘一片鼎沸：卖春联的，卖烟酒副食的，卖碗筷碟子的，卖肉的，卖白菜萝卜蒜苗葱姜芫荽的……林康成和刘若兰推着车子漫不经心地走着，他们在主街道这里看看那里瞅瞅，然后在副食店买了十来瓶橘子罐头和梨罐头，又去粮油店买了十来把纸筒封装的挂面和几斤白糖，在地摊上称了一大包散装江米条，顺带买了一些用来包装白糖和江米条的黄色草纸。很快，车子旁边的挂篓已经装得满满当当了，刘若兰提在手上的手提篓里也是满满的，年货基本上买得差不多齐备了，回家请人把养了大半年的那头猪屠宰之后，年就要来了。

腊月二十三，是中原地区的农历小年，按风俗，黄昏时候要去自家坟园为已故的老祖宗上坟送纸钱。大多时候，都是保成带着孩子们一起去上坟，孩子们拿着鞭炮和一大捆纸钱，文钊自作主张地在前面一路小跑着，把铁锹拖在地上发出"哗啦哗啦"让人牙齿打战的刺耳响声，文青气得捂着耳朵在后面大声嚷嚷着。在坟园里，孩子们边拽着坟上的枯草边七嘴八舌地说着怀念爷爷奶奶的话，保成手握铁锹在边上的地里铲几锹土均匀地放在坟上，然后用铁锹的背面轻轻拍实。添坟结束后，文钊调皮地从二叔的手上抢过火柴，躲着风口小心翼翼地划一根，慢慢儿地点燃纸钱，保成和孩子们一沓一沓地把所有的纸钱全部烧给老祖宗，孩子们依次给爷爷奶奶磕头祭拜，最后在噼里啪啦的鞭炮声中离开。

对于家里来说，这天晚上要炕灶陀螺，次日尽早给女主人的娘家送去一些表达孝心。灶陀螺就是把蒸馍用的发面团撒上葱花和作料，做成陀螺状，然后压扁，在锅里炕得大概有七八成熟的样子，最后再放进蒸笼里彻底蒸熟。这天午饭后，刘若兰就早早发了面，因为天气太冷，她担心面不容易开，就用温水发了面，又特意把发面的盆子放在灶台后面余温尚存的地方。晚上，刘若兰不但顺顺利利地做出了美味可口的灶陀螺，还在林康成的建议下炸了油条、麻叶和酥炸。油条下锅的第一根，是必须要放进灶火里烧给灶神爷的，每当此时，等着吃油条的文青总会无奈地跳脚。与油条相比，麻叶才是文青的最爱。麻叶的做法也很简单，就是在面粉里加适量的盐水，搅拌成絮状，有的人还会随手撒一些芝麻进去，然后在压面机里压出来，再用菜刀把它切成梯形或是平行四边形，放进油锅里炸熟即可，成品麻叶酥香美味，比后土街上卖的江米条和饼干好吃多了，大人和孩子们都很喜欢。而酥炸就更美味了，酥炸就是用鲜美的肉馅在搅拌好的面糊糊里蘸一下，使其全身沾满面糊，然后用勺子舀起来轻轻放进油锅里，在滚烫热油的围攻下逐渐成形；也或者是在藕片中间夹了肉馅再蘸面糊糊，然后下进油锅里炸，那叫夹汁藕，和酥炸基本一个样，好吃的程度让人无法表述。

晚饭后，趁着天黑，刘若兰拿出一些油条，分为五六份，分别用报纸卷起来稍微包裹一下，喊上二女儿文夏和自己做伴，打着手电筒给村东头的几家相好邻居分别送了去，当然，得贵和得邦家那类人是不必送的，至于得福家，要不是他媳妇是个虽然狡诈但面子上还算会来事儿的聪明人，那种人自然也是不该送的。说起送油条这个事儿，确实是林湾村很多年以来形成的一个乡土人情方面的习俗，无论谁家炸油条或者是做了猪肉糊汤面，总会给关系好的几家邻居分别送一些过去。有时候，深夜闻到香味儿，鼻子特别灵的文青总是能很精准地判断出别人家是在炸油条还是在摊煎饼，然后，深夜晚一点儿或是次日大清早，还真的会有邻居送来文青所判断出的那种改善生活的美食，这一点，刘若兰和文钊真的是服了这个小文青，两个姐姐则说那是因为文青是馋猫，所以才总是嗅觉灵敏、判断准确。

腊月二十四这天，中原地区的传统风俗是扫房子。大清早，文心和文夏就配合着父亲用从村边新砍回来的两棵大竹子把扫房子的事儿完成了，爱做家务的小文青拿着抹布把家里的条几和桌椅擦得干干净净。二十五上午，家家户户都开始磨豆腐了，一般都是两三家合作，刘新芝前几天就跑来给刘若兰交代过，两家一起做豆腐，眼看母亲和刘新芝还有建设已经把做豆腐用的大块儿白布四个角拴在了大树上，父亲和二叔正在忙着淘洗黄豆，文青巴巴地搬了一把椅子守在旁边，她一边看稀奇一边等着吃放白糖的甜甜豆腐乳。

午饭后，村里来了个炸苞谷花的。眼看就要过年了，大人孩子都想加点零食图个热闹高兴，好多家都端着苞谷拿着准备装苞谷花的化肥袋子过来了，一会儿工夫，大家就把炸苞谷花的地方围了个严严实实。孩子们最欢实，他们站在机器前望眼欲穿地等待着，一锅苞谷花大概需要十五分钟才能炸好。等到苞谷花马上要熟的时候，正烧着锅的师傅会提前起身拿起开锅工具做准备，大人孩子一看到师傅的动态，就都吓得捂着耳朵远远地跑开，却又怕跑远了一会儿来不及拾起地上滚落的苞谷花，他们总是以后退或不断回头的动作捂着耳朵避开师傅开锅时那一声震耳欲聋的巨响，然后在师傅开锅后疾速返回锅边，动作麻利地撑着衣服口袋在地上抢着捡开锅时不小心撒落得到处都是的苞谷花，那是孩子们最快乐也最有成就感的时刻。

在母亲的安排下，文夏也端着大半盆苞谷去炸了三锅苞谷花。文夏把炸好的大半化肥袋苞谷花背在肩上往家走，快到家门口时遇到了有娃媳妇领着她的大女儿新娜。有娃媳妇一如既往地装作心不在焉："哟，文夏，你那袋子里背哩是啥？"

虽然文夏知道她接下来会说什么，但她毕竟是个孩子，所以还是如实回答："炸哩苞谷花。"

有娃媳妇狡黠地笑了笑："哟，来来来，我看看这苞谷花炸哩咋样！"一边说着，有娃媳妇已经以大人的身高优势双手接下了袋子。

文夏心里极其反感地拿没什么表情的目光木然地看着她，本以为有娃媳妇只是抓一把尝尝了事，谁知，她竟然撑开袋子就直接往新娜的棉袄口袋里装，硬是把新娜棉袄和棉裤的四个口袋装得鼓鼓直往外掉，然后自己又双手捧了一大捧，这才罢休。

文夏觉得有娃媳妇这行为简直就是在欺负小孩，虽然文夏还只是个孩子，但她也了解有娃媳妇的性格：强势，蛮横，一张厉害的嘴巴占不占理都是绝不饶人，死要面子却又特别爱沾光。文夏知道，这种人一般人都惹不起，平时尽可能少理她就是。比如那次，她儿子新定拿了小海几张洋火皮，她居然非但不批评自家新定，还恶狠狠毫不客气地说了小海一顿，郝疯子心里也是气得不得了，但是，抱着多一事不如少一事的老好人心理，郝疯子也没去找她理论，只能好好哄哄自家孩子。

正当文夏准备提起袋子时，得贵不知啥时候从旁边晃了过来："哟哟，新娜妈，你这过年也不用炸苞谷花了，我看你刚才装那些都够你们过年了。"

看到这些碍眼的人一个个出现，文夏也不过多停留，她啥也没说，拎起袋子就快步朝自家院子走去。

　　大概几分钟后，外面突然就传来了要命的吵闹声和哭骂声。正在压水井边洗菜的刘若兰闻声，起身侧耳对着院外听了听，文夏把刚才遇到有娃媳妇和得贵的事说了一遍，文青要拉着大姐文心一起出去看热闹，林康成喊住了两个女儿："不要去看了，无论啥时候，无论是在哪儿，都记住要远离是非之地。"

　　文心拿手指点了点文青的小脸："就是！小东西，听咱爸的，还是白（别）去看了，那种人，都是啥人哪。"

　　文青不高兴地瞪了大姐一眼，尽管心里还是很想出去看热闹，但他想起爸爸的教导，却也不敢再嚷嚷着说要出去了。

　　院外的吵架声还在继续，有娃媳妇的嗓门越来越高，尽管得贵并不服输，但他的声音明显已经有点儿磕磕巴巴，像是即刻就要败下阵来的样子。想起刚才背着苞谷花遇见有娃媳妇的一幕，又想起得贵平日里那张不把门儿的贱嘴巴，单纯善良的文夏一时间竟有着说不出的痛快，忍不住在心里祈愿他们多吵一会儿才好。

　　天快黑的时候，刘若兰正做着晚饭，郝疯子一边喊着大奶奶一边走了进来："大奶奶，盐找给我一点儿使使，正做着饭哩，才发现咱盐罐儿里不知道啥时候都木一点儿盐了。"

　　刘若兰正拿着铲子在炒菜，她随手拿起一个小碗，在身后靠墙那个化肥袋一样大的鱼皮袋里挖了大半碗盐递给郝疯子："你请拿去使，我这屋里买哩多，我们口味儿重，使盐使哩快，一直都是成大袋子的买。"

　　郝疯子谦让着："不要不要，大奶奶，我这手上捏一撮儿就够今黑使了，明儿我就去买，买了再来还给你。"

　　刘若兰装作不高兴地嗔怪道："看看你说那啥话，焕英，我叫你拿去你就拿去吧，快快快，拿着，我还要赶紧招呼锅哩。"

　　看刘若兰坚持把那大半碗盐塞在了自己手里，郝疯子只好端着碗有点儿感激又有点儿过意不去地走出了院子。

　　大概十几分钟后，郝疯子就端着饭碗串门来了，一起端来的，还有刚才她借盐的那个小碗，碗里放着半碗臭豆腐，郝疯子说那是她大姑姐做的臭豆腐，很香很好吃，想让刘若兰也尝尝，刘若兰说着客气的话谦让着接过来放在了案板上。其实刘若兰心里明白，郝疯子是在变相地还她半碗盐的人情而已，这些年，小范围内的几家邻居早已习惯了，不让对方送东西的碗或筐空着回去，是区域性的一种人情往来，也是一种温暖的习俗。

郝疯子刚在灶火的小板凳上坐下，就神秘兮兮地朝外看了又看，然后压低了声音："大奶奶，今下午有娃媳妇就为得贵一句不中听哩话，在大路边又吵又骂，你木出去看？"

刘若兰做着饭扭头看了一眼郝疯子："木有啊，我都不知道这事儿。"邻居十来年了，刘若兰很了解郝疯子这个人，她本质倒是不坏，就是啥话到她那里就会变味儿，无论她说什么，都只能说不知道，这样才安全一些，要不然，她转身就会在二次传播时说那些话都是你说的。

见刘若兰并不知情，郝疯子顿时精神抖擞地直了直身子："你是不知道，我也是听他们吵架哩时候，得贵喊出来哩，说是有娃媳妇下午那会儿给你们文夏背的苞谷花抓了好几大把，装在他们新娜的衣裳布袋里，得贵看见了，说她抓恁多都够一家儿人过年吃了，结果有娃媳妇就不喜欢听了，你是知道哩，她那个人有多吓人多强势，直接对着得贵就骂起来了，大男人家被一个女人那个样骂，你可想想有多丢人，得贵也不是省油哩灯啊，俩人骂着骂着就在那儿撕打起来了，别看有娃媳妇是女人家，那人强势厉害习惯了，硬是蹦着蹦着往前扑，泼死哩下手打，反正俩人是又打又骂哩，谁也没有停下来的意思，后来有人给副支书财娃喊了过来，这有娃媳妇是财娃哩弟媳妇，财娃也不好说啥，在边上吼了他们几句就走了，得贵恁霸道，都不是有娃媳妇的对手啊，有娃媳妇硬是在得贵住手后，又对着得贵打了好几下才停下来，那可也是个爱占上风哩人，不过，得贵他俩也是半斤对八两，都够受了。"

郝疯子一口气说了这么多，刘若兰笑了笑："都是邻居，过几天就好了，焕英你给这饭盛一碗？"郝疯子把自己手中的碗往前一送："你看，我碗里还多着哩，刚在家已经就着臭豆腐吃了半块儿馍，这都够我吃了。"

刘若兰笑了笑，弯腰从案板下面的案架上捧出一摞碗，开始忙着盛饭了。

第十九章

宰年猪乐得猪尿脬　林康成夫妻唱豫剧

晚饭后，趁着有点儿时间，刘若兰拿出早已请人裁剪好的布料，在东间前窗户的缝纫机上给家里人做衣服。林康成和两个大孩子围在煤炉边闲聊，文钊蹭在保成怀里听二叔给他讲着故事，文青不时地跑到母亲身边问自己的新衣裳啥时候能做好，一家人和和美美，其乐融融。晚上，文青躺在床上反反复复地想，如果爸爸天天都能在家，如果天天都是过年，那该有多好啊！

屠宰年猪是中原地区过年过节的风俗之一，文青家每年腊月底都会屠宰一头年猪，大部分猪肉卖掉，留下一部分猪肉和猪身上的杂碎部位自家过年用。转眼之间就是腊月二十八了，午饭后，村西头的屠夫就带着工具来到了林康成家，他坐在院子里吸烟喝茶，和保成他们说着话，等着大锅里的水烧开。林康成提前卸下厨房的门板，用几条高高的板凳在院子里支好场地，几个邻居一起帮忙把猪从猪圈里绑好带出来，猪要命的嚎叫声响彻了这个年味渐浓的小村庄。站在远远的地方，看着猪拼命挣扎的样子，听着猪震天掘地的嚎叫，文青的眼泪一下子就流了出来，她不知道自己到底是在害怕猪的叫声，还是在同情猪的命运。往往是大人们在院子里忙着杀猪，文青在院子的角落里对着猪圈心疼地哭，等猪杀好了，文青也哭得差不多了。紧好的猪血实在是太好吃了，炒熟的猪肉吃起来也真香，吃着猪血和猪肉的小文青忘了自己刚才还为这头猪伤心地哭过。

无论谁家屠宰猪，小孩子们最惦记的是除了等着蹭吃一小块猪血，就是抢猪尿（suī）脬（pāo），一头猪只有一个猪尿脬，抢到的孩子就会兴高采烈地请边上的大人帮忙用打气筒把它打起来，打好的猪尿脬像一个半透明的磨砂气球，孩子们可以绑了绳子把它当皮球玩，抢不到的孩子就会特别地失落。尽管这是文青家的猪，可她自己也没有把握能抢到这个猪尿脬，况且她又是个女孩子，在她的印象里，猪尿脬往往都是落在男孩们的手上，可她实在是太想要这个猪尿脬了。于是，她悄悄跑过去对文钊说："哥，这个猪尿脬可是咱家的，你一会儿一定要拿到，行不行？"

正在目不转睛地蹲着观看屠夫刮猪毛的文钊快速扭头看了一眼文青，又回头专注地看着躺在门板上的猪，没理她。

文青扳着文钊的肩膀摇了摇："哥，你听见我说的话了木有？你要是能抢到这个猪尿脬，我就把我那一整包的花生牛轧糖统统都给你，行不行啊？"

文钊心急地挪过文青的手："先白（别）说话，等一下等一下，我看看杀猪。"

文青不抱希望地撇了撇嘴，生气地瞪了文钊一眼："那样吧，我再给你多送几个鱼皮花生豆，咋样？"

文钊依然顾不得理她。文青觉得这个猪尿脬已经离自己越来越远了，为此，她心里很是闷闷不乐地在院子里走来走去。

很快，屠夫已经在清理猪的内脏，并随手把猪尿脬放在了文钊的脚边。保成看到了，就进屋拿了打气筒帮文钊把洗干净的猪尿脬给打得饱饱的，并拿来一根从化肥袋上拆下来的封口绳扎好口，避免漏气。文青看到了，立马跑了过去接过猪尿脬冲保成嚷嚷："二叔，这可是我的了，反正我哥又不喜欢。"保成在兄弟两个中排行第二，四个侄子侄女都喊保成为二叔。见文青拿走了猪尿脬，文钊无所谓地看了一眼，也没说什么。

下午五点多，猪肉已经卖得所剩无几，林康成特意请屠夫割了一条细长形状的肉，这块肉大概有十五六斤重，留着拜年时给孩子外婆家表达孝心当礼吊（细长条状，大概十几斤，多用于已婚女子过年回娘家和去姑舅姨家的礼物之一，也用于订婚时男方给女方的聘礼之一，并且礼吊是所带礼物里的重头戏，具体重量也是看送礼者的经济条件和大方与否）用。接着，他请屠夫帮忙把余下的猪肉分割成几份，并拿出其中的一份递给屠夫，让他饭后带回家去，算是犒劳和感谢他辛苦帮忙杀猪。然后，又把另外几块猪肉挂在堂屋东间从屋顶悬下来的挂钩上，准备留着过年来客人了做菜用。杀猪事宜忙完之后，按村里的习俗，林康成备了烧酒，安排保成熬了一大锅猪骨头，刘若兰做了一大盆白萝卜猪肉炖粉条，以此招待屠夫吃好喝好，临回家时，再给屠夫装上事先准备好的那块肉和两盒烟表达谢意。

年三十这天上午，可算是忙坏了林康成！作为村里少有的文化人，邻居们都拿着裁好的红纸来请他帮忙写春联，林康成知道这是大家对他的敬重和抬举，因此，无论再忙，他都一一应了下来。院里的小桌上，是林康成正在写的春联，地上也摆满了写好之后晾着的春联，旁边还摆有很多空白的纸张在排队等着写。虽然林康成为此还专门从穰县县城买回来一本有关春联的书，但凭着他平时看书广积累多，大多时候，他竟都能做到信手拈来，根本就不用翻书。

十点多的时候，建国漫不经心地走了进来，他在院子里东看看西瞅瞅，然后拉着一张长长的黑脸走了出去，就跟谁得罪他了似的。看建国跟贼一样不正常的样子，文夏反感地朝大门外狠狠瞪了一眼，这一眼竟被文青看到了，她走到二姐身边朝着院外的方向悄声愤愤地说："那个狗东西，瞪死他！"

这是二姐文夏始料不及的，她没想到小小的文青竟能从人的神情方面分辨出对方的好歹，于是急忙捂住文青的小嘴巴："小青，他是让人恶心，但咱们可不能骂人。"

文青倔强地挣脱二姐的手："就骂了，咋了？坏人就是该骂，我就骂死他。"

看着小文青一脸倔强的可爱模样，文夏忍不住觉得好笑地和文心分享了这事儿。

大年三十晚上，也就是除夕夜了，刘若兰早早在堂屋的大桌子上摆好了敬爷的枣卷馍，并且点燃了两支蜡烛。忙完那些，她把提前包好的两锅排饺子放在了面缸上和饭桌上，那是今晚和明早的团年饭。煮好饺子之后，刘若兰提醒林康成可以放鞭炮了，自己赶紧拿了几张纸钱在灶火上点燃，又一路小跑地捏着燃烧的纸钱送到堂屋敬爷的大桌子边，然后才开始给家里人盛饭。出去拾鞭炮的文钊和文青还没回来，柴火锅，停了火余温依然能保持很久，一会儿饺子就会煮烂得没法吃了。等林康成放完鞭炮，刘若兰站在门口喊了很多声，可是，村子里到处都是此起彼伏的鞭炮声和大人孩子们闹哄哄的吵吵声，拾鞭炮的孩子们哪里听得到！刘若兰只好把饺子盛出来放在馏馍的蒸笼里保着温，然后端着饭碗边吃边出去喊着打听着找两个孩子。

晚饭后半个小时，文钊和文青一起回来了！文青的口袋里装得鼓鼓的，全部是捡来的鞭炮，她的头发上沾着一些碎碎的红色鞭炮纸屑，文钊的口袋里和手上也是满满的鞭炮，棉袄袖子上还被鞭炮崩了两个黑黑的小圆洞，右脸上沾一团自己用手背不小心抹上去的火药灰，整张脸看上去成了大花猫，俩小家伙一声不吭地站在堂屋门口，心虚地绷着脸等着挨批评。想着是过年，本打算修理他们一顿的刘若兰把火气压了下去，她从蒸笼里端出饺子，安排两个孩子赶紧洗手吃饭。

晚上睡觉前，刘若兰和林康成一起把猪大肠和猪肚等早已清洗干净的猪杂放进钢精锅里，一边聊着一年来发生的各种事儿，一边在煤炉上慢慢炖煮着。地上放一个洗菜用的洋瓷盆，猪头放在洋瓷盆里，林康成用在煤炉上烧热的钢锯条烙着猪头上那些不容易清理干净的猪毛，烙猪毛的香味儿时不时地窜进鼻子里，文青不时地跑过来看看又看看，林康成溺爱地用筷子从钢精锅里挑起一段已经炖熟的猪肠和一大块儿猪肝，让妻子分给孩子们解馋。

　　文心在看书，文钊和文青在用绳子翻绞绞，文夏一边用塑料皮笔记本抄着歌词一边独自哼唱着"我家住在黄土高坡，大风从坡上刮过，不管是东南风还是西北风，都是我的歌我的歌……"收音机里放着刘若兰爱听的戏曲，刚才唱的是宛梆《打金枝》，这会儿正在唱的是刘若兰最喜欢的豫剧《朝阳沟》。生于戏曲盛行的年代，刘若兰从小就耳濡目染，对戏曲特别感兴趣，开始林康成觉得有点儿吵吵，时间久了，可能是爱屋及乌吧，林康成也喜欢上了戏曲，两人最爱听的就是河南豫剧和宛梆，很多时候，听着听着就情不自禁地随着收音机一起唱上几段。

　　就在此刻，看着快乐玩耍的孩子们，身边又坐着疼爱自己的丈夫，刘若兰不禁又随着收音机唱了起来。

亲家母你坐下
咱们说说心里话
亲家母咱都坐下
咱们随便拉一拉
老嫂子你到俺家
尝尝俺山沟里大西瓜
……
做了一床新棉被
新里新面新棉花
……

　　"亲家母你坐下，咱们一起来拉一拉……"小文青竟见样学样地随着母亲唱了起来，还像模像样地双手各拿一条长长的擦脸手巾挥舞着，引得全家人都笑得停不下来。

　　煤炉就放在堂屋东边的门圪崂里，煤炉跟前靠着文钊汗湿的靴子和袜子，脚臭味儿随着温度的升高越发浓郁起来，文青用火钳子夹起文钊的袜子悄悄移到了屋外的石头门墩儿上，文钊看见了，故意嬉皮笑脸地拿起自己的臭靴子往文青鼻子上捂，文青气得丢掉手上的火钳子就对着父亲大哭起来。林康成笑着抬起手为文青擦去眼泪："你离他远点儿不就行了。"文青生气地挣脱父亲为她擦眼泪的手，赌气地离开煤炉，一个人坐得远远的，她觉得父亲和母亲一样，啥时候都在偏心着哥哥。

第二十章

初一新年新衣裳　初二亲戚拜年忙

大年初一早上五点多，天还没有完全放亮，村里的鞭炮声就响个不停，冷飕飕的寒气无孔不入地侵袭着早起的人们。家家户户厨屋那袅袅的炊烟和着此起彼伏的鸡叫声，在这个盆地一样温暖的小村庄里缓缓地升腾，酝酿出无尽的喜庆气氛。孩子们也不再睡懒觉了，一个个早早地穿着新衣裳在村子里跑来跑去呼朋引伴，一起拾炮子，一起分享糖果和瓜子，再比较比较看谁挣的压腰钱（压岁钱，豫西南一带习惯称为压腰钱）多，然后还不忘站在一起比一比，看看过年的时候自己到底会不会像大人说的那样突然又长高一些。各家的男人或揣手或插兜地站在自家门前，要么独自吸着烟观察着村里的动静，要么三五成群地站成一片闲聊着，女人们都在厨屋忙着这顿不同往常的早饭，整个林湾村沉浸在新年的欢乐与喜庆之中。

本就不爱赖床的文青早就被外面一阵儿又一阵儿震天响的鞭炮声惊醒了，她瑟瑟发抖地从被窝里探出脑袋："妈，我的新衣裳呢？我要穿新衣裳。"刘若兰笑着用下颌示意她看床头，原来，就在昨晚睡觉前，刘若兰已经紧赶慢赶地熬夜把所有的新衣服都做好了，并且一一摆放在了孩子们的枕头边上。

文青兴奋地穿着母亲给做的灯芯绒新衣服，嘴里串词儿地哼着："我们的祖国是花园……妈妈妈妈快坐下，请喝一杯茶……"

另一个房间的文夏听到了，大声对着文青喊话："小青你干啥呢？大清早胡乱唱个啥？再睡会儿。"

文夏略显烦躁的声音从屋架房上方屋脊位置相通的地方传过来，文青却依然在自我陶醉地哼着南腔北调的儿歌，她才不管那么多呢，过年了，穿上新衣服，左边口袋装上瓜子和糖果，右边口袋用来装压腰钱，抛却平时对两个姐姐的言听计从，她觉得此刻的自己就是天底下最幸福的小孩，文青自顾自没心没肺地乐着。

文青跟着母亲从里屋出来，发现大姐文心早已起床在当堂背书了，文青顿时不再嚷嚷，就连走路也刻意踮着脚尖，只怕影响大姐学习。天都还没有完全放亮，到处黑黢黢一片，左邻右舍已经在互相端饺子了，就是住得比较近的几家邻居，在大年初一早上煮好饺子之后，互相盛一碗端到彼此家的厨屋里，同时拿着的还有给对方家孩子的压腰钱。得邦媳妇端着一碗饺子来了，她动作麻利地小跑进厨房，立马就准备往锅里倒，坐在灶火前烤火的文心特意起身看了一眼，这个可恶又抠门的小气女人，居然又是和往年一样只端了半碗饺子！不仅如此，明明家里是四个孩子，得邦媳妇却只拿了两份压腰钱，文心在心里对得邦媳妇鄙视了不止一两遍。

这时候，刘若兰指派文心和文夏也赶快给邻居送饺子，当轮到给得邦家送时，文心提醒母亲："那个三老婆子简直是能得要命，净想着沾光，饺子只端半碗，压腰钱也只拿了一半，咱家也给他们少拿一点儿。"

母亲笑了笑："她就那样，咱不和她一般见识，快去吧。"

拿着母亲安排的三份压腰钱和满满一大碗不带汤的饺子，文心真想半路给它倒掉几个，任凭糟蹋了也不想让那些恶心的人沾光，一路上虽然这么想着，然而，刀子嘴豆腐心的善良本性让她终究没有那么做。

初二一大早，刘寨的老亲戚就带着小孩来拜年了。这么冷的天，大多人家都还没起床，听到敲门声，文青很不高兴地嘀咕着，把头往被窝里面使劲钻了钻，刘若兰帮她把被子的两边掖了掖。林康成一边朝院子的方向应着声，一边快速随妻子一起穿衣起床。

打开门，一股子凉气争先恐后地往堂屋里钻，整个院子里白乎乎一片，能见度几乎只有两米远，雾气浓得像是把世间万物都吞噬了一样。把客人迎进堂屋之后，也早早起床的保成已经在院门口准备柴火了，林康成客套着接过老亲戚手中装礼物的篓子放在东间的面缸盖子上，然后给客人发烟，陪客人在堂屋说话，又捏了一撮儿茶叶和白糖，为客人倒上茶，单独给小孩倒了一些白糖在桌子上让他用小嘴巴舔着当零嘴吃。刘若兰看了看老亲戚的小孩，去里屋抓了两把混在一起的糖果和瓜子要往孩子口袋里装，那小孩怯怯地看了看刘若兰和她手中的零食，又抬头看了看自己的父亲，忸怩着撑开了衣服口袋，看着孩子纯真的举动，刘若兰和林康成还有老亲戚都爱怜地笑了。

安排好老亲戚的小孩，刘若兰就急急从东间的馍篮里拿几个馍去了灶火，她在锅里添上足量的水，用菜刀很是费劲儿地把风干得硬邦邦的馍切成大大的片，放进馏馍的蒸笼里，保成拿起用来引火的麦秸和火柴开始生火。刘若兰冻得微张着嘴哈着双手在院子的沙堆上扒出两个红萝卜和几棵葱，她几乎冻僵的双手不停地放在嘴边短暂地哈着热气，以此缓解几乎一直生冷麻木的双手，又在厨房地上拿了几个土豆，把这些东西一股脑儿放进压水井边的淘菜盆里之后，她拿着菜刀到堂屋东间挂肉的铁钩上割下来一块肥瘦相当的猪肉……

　　老亲戚再亲，却也没了第一代亲戚之间的亲密无间无话不谈，林康成和老亲戚在堂屋里边吸烟边喝茶，有一搭没一搭地谈着工作，说着农活……刘若兰忙里偷闲地急急拿了文钊和文青的棉裤去灶火里烤了又烤，很快，冰凉的裤腿里面就变得热乎乎的，她把烤热的棉裤分别送到两个孩子手上，督促他们赶紧起床，说是客人都来一个钟头了，很快就要吃早饭了。于是，孩子们陆续起了床，从里屋出来路过当堂时，他们谨记父母的教诲，一个个都礼貌地依次和老亲戚打了招呼。路过老亲戚的小孩身边时，文青歪着脑袋对着那小孩看了又看，她觉得他应该和自己差不多大，她想试着和那小孩搭话，正在有点儿不好意思地犹豫着的当儿，她居然听到那小孩吃糖果吸溜吸溜地吃得很大声很夸张，心里不禁就有点小小的反感：不就个糖果嘛，甜是真甜，但也没必要吃那么难看啊，就跟几百辈子没吃过似的，如果是我弟弟，我非好好教育他几句不可。想到这里，文青也就没心过去搭理他了，索性直接扭头去了厨屋。

　　看母亲在忙着做饭炒菜，文心拿了洗脸盆去厨房的后锅里拿水瓢舀了半瓢热水，用手试了试温度，稍微有点儿烫，她又掀开边上的水缸舀了点儿凉水兑进去，然后端出来帮文钊和文青两个小的洗了脸，又给文青抹了紫罗兰雪花膏，等大姐来给文钊抹时，他笑着躲开了："那东西是女孩家用的，我是男哩。"文青听了，冲他撇了撇嘴。看着两个小家伙的举止，大姐文心忍不住笑了起来。

　　本来中原地区的早饭都是稀饭配蒸馍，但按传统习俗，客人来拜年是必须吃饺子的，还得比较讲究地炒几个菜，并且一定得馏馍，无论客人吃不吃，馍是一定要端上桌的，要不，就是对客人的怠慢和不尊重。按照中原一带的待客习惯，刘若兰朝堂屋喊一声"端菜了"，陪老亲戚闲聊的林康成闻讯立马起身礼让老亲戚上桌坐好，同时随手把茶盅挪到一边，当懂事的大孩子文心和文夏先后把六盘菜依次端上桌时，林康成已经从条几上拿了一瓶白酒和四个酒盅弯着腰在饭桌边依次摆开，酒瓶也已经打开了。老亲戚一边谦让着"不拆不拆，不喝，大清早哩"，林康成还是利索地拆开了酒瓶盖，倒了满满四盅，他喊文夏给在厨屋烧火的保成端了一盅，一盅留给刘若兰，然后就坐下和老亲戚边吃菜边碰杯喝了几盅酒，其间，两人又依照当地酒风来了一番很有意思的猜枚划拳。这个时候，该端饺子上桌了，一大筐镶嵌有红枣的馍也一起端了上来，老亲戚的孩子放下刚端起的饺子碗，以迅雷不及掩耳之势抓起一块馍，因为动作太快，那块馍竟然失手掉在了地上，老亲戚转身用愠怒的目光看向小孩，林康成赶紧笑着帮小孩解围，又帮那小孩重新拿了一块，老亲戚一边阻止着孩子不能接林康成递来的馍，一边低头捡起掉在地上的那块用手拍了拍，又放在嘴边吹了吹，重新递给小孩。小孩自知理亏地低着头接过馍，将上面的枣一个一个地抠出来放在自己面前的饭桌上，然后把抠过枣的那块馍又丢回馍筐里，接着又拿起了第二块馍继续抠上面的枣……正忙着和林康成拍话的老亲戚没注意到小孩的这些举动，站在东间门框内的文青却看得很生气，而碍于怕父母批评自己，她也不好说什么。

按照宛南地区不成文的规矩，家里来客人时，小孩和女人是不能上桌的。但在林康成家，他们没那么多讲究，林康成每次都会请刘若兰一起坐下，并且会请她一起喝上几杯酒，而孩子们，则不特意做出安排。文心和文夏算是大孩子了，从小养成的习惯，她们是不会主动上桌的，即使父母或者客人专门做出了邀请，这两个大女儿也总是客气地予以推辞，干脆躲在厨屋灶火里匆匆吃了饭了事。而文钊和文青两个小馋猫总会悄悄地观察着大人的表情，但也不敢早早入座，一般都是等母亲忙完饭菜之后，这俩小家伙才趁机随着母亲一起落座。

早饭后，因为急着回去赶赴中午的拜年，老亲戚坐了半个多小时，说是要赶紧回去了。刘若兰一听，急忙去了东间，老亲戚拿来的礼物有两把纸筒封的挂面，两瓶梨罐头，两个糖封子（一两层粗糙的黄草纸里面包着大概一茶碗白糖，外面用黄草绳缠绕并扎好，再在上面贴一个用红纸剪成菱形的吉祥签），按习俗，刘若兰把这三样礼物分别拿出来一份，也就是留下一半，另外一半作为回礼让客人带回去。老亲戚在接过篓子时客气地谦让了两句，表示让林家把礼物都撇下算了，刘若兰客套地笑着不容推辞地把装有回礼的篓子挂在了老亲戚的自行车把上，然后把提前准备好的五毛钱塞进了已经坐在自行车大梁上的小孩口袋里："给娃儿个压腰钱，在路上买好吃的啊！"老亲戚象征性地客气了几句，那小孩怯怯地抬头看了看几个大人，然后悄悄地捂紧了自己的口袋，见此情形，大人们都忍不住笑了起来。

第二十一章

家家户户拜年忙　压岁钱里欢乐多

这天是大年初二，按照中原地区的传统习俗，今天应该去孩子们的舅爷家拜年。老亲戚前脚刚走，文青就缠着刚刷好锅碗的母亲，追问到底啥时候出发去舅爷家。刘若兰没顾得理文青，她在锅台边蹲下，先是用专门拌猪食的棍子搅着盆子里的猪食，眼看兑进去的麦麸结成了疙瘩，索性挽起袖子用双手在温热的猪食盆里搅拌着，拌匀之后端起沉甸甸的盆子弓着腰打着趔趄向猪圈走去。走到猪圈的栅栏前，刘若兰才想起，猪已经宰了过年了，小猪还没买回来，她看了看空空的猪圈，想了想，把猪食倒在了牛槽里，灵性十足的大黑牛朝刘若兰"哞哞"地叫唤两声，像是在感谢她。

郝疯子来了，她进门就问："大奶奶，你们今天走亲戚不走？我想借你们自行车使使，到我舅家拜年去。"

刘若兰笑吟吟地回头看了看她："走啊，我们也是每年初二去我舅家拜年！"

郝疯子很利索地接过话："我就说你们肯定也要走亲戚，丰年个憨球货非叫我来问问不行。"说完，她转身就急慌慌地往院外走。

刘若兰笑了笑："焕英，不玩一会儿？那你回去啊！"

刘若兰把厨屋收拾停当，去堂屋东间换了一身干净的喝茶衣裳（干净阔气适合走亲戚穿的排场衣服），拿起堂屋条几上的木梳对着镜子梳了梳头发，她不时地用一个手指在脸上这里擦一下，那里抹一下。其实，刘若兰除了在早上起床洗脸后抹一点紫罗兰雪花膏，其他什么也没抹过，她只是唯恐脸上哪里沾了东西，所以才习惯性地在上街或走亲戚之前，用手在脸上检查一遍而已，这爱美的举动让旁边的小文青仰着小脸好奇地模仿着。是的，小时候，大人总是孩子的偶像，而当孩子长大，大人可能就变成了孩子厌烦的对象，而当大人彻底从这个世界上离开后，孩子又开始对大人心怀遗憾和愧疚，这就是现实，扎心又真实。

刘若兰原来一直梳着两条漂亮的细长辫子，怀着文钊时，又得忙地里活又得忙家里，还得招呼两个大孩子，实在是没精力打理自己的长辫子了，刘若兰只得很不舍地请人帮着剪成了现在的齐耳短发。自此，每当照镜子时，她总会很自然地想起自己的两条辫子，然后就会有几丝小小的伤感。

"你妈准备好了没有？"林康成在院子里推着自行车歪着头朝堂屋看了看，因为已经等了将近二十分钟，此时的林康成口气里有了几分小小的不耐烦。

"好了好了，都收拾好了，我挖开（赶紧）来装礼物。"不等文青回应，刘若兰生怕自己耽搁了时间，林康成话音刚落，她就急急放下木梳大步去了东间。

刘若兰从里屋拿出挂篓，在里面放上六瓶橘子罐头，六把纸筒封的挂面，六个糖封子，小心翼翼地搬起来挂在自行车后座外侧。她舅有两个儿子，都结婚分开过日子了，所以得拿成三家的年礼。挂篓装得实在太满、太重，眼看车子马上就要倒过来，文心和文夏几乎同时小跑过去，一个扶住车把，一个拽住后座。刘若兰找来手提篓，从挂篓里拿出三瓶罐头分装到手提篓里拎着。

文夏建议道："妈，这次走三家亲戚，礼物太多不好拿，路上辙窝又多，路害得不好走，不如每家直接拿成单份儿的礼物，这样来回都轻松。"

刘若兰笑着摇了摇头："嘻，那样拿礼多难看，把作就把作一点吧，咱不能破坏传统，还是拿双份儿合适。"说完，她又返回堂屋，拿出一个手提篓，装好一份年礼，安排保成去后土街边上的一个老亲戚家拜年，文心和文夏留在家里看门。

刘若兰出发去她舅家拜年了！林康成骑着车子，文钊坐在前面的大梁上，刘若兰胳膊上挎着手提篓怀里抱着文青坐在后座上。

午饭后，分别住在舅奶奶家两边的两个儿媳妇一起来到了舅奶奶家，她们把自己怀里抱着的三件回礼直接轻轻放进刘若兰家的挂篓里，在堂屋坐下，客套地和刘若兰还有林康成闲谈片刻之后，俩人突然起身不容推辞地把各自早已准备好的两份两毛钱分别装在了文钊和文青的上衣口袋里，刘若兰礼节性地欠了欠身客气地谦让着，舅奶奶的两个儿媳妇笑着说家里还有客人，就起身回去了。

在舅爷家喝了一会儿茶，文钊就嚷嚷着要回家，在坚持又坐了大概半个小时后，拗不过文钊一再的吵吵，林康成只好起身去推自行车，舅爷和舅奶奶也客气地跟出院子送他们，刘若兰执意没有接收她妗母的回礼，说是他们岁数大了，双份礼物都留下才合适，就当应急（孝顺）他们了。

文青悄悄地对母亲说："妈，我舅奶奶还没给我们压岁钱呢！"

刘若兰快速捂住了文青的嘴："你这娃儿，可不能说！"

文青不高兴地噘了噘嘴，生气地瞪了母亲一眼。

眼看就要走出村子了，舅奶奶突然一拍自己的粗腿子棉裤："爷耶，我都忘了给这俩娃儿打发压腰钱，我走快回去拿，可白（别）急着走，等我一下啊！"

林康成和刘若兰异口同声地阻拦："妗母妗母，不拿了不拿了，谁说非得发个压腰钱不行。"

孩子的舅奶奶不顾两人的阻拦，一路小跑地折回去了，舅爷继续陪着他们边走边聊。就在林康成正准备骑上车子出村子时，舅奶奶赶来了，她手上攥着两张皱巴巴的一毛钱往俩孩子的手上递，孩子们听大人说"不能要不能要"，也就没敢去接，只是看了看压岁钱，又抬头看了看舅奶奶。舅奶奶不由分说就把压岁钱分别塞在了两个孩子的棉袄口袋里，小文青心里的一块石头总算落了地，三家给的压腰钱总共有五毛了，一会儿到家就可以去买自己喜欢的零食了。

刚出舅奶奶的村子不久，坐在前面大梁上的文钊就打起了瞌睡，在颠簸不平的路上，骑着车子的林康成只怕文钊磕碰到，他先是单丢把用一只手轻轻把文钊的头挪放在车把正中间，让他枕在车把上，后来眼看睡着后的文钊东倒西歪，很不安全，林康成和刘若兰商量了一下，就下了车子。俩人准备把挂篓里的礼物想办法挪出来，让文青坐在车后座一侧的挂篓里，然后由刘若兰抱着睡着的文钊。可是任凭俩人如何哄劝，任性的文青就是不愿意坐挂篓，她干脆把娘胎里带来的武器用上了——拼上小命地大哭起来。

看着倔强的文青，刘若兰又讲起了老套女的故事：说是 1960 年闹饥荒，有个女人带着自己的孩子回娘家，半路上，孩子又累又饿走不动了，而这个饿得皮包骨的女人也实在没力气背起自己的孩子，那孩子就站在路边不愿意走了，女人咋哄也没用，只好赌气地先走了，就这样，住在路边的老套女发现了这个独自站在路边哭泣的孩子，她佯装好心地把那孩子领回自己家里，然后竟然趁夜深人静时把那孩子给炖吃了，这时，打更的循着香味敲开了老套女家的门，老套女撒谎说锅里的肉是自己捡的一头小猪娃，在那个饿死人的年代，谁还顾得了那么多，打更的只管和老套女分享了锅里的东西，后来，人们的生活逐渐好转，打更的还是受不了良心的折磨，忍不住把老套女的罪行给告发了，老套女得到了应有的惩罚。从小到大，这个故事文青已经听母亲讲过太多遍，尽管心里很害怕，但她还是想再听一遍，再听一遍，每次听完她就会特别难过特别害怕地大哭，她觉得那个女人太傻了，咋能真的丢下自己的孩子走人了呢，也觉得那孩子太可怜了，竟然会恰好遇到可恶的老套女。和老套女并列的还有另外一个同款故事：说是 1960 年闹饥荒，饿死了太多人，人们实在没东西可吃了，只好把饿死的人吃掉，然而，自家人哪能忍心吃下自家人，就只好和别人家饿死的人换了吃。天啊，多么穷苦的日子，多么悲惨的年代，文青每次都听得心如刀割泪流满面。她知道，那绝不仅是故事！然而，她宁愿相信那只是一个故事。

讲完故事，看文青不但没有停止哭泣，反而哭得更凶了。挂篓里还装着亲戚折回来的六样礼物，挪到手提篓里根本装不下，文青恰好也不愿意坐挂篓，刘若兰实在着急得没办法，看着越来越晚的天色，再看看哭天抹泪的磨人精文青，她着急地扬起手想打文青一下，文青见状拔腿就跑，把文钊也惊醒了，他一下子就从母亲怀里跳了下来。于是，还按原来的坐法，林康成继续骑上车子赶路。

到家后，甚至还没来得及下车子，文青就兴高采烈地向没走亲戚的大姐二姐炫耀自己有压腰钱，大姐文心宠爱地瞪了她一眼："咦，看你美得！"结果，文青伸手在自己口袋里一摸，竟然没摸到钱，她心里一惊，着急慌忙地把两边的口袋都翻过来找，却怎么也找不到那五毛钱了，在遍寻无果之后，文青终于绝望地大哭起来。

问清原因之后，林康成不想让孩子大过年的哭得那么伤心，于是就从自己的口袋里拿出七毛钱走到文青跟前："你看，我刚在院子里拾到五毛钱，是不是你的？"

文青立马停住哭声，她抬头看了看父亲，又看了看那几张写满快乐的纸币，抽咽着使劲地点了点头。

林康成一边把钱递给文青一边哄她："别哭了，再多给你两毛，去买你喜欢的鱼皮花生豆吧。"

文青破涕为笑地接过钱，还不忘回头朝大姐、二姐挤着眼睛狡黠地一笑。

文青一蹦一蹦地拿着买到手的鱼皮花生豆和花生牛轧糖回到家，看父母都不在堂屋，就悄悄地来到了放年礼的东间，面缸盖子上放着刚从舅奶奶家带回来的年礼。罐头瓶可不敢打开，挂面也没法吃，文青的小手刚摸到糖封子，文钊突然就哈哈大笑地出现在东间门口。文青生气地瞪了他一眼："你个好吃嘴儿，给，你来打开，咱俩都偷偷捏一撮儿，再给它绑好，咋样？"

文钊用手指点了点文青的小脑袋："你不好吃嘴儿你在干啥哪？那行，你去站到堂屋门口放哨，如果有人回来，你'吭'一声就行。"

文青点了点头，乖乖地在堂屋门口站好，大眼睛目不转睛地盯着楼门的方向。两个小家伙顺利捏到两撮儿白糖之后，又悄悄地把糖封子按原样捆扎好，俩人商量着等所有亲戚的年都拜完了，一定要趁大人不注意时悄悄拧开一瓶罐头分了吃。

第二十二章

大过年喜气洋洋　凯子却精神失常

　　黄昏时分，天色阴沉沉的，风冷飕飕地无孔不入，突然就下起了小雨。郝疯子急匆匆地走进刘若兰家的院子，不等跨过门槛，她就表情夸张地皱着眉头压低声音喊起来："快点儿啊大奶奶，你们走快去看看，凯子不知道咋回事儿神经了，突然就精神不正常了。"闻讯，刘若兰交代孩子们别出去乱跑，自己和郝疯子还有林康成几个人一起向房后凯子家跑去。

　　凯子家门口已经围了不少人，有试着劝话的，有悄声议论的，也有干站着看热闹的……在旁边几个邻居零零碎碎的议论中，刘若兰也基本算是听明白了：就是有娃执意要当看青的，身为村副支书的他二哥财娃虽说也不是太愿意，但是，人毕竟还是会向着自己的亲人，他直接抹掉了凯子的看青员身份，让有娃当了看青的，老实本分身为孤儿的凯子一时间实在是接受不了，想不开的他竟然一下子就精神失常了。看着平日里热情礼貌、充满活力的凯子突然间就变成了精神颓废目光涣散坐在那里喃喃自语的失常人，刘若兰和几个邻居心如刀绞，特别不是滋味，可是，面对眼前这个状况，谁又能有啥办法呢？这可能就是凯子的命。

　　刚才还是小雨，一会儿工夫，雨就越下越大了，几个好心的邻居赶紧帮着把凯子连搀扶带拖拽地移到了屋里，简单劝慰几句之后，邻居们冒着雨相继散去。

　　次日上午，张家村凯子未婚妻的妈和哥嫂就穿着胶鞋踩着稀软的泥糊糊路来到了林湾村，他们亲自来证实了"凯子精神失常"的传闻，然后立马就提出要退婚。凯子已经自己顾不下自己，作为媒人的凯子姑姑流着泪叹着气帮忙处理了退婚的事，也就是订婚时送给女方的几匹布和发给陪同亲人的几个陪同红包。凯子坐在自家偏房厨屋门口，他头发上沾着麦秸渣子，目光呆滞，嘴里不停地念叨着什么。财娃和有娃自然是没脸来看这个热闹，除了冷漠无情的得福弟兄几个和建国，在场的邻居们无不为凯子这突如其来的变故感到惋惜和难过。

自此，凯子原本整洁有序的生活就成了一团糟，不知从哪天起，人们开始在背后唤他为神经头。乱蓬蓬长年不再打理的头发，军裤，衬衫，衬衫扎进裤腰里，虽然已经无法保证个人的卫生问题，虽然凯子特别珍爱的军装早已明盔燎疴起明发光（特别脏，因沾染污垢太多而有点儿黑亮发光），但失常后的凯子却依然保持着自己喜欢的这身装束。他常常在小孩子们玩得兴致勃勃时出现，静静地站在不远不近的地方笑眯眯地看着一群孩子嬉戏打闹，孩子们会出于好奇和害怕而不时地看向他，他的神情时而严肃时而微笑，没有人知道他到底在想什么。神经后的凯子就犹如一个飘忽不定的魂灵，在林湾东头到大坝和后土二中之间闪现着，他总是远远地站在那里，不言不语，露出一脸很是亲和的笑。文青是个细心的孩子，她不止一次地想：凯子可能是在羡慕我们玩得那么有趣吧，也或者，他是怀念自己的童年了吧。每次这么想着，文青就不禁对他同情起来。

无论在哪里，但凡凯子一出现，人们就会把注意力全部集中到他身上，有看热闹的，有同情的，有漠然的……然而，无论人们拿什么样的目光看他，凯子的表情一律保持着稳定平和，好像周遭的一切都和自己毫无干系。已经失常的凯子活得像是一缕空气，他无法再在这个多彩的人世间发挥自身的价值，但他脸上那种稳妥的安然与平静，却是多少人终其一生也无法抵达的境界。

村里的人们说，凯子这个神经头还真是讲究，每天早上起床都要刷牙。那个年代，温饱刚刚解决，农村人哪有那么多讲究，刷牙啊香皂啊，在村里人的心中，那大多都是城里人的专属。而事实果真如此，很多个早上，文青都看到凯子在他自家的厨屋山墙边半弯着腰刷牙，远远看过去，那印着红花绿叶的白色搪瓷缸依然干净，那一刻，他仿佛还是大人们口中那个刚刚退伍回来的干净利落的小伙子。

时不时地，村里人总会看到凯子提着从垃圾堆里扒来的早已变质的食物往家里带，或者是背着几捆绑扎结实的柴草从田间归来，乡亲们除了同情和无奈，对此也是爱莫能助。平时，只要有好吃的或者是家里请客的剩菜之类，刘若兰都会喊文青给凯子端一些送去，每当文青端着食物出现在他面前，他总会露出最淳朴最憨厚最和蔼最感激最让人不忍直视的微笑，然后赶紧配合地回厨屋拿出来一个碗或是小盆子接过饭菜，文青在把饭菜倒给他之后，就会自言自语地给他交代几句饭菜的吃法，然后对他点点头离开，也不管他到底是不是听得懂。

这些年，村里人做饭都是用砖头垒起来的锅台，但凯子一直用着他叔叔留给他的风箱灶，每次看他拉着风箱做饭，人们都难免要感慨一番那个极有年代感的设备。遇到过年过节，有邻居给他送去好吃的，他要么摆着手坚决不要，要么就是放在屋子里任其坏掉。可能是对这个世界太绝望了，除了文青家和另外两家送来的食物，凯子坚决不吃其他任何人给的东西，在摇摇欲坠的人生边缘，他用这种决绝的防御方式保护着自己不堪一击的生活。善良不会说话，但善良最能深入人心，也许残存在自己生活圈子里的善与恶，在凯子这个精神早已患病的人的心里还是分得极清的。

第二十三章

过完年春种将忙　土匪猖獗后土乡

　　年拜得差不多了，元宵节也快要到了，文青的心里既欢喜又担忧，她欢喜于马上又要迎来一个可以尽情吃喝玩乐看烟花的节日了，她忧心于过完元宵节父亲就又要去穰县上班不能在家陪他们玩了。正常情况下，过了正月十五，新年也算是基本过完了。

　　正月十五傍晚，林康成在院子里劈柴，保成带着孩子们依照老祖宗传下来的风俗去上坟，文钊抱着鞭炮跑在最前面，保成拿出一张当时最大面值50元的钱按传统在要送的纸钱上依次拓上印痕，就带着孩子们出了门。

　　保成和孩子们前脚刚出门几分钟，木匠田娃和建设就一前一后地走进了院子。林康成急忙起身掏烟，田娃和建设客气地谦让着接过烟，俩人都顾左右而言他地随意拉着话。一根烟吸完，谨慎又性急的田娃终于忍不住了："大爷，我是来问一下，你们啥时候下辣苗烟苗？"

　　林康成笑了笑："那都要到过罢十五了，大致在正月十七八那个时间。"

　　建设吸着烟，他只是微微低头听着他们的谈话，半眯着的眼睛在烟雾后面丝毫没有要说话的意思。

　　田娃很有仪式感地直了直身体侧过脸交代："你们到时候辣苗可多下一点儿叫我使使，我前几天已经给辣苗和烟苗都下上了，今早我才想起娃儿他妈娘家还说到时候想来找点辣苗，我那辣苗儿自己使恐怕都不太够，大爷你看你要是能多下点儿的话，到时候我来找点儿使使，你看咋样？"

　　林康成毫不犹豫地回他："那行，木事儿，我到时候多下个三两百棵，够不够？"

　　田娃激动地起身面向林康成："够了够了，那都不少了，使不完，她娘家估计百十棵都差不多了，他们那儿地少，主要是种菜卖菜，又不指望这个，他们种百十棵就是够自己吃就行。"说着，性急的田娃已经走到了大门口，他一边跨出门槛一边扭头向建设招呼着，"那建设你坐会儿，我有事儿先回去了啊！"

建设应声笑着点了点头，好像他等这一刻已经等了很久。

见田娃总算是走了出去，建设用手指在地上搋了搋烟灰："大爷，是这，我想看看你这儿有没有多哩竹条，过两天要下辣苗了，去年收拾哩竹条有一些朽了使不成了。"

林康成略微沉思了一下："我这儿应该是能给你找一些，不过，可不知道够不够你使。"

建设一听，口气立马没那么松散了，他身子稍微拉直伸长了脖子拿眼睛在院子里瞄了一圈儿："木事儿木事儿，找多少是多少，总比没有强。"

片刻之后，建设如愿抱着一捆竹条回家去了。

"哎呀，这家儿清是富裕哩很呀，啥都有，嗯？"得贵阴阳怪气地拉着长腔慢着步子晃到了林康成家门口。

平时林康成还会碍于邻里之间的面子随意给他打个招呼，这会儿听他居然又这样怪声怪气，干脆只顾埋头劈柴，根本就不屑于理他。

这时候，保成恰好带着孩子们上坟回来走到院外。

"嘿，这可是个大人物，行走带着小兵小将，跟个当官儿哩一样，嗯？"得贵嬉皮笑脸地对着保成喊话。

保成没有搭理他，只是乜斜了他一眼。

得贵继续叨叨："哎嗨，还真是当官儿哩啊，咋不说话哩？看看拽成啥样！"

"看给你闲哩！"保成嚷了他一句，继续示意孩子们一起朝院子里走去。

"我咋闲？哎哎哎，你说说我咋闲？你今儿得给我说清了。"得贵碰瓷式的搭话就像是终于找到了战场似的，追击式地紧拉着保成不放。

"别在我们家门口恁大声嚣火（吵吵），谁理你了？谁叫你在这儿先喊我二叔说话了？你不就是闲？你不闲你先喊我二叔干啥哩？"早已看不惯得贵那副狗脸的文心忍不住回头瞪着他狠狠地一通嚷嚷。

得贵在保成那儿嬉皮笑脸的猖狂习惯了，他显然没料到文心会突然这么劈头盖脸地给自己撺一通话过来，他的脸顿时僵了好几秒钟，然后很不服气地悻悻着嘟囔："土匪女子，就是个刀客，都是些啥人啊！"

走在最后面的文青用尽全身的力气使劲关上了大门，她故意把大木门碰撞得很大声，以此来震慑院外尚来不及走远的贱嘴得贵。

院子里的文青听到得贵很大声地在外面不甘心地嚷嚷了几声，就向刚进家门的二叔追问啥叫土匪，啥叫刀客。文史知识很是丰富的二叔就蹲在屋檐下给几个侄子侄女讲起了关于土匪和刀客的来历，那是一段独属于后土乡的历史：后土乡地处穰丹宛三城接合部，同时，也是三省交界处，素有"金三角"之称，人口多，物产丰，商贸繁荣，文化底蕴丰厚，社情民意相对复杂，是历朝历代农民起义军和军队扩军备粮的必经之地。当年，李自成、太平天国、襄阳红巾军、白莲教等都在后土境内活跃过，因此，在反动当局看来，"三山夹一坡，后土就是个土匪窝"，被历史赋予的彪悍民风铸就了后土人勇于抗争的精神。民国初年至新中国成立前，天灾人祸，军阀混战，民不聊生，后土当时还属于穰县管辖，整个穰县匪患特别严重，而后土的土匪尤其猖狂，外地土匪闻讯也纷拥而至，百姓生命财产安全受到了严重的威胁，人口锐减，社会生产力受到极大的破坏，于是就又有了一句民谣"三山夹一坡，后土的兔子没有土匪多"，因此，后土就成了有名的土匪窝。1929年春天，宛南地区旱灾严重，匪患也更加严重，很多家庭全家都成了土匪，明目张胆地抢劫，当时后土有名的土匪头子叫裴杰三，外号裴小个。为了彻底消灭匪患，1948年9月，党委政府商定在几个匪首活动最为猖獗的地带成立一个仅存六个月的小县，发动群众建立乡村政权，县区武装到位，开展政治攻势，清除残匪。1949年宛南一个县第三军分区奉命剿匪的86团在后土活捉了裴小个，交由穰县人民政府处决。再后来，人们就习惯把不听话的孩子喊为"土匪"或者"刀客"。

文青歪着小脑袋安静地听着，一张小脸时而忧愁，时而笑嘻嘻，听完之后，她气呼呼地冲门外得贵家的方向喊了几声："该死的狗东西，他连刀客都不如，他连土匪都不如，他就是个狗东西！"

二叔宠爱地用胡茬扎了扎文青的额头："哎，我哩小青青啊，可不能那个样骂人，他害，咱可不和他那号人一般见识。"

门前的菜园子里，清丽的阳光从云隙间倾泻而下，暖中夹杂着丝丝凉意的微风轻轻地吹着，油菜花已经开得相当热闹了，成群的蜜蜂正昼夜兼程地奔赴在前来菜花家的路上。各家各户都在这里下辣苗烟苗，筛碎土的，撒种子的，扎竹条的，挑水的，浇水的，每家每户的各个家庭成员都分工明确，井然有序，看起来一派干劲十足热火朝天的样子，日子也因此充满了无限的希望。

有娃媳妇的娘家弟弟在帮他们碎土，建国媳妇改英的娘家弟弟在帮建国家挑水，有娃和建国则没事人一样叉着腰这儿走走那儿看看，跟领导视察工作似的。生性爱偷懒的得贵羡慕地看着他的偶像建国，心想：要是自己的小舅子能来帮忙干活该有多好！想到这里，他不禁憋满了一肚子的气，他气在自己眼前晃来晃去像是在故意显摆的建国和有娃，气自己那个没主动来帮忙的小舅子，更气自己媳妇没喊她娘家人来帮忙。于是，到了午饭时间，得贵就故意找碴和媳妇生气，俩人赛开戳子（豁出去）大吵了一架。岂料，别看得贵媳妇平时面相僵硬一声不吭地像个闷葫芦，可她却也不是吃素的，生起气来实在是难对付，她就像个稻草人一样谁也不理，只做自己的饭，不再理得贵，也不去地里干活了，就在家里阴着一张僵尸脸干坐着，一副"老娘就这样了，谁怕谁"的架势。得贵拿她没门儿，办法使尽，好话说尽，大概一星期后，得贵媳妇在得贵请来的她娘家人的各种劝解下才继续正常劳作。强势的得贵心里憋躁得真想一巴掌呼死她，但想想那样自己更遭罪，家里没人洗衣做饭的日子实在是太难熬了，他只好对着空气胡骂一通，把满腔的怒气强咽进了肚子里。

晚饭做的是苞谷糁糊汤面条，刘若兰比较喜欢吃这个粗粮面食，可是，文青和文钊最讨厌的就是这道饭，为了迎合孩子们的喜好，刘若兰也是十天半个月才敢试着做一次这个饭，两个小家伙却依然不愿意。文钊从小就很爱吃红薯和烧馍片，每次但凡做苞谷糁糊汤面，刘若兰总会切几块儿红薯丢在面条锅里一起煮熟，然后再在灶火里烧两块馍片，红薯和馍片就成了文钊这顿饭的主食。小文青也是个很挑食的主儿，每当做苞谷糁糊汤面时，她总是不高兴地扯着嗓子大喊着，说自己不要吃饭了，母亲就赶紧投其所好地在她碗里放上一大块猪油，文青总是要拿着筷子踮起脚在盛猪油的盆子里再剜一点猪油，然后再扒拉着找几个油渣，她不止一次地对母亲说：油渣太香了，真是好吃得要命！一旁正吃红薯吃得香的文钊总是故意坏笑着冲她一撇嘴：才不好吃哩，还是红薯香。

第二十四章

李丰年送走憨平娃　村里忙种辣子苗儿

晚饭后，李丰年抄着手来到了林康成家。看起来他步态悠然，像是一副没事人的悠闲样子，但刘若兰却明显觉得他应该是有啥事儿："丰年儿，喝罢汤了？"

"哎！喝罢了喝罢了，你们也喝罢了？"李丰年接话的口气有点心不在焉，又有那么一点不自然，"那个，我想问一下，在二中坐那趟去穰县哩客车……是只到穰县啊？还是……还是一口气开到那个宛南市？"

"那趟车只开到穰县，去宛南的话，要在穰县那个三孔桥下车后再转车。"给李丰年解说完，林康成随口礼节性地问了一句"咋？谁要去宛南？"

"哦，木人去，木得人想去，我就是闲问问。"李丰年的眼神躲闪着，脸上浮出一层稍微来一点点微风就能吹走的浅浅笑意。

次日黄昏，憨平娃儿被丢掉的消息就在林湾传开了。说是一大早李丰年带着平娃儿上了去穰县的客车，他对卖票的说自己要下车喊娃儿他妈，然后，客车当然是等不到其实已经偷偷藏起来了的李丰年，只好开走了。看着去穰县的客车终于开走了，李丰年才放心地回家了。有人说，李丰年转身就后悔了，良心下不去了，他从后土街搭乘另一辆去穰县的客车，把整个穰县县城的角角落落圪垯狭缝跑了个遍，也没能找到他的大儿子平娃儿。

黄昏的时候，天色突然发白，紧接着就刮起了狂风，转眼之间，天色又忽地变成了黑云滚滚，暴雨和炸雷刹那间一起从天而降。李丰年不顾一切地拦住准备返回二中的这趟车，也就是早上他送平娃儿坐的这辆客车，他一边描述着平娃儿的外貌特征一边哭喊着询问，卖票的和开车司机都说没太注意，这车的终点站就是穰县，那娃儿可能是在穰县县城下车了，也有可能是在半路停靠时下了车。李丰年的脸上泪水和雨水交错着跌跌撞撞地走在瓢泼大雨里，他不时地捶胸顿足，抱着头蹲在路边的一个墙脚处哭得像狼嚎。

郝疯子没哭，但她也不说话，只是一改往日的叨叨，她拉着脸沉默地在厨屋和堂屋之间来回穿梭着、忙碌着，谁也看不透她心里咋想的。一连好几天时间，爱串门的郝疯子都窝在自己家里，或者是赶着她的几只羊直接去地里干活，她不再东家长西家短地到处溜达着拍闲话，也暂时不再频繁地去后土街赶集。

时间是个坏东西，同时，时间也是个好东西。随着日子的一天天流逝，关于憨平娃儿被丢掉的新闻就慢慢地不再是谈资了，郝疯子一家的生活也逐渐恢复了往常的平静。

当春天的脚步抵达中原地区时，林湾村的村民们又开始忙着栽种辣苗和烟苗了。每年的这个时候，林康成都会再次请假回来和家里人一起干农活，这也是几个孩子的期待，因为父亲每次回来都会给他们带回来一大包好吃的，只有孩子们想不到的零食，没有林康成买不到的好吃的。此外，林康成总会再买两捆新鲜的芹菜和蒜苗，也总少不了割几斤肉带回来，一起带回来的，往往还有几本专门给孩子们看的文学类书籍。虽然孩子们平时一想到父亲不能经常在家，心里就难免会有点不舒服，但想到父亲隔三岔五回来时总能带给他们各种各样的稀奇零食和学习用品，孩子们的心里又是幸福的、激动的，充满期待的，引以为傲的。

辣苗和烟苗往地里栽种前，需要一段时间的锻炼。就是每天半上午天气暖和一点儿时掀开塑料棚子，也就是简易的温室大棚，让褓褓里的嫩苗接受风和阳光的洗礼，以便将来栽种在地里时能够快速适应自然气候并顺利成活，黄昏温度即将下降前，再把塑料棚按原样遮盖严实。揭开塑料棚的活，一般是大人干的，他们怕小孩做不好，那满棚子的辣苗和烟苗可是全家一年主要的经济来源，而下午盖塑料棚的事，大多会安排孩子们去做，因为大人们在地里干活顾不得为此专门跑回来一趟。无论怎么个盖法，只要用塑料薄膜遮严实，捧几捧边上的碎土和瓷实的大土块把四边和各个角压好，确保基本保暖不进大股的空气就行。

对嫩苗的锻炼需要十来天到半个月的样子，十几天之后，村民们便陆续开始栽种辣苗和烟苗了。在培育辣苗和烟苗的大棚里，大人们提着水桶从地头的坑塘里拎几桶水，然后倒在喷壶里，以便出水细密又温柔地喷向嫩苗，这是为了滋润嫩苗根下的土，便于秧苗顺利从土里钻出来，孩子们则在田间地头到处疯跑或打滚。在栽种辣苗的田间，保成拿着镢头一镢头一镢头地在前面整齐地挖着窝，文钊拿着水瓢一个窝一个窝地浇水，林康成和刘若兰带着两个大女儿一棵一棵地顺着挖窝和浇水的节奏栽着辣苗，小文青则一蹦一跳地帮忙分散着辣苗，她用灵巧的小手把辣苗一棵一棵地分好，整整齐齐地摆放在各个挖好的窝窝里，方便大人直接栽种。

忙活一些日子后，地里活也干得差不多了，在孩子们的不舍中，林康成不得不返回穰县上班。每当得知父亲次日就要出发去上班，文青总会赶紧缠着父亲再多讲几个故事，林康成便会出口成章地给文青和几个孩子讲很多很多故事，有历史人物传记，有野史杂谈奇闻，也有各类吸引人的传说，直到孩子们一个个听得打起瞌睡。多年以后，当文青在回忆往事时，父亲和二叔曾给他们讲的那无数个故事是真真切切地给了她无尽的滋养，不但让她拥有了明辨是非洞悉人性的能力，也在潜移默化中成就了她一手绝好的文笔，一个被故事喂大的孩子所拥有的幸福是用多少言语和文字也都表述不尽的。

尽管林康成家条件还好，但毕竟是九十年代初期，大家的日子普遍都过得还很是紧巴。作为老大，在后土二中上学的文心特别体谅父母，她勤奋踏实，省吃俭用，每个周日下午返校时总会带上一罐头瓶腌萝卜丝或者是一瓶家里自制的咸菜，当然，在那个比较艰苦的年代，从家里带菜也几乎成了当时所有中学生的习惯。早饭时间紧张，学生们都在食堂匆忙吃点馍喝了稀饭直接进教室，而每到午饭和晚饭时间，二中外面通往制药厂那条林荫小道上就坐满了三三两两一起结伴吃饭的学生，他们用网兜提着自己的菜瓶子，端着碗，拿着馍和筷子，在整齐有序叶子见风就哗啦啦作响的两排白杨树下吃着饭聊着天，虽然饭菜极其简单，但海阔天空沁人心脾的环境和风华正茂挥斥方遒的同窗还是让少年们在咸菜和萝卜丝里吃出了大鱼大肉的味道。他们要么拿筷子敲击着碗沿，边吃边唱歌，要么嘻嘻哈哈地爬上树追逐嬉戏，一点也看不出穷困生活条件所带来的苦涩和愁绪，可见，少年时代真的是人生最美好的时代！然而，再美好的当时毕竟伴随更多的是生活的不得已，因此，许多年以后，当文心忆及自己中学时代的生活，那一罐头瓶一罐头瓶的萝卜丝还是成了她挥之不去也不愿再回首的曾经。

第二十五章

财娃举荐有着落　建国当官心急切

后土乡又来人了，副支书财娃习惯性地伸出双手热情地和乡领导一一握手，安排领导们在堂屋喝上茶之后，他就立马一如既往地指派孩子去喊了建国过来。当建国一脸虔诚火急火燎地赶来时，财娃正在向几位乡领导举荐建国当村干部，几位乡领导随口问安排他当个啥村干部合适，财娃的回答是越大越好。这个时候，建国的媳妇改英来了，她在大门口探着头猫着腰看了看，拎着两条处理干净的草鱼进院就径直向厨屋走去。财娃媳妇和改英客气几句之后，接过鱼放在了案板上的淘菜盆里，改英借口家里还正烧着火做着饭，和财娃媳妇客套几句就回去了。

午饭后，乡领导发动吉普车准备走时，财娃意犹未尽地把脑袋俯在副驾驶窗子前对领导提醒着："林建国是块儿好材料，请领导考虑考虑啊！"领导不知是敷衍还是认真地点了点头，一副若有所思的神情，但根据经验，这神情让财娃很是安心。

下午，建国媳妇改英用一个长竹竿绑着镰刀在村边的河沟上捋洋槐花。近段时间大家都在忙着种辣苗，顾不得够洋槐花，因此，改英不费多大工夫，够下来的洋槐花竟然捋了满当当两大淘麦篮子。趁着天擦黑，改英赶紧给财娃媳妇送过去一篮子洋槐花，另外还端着一馍筐刚从凯子家门口那棵香椿树上折下来的新鲜香椿芽。财娃媳妇是个厚道的正派人，自然是各种婉拒，可她终究没能抵挡得住改英的执拗，只好拿出自己家用来给牛割草的竹篮子，任由改英倒了进去。

回到家，建国铁青着脸问改英"天黑了黑了人还跑哪儿去了？也不赶紧做饭"，当他知道改英刚才是去财娃家送香椿芽和洋槐花去了的时候，脸色立马缓和了很多，但霸道习惯了的他依然以不耐烦的口气催促改英挖开（赶紧）

做饭。改英借着黑漆漆的夜色白了他一眼，想着刚才自己可是办了一件大事，就自信满满地向厨屋走去。

三四天后的一个中午，从乡里开会回来的财娃甚至顾不得回家，他直接兴冲冲地把自行车支在建国家门口，胜券在握地大步跨进建国家堂屋："建国啊，建国哩？建国人哪？"

"哎，二哥二哥，我在屋，二哥，有啥事儿？"建国闻声从里屋蹿出来，因为跑得太着急，一只黄球鞋都剐蹭得掉在了西间门槛里边。

"是有个好事儿，年轻人，要冷静镇定，你看看你，毛手毛脚的可不行。"财娃半严肃半认真地带着官腔用下颌指了指建国蹿掉的鞋子，一副村里人常说的圣人蛋样子。

"哦，木事儿木事儿，对，二哥你说得都对，我刚这不是看你来了，怕你喊不应我着急嘛！"建国讨好地赔着笑脸解释着，又折身踮着脚尖跳回去穿上鞋子。

"那个……是这，我今上午不是去乡里开会了吗，乡领导的意思是基本确定……你为咱林湾村这届村干部的候选人。"出于激动，财娃刻意以半停顿的语速像是在斟酌一样强调了谁是候选人。

"真哩啊二哥？那我谢谢你了啊二哥！哎呀嘿！"不等财娃把话说完，建国就心急火燎地抢过话头，看得出来，他等这一刻太久了，如今已经显得很是有点儿迫不及待。"那，二哥啊，有木有具体说叫我当个啥？"建国伸着头半张着嘴两眼放光地笑着追问。

"这个啊，关于让你当啥，乡里倒是还木说，可能领导们还在商议，至于最后到底让你当个啥，我觉得那都不重要，你还年轻着哩，怕啥哩？重要的是你一定要先当上这个村干部再说，你说呢建国？"财娃既然有意推荐建国，他对建国说的也算是一番肺腑之言了。

"是哩是哩二哥，你说得对，啥都行，咱先当上再说。"建国看似在认真地附和着财娃的说法，其实他心里可是有自己的一套盘算，他巴不得自己能一口气当上村支书才好，当然，他知道这是绝对不可能的，自己一个平民百姓，大小能当上个村干部就已经是祖上积德了，哪还敢想着一步登天？！

这天晚饭时候，建国指派媳妇改英搅了一大碗面糊，又特意多打进去两个鸡蛋，用心摊了几张又薄又软和的黄灿灿的煎饼，让儿子玉强顺着房后不容易遇到人的那条小路送到财娃家。财娃是个正派又略微清高的人，况且又身为村干部，他的自律性一向是有目共睹，所以他一脸愠色地坚决不收那盘煎饼，向来都不拘小节的财娃媳妇把财娃的脉把得很准，虽然自己的孩子们一个个眼馋地盯着玉强手上那香气四溢的煎饼，但见财娃态度坚决，她也不敢多说什么，只能好言劝说玉强赶紧把煎饼端回去。

眼看副支书一家人都不收这盘煎饼，生来就嘴巴笨拙的玉强只好又端着煎饼回家了。

见玉强原封不动地把煎饼端了回来，建国铁青着一张黑长的脸狠狠地斥骂："咋回事儿又端回来了？你就是木球一点儿材料，窝囊蛋货一个。"

"咋……为啥又端回来了？不行了我再端去。"建国媳妇立马从厨房跑出来为玉强结尾。

"送去，挖开（赶紧）送去，你走快（赶紧）端过去。"建国气呼呼地白了一眼改英。

改英从玉强手上接过盘子，小声交代让玉强去灶火那边坐着，她怕自己这会儿出去后，建国会没完没了地骂玉强。

这次，因为改英的软磨硬泡，财娃媳妇只好接过煎饼倒在了自己家的馍筐里，改英露出了如释重负的笑，像是在建国那里立了大功似的，回家的路上，她带着大功告成的喜悦一路小跑地哼着黄梅戏。

看改英手上的盘子是空的，建国铁青着的脸总算稍微有所缓和，露出了他特有的那种有点儿奸有点儿贼的阴笑。

第二十六章

建国当上村干部　滥用职权财娃怒

　　五天后的一个上午，村里的大喇叭喊村民们集合开大会。在大家的纷纷议论中，村支书成党和副支书财娃还有大队会计永振都到场了，人们预感到，这次群众大会非同一般，到底会有啥大事儿要宣布呢？大家一边小声议论，一边密切关注着两位村支书的一举一动。

　　"这眼下各个村不都在换届选举吗，咱们村在后土乡党委相关领导的综合评定下，决定选举林建国为咱们林湾大队新一任村支部书记，我这岁数也大了，该退居二线了，以后，大家都要多多支持建国的工作，希望在建国的英明领导和咱副支书财娃的辅助下，咱们林湾村的各项工作都能做哩越来越好！"当成党口头宣布后土乡政府的任命时，村民们都很是意外地看向了林建国，随之，人群里是一阵长长的沉默。而此时，林建国并没因刚刚受命而有所谦和，他习惯性地把双手插在裤子口袋里，拉着那张黑黢黢的长脸仰着脸傲气地看向人群，与以往不同的是，他这会儿的表情愈发强势，就像是在登基一样霸气，好像整个天下都是他的了。

　　当了村支书后的建国趾高气扬，不爱干活的他要么双手插裤子口袋在这里转转，要么抱着膀子抄着手去那里瞅瞅，或者是跷着二郎腿夹着一根烟坐在家门口像模像样地拿着一张只有村干部家才会发放的报纸，阴鸷的眼神却不断地斜向门前路过的村民。他要是看谁不顺眼，那就是一件特别糟糕的事，各种直接骂人的难听话和落井下石的编派让你防不胜防，反正就是坑你没商量，只有你想不到的，没有他做不出的。因此，大多不懂逢迎不会献殷勤的村民都只能对其避而远之，下地干活或是去谁家串门尽可能绕开他家门口。可林康成家却绕不开，为啥？因为他们是前后邻居，那真的是低头不见抬头见。但是，林康成家都是宽容大度又凡事不那么较真的人，平时和建国的相处还算过得去。

接下来的日子，财娃和建国的走动更多了。一来财娃是副支书，向来端正行事的他觉得自己凡事都应该和正支书商议；二来财娃本来就特别看好建国，建国又是他一手举荐起来的，他对刚刚走马上任的建国更是器重，巴不得拉着他快速地来个揠苗助长。

每年春季，上面都会分下来去外村修水渠的任务，财娃趁午饭后这个空当时间来建国家商量修水渠的任务划分。

建国刚躺下准备睡午觉，财娃喊了好几声，建国才爱搭不理地从里屋打着哈欠懒洋洋地掀开门帘子走出来，他甚至没有抬眼看财娃一眼："咋了二哥？啥事儿急成这？"

财娃紧紧地抿了抿嘴，口气是一如既往的郑重："是这，咱们上午在乡里开会，乡里不是说又到一年一次的修水渠时间了吗，我想着趁这会儿都在歇晌，正好也算是有点儿时间，咱俩商量一下每家每户修水渠任务的具体划分。"

听财娃说完来意，建国抓了抓头，口气中带着不屑："就为这？急啥哩急？"

财娃认真地给予纠正："建国啊，干工作可不能这个态度，你现在是村支书，是一把手，是咱林湾村的主心骨儿，对待工作一定要认真快速高效，这个样才能……"

不等财娃把话说完，建国早已听不下去了，他粗鲁地打断了财娃的话："二哥，你就白（别）再说了，这我都知道，那也不急这一时半会儿。"

财娃有点儿意外地愣了愣，他抬头看了看建国，就像是在看一个陌生人，他一时间有点儿不敢相信，更多的是不可思议，这个一向在自己眼里热情十足殷勤活套的年轻人怎么竟突然就变得如此地让人费解。

建国像是意识到了什么，原本有点儿不耐烦的表情瞬间缓和了不少，他这才想起桌子上的烟："二哥，来来来，吸个烟，我也不是说拿工作不当回事儿，我是说今下午或是明上午再安排也不算晚。"

像是突然间明白了什么，也像是顿时看清楚了什么，财娃谢绝了建国递过来的那根烟，同时也卸下了自己方才的义正言辞，他语气变得有点儿颓然地和建国道着别："哦，那行吧，不耽搁你歇晌，没啥事儿我先回去了。"建国"哦"了一声，看财娃走远了，就如释重负地关上门准备继续睡午觉。

听着财娃走远了，媳妇改英从里屋走了出来，她不高兴地瞪着建国："你看看你刚才那个样，好歹人家是多年的老副支书，咱这刚当上不长时间，况且还是人家使劲儿帮咱，咱才当上哩，可不能这个样对人家说话。"

建国一边掀开门帘子往里屋进，一边打着哈欠不耐烦地打断改英的话："行了行了，你一个女人家懂个球，少掺和。"

改英看不惯地白了建国一眼，建国自顾自地倒头就睡。

第二天早饭后，建国托儿子玉强去喊财娃过来。建国的儿子玉强虽说只有七八岁，但已经能够看得出，这是个老实又怯懦的孩子，嘴巴笨拙，不怎么会说，说话做事按村里人的老话来说，就是有点儿死劲。

玉强跨进院子的时候，财娃家的早饭还没结束，他应了玉强一句："行，你先回去，我这半碗儿苞谷糁汤喝了就过去。"

玉强走了几步，想了想，又回头交代着："那你快点哦！"

财娃媳妇一直没说话，看玉强出了院子，她若有所思地说："建国这个人啊，这以前都是他往咱家跑，现在还反过来了，叫他娃儿来喊你去他家说事儿！"

财娃没说话，他仰起头"呼呼噜噜"一口气喝光了碗里的苞谷糁汤，掏出裤子口袋里那块叠得方方正正的蓝色小毛巾擦了擦嘴："那我过去看看，尽快给修水渠的事儿安排好，这几天随时就要开工了。"

财娃媳妇追到院门外压低了声音："这段时间你也大致能看出来他到底是个啥样的人，一会儿去了说事儿哩时候，叫他多说，你可少说几句，啊！白（别）惹他。"

财娃头也不回地朝媳妇摆了摆手。财娃媳妇回到院子里摇了摇头，她自言自语地低声感慨着："这人哪，不到一定时候，还真是看不透。"

建国家没有院子，三间低矮的土坯房有些年头了。财娃跨进建国家堂屋门槛时，建国正靠在一把老旧的躺椅上抖着腿抽烟，见财娃进来了，建国漫不经心地停下一直抖动的双腿，缓缓直起身子，在饭桌边沿搕了搕烟灰："二哥你坐，咱们可来商量一下这个修水渠哩事儿。"说完，建国把桌子上的烟盒往已在对面落座的财娃那边推了推："吸个烟，你自己拿！"

财娃拍了拍自己的中山装口袋："不吸，刚吃罢饭，木这不是，我有烟。"

建国媳妇去灶火把茶壶拎了过来，她在堂屋条几上拿了茶盅和茶叶，给财娃和建国分别泡上一盅茶，然后搬过一个小板凳在一进门的地方坐了下来。

在修水渠事宜具体安排到各家各户的划分时，建国始终没给自己家分任务，财娃最开始发现这个情况时，一直忍着没说，他想着建国不可能不像话到这个程度，他想着可能建国是准备把自己家排在后面，谁知，一直到所有工程段划分完，建国也没提到自己家。财娃是个正直认真又严肃的人，同时也是个有着正派作风的好干部，当村干部这些年，他从没以公谋私，更不曾投机倒把，这下亲眼看到刚上任不久的建国竟然这般操作，他在甚为意外的同时，心里自然是看不惯的。但是，通过最近一段时间的深入接触，财娃也基本摸清了建国的真实品行，因此，他觉得自己不能再像往常那样直接对他说教，就是真说，也不能说得太随意。财娃在心里激烈地斗争着，他不知道该如何来"教育"建国这个年轻的村干部，他觉得既然自己一直以来都看好他、举荐他，自己也就有义务去"拯救"他。尽管他只是个村干部，但见多识广好学上进的财娃知道，官场的水实在是太深了，他不能眼睁睁地看着自己一手扶上马的建国就这么溺亡，他必须及时拉住他、提点他，帮他脚踏实地地站稳。

"爹，咱家去哪个村修？"站在一旁尚不懂人事的玉强突兀地问了这么一句，算是帮财娃的心事找了个再合适不过的突破口。

"你小娃子家懂个啥？大人说话别胡球插嘴。"令财娃没想到的是，这次还没等建国说什么，坐在门桥儿（门槛）边的建国媳妇突然就反应激烈地对儿子一顿训斥。

建国也铁青着脸朝玉强瞪了一眼："就你话多，二球货，滚出去玩去。"

尽管建国夫妻俩对儿子玉强突兀的问话表现出了极大的烦躁和愤怒，但财娃还是不失时机地顺着这话较为委婉地提示了一句："建国啊，咱当村干部是为了带着村民们把咱林湾村搞好，无论上面给村里安排啥活，咱都要和老百姓一起干才合适，你说是不是？"

建国吸着烟沉思片刻："这事儿你就白操心了，我自己心里有数，我是村支书还是你是村支书？"财娃打死也没想到建国竟会说出这样的话来，他心中极为恼火极为震惊极为意外地很是疼痛地刺挠了一番。然而，财娃毕竟是当了很多年村干部的人，也算是见过一些世面，他强压内心的不快尽可能语气平和地说："那行吧，我就是提一句，事儿也安排得差不多了，那我先回去了。"说完，财娃没再作片刻停留，他直接起身大跨步离开了。

财娃刚跨出门槛几秒钟，建国就把手中的烟头狠狠地丢在地上，用脚使劲踩了踩："哼，还想来管我？牛啥哩牛，也不看看自己几斤几两！"

建国话音没落，建国媳妇急急白了他一眼，赶紧跑到门槛边伸出头朝外看了看，只怕财娃听到了。

第二十七章

财娃察觉建国野心　修水渠得福发脾气

吃午饭时间，建国指派管计划生育的成才去村西头喊会计永振，让他下午两三点到林湾村东头大路上来开会，然后交代得福给各家各户都通知一下，下午三点在村东头的大路边开群众大会。这一次，建国没有特意单独通知副支书财娃，得福也就像通知普通群众那样统一对着大喇叭喊了喊。财娃从得福拿着喇叭边走边喊的通知形式中也听出来了，他明显地感觉到，此时的建国已经完全不把他当回事儿了，财娃的心里五味杂陈。

财娃没和建国计较，作为林湾村的副支书，他依然和以往一样在大会开始前准时到达会场。这时，建国和永振已经早早站在了大路边那个硕大的有着主席台象征意义的石头碾盘上。自己到底该不该站上去？在走往会场的路上，远远地，财娃已经在心里激烈斗争了一番，想了想，自己是副支书，官职不小，该站！于是，靠近会场时，财娃一如既往地直接走上了大碾盘。建国嘴里嚼着烟，双手插在裤兜里，高高地仰着脸，两条腿很惬意地抖动着，对于财娃的到来，他没有打招呼，也没有像往常一样在第一时间发烟，而是像没看到他似的侧过头自顾自地眯着双眼，懒省事地用嘴角向上翘起地吹着烟灰。财娃毕竟干了很多年村干部，原本也就是个顾全大局的人，因此，尽管心里很不舒服，他也并没有表现出来，而是像往常一样沉着冷静收放自如。

在修水渠工程段的划分上，有娃媳妇又不愿意了，她"囔"地一下子从人群中站起来："凭啥一抹黑划分？我咋知道你们村干部给分哩平均不平均，谁知道我家分那段长短咋样，土质咋样。"

如果在平时，对此，财娃可能多少会阻止一下，而这次，看着建国霸道专横趾高气扬的样子，财娃劝自己淡定，他在心里把这个棘手的管理权让给建国，既然建国觉得自己能干，既然建国觉得自己主意多，那就由着他去处理吧。

看着自己媳妇又开始吵吵，有娃实在觉得丢人，站在远处的他急得龇牙咧嘴地把头朝媳妇仰了仰，示意她停下来，可霸道强势的有娃媳妇向来都不受谁的管束，她越发强势地左右手交替着把两个袖子抹得高高的，两边手腕上极具年代感的五朵梅文身也不甘示弱地露了出来，她自顾自地吵吵着："我不行，我不干，我就是不同意这样划分……"

林湾村会计永振伸出手臂朝有娃媳妇挥了挥，示意她别再说了，有娃媳妇就像是没看见一样，依然自顾自地继续嚷嚷着。建国黑着一张脸样子特别难看地盯着有娃媳妇，见她一直吵吵，就极不耐烦地冲她猛然吼了一句："嚣火（吵吵）个球啊嚣火？吵啥吵？咋回事儿？嗯？"有娃媳妇显然没料到建国竟敢对自己发火，面对突然出现的这个情况，她愣了愣神，顿时安静了下来，尽管她依然一脸不服气地用她那双麻雀眼不甘示弱地瞪着建国，但因为建国的气势摆在那儿，她也就没敢继续嚣张。

村民们纷纷用不可思议的目光盯着建国，以为一场好戏将要上演，因为在此之前可没人敢这样整顿有娃媳妇。看着人们一个个愣怔的样子，建国烦躁地朝人群挥了挥手："咋了？你们都咋了你们？散会散会！对了，在这儿说一下啊，修水渠中午不能回来吃饭，公家也不管饭，吃喝干粮自己准备。"建国知道大家伙盯着他看的意思，他们就是在顾虑有娃那个在宛南市公安局当副局长的三姐夫。对于他那个姐夫，建国觉得也没啥可怯的，自己又没打谁没骂谁，别说她改穗的对象是宛南市公安局副局长，他就是天王老子地王爷又咋着，村里但凡有啥事儿，就这个有娃媳妇爱强势地胡搅蛮缠大声吵吵，实在让人厌烦至极，那一刻，建国甚至恨不得狠狠地扇她两巴掌才解气。

次日一大早，天还没有完全放亮，因为今天要修水渠，村民们就都比平时起码提前一个小时起床了。刘若兰早早起来烧了红薯苞谷糁稀饭，馏了馍，她刚把搅好的苞谷糁倒进锅里，就听到院外传来了邻村豆腐挑子走村串户"豆腐，豆腐……"的叫卖声，刘若兰交代烧灶火的保成帮忙看着锅里的苞谷糁别弄洒了，自己小跑着去堂屋东间掀开铺盖，在褥子和席子下面放零钱的稿线（以前人们条件艰苦，没有充足的被褥铺盖，就用绳子打结的方法把麦秸整整齐齐地连结在一起，编织得跟厚褥子一样大小，铺在褥子和席子的下面，柔软又暖和）上拿了两块钱，又一路小跑地去院外大路边豆腐挑子那里割了一块儿豆腐，然后在院子里保存葱和萝卜的沙堆上拽了两棵葱洗干净，和豆腐一起简单凉拌了。

虽说已经做好了稀饭，蒸笼里也馏有萝卜油渣粉条馅的包子，但刘若兰想着修水渠是个出气力的活，人比较受苦受累，她就特意给保成用俩鸡蛋和滚烫的开水冲了一碗鸡蛋茶，白糖和香油放了很多。保成在灶火的木板上坐下，他看了看面前黄色洋瓷碗里漂着厚厚几层香油冒着香甜味儿的鸡蛋茶，就朝着堂屋喊起了文钊和文青。刘若兰嗔怪着瞪了保成一眼："你看看你，自己赶紧喝，吃了饭和他们一起出发，娃儿们啥时候都能喝得到。"保成一边答应着一边拿起一个包子做出吃饭的样子，但他还是趁刘若兰不注意，悄悄地喊来文钊和文青，让他们分别对着碗边儿喝了几口香甜的鸡蛋茶。保成自己尚未结婚，而他对侄子侄女的疼爱，绝不亚于林康成夫妇。还没来得及吃完饭，院外的大路上就传来了吵吵嚷嚷的喧嚣声，可能是人们都要准备出发了，保成有点儿着急地端着碗一边从厨屋朝院子里走，一边急急地把剩下的几口鸡蛋茶喝完。文夏有眼色地跑过去接过二叔手中的碗，保成左边肩膀扛着镢头和铁锨，右手拎起刘若兰为他准备好的干粮和一罐头瓶茶水就随着修水渠的人群一起出发了。

　　林湾村八队的村民分在同一个村修水渠，那个村子距离林湾村大概七里地那么远，队长得福黑着脸走在最前面领队，一行人边走边说着话，话题离不开一路上看到的庄稼，大概半个小时后，就到了修水渠的地方。得福从胸前的口袋里掏出钢笔和一张纸，按照纸上村支书提前划分好的工段，一段一段地分给各个劳力，然后也掂起镢头开始挖自己家那一段，还时不时监工似的绷着脸沿着渠边走两个来回，反正就是一句话也不说，让大家都觉得很不舒服，不过，大家都是多少年的邻居了，谁都知道他的品行。

　　本来大家平时干农活时都喜欢开开玩笑拉拉家常，以此来缓解劳累，这次挖水渠因为得福一直紧盯着，所有人都变得很沉默，一个个只顾埋头苦干，镢头或是洋镐在手上打滑了，他们就把工具靠在肩头，在手心里吐上一口唾沫，双手快速搓几下，再拿起工具继续干。为啥工具的把会打滑呢？因为手握着工具用力太久，手上会出汗，这些汗遇到光滑的工具把自然会更加光滑，如此就没办法着力，所以这个时候在手心里吐上一口唾沫搓一搓，再握着工具把时，产生了一定的摩擦力，就更容易使上劲，虽说这吐唾沫的方法有点儿不卫生，但那是农民们在千百年的农业劳动中总结出来的经验，其出发点还是为了不耽搁干活。

　　木匠田娃的媳妇有个拐弯亲戚是修水渠这个村子的，快中午的时候，亲戚过来喊他去吃饭，出于客套，亲戚在喊田娃时，随口客气地弱弱地让了一声其他邻居们。当然是没人会那么不懂事的随便去蹭饭，大家都带有干粮和茶水。

这时候，一直一言不发的得福突然就恼了，他转过身黑着脸歪着头死死地盯着田娃，整个头几乎纹丝不动，口气很是震怒："还不到十二点，急啥急？就你饿是不是？"

亲戚在旁边见状，眼神里掠过一丝意外，他自然是想不到有人居然会这般驴腔驴调地说话，但他马上就意识到发火的人估计是村干部，于是就赶紧笑着和稀泥："算了算了，邻里邻居的，可白（别）这个样，一会儿都一起去屋里吃饭，啊！"

田娃虽说本分热心，但也是个凡事认真又执拗的人，看着得福凶神恶煞不给人留一点面子的熊样，他稍微在心里挣扎了一番，干脆很不服气地瞪着得福："又嚣火（吵吵）啥哩？我问问你哦，我说我这会儿就去吃饭了没有？我是这会儿就扔下工具直接走人了还是咋着了？唵？"

得福是个"得理不饶人，没理还想强占三分"的人，他根本就不会顾及对方的感受，依然歪着嘴黑着脸死死地盯着田娃，然而，他一时间却也不知该如何回话。

见此，本想乘胜追击的田娃口气缓和了一些："每回有个啥事儿，你只管胡乱嚣火，也不看看实际情况是啥号样！"然后，为了给得福个台阶下，田娃给亲戚使了个眼色，就低头继续干活了。

得福终究不是省油的灯，他顿了好大一会儿之后，一边弯腰拾镢头一边不服气地小声嘟囔着为自己挣面子："都是些啥人啊！"

午饭后，亲戚陪着田娃一起来到干活的地方，手里还提着两大壶开水。"叫你们去屋里吃饭，你们都不去，我拎两壶茶来给你们茶瓶都加满，干活本来都容易渴，况且这还都是吃哩干粮。"亲戚边说边客气地拎着茶壶挨个儿给大家倒茶，虽说只是一杯白开水，但对于出门在外的人来说，也算是雪中送炭了，大家心里自然都是暖暖的，但农村人也不好意思说啥花里胡哨的客套话，只有在亲戚给自己倒茶时赶紧用手扶扶茶杯，对人家憨厚地笑笑，算是表示感谢。

第二十八章

胡辣汤抚慰大人孩子　林湾村收到救济衣物

大概七八天后，水渠修好了，林湾村的劳力们也不用再每天带着干粮起早贪黑披星戴月地往别的村跑了。这个时候，前段时间栽下的辣苗和烟苗也早已反醒过来，借着春雨暖风的滋润，秧苗都长得有一拃多高了，地里的野草又一如既往地开始肆虐，刺结芽、勾勾秧、灯笼棵、黏黏爪……各种草比赛似的猛蹿着长，有的甚至比庄稼苗还要高出一大截，又到了该锄地的时候了。锄地算是个慢秧子活，不用赶急，按照这些年来的惯例，林康成不用回来帮忙就行。

最近，刘新芝家的老母鸡已经孵出了第二窝小鸡，刘若兰前段时间也让家里那只老母鸡孵了鸡娃，就是在一个纸箱子里铺上柔软的麦秸，麦秸上放一些有卵的鸡蛋，再逮一只老母鸡放在鸡蛋上面，用老母鸡的体温慢慢地暖着这些鸡蛋，然后在上面盖上一个草筛子，再用一块儿砖头压在草筛子的上面，二十一天可以孵化出一窝小鸡来。自此，刘若兰和文青天天都在算着日子，这天刚好够二十一天了，是鸡娃应该破壳而出的日子，文青早就对将要到来的小鸡充满了期待！上午，刘若兰的妹子来望夏（曾经的豫西南一带，每当春夏之交，亲戚之间都要带着礼物互相去彼此家里一趟，这个礼节就叫望夏，类似于拜年一样重要，九十年代后期，望夏的习俗逐渐被人们在不知不觉中废弃了）。正吃着午饭，老母鸡不停地"咯咯嗒嗒"地叫着，烦躁不安地在纸箱子里翻腾着，刘若兰猛然想起：可不是，今儿是小鸡要破壳的日子啊！于是，就一顿中午饭的工夫，纸箱里放入的二十六个鸡蛋只有三个还没破壳，当一只又一只毛茸茸的小鸡从蛋壳里走出来，文青激动得顾不上吃饭，她目不转睛地看着那些可爱的小鸡，想上去摸一下，可是，不但母亲不让她过去，老母鸡也早就变身为护犊子的鸡妈妈，它圆睁的目光锐利地紧盯着一桌子吃饭的人，翅膀微微张开着，尖尖的嘴巴不停地叫着，处于毫无安全感的防御状态。

每年的三月二十八，是后土乡赶夏天会的日子，也是整个后土乡一年内最大的一次集市，人们称其为赶会。林康成没在家也没关系，刘若兰总会给两个大孩子每人发五块钱，任由她们和自己同村的小伙伴相约着一起去后土街买汽水冰棒和发卡，自己则带着两个小一点的孩子，和刘新芝她们一起结伴去赶会。

去后土街的路上，除了个别骑自行车的，大多人都是步行，要么拉着拉车，要么赶着几只羊，或者是挎着篮子边走边拍（说）着话，每一条坑坑洼洼满是车辙印儿的大路上都撒满了人。街道里更是人挤人，人挨人，尘土飞扬，胡辣汤和油条的香味儿时不时地窜入鼻孔，摊贩的叫卖声此起彼伏，牛羊牲畜的叫唤声时有时无，大人喊孩子的声音，小娃们和大人走散了的哭喊声……整体看上去，就像是一部大型灾难片。然而，赶会的人却不这么认为，被临时从琐碎劳累的生活和农活中解救出来的他们乐享其中的任何环节任何项目，这是他们一年里最大的盼头，也是他们临时性的苦尽甘来。这一天，他们会奢侈地吃喝一次美味无穷的油条和胡辣汤，再以换季为理由趁机给自己和家里人添置两件夏天衣裳和凉鞋，然后购置收割麦子需要的木锨、钢叉、扫帚、镰刀和草帽，也会任性地花十来块钱摸几次奖，虽然他们好像永远也摸不到那些广告牌上所说的摩托车和电视机等大奖，但是，哪怕花十几块钱摸到的只是一个又一个几毛钱的打火机，他们却依然高兴得哈哈大笑，身为农民的他们并不在乎结果，他们也懂得享受那种充满期待、其乐无穷的过程。

赶会结束回家的路上，大人们扛着收麦扬麦用的木锨、木杈、精细的竹子扎成的大扫把、戴着新买的草帽，还有买给孩子们的新凉鞋、大人的新拖鞋……孩子们的手里也同样丰富，连环画、发卡、糖果、冰棒、吃剩下的几根油条、新买的玻璃球、正流行的电视剧贴画……这一天，无论是大人还是孩子，每个人脸上都洋溢着发自内心的快乐，他们各自沉浸在物质和精神的双重满足里，在那个什么都缺乏的年代享受着属于自己世界里特有的幸福。

郝疯子今天也去赶会了，除了收麦用的钢叉和扫帚之类，她还称了二斤油条和一包用牛皮纸包着的老果子。赶完会刚到村口的大碾盘边，郝疯子就看见一个四十多岁的讨饭女人带着一个七八岁的男孩正在建国家门口站着，可是，改英就跟没看到他们似的锁了门就往村西头走去了。在平时，郝疯子虽然不会像改英那样刻薄小气，但她会等讨饭的到家门口了再给打发粮食，而这次，郝疯子一刻也不愿意再等，她眼前不停地交错着出现两张小小的面孔，讨饭女人牵着的那个小男孩简直就是她的大儿子平娃儿。郝疯子失神地愣怔了片刻，然后急忙把手上的东西全部就地放在碾盘上，她动作麻利地解开油条和老果子，把老果子全部倒进油条里，然后捧了一大捧老果子放在牛皮纸上，又抽了五六根油条放在老果子上面，双手兜起包着油条和老果子的牛皮纸直奔讨饭女人身边的那个孩子而去。然后，郝疯子一边对讨饭的母子俩指着自己家的方向，让他们先往那边走，一边急急回身去碾盘上拿起赶会买的东西。

郝疯子先是安排讨饭的母子俩在门口的石头桌子边坐下，然后自己就进了屋，进了屋的郝疯子简直把家里扒了个底朝天，她找出来一堆小海打下来的旧衣服和鞋袜，用一个化肥袋装起来，全部送给了讨饭女人的孩子。讨饭女人哪里遇见过这样的好事，这阵仗实在是有点儿不正常，她不知所措又受宠若惊地一直对郝疯子点着头说着感谢的话，郝疯子却不停地盯着那孩子看，硬是看得讨饭女人吓得双腿打战地扛起行李拉上孩子就急急告辞，落荒而逃。

郝疯子夫妻俩虽说送走了平娃儿，但他们一刻也没忘记他们那可怜的大儿子，要命的折磨时不时地撕扯着郝疯子这个当妈的心，想起下午讨饭女人带的那个穿着破衣烂衫的孩子，郝疯子心里就难受得厉害，她晚饭也没心思吃，为家里人做好饭后，就谎称自己赶会跑了一天累得慌，早早就躺下了。

丹楚县属于重贫困山区，虽说后土乡距离县城最远，并且整个乡一座山也看不到，但无论如何，它还是属于丹楚县管辖。这就和人一样，无论你跑得再远，无论长大后的你和自己的父母贫富差距有多大，你依然是你父母的孩子。因此，依照上面的安排，作为对重贫困山区丹楚县的救济，有一批大城市捐赠的旧衣服这天下午要拉到后土乡林湾村。当然，这个消息只有建国知道，是他去后土乡开的会，本能的私心让他没把这个消息告诉任何人，包括会计永振和管计划生育的成才。

这天下午四点多，林湾村东头，一辆中型厢式卡车在村支书林建国家门前的大路上停了下来。乡政府平时来人都是开的吉普车，这突然出现一辆卡车，村民们都觉得有点儿稀奇，于是就有一些没下地干活的人看热闹地凑了过来。

"都围这儿干啥？有啥可看哩？一顿去自家地里干活去。"建国从家里出来，一边掏着烟往卡车司机身边走，一边用刻薄的话语驱赶着看稀奇的村民。

然而，人们只是象征性地挪了两步，谁也没有离开的意思。

建国和司机嘀咕了几句，然后转身朝屋里喊改英快点儿出来。改英刚走到车边，司机便应声打开了车厢后面的围挡，建国便很热情地握着司机的手带着去他家里喝茶了。见建国和司机进了屋，大家伙儿也都很好奇地凑了过去，乖乖啊，里面竟然是满满当当的一车厢衣裳！村民们都疑惑这到底是咋回事儿，谁家买这么多衣裳？难道这是改英进了货准备做生意卖衣裳哩？那也不至于进这多货啊！大家七嘴八舌议论纷纷，百思不得其解。

在村民们的议论声中，改英已经爬上了车厢，只见她在偌大的衣服堆里翻来找去，不时地把其中的一两件放在车厢边上，有男式衣服，也有女式衣服，有大人的，也有孩子的，很快，改英挑选出来的衣服已经有一大堆了。郝疯子悄悄估摸了一下，大概有二十多件的样子。男人们只是看个热闹，女人们则不时地发出羡慕的"啧啧"声，孩子们一脸懵懂地盯着改英的一举一动，他们就更搞不懂眼前这一幕到底是怎么回事了。

大概十几分钟后，只见改英小心翼翼地蹲着车厢后面的边沿，像是随时就会摔下来的样子，围观的人群很是配合地探着头半张着嘴，然后，改英一蹬腿就"扑通"一声跳落在了地上，众人很是配合地发出了"哎哟"的一声。郝疯子着急慌忙地想要伸手去扶改英，有娃媳妇装作不经意地拿胳膊肘撞了她一下，郝疯子赶紧收回了伸出去的双手。改英顾不得搭理大伙儿，她脸上带着微微的霸道和掩饰不住的得意，抱着早已码在车厢边上的一大堆衣裳，转身就小跑着朝屋里奔去。大家紧紧地盯着车厢里的那些衣裳，不时地用探寻的目光疑惑地看向从屋里走出来的建国。

当建国把这一车厢衣裳的来历和用途给村民们讲清楚之后，大家就一哄而上地开始挑选适合自己家里人穿的衣裳了，与其说是挑选，不如说是抢更为合适。日子太难了，大家长期穿着带补丁的衣服穿够了，眼前这些既新整又洋气的衣服实在是太好看、太时髦了。刘若兰也看到了，那些衣服是真的很时髦，自己和孩子们要是穿起来，一定很好看，可她并没有加入哄抢的行列。刘若兰心中有数，在这个村子为数不多的几个吃卡片儿粮的人当中，林康成就是其中的一个，所以刘若兰家的日子比邻居们要好过那么一点点，加之刘若兰本身是个温柔腼腆又宽厚的人，她不习惯在人堆里推来挤去。

文心悄悄地问母亲："妈，咱们这儿不是贫困山区吧？我觉得咱们的生活比我在我们课本上和穰县电视机里看到的那些人的日子好……"刘若兰急忙给文心使了个眼色，让她不要再说下去。文心心领神会地闭上嘴，后退了几步，站在人群外一声不吭地看着眼前的一切。这一切，令她反感，甚至讨厌，她不愿意自己多年后也变成这群人当中的一个，她心里不时地告诉自己，一定要好好学习，用知识改变眼前的一切，争取走出林湾村，远离这种生活。

第二十九章

庆义嘴馋误喝农药　割麦天文青送雪糕

　　翻找衣服的人群热火朝天，村东头却传来了哭爹喊娘的号叫，原来，是得福的儿子庆义嘴馋得把大桌子腿处存放的农药甲胺磷当好喝的喝了几口。得福媳妇一边哭叫一边痛骂着得福，说他不该把农药恁随意地放在地上，脾气火爆的得福只能气冲冲地朝庆义喊骂着。在李丰年的劝说和帮助下，得福这才想起赶紧架起拉车，得贵和得邦随后也急急赶来，一伙人一起帮忙推着拉车把庆义送到了后土乡卫生院，在医生洗胃、输液等一系列急救下，庆义算是保住了小命，看医生给庆义输上了药水，说是估计得两个多钟头才能输完，其他几个人就先回了林湾，留下得福自己守着庆义。回林湾村的路上，得福黑着脸肩上套着拉车的绳索拉着车边走边生闷气，他恼怒于庆义嘴太馋让人不省心，差点儿丢了命，也心疼这场闹剧花去了二三十块钱。他边走边想，越想越恼火，气得飞起右脚把地上的一块石头踢得老远，恰好他的布鞋前面破了个小洞，脚指头被石头撞得生疼，得福气得干脆停下了车子，他扶住车子把边抽烟边指责着庆义，从小就带着败家气质的庆义早就被骂习惯了，也麻木了，此刻显得更是很灰，他侧躺在拉车上盯着路边田里的庄稼，一动也不动，安静地听着得福的责骂。

　　次日上午，建国正靠在自家门前的洋槐树上慵懒地眯着双眼抽着烟，财娃走了过来："建国啊，是这，昨下午那个样可是有点儿不太合适啊，你自己可能也听见人们的议论了，你看，这影响多不好，传出去对你只有害哩，没有好哩！"

　　建国一动不动地听财娃说完，才慢慢直起了身子，他看也没看财娃，眼里充满了霸气与不屑："球，那有个啥，木球事儿。"

　　财娃压低了声音："我就是提醒你一下，你自己得注意点儿影响。"

建国一脸不耐烦地抬眼看向财娃："你胡球扯啥哩扯？行了，你白（别）再说了，我啥不知道？我啥不懂得？还用你来提醒！"

见建国居然又是这个态度，尽管心里憋了一肚子的气，但财娃啥也没再说，他意味深长地看了看建国，背着手心里生着闷气离开了。

看着财娃的背影，建国狠狠地扔掉手中的烟头，他嘴里自言自语含混不清地怨怼着，愤怒到了极点。

气温逐渐变暖，天空干净得犹如一块透明的玻璃，微风一阵一阵地吹过来，起伏的丘陵间郁郁葱葱的麦浪随风摇曳，就像一片无边无际波澜壮阔的海，刚刚黄梢的麦子弥漫着淡淡的清香，勤奋的布谷鸟已经在不分昼夜地欢叫了。

农历五月底，麦收时节到了，学生们也放了半个月的麦假，林康成一如既往地请假回来和家里人一起收粮食。早在麦子成熟的半个多月前，保成就和往年合作共用一个打麦场的田娃一起套着牛车拉着石碌子来来回回地把打麦场碾压得平平整整，做好收割麦子的准备了。这又晒了一些时日，整个打麦场看起来干净整洁，林康成回来看了，觉得格外安心。这些年，因为自己工作不在家，保成为这个家付出了太多，林康成看在眼里，心里时时刻刻都在记着自己这个弟弟的好。

因为怕下雨，林湾村地头又比较宽，抢收成了割麦时节的必须。每当割麦前后，细心的林康成总是早早就用自家特意种植的那点糜子做好了黄酒，放在厨屋的灶火窝里，用稻谷草先捂着，让其继续发酵。但凡一有空，他就拧开收音机注意收听近期的天气预报，很是尊敬林康成这个吃国家粮的文化人的田娃和建设也总是一趟一趟地跑来打听天气情况，如果听说有雨，那夜里大家就不能睡觉了，必须白天黑夜地抢着收割麦子，不然麦子淋雨后就会发霉或是出芽，一年的口粮没了就算了，主要是还得交公粮啊！如果最近都是好天气，那也得抢收，因为灼热的太阳很快就会把已经成熟的麦穗烤焦，一碰就会碎落一地，这就是所谓的"焦麦头天"，后来老师们总在大考试前几天用"焦麦头天"来形象地打比方，以此督促学生抓紧时间复习备考。天气持续晴好的情况下，虽然不用整夜不睡觉地收割，但早上也得起早，一般都是五点左右天色刚刚亮起来时，一家人抓紧穿衣起床，顾不得做早饭，就急匆匆简单馏点馍，喝几口白开水，拎个茶壶，拿几个茶碗，抓起前一天收工回来就趁天黑在磨刀石上磨得锋利的镰刀，整齐排列地挂到拉车的缝隙上，拉着车子就急匆匆地出发了。

在麦地里，因为怕麦芒扎伤胳膊，全家人先把专门带来的长袖子布衫穿好，然后一家人整齐有序地一字排开急急收割起来，割下来的麦子由林康成和保成用麦腰子（割下来两小撮儿熟得不是很过分的麦秧，用打结的方法连接起来当绳子用）绑扎成捆，这个活儿一般都是家里的男劳力来干，多年的地域生活经验让他们对这一操作手到擒来。割好捆好的麦捆再由林康成和保成按照自己特有的装车技巧整齐有序地装载好，不但要尽可能装得多，还要装得稳当，确保麦车不会出现乱晃的情况，最后用粗实的麻绳从最上面整体刹住并勒紧这些麦捆，使其在遇到颠簸和上下坡时不至于歪倒下来。

半晌午时，因为天气实在太热，带的茶和自酿黄酒都喝完了，在地里跟着捡麦子的文钊正渴得没法，有娃媳妇刚好腋下夹着两把镰刀从地头路过，刘若兰让有娃媳妇到村里了给文青捎个信儿，让文青把厨房案板小盆里晾着的茶装一大瓶送到村后的麦地里。

文青接到有娃媳妇的传话后，急忙找个大的塑料茶杯，在压水井上冲洗几遍，装上温茶就准备出发。这时，院外传来了卖冰棒的吆喝声，文青脑子一转，急忙从墙根那里拿了三个啤酒瓶，又从厨房拿了一个大一点的洋瓷碗，一边往院外跑一边喊住了卖冰棒的人。三个啤酒瓶值九毛钱，文青换到了三个雪糕和三个冰砖，她端着洋瓷碗提着茶瓶一路小跑地朝麦地跑去。

有娃媳妇在村边喊住了文青："小青青那碗里端哩是啥？"

"没啥，我赶紧去地里送茶了。"说着，文青刻意加快了步子，她特别讨厌霸道又爱沾光的有娃媳妇。

有娃媳妇毕竟是个大人，她装作若无其事地很快就大步追上了文青："哎哟，你那洋瓷碗里我看像是冰糕啊？"

文青就当没听到，继续急匆匆地往前走，因为怕雪糕会很快融化，她干脆小跑了起来。终于，她用自己利索的小腿儿甩掉了有娃媳妇，直气得有娃媳妇在后面扯着嗓子不高兴地嚷嚷说她是小气猫子。文青暗自发笑地抬起手背擦了两把额头上的汗水，兴高采烈地冲着已经割到地中间的家里人喊了两声，就跳来跳去地躲着麦茬向地中间跑去。

文青放下大茶杯，把三个雪糕分别递到父母和二叔的手上，然后把三个冰砖分给了二姐、哥哥和自己。大人们见状，执意要和孩子们换换吃，都被固执的文青强行拦住了，眼看冰糕已经在高温下开始融化，刘若兰还是坚持把自己手中的雪糕换给了文钊，一家人这才一起吃了起来。

回来的路上，文青看到西头的憨新华在渠沟边的草坡上烧麦穗吃，文青本来不想理他，但看着和自己同龄却智商低下的憨新华就那么蹲在灼热的烈日下，不禁有点儿可怜他，但考虑到憨新华脑子有点儿问题，文青又怕他招惹不得，想了想，她走很远了才回头喊了一声："新华，你还不回家吃饭啊？我好像看见你妈在到处找你哪！"听到喊声，憨新华起身猫着腰朝这边用很夸张的眼神使劲扭着头看了又看，然后嘿嘿一笑："呃，呃，知道了，呃，知道了。"

第三十章

大人农活累断魂　娃们喜遇说书人

　　林康成是个细心人，捆麦腰子和装车的活大多是他在亲手操作，这天上午，因为他有点中暑，装车的环节就主要是保成在忙活。结果，因为装载过程中一排麦捆稍微有点儿偏，下坡时在前面拉车的牛又恰好用力不当，整车麦捆一下子就侧翻过去，全部歪倒在了地上……烈日在头顶火辣辣地晒着，耕牛大力地喘着气，鼻孔里不时地喷出一些黏稠的液体，一大车麦捆很不争气地东倒西歪乱糟糟地散落一地，保成一边焦急地喊着一边急出了眼泪。

　　一向性格平和的林康成急得很大声地冲保成吵起来："你是咋装的车啊？这可咋整？热死人了，你可真是个有材料（有本事的意思，贬义和褒义都有，此处是贬义词）的人！"

　　保成又害怕又不服气地拽起背心的下边儿擦着汗低声嘟囔着："你装车装得美你咋不装哪？就会嚣火（吵）我。"

　　汗流浃背又气得一头火的林康成见保成竟然不服气，就气得朝保成挥起了手："我真是……哎呀，你这是要气死我呀！"

　　虽然林康成没忍心真的对保成下手，他只是气得使劲跺了跺脚，但保成还是吓得没再吱声了。

　　最终，在几个过路邻居的协助下，林康成家的麦车又重新装载瓷实，弟兄俩小心翼翼地套上牛车把麦捆拉到村边的打麦场上，一捆一捆地卸下来均匀地摆好，争取让太阳都能晒得到，为打麦机打麦脱粒做好充分的准备。就这样反反复复，拉了大概五六车的样子，一天下来牛困人乏。

　　晚上，拖着疲惫不堪的身体躺下后，想起白天自己对保成的态度，想到早早离世的父母，想到保成这些年为这个家的辛苦付出，林康成的眼睛有点儿潮湿。然而，农活带来的那些没完没了如影随形的困乏匆匆赶走了一系列乱七八糟的思绪，劳累过度的林康成很快就打起了呼噜，梦里，他眼前是一望无际的金黄色麦田，麦田里是保成那张朴实憨厚的笑脸。

麦子收割完毕之后，刘若兰跑去给打麦机的主人口头交代一声，就进入了排队等待打麦脱粒的环节。打麦机主人按心里记着的排队顺序一推算，半夜两三点能轮到刘若兰家。这个晚上全家人就都不敢睡觉了，刘若兰先是去给几家合作帮忙打麦的邻居交代了大概时间，又早早把自制的黄酒舀出来一些在大盆子里准备好，再买一捆啤酒和两个西瓜，把西瓜和啤酒一起放进刚压的井拔凉水里冰着，接着赶紧又去厨屋烧了充足的开水把几个茶壶都装满，草帽和头巾也准备好，因为怕鼻腔里呛灰尘，刘若兰还准备了手巾用来捂鼻子。

听说夜里自己家要打麦，文青和文钊激动得睡不着觉，一会儿说要在夜里守着家帮大人看门，一会儿又说夜里要去打麦场看热闹，无论刘若兰咋哄咋骗，俩小的就是执拗地在堂屋里干坐着等待半夜的到来。虽然放了半个月麦假的孩子们最近不用去学校，但疼爱孩子的刘若兰还是怕俩小的熬坏了身体，揣测着文钊的心理，她急得切开一个西瓜给两个孩子吃，却依然劝服不了这两个小夜猫子，也就只得由着他们去了。

整个村子里有很多打麦机在各个打麦场上同时作业，打麦机"轰隆轰隆"的噪声一直就没停过，夜里两点多一点，大人要提前去打麦场做准备工作，瞌睡本来就多的文钊早已呼呼大睡，文青知道大人在打麦场里都很忙，外面黑乎乎的，文钊也没法和自己做伴了，她只好也放弃了跟去打麦场的想法。文青从条几抽屉里拿了一包糖精，捏出来几块儿放进碗里，用糜子酿的黄酒兑了清水喝起来，她急切地盼着天亮，那样不但可以打着赤脚在干净的麦粒堆上走来走去，还可以在尚未垛成垛的麦秸堆上蹦蹦跳跳翻跟头捉迷藏。还有，她早已和文钊商量好了，等麦子打出来了，兄妹俩要用小盆子端一点麦子去村西头憨大愣的菜园子里换黄瓜和番茄。

最近，有个瘦弱的小老头儿几乎每个下午都会来林湾村东头的打麦场里又说又唱，至于他是谁，孩子们并不知道，但这一点儿也不影响孩子们对他的喜欢与追捧。这天下午三点多，村西头的老浆毛正在打麦场的空地上潇洒地展示着自己的连环车轮，那个腰带上绑着旱烟袋的老头儿再次出现在了打麦场上，这段时间，他几乎天天都来，听说他住在村西头，日子过得很是悲苦，至于他到底是谁家的老人，孩子们并不深究。老人一如既往地靠在尚未成形的麦秸垛窝里，眯着眼睛自言自语地说唱起来。很快，喜欢凑热闹的孩子们就把这个身材矮小的瘦老头儿围了起来，听他唱得很有趣，就像是讲故事一样，孩子们干脆躺的躺，靠的靠，也有人依偎着老头儿席地而坐，听得专注又入神。路过的大人们说那是在说书，孩子们不懂啥叫说书，只觉得像是在听歌，也像是在听故事，反正是有趣得很。老头儿眯着小眼睛，深深的皱纹在他脸上纵横交错地铺排开来，他半躺着偎在麦秸垛边，抽着长长的旱烟袋，看上去就像马上要睡着了一样。这样的镜头让文青觉得很安心，这情形至少可以说明老人一时半会儿不会离开，小伙伴们对他下一句要说唱的内容充满期待，每当老人慢悠悠地抽一口烟袋时，孩子们就急不可待地紧紧盯着他的口型，想让那股烟雾快点儿冒出去。

逐渐和孩子们熟悉之后，老人不再像最初那几天一样自顾自地说唱，他总会等人数到得差不多了，在征求了孩子们的意见之后，就眨巴着可爱的小眼睛，拿烟袋在干硬的坷垃地面上磕几下，边清理嗓子边坐直了身子，在他反复抖了抖自己那长如老神仙的睫毛之后，就若有所思地开唱了。孩子们从开始目不转睛地盯着老人认真听，到后来不禁踮起脚跟伸长脖子眉头微蹙眼神呆滞地进入入迷的境地。文青和小伙伴们最喜欢学着老人唱那几句"苍蝇偷了半粒米，他一下子撵了七八里；要不是屋子来了客（本地土话发音为 kai，在此句恰好可以用来押韵），他一下子撵到割罢麦"。对于他说唱的内容，尽管孩子们听得津津有味，但想记下来是不可能的，因为他的语速极快，内容极长。于是，孩子们只有尽力把开场白中的定场诗（也有人称其为说书内容的书帽子）记下来当儿歌反复诵唱。

因为开场白类似于顺口溜，为迎合说书氛围，老人总是不由自主地摇着头习惯性地加快语速：时间不早了，来的人也不少了，常言道，蒸馍离不了酵子，装被子离不了套子，割麦离不了腰子，打夯离不了号子，死人离不了孝子，这说书的离不了书帽子……在孩子们的穷追猛问下，老人总会不厌其烦地再次重复很多遍，直到每个孩子都能倒背如流地反复唱诵。每次说书结束，无论孩子们怎么纠缠，老人都不再继续，他总是留包袱带扣子地设下悬念，给小伙伴们一个猴急又充满期待的念想。于是，"要知后续如何，且听下回分解"成了老人和孩子们之间惯用的告别语，然后，孩子们看着说书的老人胳膊肘撑地缓缓起身，在腰上绑好烟袋，随手扒拉两下身上沾的麦秸渣子，颤巍巍地向村西头走去……孩子们总是不舍地在打麦场边周旋，甚至跟着老人走一段路才肯罢休。

后来，也不知从哪一天开始，说书的老人不再来村东头了，孩子们最开始依然充满期待，然后是追着大人问东问西，直到他们在拍洋火皮、跳绳、跳皮筋和滚铁环等别有一番乐趣的游戏中逐渐把这事儿淡忘。老人到底咋回事儿没再过来？没有人知道。文青失望又悲伤地想：说书的老人是不是老了病了死了？然而，忙碌又劳累的大人们才不去关心那些和自己不太相关的事，也只有孩子们才会去操心那些闲事，因为在一定的时间内，那就是他们的整个世界。

第三十一章

打麦子闷热又劳累　交公粮心疼说与谁

前些年条件差，大家都是把麦子摊开在打麦场里晒焦，然后用牛拉着石磙子来回碾轧，那样的方式又累又麻烦，如今虽说有了打麦机，但还是有个别家庭舍不得花钱请机器打麦，依然习惯用牛车碾轧，在村子东头这一片，得邦和建设两个平时比较节俭的家庭就依然是用牛拉石磙的方式来打麦子。可能是因为没有儿子带来的内伤，也可能是因为过于节俭自己觉得没面子，原本爱拉家常的建设最近总是耷拉着脑袋面无表情地用木杈和木锨交替翻动着自己家尚未脱粒干净的麦秸和麦子，见有人经过，也保持着低头的动作，装作在忙碌没看到。别人家已经把鼓风机吹干净的麦子一袋一袋扛回家垛起来时，得邦和建设两家还在等待着一场场大风的到来，起风了才好用木锨一掀一掀地把混杂着诸多麦芒和麦秸渣子的麦粒高高扬起，借助风的力量把那些杂质吹走，不知要扬起多少遍，麦粒才能被清理干净。

然而，一袋一袋的干净麦子还没来得及在家里捂热，村干部就开始传达上面的任务催交公粮了。无论村民们有多舍不得用麦子磨面粉吃，都不得不拿出最好的麦子用来交公粮，主要是粮管所对公粮的验收过于苛刻，要求上交的斤数又太多，林湾村平均一个人需要缴纳 125 斤麦子，一旦没有通过验收，还需要来回再反复拉两趟，上千斤麦子，拉着拉车走几十里的路程，实在是太折腾了。每当林康成和保成拉着堆得高高的一拉车麦袋子去交公粮时，刘若兰总会忍不住感慨：唉！耕种啊，薅草啊，施肥啊，打药啊，收啊，打啊，晒啊，一年就收成这么点儿粮食，大多都交给粮管所了，真是叫人心疼哪！

晚饭后，林康成和保成一起把用来交粮的麦子准备好，直接装上了拉车，一切准备停当，明早起来就可以直接拉着车子去粮管所了。保成正拿着打气筒在给拉车轱辘打气，文钊跑了过来："二叔二叔，我想打气！"

保成疼爱地看了看文钊："那行，慢点儿啊，手可白（别）摸到气筒管子里的油了。"

文钊拿着打气筒打了一会儿，表示自己使不上力气，就又把气筒递给了二叔："给，我不打了，这气筒拉上来就按不下去了，按不动，不打了。"

保成笑着摸了摸文钊的头："来，还是二叔打，等你长大就能使上劲儿了。"

文钊转身请父亲帮他称好要往学校交的麦子，林康成拿来两个化肥袋，分别称了十五斤麦子装在两个袋子里，然后喊文夏和文钊把自己需要交的那份麦子各自先保管着。

学校年年放麦假说让学生假期里去麦地拾麦子，然后脱粒干净交给学校十五斤或二十斤，然而，在那个人们普遍贫穷并且把粮食看得很重的年代，地里能掉多少麦子等人来拾呢？捡来的麦穗能打出来两三斤麦子就不错了，最后学生们还是得从家里的麦堆上装一些交给学校。文青看到没有给自己准备麦子，就急忙跑到父亲身边拽着父亲的袖口追问，林康成笑着看了看这个磨人的小女儿："你还没上学哩，你要交的那份麦子就在咱们家里啊！"文青不愿意，转身就撒着娇哭了起来，林康成只好又拿个小一点的化肥袋给文青也装了一些麦子，小人儿这才停止了哭闹。看着文青磨人的样子，一家人都笑了。

这天早上五点半，林康成和保成就早早起了床，刘若兰迅速把一馍筐蒸馍、一小铝盆儿洋葱荆芥拌黄瓜和两碗鸡蛋茶端上桌，兄弟俩匆匆解决了早饭，又用塑料薄膜在昨晚装好的一大车粮食上面遮盖严实，用罐头瓶装上一大瓶茶水，用手巾包好几块馍片和几个煮鸡蛋，拉上拉车就急急出发了。粮管所距离林湾村三十多里路，路程远是一条，另外，因为整个后土乡几十个村的人都在这个粮管所交公粮，人实在太多了，还需要排队，去得晚的话，恐怕要等到天黑了。最糟糕的是，如果终于轮到验收自己家的麦子时恰好遇到要下班，粮管所的工作人员是绝对不愿意哪怕多等一分钟的，所以，正常人都会在前一天就装好车，次日早上天一亮就早早动身。

林康成和保成替换着拉车，遇到坡道时一个人拉，另一个人在边上帮着往上推，上午八点多终于到了粮管所。农村人原本就起得早，就这个时间点儿，交公粮的队伍居然已经从粮管所院子里排到大路边儿了，前面已经有好多家通过了验收过磅，拉着车陆续走出了院子，林康成和保成在路边儿找了个树荫凉的地方把拉车支好，也加入了排队的长龙之中。

在排队等待验收的当儿，听前面反馈过来的消息，说是得福家的麦子因为太脏没有通过验收。据说情况是这样的：粮管所验收员拿着粮食探子插进得福家的麦袋子里一验，发现他拉去的麦子上面还算干净，下半截袋子里却藏了太多没扬干净的麦粒。粮管所对他们夫妻俩进行批评教育之后，还当场让他们把麦子全部倒出来亮相，据说得福媳妇在没有工具的情况下，一边费力地用双手扒着麦子一边骂骂咧咧的，不知是在骂馊主意太多的得福还是在骂粮管所的验收人员。

第二天午饭后，有娃夫妻俩拉着一大车麦子从粮管所回来了，有娃惨白的脸毫无表情地没事人一样自顾自拉着车走在前面，有娃媳妇跟演说家一样边帮有娃推着车子边逢人就解释着自己家的麦子咋干咋净，焦得咬上去都嘣嘣响。当然，每解释一遍，她总不忘随口痛骂粮管所的验收员几句。据说是粮管所验收员说他们麦子太湿了，因为想着来回拉太折腾，有娃夫妻俩就学着别人家，把麦子也倒在粮管所的大院子里晾晒。晚饭是有娃媳妇出去买了俩馍，在粮管所找了点开水，就那么凑合一顿，夜里两人替换着在拉车上睡一会儿，后半夜露水有点大，俩人还得起来用缝接在一起的大塑料薄膜遮盖那些倒了一地的麦子。强势的有娃媳妇那个气啊，看着她躺在拉车上，其实是一夜都没合眼，她气鼓鼓地想着整治粮管所工作人员的歪门儿，却始终也想不出一个合适的主意，看着那些通过验收的人高高兴兴地离开了粮管所，有娃媳妇眼睛都气红了。人们大都反感有娃媳妇平日里的霸道强势，因此，都不禁暗暗得意有娃那当副局长的三姐夫去哪儿了。

前路茫茫，世事难料！2006年，公粮彻底取消。不但公粮不用再交了，农民还享受到了来自国家的各种补贴，日子越过越幸福。而林康成和那一代又一代的前辈们，永远也忘不了交公粮那些年月带来的身心俱疲。

第三十二章

夏夜鬼故事又怕又馋　耍猴唱大戏满村皆欢

当七月的热浪扑打着林湾村时，文青和小伙伴们期待的季节终于到来了，因为晚饭后不但可以纳凉熬夜不用那么早睡觉，而且还可以听大人们讲鬼故事。晚饭后，女人们把自家厨屋洗刷干净收拾利落了，就会带着孩子们在打扫干净的院子里铺上席子，看着四周一片昏暗，胆小的文青总会急慌慌跑去坐在母亲的面前，院外是青蛙和蟋蟀此起彼伏的叫声，文青仰着小脸看着满天的星星朝母亲问这问那，在听说月亮上有嫦娥和玉兔之后，她赶紧跑回堂屋拿了手电筒，对着月亮照啊照，可能是心疼电池的消耗，母亲说手电筒对着天上照就会坏掉，文青吓得立马关了手电筒。她依偎在母亲身边，刨根究底地问着各种稀奇古怪的问题，然后求着母亲给她讲故事，母亲也有故事可讲，但讲完故事的母亲还是被文青缠得没完没了时，总会用"等你爸回来了给你拍（讲）多多的故事，你爸看的书多，他啥故事都会拍"来哄劝文青，当然，文青对此深信不疑，从小到大，在她心中，父亲不但是万事通先生，更有《三国演义》《封神榜》《七侠五义》等永远也拍不完的精彩故事。

这天晚饭后，郝疯子家门口铺了一张席子和一个用很多化肥袋子缝在一起的超级大鱼皮单子，因为没有院子，几个邻居和小伙伴远远地看到后，都凑了过来，在这样热闹的氛围下，鬼故事一般是少不了的，果然，有娃媳妇先开了头："我说了你们可别不相信，这几天，每回天黑的时候，我家坟园那里总会有个火疙瘩朝我家里飞过来，一直飞到我家堂屋的条几上，怪吓人哩，也不知道是不是有娃他爹有啥念想没有完成。"

郝疯子睁大眼睛听完，立马接上了话："蚂蚱爷耶，看看你说那，多吓人呐，到底有没有这个影儿哩？"

刘新芝认真地说："哎，那可真不是胡子说哩，好几回天黑的时候，我都看见咱们村前面那片坟上有鬼火亮，可吓人了！"

刘若兰笑了笑："哎呀，你说那我可相信，前几年东庄有个人走夜路，踩住迷魂草了，迷路了，连他自己都不知道自己走到哪儿去了，后来天亮了，家里人找着他的时候，你们猜他在哪儿？他居然在一大堆坟园里躺着睡着了，身边是一堆白骨头。"

这个时候，孩子们一个个吓得往大人身边蹭，文青早已坐在了母亲怀里，她吓得捂住了耳朵，却又忍不住特别想听，她心里矛盾得很。

正吓得惊魂未定时，刘若兰话题一转，拍到了当年她七八岁时和二妹跟随着父亲去丹江讨饭的事。说是父亲挑着担子，一路颠沛流离，二妹却嘴馋又懒得不想走路，父亲只好忍痛在半路把二妹送人了，后来，她母亲知道了这事，哭得不愿意，硬是逼着父亲去把二妹给要了回来。每次听到这段故事，文青总觉得是母亲编的，哪有爹娘会在路上随随便便就把自己孩子送人的！然而，母亲不止一次地告诉她：这是实实在在的真事儿，那年月，咱这里可怜哪，哪有饭吃，想吃饱肚子就更不可能了，况且，我们兄弟姐妹多！文青总会幼稚地对母亲说：你咋就没遇到我呢？如果你那时候认识我，我就能给你拿很多好吃的啊！看着文青呆萌又古灵精怪的样子，母亲苦笑着摇了摇头。等大人们拍鬼故事拍累了，孩子们便在用化肥袋子缝制的大单子上围一圈坐好，一起欢欢喜喜地唱起了豫西南童谣：月亮走，我也走，走到马山口……或者是：盘脚盘，盘三年，三年点，点油盐，油盐发，发芝麻，芝麻地里带大瓜……

次日上午九点多，村里来了个耍猴儿的，人们里三层外三层地把耍猴儿人围了个水泄不通。这时，郝疯子大喊："唱戏的来了！正在村西头搭台子哩！"大人们一听，一大部分人立马向村西头跑去，对于林湾村的人来说，对戏曲的喜爱远远胜过耍猴儿和玩把戏，他们可是生在豫剧之乡，在喜欢越调的同时，又备受当地宛梆剧种的滋养，因此，但凡是唱戏的，无论是哪个剧种，林湾人都喜欢得不得了，即使不太会看个名堂的，也必定要上前去凑个热闹看个新鲜。

看戏台子搭得太慢，郝疯子和村西头几个人一起在边上当帮手，快午饭时，戏台子已经搭好了，戏子们就近落脚在戏台边的红娟家。红娟妈喊了几个邻居帮着轧面条，自己在张罗着炒菜和蒸馍。几乎每年村里来的唱戏人都是吃住在红娟家，红娟妈当年当过妇女大队长，性格泼辣大气，不拘小节，她总是大大咧咧地承接下唱戏人的吃喝，从不计较什么。

唱戏和耍猴儿玩把戏或者玩魔术不一样，一般情况下，这戏一唱就是三五天，它们的共同之处是，表演结束后，演出的人会拿着化肥袋子挨家挨户地收点粮食，算是对演员们辛苦演出的慰问，也算是大家买了门票。唱戏的那段时间，也是林湾村村民们最快乐的时光，他们像过年一样脸上挂满笑容，专门在做饭的锅里炒了苞谷花或者是弄点别的小吃当看戏时的零食，那些货郎挑也担着打糖（梨膏糖）或者是糖人儿也或者是酸梅粉来了，他们在戏台子边上停下来，和卖欢喜蛋米花棒的人闲聊着，整个林湾村就成了一个小小的集市，大人孩子都兴高采烈欢天喜地的。

第三十三章

小老太命苦如此　文青母亲真神气

　　文青经常和小伙伴新霞一起去一个小小的代销店找一个老太太玩，老太太总会趁自己男人没在家时拿糖分发给她们，当然，这糖是她们帮老太太抓痒换来的。老太太实在是太老了，老得就连上厕所都没法下蹲，只能后背对着一棵大树解决，看起来实在是可怜得很。文青和新霞同情她，因此，会在她上厕所时帮她拿拐棍儿，也会在她梳发髻时为她递木梳，还会在她背上痒痒时帮她抓痒。说起抓痒，文青其实是比较抵触的，她每次帮老太太抓了痒之后，都会赶快看看自己的手指甲，当然，从不洗澡的老太太身上确实很不卫生，文青和新霞在帮她抓痒之后，指甲缝里总是钻满了灰垢，这让从小就特别爱干净的文青很是排斥，但想起那甜甜的糖果，再看新霞抓痒时兴高采烈无所顾忌的样子，文青又总会不由自主地继续帮老太太抓痒。

　　有一次，文青忍不住把抓痒时指甲缝里钻灰的事告诉了新霞，马马虎虎粗心大意的新霞一听，这才发现给老太太抓痒居然这么脏！于是，心眼子比较多的新霞想了一个歪主意，她要惩治一下这个不讲卫生的老太太：新霞在老太太家门前的歪脖子枣树上撇下几根又尖又长的老枣刺，然后趁老太太不注意时放在她经常坐的那个大木桩上。可是，怕冷的老太太总是穿得太厚，那刺不但扎不透她的裤子，而且往往总是被她在坐上去的瞬间碰掉在地上。新霞为此私下悄悄骂了几次老太太，文青这才搞明白，老太太居然是新霞的二奶奶，而她一直搞不明白的是，新霞为什么连自己的二奶奶都可以骂。

　　一个下午，老太太给文青和新霞每人发了两颗糖，然后自己热了剩饭正准备吃，她挑着担子外出做货郎的男人回来了，看到文青和新霞手上的糖，又看到老太太居然偷吃嘴儿独自偷偷热剩饭，小气的男人气不打一处来，他一边大骂着老太太一边夺过洋瓷碗把大半碗剩饭直接泼在了老太太身上，眼前的情景让文青和新霞吓坏了，两个小家伙一声不吭地看着眼前的一切，愣了片刻之后，反应过来的俩小人儿胆战心惊地拔腿就跑。只是，自此以后，文青对老太太的态度发生了很大的变化，但凡没事，她都会悄悄地躲在墙脚观察一番，如果老太太的男人不在家，她都会去帮老太太做一些力所能及的小事，只要听到老太太的男人回来的动静，她就赶紧从房子的东山墙边悄悄地溜走。当然，在她的努力劝说下，新霞也不再给老太太坐的大树桩上放枣刺了，只是新霞偶尔还是会在嫌糖少时骂老太太几句，但老太太耳聋，根本就听不到。

文青刚进入小学没多久，学校打预防针的就来了，这是下课时文青在厕所里听同桌说的，同桌说，校园里开进来两辆摩托车，四个医生已经在校园旗杆下的水泥台子上做准备了。文青吓得咂了咂舌，打预防针疼死了，咋办呢？请假肯定是来不及了！算了，反正有那么多人陪着一起疼，怕啥呢！上课的钟声带着密密匝匝的恐惧当当当当地响了起来，同学们都伸长了脖子向校园里张望，害怕又期待地等着医生们的到来，害怕是因为打针真的是疼死人了，期待是因为打针就可以不用上课。

很快，医生们就带着医药箱走进了教室，药瓶子和针筒在他们手中的盘子里发出刺耳的碰撞声，第一排的学生已经带着害怕的眼神在悄悄地向下拉衣服，好露出自己准备打预防针的那个肩膀。医生吸了满满一针筒的药水，挨个打起针来，你一针，他一针……一针筒药水能打六七个学生，全班四十多个学生，差不多七八针筒药水就够用了。有同学们小声嘀咕着："不算疼啊，就跟蚂蚁夹一下似的。"文青说："那可不一定，医生的医术好，打针自然不疼，如果医生的医术并不高明，打个针还不是扎哩疼得要命。"文青的话刚说完，座位四周的同学们立马点头附和。因为文青很会讲故事，所以，她人缘特别好，平时无论她说什么，几乎总能得到周边同学们的一致认同。

放学回家后，文青进院就和母亲说了自己今天打预防针的事，还高兴地报告了自己在班里对打针疼不疼的原因进行了分析，还得到了同学们的称赞呢！正在缝被子的母亲微笑着听完，她放下手中的针线慈爱地看着文青："你可能还不知道，我年轻的时候是个保健员，除了别的零碎活儿，还管给人们打针，每个医生的手法不一样，扎下去疼痛的程度也就不一样，所以，你分析得对啊！"听得一愣一愣的文青甚至顾不得为母亲的夸奖高兴，她特别好奇地围绕母亲当过保健员一事开始了各种问这问那，母亲耐心地解答着她的疑惑。过了许久，坐在旁边观看母亲缝被子的文青依然觉得不可思议，自己干农活的母亲曾经居然是个保健员？她坐在那里一边看着母亲一边琢磨着，直到想起自己的作业还没写，她拿起脚边的书包就匆匆地朝小桌子走去。

第三十四章

凯子和保成无声搭话　文夏和小伙伴有秘密

　　林湾村东边是村东头这几家耕地的主要所在地，各种庄稼正在成熟，田野里弥漫着丰收的味道。村东即是八队的坑塘，细长的坑塘从村边一直延伸到坝上，也不知是从何年何月起，八队的几家都在这里拥有一份方形的坑塘，用来养鱼、养藕、种水稻。这条悠长的坑塘两边即为八队的耕地，原本坑塘南北两岸各有一条小路，岸边分别均匀地栽种着白杨树，然而，坑塘北边的耕地较少，无论下地干活还是去后土二中坐客车，人们大多选择从南边这条小路行走，时间久了，坑塘北边的小路也便被视耕地为宝的农人们犁去了，最终和耕地融为一体，不复存在。坑塘南边这条通往坝上的小路长满了密密匝匝的蚂蚁草，整条小路就像铺上了一层墨绿色的地毯，又因其修长蜿蜒的造型而越发带着几分只可意会的小家碧玉风情。头顶的白杨树已经长得和碗口一样粗壮，树叶子在微风的带动下，不停地传来哗哗啦啦的脆响，河沟里时不时地传来几声青蛙和虫子的鸣叫，一尘不染的天空明净又柔和，偶尔有云雀唱着脆生生的歌从空中轻快地飞过，让人心旷神怡。

　　半下午，保成拿着洋镐在东边的河沟上破自家地头的树根疙瘩，看到凯子左肩头扛着一大捆干荒草，右边腋下夹了几根脆甜如甘蔗的苞谷秆儿走了过来，他一如既往地朝凯子打着招呼："凯子啊，割引火柴哩？"可他没等来凯子往常那斯文腼腆的回应，凯子只是用自己特有的善良微笑冲保成点了点头。这个可怜的人儿啊，十几岁就死了爹，在他当兵期间，他妈又不管不顾地改嫁到了邻村，本来大伙儿都想着他当兵回来娶个媳妇，也能过上个安生日子哩，谁知这半路就出了那么大一个豁子，竟彻底毁了一个可怜娃儿的人生。

　　凯子在距离保成十来米远的地方站了一会儿，片刻之后，他放下肩上的柴火，手里拿着苞谷秆儿往保成那边递了过去，保成笑着摇了摇头："我不吃，你吃吧凯子，可怜的娃子啊！"凯子听话地收回手，他保持着微笑，站在那里专注地看保成挖树根。见状，保成干脆停了下来，他拿起搭在树枝上的上衣，从口袋里掏出烟给凯子发了一根："凯子，吸个烟。"凯子急忙很是配合地腾出右手稳稳地接住飞过来的烟，自己从上衣的军装口袋里掏出火柴点燃。凯子原本是不吸烟的，自从精神失常之后，这个可怜的人竟然不知从啥时候开始也吸起烟来了。据说，凯子从不在村里的代销店买东西，他习惯跑到远远的二中门口的小商店消费，但他从不和人说话，听村里在二中上学的孩子们回来说，凯子在二中那里买东西全靠比画，好在他每次都能顺利买到自己想要的东西。

保成是个心地善良又打抱不平的人，出于强烈的同情心，他特意坐下来陪凯子吸了一会儿烟，看看田野里四下没人，保成忍不住感慨："唉！凯子啊，你娃子咋就这可怜哩，要不是人家给你看青的活儿抢走，你现在不是应该过得很好吗，好好儿的一个小伙子啊！"

凯子若无其事地吸着烟，笑眯眯地看着保成，精神失常的他脑子没了心事，竟是一副岁月静好的模样，这个没了心智的人安静地坐在地头长满蚂蚁草的小路上，看起来真是可怜极了，保成禁不住心里一阵难过。

"嘿，保成，你这怪舒坦哦，不好好儿干活，还有烟吸！"保成回头看去，见是得贵扛着锄头朝这边走了过来。

见有别人过来，凯子应声站起身，慌慌张张地拎起地上那捆荒草扛在了肩头，径直朝村里走去。

"哎哎哎，凯子娃儿，木咋我来了你就走？安？你是恶心我还是咋回事儿？真是个神经球货。"得贵对凯子毫无同情心甚至有点儿恶毒的喊话，让保成心里气愤极了，于是，他也站起身来，拍了拍裤子上的干草渣，拿起洋镐继续劈树根，故意无视得贵的存在。

得贵不依不饶地站在那儿独自较了一会儿真，眼看找不到对手，他气鼓鼓地黑红着脸无趣地朝村里走去。

凯子刚走到村口，就迎面遇到了有娃，有娃仰着一张惨白的脸毫无表情地踱着闲步走了过来。凯子弯腰从地上捡了两颗小石子，有娃见状，立马装作没事人一样心虚地转身就朝别处走去，但凯子到底是当过兵的人，他抛出去的两颗小石子还是百发百中地打在了有娃的两个屁股疙瘩儿上，有娃"哎哟"一声之后，终于气得转过头用极其难听的话骂了起来。但是，凯子毫不理会他的任何反应，表情磊落地扛着荒草像没事人儿一样向自己家里走去。

自从凯子精神失常之后，他便再也不愿说一句话，见到一般的熟人，他会点头微笑，看到以前处得好的邻居在干活，他会一声不吭地走过去帮忙，而遇到把他害惨的那几个人，他总会默不作声地捡几颗小石子象征性地丢过去，但本性善良的他，即使丢小石子，也总是丢在伤不住对方身体的部位，因此，他的这一举动并不显得让人憎恶，反倒是平添了几分调皮可爱。

地里的辣子已经摘了一遍，第二遍也差不多长红了，文夏看到房后和自己同龄的姬女要去地里摘辣子了，两家的地恰好是挨着的，也就要求一起去。午饭后，大人们有的在午睡，有的在专门修筑的辣子炕上炕上午摘回来的新鲜辣子。文夏就和姬女一起出发了，在她的指引下，文夏才发现，和辣子地一个河沟之隔便是村里憨大愣种的甘蔗，高大茂盛的甘蔗林远远看去是极具诱惑力的。

俩小姑娘商量之后，先把摘辣椒用的盆子和化肥袋藏在辣椒秧深处，然后两人小心翼翼地走下草坡，翻过种满稻谷的河沟，慢慢地攀上甘蔗林的地头。在微风的吹拂下，甘蔗叶子互相触碰着发出轻微的沙沙声，看着一根根笔直高挺的甘蔗就在眼前，两人神秘又兴奋地笑着对视一眼，算是给彼此打气，然后各自双手紧握一根临时选中的甘蔗，快速地折断，午后的野外格外安静，甘蔗咔嚓断裂的脆响简直是震耳欲聋，吓得文夏和姬女在愣了两秒钟之后才迅速决断地拉起甘蔗就跑。她们飞速下到了河沟里，为了防止憨大愣听到声音找来，俩人临时决定先把甘蔗放倒藏在茂密的稻田里，两只正在稻田里休息的青蛙被惊扰地呱呱叫两声跳了起来，吓得姬女往后一退，一只脚就踩进了稻田的淤泥里，文夏又急又怕又想笑，她忍着笑帮姬女从稻田里拔出那只脚，又等着姬女在水坑里找到凉鞋洗干净。俩人回到辣子地里观察了十几分钟，他们发现憨大愣的菜棚那边没什么动静，于是，两个小伙伴再次小心翼翼地走下河沟取回甘蔗。因了这根甘蔗，因了两人之间的这个小秘密，整个下午，文夏和姬女摘起辣子来都干劲儿十足。

第三十五章

卖烟叶风雨兼程　挖红薯全家上阵

在穰县和丹楚县交界地带，烟叶和辣子是当地百姓的主要经济作物。阳历八月左右是忙活烟叶的季节，经过全家刷烟、穿烟、炕烟、捡烟等一整个流程的忙碌之后，林康成总会在前一天晚上就把硕大的烟包刹在加固了两根呈"十"字形粗木棍作为支撑的二八大杠自行车后座上，次日早上天色刚刚有点儿灰色时，就起床骑上车子去烟仓排队卖烟叶。因为本地家家户户都种有十来亩烟叶，所以排队卖烟的队伍和交公粮的队伍差不多长，一等一天是常有的事。夏天的天气变化无常，卖烟的途中经常会淋雨，但为了能及时卖掉不宜在家久放的烟叶，林康成和很多乡邻们一样，带着预备好的塑料布风雨无阻地前往烟仓。并且，无论遇到怎样的天气状况，卖烟回来的林康成从来也没让孩子们失望过，在车子后座捆绑牢固的烟包里，不是一大包香味儿四溢的白色小香瓜，就是两三个大大的花皮西瓜。偶尔，也会有烟叶没卖出去的情况，那是因为收烟人给定的级别和家里细心分好的烟叶等级相去甚远。这时候，林康成自然会坚持把大包的烟叶再带回来，尽管很折腾，但一年的辛苦忙碌真不能让人随意否定。

宛南有句谚语"秋分糜子寒露谷，霜降前后刨红薯"。芝麻刚腾完，林湾村的人就陆续开始准备起红薯了。早些年没有耕牛时，人们起红薯全靠一镢头一镢头地挖，这几年用牛套着犁一行一行地犁过去，到底是省事多了，虽然会犁断一部分红薯，但也并没什么影响。保成赶着牛，双手紧紧地握着犁，一趟一趟的从前面犁过去，红皮红瓤红薯、白皮白瓤红薯和粉皮粉瓤553红薯便一窝子一窝子地挣破泥土的束缚，一个个像调皮的娃娃一样活蹦乱跳地冲了出来。刘若兰嘴里哼着"四千岁你莫要羞愧难当"和几个孩子跟在犁后面捡红薯，有的红薯拿在手上抖一下，松软的土就全部散落了，有的红薯则需要双手握着扭搓一番，固执又倔强的泥土才极不情愿地脱落开去。孩子们把搓干净的红薯随地堆成一个一个的小堆，一部分红薯留着冬天和春上做苞谷糁红薯稀饭；另一部分红薯则由刘若兰一篮子一篮子地传送到正在推红薯干的林康成旁边；特别小的红薯娃娃集中放置，收工时带回家洗干净蒸上一大蒸笼，又甜又糯的口感大人孩子都很喜欢。林康成坐在安装了刨子的长板凳上，不时地弯腰在右脚边拿起一个又一个红薯，硕大的红薯在刨子上刷刷刷地飞舞着，一片片脆甜干净的红薯干溅着些许汁液应声飞落在篮子里，再由林康成和保成一起把装满篮子的红薯干分散开来撒在犁过去的地里，孩子们跑过去把重叠起来的红薯干一片一片地用手分开，均匀地在地里摆好。

当然，红薯干不是这么摆好就可以了，大概一两天之后，红薯干的这一面晒得差不多了，就需要再次来地里把所有的红薯干翻一面继续晾晒，这样，才能确保把整片红薯干彻底晒干，也可以预防红薯干的另一面捂久了发霉。然后，选个阳光得劲儿的好天气，拉着拉车带着麻袋和篮子，到地里把红薯干一篮子一篮子地拾起来装好。

拉回家的那些红薯，则需要存放在早已挖好掏干净的红薯窖里。红薯窖一般有两米多深，最底部左右两边各挖一个近乎圆形的深坑，整体呈葫芦形状。一篮子一篮子的红薯用长长的绳子系进窖里，再用绳子系下去一个人把那些红薯在窖内一个一个码整齐，这样既美观又节省空间。大多人家的红薯窖都分别在两边剜有脚窝，这样，在没有人帮忙用绳子系下去的情况下，一个人也可以蹬着两边的脚窝走下红薯窖。红薯窖的盖子大多是用一个圆圆的磨盘直接盖上，因为怕雨雪天气进水或者冻坏红薯，人们还需要在磨盘上面盖几层结实的塑料布，然后捂上一大捆柴垛上的苞谷秆。

红薯秧在地里晒干拉回来以后，在保成和林康成的配合下，全部铡成两厘米左右的短节，铡碎的干红薯秧和干麦秸一起储存在牛屋里间的草屋里，用作冬天的牛粮，怕牛没食欲，保成总会挖一大瓢麦麸子和若干水兑进去，用拌草棍搅拌均匀，逗引着牛吃饱肚子，好为来年春季的耕种储存体力。

第三十六章

林场丰产磨盘柿　娃们看电视受气

　　林湾村边上那个属于生产队的林场里，有几百棵柿子树，这个时候正是柿子成熟变黄变软的季节，看林场的老喜嘎总是扛着红缨枪领着那只凶神恶煞的大黄狗在林场里走来走去巡逻，老喜嘎是个光棍汉，他根本就不怕得罪人，所以，几乎没人敢轻易走进林场。田娃就不一样了，他和老喜嘎玩得好，每年的这个时候，他总能顺利弄回家一淘麦篮熟透的柿子，老喜嘎对他不错，还特意给他挑的都是超级大的磨盘柿。田娃兄弟几个关系不和，他在村里也没别的亲人，所以，他总是会用馍筐给林康成家端来满满一筐黄澄澄的磨盘柿。

　　这天，天色刚擦黑，田娃就躲躲藏藏地避开大路端着一馍筐柿子来到了林康成家，一起带来的，还有他之前托林康成帮忙溇好的一网兜青柿子。在整个林湾村，也就林康成能掌握住溇柿子的诀窍，每年深秋时节，他总会把田娃从林场带回来的两大桶个头已经长成的青柿子分成两大缸，把特意晾温的温开水兑进去，最终用自己独有的技术溇成脆甜爽口的即食柿子，就连外皮的颜色还保持着最初那鲜亮亮的青绿，两家一家一缸地平分。然而，田娃就那一个孩子，大人也不咋吃，所以每次到初冬，他就会把缸里那些没吃完的青柿子也一并送到林康成家。其实，林康成家虽然孩子多，但那不是柿子吃得快的主要原因，他家的柿子主要都被待人大方的刘若兰东家三五个西家七八个地送人了。每当此时，并不小气的林康成总会忍不住笑着嗔怪刘若兰，说她家里就存不住东西，好脾气的刘若兰总是一如既往地笑着撇撇嘴，以此掩饰自己的盲目大方。

　　晚上，文钊和邻居家的几个孩子一起去有娃家看电视，整个林湾村只有三五台电视机，有娃家那台17英寸的黑白电视机还是从宛南拿回来的，是大穗家买了彩色电视机之后打下来的。其实林康成早就想给孩子们买台电视机，但刘若兰是个极其爱好的人，她说黑白电视机很快就会过时，想等着看啥时候直接买个彩色电视机回来。于是，几乎每天晚饭后，孩子们都会不由自主地朝有娃家跑。前段时间放的是《西游记》，最近在放《雪山飞狐》，最开始是娃们都挤在有娃家的堂屋当堂里看电视，有的坐着，有的站着，还有人蹲着，也有人脱了鞋子打着赤脚坐在自己的鞋子上，整个堂屋挤得满满当当，连个下脚的地方都找不到。后来眼看来看电视的人越来越多，屋里实在是挤不下了，有娃索性把电视机搬到了院子里，电视信号时不时地走失，孩子们轮流去抱着天线转啊转。这天晚上，娃们看得正起劲儿，突然就停电了，沉浸在刚才电视剧激烈情节中的孩子们叹着气不太甘心地一个个慢慢走出了院子，文钊发现别人家还都亮着灯，于是转身提醒有娃，有娃媳妇正抱着电视机往堂屋走，她不太高兴地回头甩过来一句："回去回去，都回去吧，电费又不是不要钱。"脸皮本来就很薄的文钊听了，就拉着小伙伴心里又尴尬又很不高兴地走出了有娃家的院子。

回到家之后，文钊坐在椅子上显出一副闷闷不乐的样子，细心的刘若兰发现不对劲儿，问了一句，文钊也不好意思讲述这个事，他不想让母亲知道，于是，就想着自己心里不舒服一会儿算了。然而，第二天，关于有娃媳妇可恶地关电闸驱赶娃们看电视的事还是在林湾村东头传开了，原本只有大人们反感有娃媳妇，这下，孩子们也都对她讨厌起来。

粉娥前天晚上从有娃家一回到家，就闹着让爹妈买电视机，李丰年烦躁地瞪了她一眼："你木看人家文钊家恁美（有钱，条件好）都木买电视机，你买啥买？你兴败啥哩？"

她妈郝疯子这次倒是一反常态地表示："买，非买不行。"

于是，这天中午，林丰年和郝疯子就拉着拉车从后土街买回来了一台电视机，还买了配套的卡拉OK，爱攀比的粉娥一下子就找到了属于自己的骄傲，她大方地邀请小伙伴们都来家里看电视，遇到广告时间，大家就打开卡拉OK南腔北调地唱歌。一时间，粉娥家成了村东头孩子们放学和星期天的聚集地。

这天晚饭时，天刚刚擦黑，刘若兰在柴垛边抱柴火，看到郝疯子端着一馍筐油条匆匆忙忙地向建国家走去。刘若兰独自笑了笑，她太理解郝疯子了，这个见风使舵的女人虽说世俗，但又显得那么可爱，刘若兰不像别人那样用或嘲讽或冷眼的态度看待郝疯子，在她心中，郝疯子只是一个有点儿孩子气的成年人而已。

第三十七章

建国盖起红砖房　大哥大闪亮登场

村西头有人拉砖盖房子，说是最近邻村砖瓦窑厂新烧的这批红砖价格便宜很多，盖房子比较划算。拉砖的四轮车过去后，建国站在车头冒出的那股浓黑的烟雾里思索着，他在想，自己家是不是也差不多该重新盖房子了！建国家的土坯房的确是有些年头了，因为盖得比较牢固，原本是可以再坚持几年的，但眼下建国突然就当了村支书，乡领导隔三岔五地会来检查工作或是商议村里事务，这土坯房难免就显得有些寒酸，在接待方面很有点儿不上了台面。就在前天中午，乡工商所的几个领导过来，正喝着酒，一坨陈年老灰就从土坯房的屋顶上飘落了下来，差点儿掉在菜盘里，为此，建国很是提心吊胆地向领导们表达了一番歉意。想到这里，建国转身就进了屋，他决定好好计划一下盖红砖屋架房这个事儿。

建国要盖红砖屋架房了！这个消息可能是建国放出去的，也可能是改英放出去的，总之，整个林湾村的人很快就都知道了，大家议论纷纷：十里八村的人都是从土坯房到青砖屋架房，然后才是红砖屋架房，想不到林建国居然能从土坯房一步登天地过渡到红砖屋架房，看来，他鳖娃儿当支书真是没少贪污钱！

"二哥啊，盖房子这个事儿，你看看我能帮点儿啥忙哩？"在得知建国要盖红砖屋架房的第二天早上，李丰年就来到了建国家，他站在门槛外伸着头朝屋里放出探询的目光。

"这会儿也木啥事儿，先联系联系那个砖头哩事儿再说，要价格最便宜哩。"建国心不在焉地在堂屋绑着鞋带，他看也没看李丰年一眼。

"那行，我去给你问问，建国你放心，我争取把这个事儿给你办圆展。"

难得建国有这么个需求，从村支书家回来，李丰年就像领了圣旨一样，心里美得不得了。到家后，李丰年细细一想：不对啊，红砖可不是那么容易买到的，况且建国要的是最便宜的红砖。想到这里，他急忙指派郝疯子吃了早饭快回娘家一趟，郝疯子的娘家堂哥在后土乡税务所上班，人家认识的人多，门路广，或许能弄到价格合适的红砖。

不是一家人，不进一家门。这话着实不假，郝疯子和李丰年虽然日子过得紧巴清贫，但他们有着同样的势利眼，很会在村干部和他们认为有用的人那里各种殷勤奉承。听了李丰年的话，郝疯子急匆匆地吃了早饭就大跨步地向十几里外的娘家走去。

令建国没想到的是，李丰年两天之内居然就把"最便宜的红砖"这个难题给他解决了！当然，这是李丰年自己也没想到的，他一向说话都很是夸张，比较爱吹牛，邻居们掌握住了他的这个坏习惯，一般人都不把他的话当真，而这次，他竟在新任村支书那里邀了功，这实在是一件不得了的大事！

对于李丰年联系到低价红砖这个事，建国也很是意外，但一贯的秉性和村支书的威严让他在李丰年面前依然做出一副"这木啥了不起"的姿态，表情依然牛气，神态依旧跋扈。然而，李丰年才看不到建国那表情，确切地说，是他不想看到，他自我肯定地满足在自己的世界里，觉得自己神通广大，无所不能，连村支书林建国安排的事儿都能圆满完成，还有啥事儿是他李丰年办不到的哩！

黄昏时分，财娃路过建国家门口，建国正拿着一把剪刀在堂屋门槛外的小凳子上剪指甲。财娃很是随意地和建国打了个招呼，简单说了两句村里的工作之后，财娃看似顺带地给建国提了个醒，财娃的意思是，建国刚当村支书，理应把重心放在林湾村的综合治理上，而不是着急忙慌地去盖新房子。财娃这一席话再次激起了建国心底的愤恨，他早就看不惯财娃官模官样的那副嘴脸了，具体从啥时候开始看不惯的？建国大致想了想，应该是好几年前他就看不惯财娃这个人了，要不是为了能把他当个登天的梯子混个村干部当当，林建国才不会憋着心底的反感对他财娃毕恭毕敬地各种俯首帖耳。可没想到的是，自己如今当上了村支书，他财娃一个副支书算老几啊，竟然还隔三岔五地对自己指点来指点去，这让建国实在是忍不下去了。

在改英娘家兄弟和林湾村一众愿为建国效力的村民的协作下，建国的红砖屋架房盖得很顺利，也算是紧锣密鼓的节奏，一个多月就上屋顶了。上屋顶这天，亲戚邻居们都要来送菜，送菜也就是房子封顶时主家请客、亲友前来送礼的意思，但在豫西南这一带，作为新房子盖好后的送礼，往往习惯被称作送菜。得福媳妇拿着两瓶看不到名字的白酒插在半小竹篮面粉里，郝疯子用绳子绑着两瓶张弓酒挎在左胳膊上，又上了三块钱的礼钱，刘若兰拿了两瓶林康成去年从穰县带回来的卧龙玉液，又上了五块钱的礼钱，建设指派媳妇拿了五块钱，得贵指派媳妇挎了半小竹篮面粉，篮子两头各放一瓶标签都磨掉了的老白干……

建国家的老土坯房早在一个多月前扎地基时就扒了，新房子今天早上刚上屋顶，整个宅子上都是横七竖八的砖头块碎瓦片和长短不一的竹篾子，地面上撒满了上屋顶那天放鞭炮崩得四散开来的红色炮子纸屑。建国请了村西头的会计永振在帮忙写礼单，建设在旁边协助着一起查收人们送来的礼物和礼钱，成才是指客（指挥整个酒席现场的大小事宜，安排各个亲友入席落座等礼节，类似于主持人），村里的厨子在沸腾的大锅旁和缭绕的烟雾中做菜，刘若兰和刘新芝等住得比较近的几家女眷在帮着择菜洗菜刷盘子洗碗。建国一改往常拉着黑脸的样子，他满面春风地拿着一盒烟在人群中迎来送往，时不时地伸长了脖子朝门前的路口处眺望几眼。

不多时，一辆吉普车在建国家门前的大路上停了下来，车里跳下来两个人，两人从后备厢里拿着两个长长胖胖的红色纸盒子，然后又用胳膊揽住两条烟，迎上来的建国和改英娘家兄弟弯着腰、点着头，用极其谦卑有礼的动作及时地接过了这些礼物。来的俩人站在路边和建国说了一会儿话，就径直上车离开了。看样子，是后土乡政府的领导，人们猜测着，估计人家嫌今天的场子太脏乱，所以不留下来吃饭了。有几个好事的凑过去看了看，长长胖盒子上面写的是仰韶，刘若兰在穰县县城见过这种酒，知道那是好酒，起码林湾村没人能喝得起，但她什么也没说，只顾一边剥葱一边和几个妇女东拉西扯地继续闲聊着。

午饭是在建国家乱糟糟的盖房现场吃的，按照习俗，老房子的几扇旧门板用砖头支起来，就是几条长长的临时饭桌了，人们分别在门板的两边搬几块砖头垒起来当椅子坐下，每张饭桌上各自放上去一瓶白酒和一盒烟，就开始上菜了。菜盘子和菜盆子接二连三地从头顶传过来，人们应接不暇地吃喝着，谈论着，熙熙攘攘，热热闹闹，不知是谁喊了句"啥时候咱林湾村家家儿都过上'楼上楼下，电灯电话，洗脸盆儿会说话'的日子才好哩"，尽管那句话带着远远实现不了的戏言的成分，但还是极大地鼓舞了人心。大伙儿吃着、笑着、起着哄，最后是一桶咸汤、一桶甜汤和几筐白面馍一起送上来，算是为这场送菜的酒席画了个圆满的句号。

给建国家送菜后的次日上午，邻居家的几个孩子闹哄哄地在建国家门口走来走去，文青凑过去一问，这才知道，原来建国不知从哪儿弄回来一个电话。庆义说他刚才都已经看见那个电话了，是一个长方形的黑疙瘩，上面还带个天线一样的棍子。新霞说她也看见了，就是一个黑色的疙瘩。文青凑过去得比较晚，建国已经在堂屋坐着了，她没有看见那个黑疙瘩一样的电话，她约着建国的闺女玉春带她进去看一下稀奇，玉春半开玩笑地坏笑着，就是不愿意带她，文青心里就有点儿不高兴，她又缠着玉春说了一谷堆的好话儿，然而，玉春始终也没有答应带她，文青生气地回了家。

　　又过了两天，建国拿着那个黑疙瘩站在门外打电话时，恰好路过的文青总算是看到了。对于那个不怎么好看的黑疙瘩电话，文青和小伙伴们一样感到好奇，并且，从建国和别人所讲的电话内容里，文青也知道了那个黑疙瘩的名字叫大哥大。文青暗想：哟呵，这么丑的黑疙瘩，名字还起得挺气派呢，还大哥大呢，咋不叫黑帮老大哩！虽然心里这么想着，但文青还是觉得那大哥大可真威风。

第三十八章

财娃被抹职务　建国赶尽杀绝

这天下午五点半左右，建国召集大家开会。人们一边散漫地往大路边的会场走，一边悄声议论着村里又有啥事儿要说。令人没想到的是，建国也没绕什么弯子，看人都到得差不多了，他直接宣布免去财娃的副支书职务。好在财娃这次恰好没站在那面大碾盘上，也不至于脸上有挂不住的难堪，他一言不发地立在会场边上，建国宣布之后，他的心脏强烈地颤动了一下子，一股子热血瞬间便涌上了他的胸腔，直直地冲击着整个头部，他顿时感到整个脑袋嗡嗡地闷响着，有一种几乎无法站稳的眩晕。

这是财娃如何也想不到的，最近这段时间，他其实也假想了建国坑他的无数种可能，唯独没有想到这一条，财娃以为是自己听错了，他想，建国咋能做得这么绝啊?! 财娃是林湾村第一个刷牙的人，也是林湾村第一个穿上中山装的人，更是林湾村第一个裤兜里装擦嘴毛巾胸前别着钢笔的人，他喜欢当官，他陶醉于当官的感觉，他热爱自己的工作，他当官不是为了谋私或扬威，他当官是诚心实意为村民谋幸福的啊。人们看碾盘上没见财娃，就下意识地用眼睛在人群里四下搜寻，然后用或同情或打抱不平的神情看着他，其实，尽管很多村民私下里也有点儿看不惯财娃的讲究和清高，但在内心里，大家对他的工作和人品还是很认可的。

回到家，财娃一句话也不想说，他半躺在老祖宗传下来的那把老圈椅里，一声不吭地吸着烟，媳妇倒杯茶小心翼翼地放在他旁边的桌子上："喝点儿茶心里会好点儿，别想恁多，建国那娃子真是啥事儿都做得出，看得出他狠，没想到他会真狠……"

财娃打断了媳妇的话："不说了，你先去做饭，我出去一趟。"说着，财娃已经起身，他稍微整理了一下中山装的领子，又拉了拉衣襟的下边儿，双手在两边衣襟上扒拉了两把，想了想，把胸前口袋里那支伴他多年的钢笔拽出来放在了桌子上。

"那啥，你可白（别）跟建国吵吵啊，那人还真是惹不得。"

媳妇在身后压低声音交代着。财娃已经装上一盒烟，顺手拿起厨房窗户上的一盒火柴出了楼门。

在建国家的半成品大透气红砖屋架房里，财娃向建国说出了自己的想法，就是哪怕保留自己一个小队长的职务也行。因为怕遭到建国的拒绝，财娃已经不敢奢望什么大队会计或者民兵营长之类的职务了，他特意选了个最底层的小职务，他想，这一定没问题，他甚至还想着，假若建国答应得很顺利的话，自己所说的小队长职务会不会有点儿亏了哩，自己要不要说当个计生人员之类的职务呢。

"咋可能哩？哪有才抹掉工作，一会儿工夫就再当官儿哩？二哥，这可不是我一个人能当家哩，这是乡里领导们商量决定哩，我可想叫你继续当副支书，咱们兄弟俩一起带着林湾村致富，主要是我当不了这个家啊，要是我说了算，我都想给这个支书不干了叫你干。"正当财娃这么想着的时候，建国已经给了他一个很是利索很是决断的回答，这让财娃的心一下子便跌落进了万丈冰窖。

从建国屋里出来，财娃就像《农夫和蛇》里的那位农夫一样悔不当初，走在回家的路上，他的脚步重重地踏着长满蚂蚁草的那条近道，他只想快点到家躺下，赶紧把胸腔里憋得满满的那口气给排出来。

建国借着盖新房子的机会，顺带围起了院墙，盖了改英和三个孩子一直嚷嚷的楼门。尽管林湾村有一大半家庭早已是红砖屋架房，但建国这毕竟是新盖的房子，从檩条到上梁再到柱子，甚至就连屋顶的脊，在样式上都有了一定的改进，再加上一溜圈儿的院墙，出于安全考虑，趁着混凝土没完全凝结，院墙最上方还插进去很多专门砸碎用来防止窃贼翻院墙的玻璃碴儿，整体看上去气派又惹眼，极大地增加了建国的自信心。

第三十九章

穰县升级林海市　小草沟里现手指

刘若兰无论如何也没有料到，当年没分上地的小女儿黑娃儿文青竟然到八岁才分到土地。在这漫长的八年里，文青一直没有分到属于自己的那份田地，可在那个艰苦的年代里，这个和睦的家庭并没有因此而怠慢她，父母哥姐和二叔对她的宠爱让其他家庭那些被排挤被嫌弃的黑娃儿们无比羡慕，虽然哥哥姐姐们经常用"吃了八年闲饭的小磨人精"这句话来和她开玩笑，但实实在在的幸福文青一直都能感觉得到。

时隔多年，文青还清楚地记得，小时候同班的 26 个女孩中 17 个都是抱养的，那是大人们在重男轻女思想和计划生育政策双重逼迫下的不得已，然而，可能是这种抱养的现象在当时比较普遍，因此，那些女孩子们对自己的身世并没什么敏感和顾虑，反倒时常在一起开心地讨论谁是从哪个村抱来的，谁的名字就取自她亲生父母所住乡镇的名字，谁抱养的村子距离林湾比较远……在她们当中，从来也没有人说想见见自己的亲生父母，也没有人说出怨恨亲生父母的话，女孩们兴高采烈地谈论着比较着，看不出丝毫被弃养所带来的伤心，看起来就和普通人家的亲生孩子一样阳光开朗。

而在文青的心里，却时时为她们难过着，因为她发现抱养来的女孩大多都是从小就被父母安排着干各种农活和家务，看起来很可怜，而父母却无条件地宠爱着她，啥也不让她做，虽说文青喜欢做家务，但那都是她自己执意要去做。并且，文青从村里一些人的传言中得知，那些女孩并不都是抱养的，她们其中的一部分是大人在大路边或是干活的地头捡来的弃婴，那些养父母自然不会告诉她们不是自己亲生的，她们只是粗略地从村里一些爱说闲话的八卦邻居那里知道了自己的大概身世，至于具体的细节就不重要了，小小的她们还不懂得对自己的出身追根究底。

除了抱养的那些女孩，还有一些孩子从小就被大人安排在亲戚家藏黑娃，以躲避计划生育的追击。要么老大是女儿，在计划生育要求只能生一胎的躲躲藏藏中好不容易在第二胎顺利生下一个男孩，由于重男轻女思想，大女儿就只能一直寄居在亲戚家；或者是老大是儿子，还想再生个儿子或女儿与之为伴，那就只好把第二胎生的孩子寄养在亲戚家。这些亲戚，除了孩子们的外婆家，就是孩子们的姨家和姑家，再远一点的关系，对方当然是不愿长期收容，孩子们自然也没法住下去。因为这种寄养模式，文青结识了邻居家的两个小客人，她们经常在一起玩，两个小客人偶尔会被其父母接回去住上三两天，然后再次被送到林湾的姑家和舅家，如此反复很多年，直到寄养的她们在长大后陆续被亲生父母接回身边上小学。

1988 年 11 月 17 日，经国务院批准，撤销穰县，设立林海市，属于县级市，由地级市宛南代管。同时，改名为林海市的穰县也在新一届市委市政府班子成员的英明领导下进行了修路、拆建、绿化……整个林海市从穰县的老旧风貌中走了出来，看起来神清气爽，自是换了一番新面貌。前段时间，自从母亲带着文青去了一次林海市之后，回想着那里新装修的气派的百货大楼和高耸入云的福胜寺塔，回想着父亲工作单位旁边那座新建的幼儿园和里面的滑梯还有小三轮车，回想着父亲单位后面小学里那些小学生们背的花书包，小文青目前最大的愿望就是能一直生活在这个几乎全新的林海市。

大人平时要下地干活，三个大孩子都上学了，虽说文青也已经上了学前班，但学前班课很少，经常都处于放假状态。如果刘若兰需要上街赶集，不会骑车子的她就只好让文钊上学时带着文青一起去学校。文钊上课的时候，文青就在校园里这里走走，那里看看，还会和在校园里遇到的老师们说会儿话。玩够了，她就一声不吭地趴在教室外的窗台上睁着大眼睛搜寻着教室里的文钊，或是紧盯着讲台上的老师。偶尔地，坐在后排的大姐姐们会悄悄招手示意文青进去，文青也便会在仔细观察一番之后，趁老师转身在黑板上写字的当儿，壮着胆子试着走进去，和喊她的大姐姐们挤在一张椅子上，拿着大姐姐们找给她的本子和笔画画玩。

放学回家的路上，行至移民居住的桥边上，一群小学生围在两只冻得瑟瑟发抖的小狗崽旁边看稀奇。根据养小狗的经验，文钊估计这两只小狗还没满月，看着两只小可怜儿眼睛半睁半闭惹人喜爱的样子，他立马把坠在前面的书包朝身后一甩，双手抱起两只小狗崽揣进怀里就回家了。

"妈，妈，你看我哥，又捡两只小狗回来了。"走到平时开群众大会的碾盘边，文青就先行小跑着朝家里去报信儿了，听她的语气，也有那么一点告状的意味。

文钊和文青到院里时，刘若兰刚帮文钊把狗窝里的三只小狗喂过温水泡馍，正准备去厨屋做饭。看文钊又带回来两只小狗，刘若兰嗔怪地笑道："哎哟，文钊啊，这咋又捡回来小狗了？再这样下去，咱家就成养狗专业户儿了啊！"

文钊憨厚地笑了笑："木事儿，我喜欢养狗，眼看这俩狗被扔在路边，看着太可怜了。"

文青瞪着大眼睛仰起头看向文钊："就你心肠好，刚才恁多学生都看到小狗了，他们咋都没想着抱回家养呢？"

文钊目不转睛地看着小狗，头也不抬地说文青："就你话多，你管我哩，我就是喜欢小狗，我就是要抱回来，咋了？"

文青气呼呼地瞪了文钊和小狗一眼："小狗脏死了，你养小狗，说明你也是个脏孩子。"

母亲笑着打圆场："好了好了，你俩都少说一句，你们可真是'不见想哩慌，见了将（吵架，战斗）哩慌'，文青你去写作业，文钊啊，以后可不敢再捡小狗回来了，咱家养的小狗太多了，你自己又木时间伺候他们，你这是给你妈找忙啊。"

文钊双眼带光地盯着小狗："嗯，知道了，知道了！"

这已经不知道是文钊第多少次捡到小狗了，之前捡的那些小狗不是养大送人了，就是捡到时带着病没救过来，还有一部分被亲戚邻居以看家护院为由讨要走了。对于文钊从外面捡小狗抱回来一事，刘若兰表面是反对的，其实在内心里，她知道她唯一的宝贝儿子文钊特别喜欢养狗，出于爱屋及乌的心理，即使自己农活和家务再忙再累，刘若兰还是很愿意帮文钊照顾那些小狗的，只要文钊高兴，刘若兰再苦再累心里也是欣慰的。父母对孩子的爱就是这么无私，不但不需要条件，甚至在很多时候还纵容得可以抛开原则。

这天下午，刘若兰准备下地锄地去，文青的学前班恰好又放了一下午的假，她只好计划带着这个小女儿一起去地里。刘若兰用罐头瓶装了满满一大瓶茶水，又悄悄用一张纸包了几块饼干装在上衣口袋里，以防文青中途闹着回家时用来哄她，也怕大人一旦干活时间太久文青会喊饿。刘若兰拿着锄头在辣子地里锄草，文青在地中间的山口里玩够了，就给母亲打了一声招呼，独自去地头的小路上玩去了。窄窄的小路上长满了蚂蚁草，小路两边是葱葱茏茏的狗尾巴草和老婆针，还有十几种她叫不出名字的野草。蚂蚱和秋珠儿（蛐蛐）不时地在草丛间蹦跶来蹦跶去，各种小虫子在远远近近的田野里声嘶力竭地鸣叫着，天地都是安静的，静得让人觉得空气都凝固了，时间也像是静止了。文青抽了一小把狗尾巴草，摘了很多有着细长空心茎的黄黄苗（蒲公英）花，抓了很多蚂蚱串在狗尾巴草上。她沿着小路边走边玩，一不当心竟走到了大人们常说的"扔死孩子的沟窝"，小文青伸长脖子试着向前看了看，也没看到有什么东西，那个传说的沟窝好像并没有人们传说的那么可怕；反之，沟窝窝里还开着各种颜色的花。出于好奇，文青试着顺着坡路继续走了下去，正在采摘野花，文青无意间看到地上竟然有一只小手，她以为自己看错了，就蹲下来仔细看了看，天啊，还真是！她吓得甚至不敢喊出声来，她惊慌地丢掉手上的花，心脏咚咚咚咚剧烈地跳个不停，拔腿就疾速朝母亲干活的地里拼命跑去。

母亲看见噙着眼泪的文青脸色煞白一头冷汗，急忙放下锄头问她是咋回事儿，吓得上颌干渴的文青用小手抚了抚自己依然剧烈地跳个不停的小心脏，这才放声大哭起来，刚才憋着的惊吓总算得以释放。哭得差不多了，文青抽噎着问母亲："妈，你说……你说那沟里咋会有小孩子的手呢？我怕，呜呜呜……"说着说着，文青就再次惊魂未定地哭了起来。

刘若兰紧紧地抱过文青，指着天上正在洒药的飞机让她看，试图转移文青的关注对象。

文青却不依不饶地继续追问着："妈，你说……那是不是那些人家生了女孩，一看不是男孩，所以就抱去丢到那个沟窝里了？"

刘若兰微微沉思了一下，她深深地叹了一口气："也不是，那是有的小孩生下来就没了，大人还是喜欢自己的孩子的，你看，那里有很多好看的花，所以就把他们放在了那里。"

文青再次吓得起了一身鸡皮疙瘩，她后怕地看了看深沟的方向，心里很不舒服，她不再说话，只是神情恍然地接过母亲递过来的饼干，有一口没一口地嚼着。

第四十章

计划生育谁不苦　最烦小孩送月礼

　　刘若兰不敢告诉文青，那些孩子大多生不逢时地消失于计划生育的引产，那是大人们被政策所逼，迫不得已；她更不能告诉文青，那些孩子中确实有一些如文青所说，因为不是男孩，所以生下来就被直接抱到野外丢弃或是接生婆在这家人的指派下背过产妇就丢进尿桶里溺亡了；当然，也确实有一部分如刘若兰对文青所说，是接生婆的技术问题或是产妇身体情况不太好所致，生下来就没了。这些情况大多都来自当时的形势和政策，谁也没有办法去改变什么，刘若兰自己家都有文钊和文青两个黑娃，因为两个黑娃负担太重了，在原村支书成党的好心操作下，只算文青一个黑娃，所以，刘若兰对此感触很深，自己都麻烦重重，哪还有心思去管别人家的闲事，文青一个小小的娃娃对此就更是无能为力了。

　　早些年，有娃媳妇前后生了两个女儿，争强好胜的她气得不行，直接请求接生婆帮着把二女儿抱去送人，但是，那个年月，女孩是送不出去的，根本就没人愿要，无奈之下，她甚至把家里攒下的一小竹篮鸡蛋倒贴的让接生婆拿去送给那家人，人家才勉强接受了她的女儿。结果呢，都过了一个多月了，有娃媳妇竟然反悔了，她不管不顾地去和那家人闹翻了脸，还不忘搬出婆家三姐大穗儿家那个公安局副局长来吓唬对方，硬是强行把二女儿给要了回来，更不像话的是，那家人用米糊糊和面汤汤养了她女儿一个多月，她居然也没有丝毫表示，因为她还在惦记着她倒贴过去的那一小竹篮鸡蛋。后来，她第三胎总算生了个儿子，有娃媳妇那张能说会道的嘴巴便抱着儿子四下说自己家祖上积德了，别人当面也不好打击她，背地里都是反感地撇撇嘴：她祖上就是真多少积那么一点儿德，也早就被她个缺德玩意儿给透支完了，还积德呢，她还真有脸出来到处呱呱呱地说。

会计永振媳妇连着生了三个闺女，这次总算生了个男孩，孩子是大前天夜里生的，听说从生第二个闺女开始就变得不苟言笑的永振这次破天荒的一天到晚抱着孩子不愿撒手。半上午时，村西头就传来了大喇叭的聒噪声，人们说永振家今天给孩子待客，有人情往来的亲朋邻居需要去送月礼（在豫西南一带，刚出生的孩子请客称为送月礼）。因为住得距离远，所以，村东头这几家平时和永振没有什么人情往来，同样作为村干部，因为经常打交道，建国自然是得去送这个礼，而因为牵扯有文化和祖辈的交情，林康成家也需要去给永振的孩子送月礼。

建国的媳妇改英跑来问刘若兰咋拿礼，任谁都懂得，交情不一样，带的礼自然不同，然而，刘若兰也没法那么直接地回答她，只好对她笑了笑："就按平常的习惯吧，你准备咋拿啊？"

改英刺刺磨磨故作神秘地看了看别处："这都木方（没有办法）拿，给，他家前后生仨闺女了，又是送月礼又是一周岁过生，这隔三岔五哩光在待客了。"

刘若兰笑了笑，觉得没法接她的话。

然而，改英并没有离去的意思，她索性坐在刘若兰家院子里的椅子上，像是在等着看刘若兰一会儿到底会拿啥礼物。

刘若兰忙完家务，换上干净的衣服，在小竹篮里铺上报纸，用面瓢挖了五大瓢面粉，面粉快要把小竹篮铺平了，然后，刘若兰从大立柜里拿出一块儿古铜色腈纶布料铺在面粉上，再在布料两边各放一包红糖，接着又在红糖中间的布料上小心翼翼地堆满了鸡蛋。其实，那块儿腈纶布料是刘若兰前段时间去穰县看林康成时，林康成特意陪她在穰县百货大楼选中的，本想着要用来给自己做条像样的裤子，但想起永振夫妻俩也是有情有义知道好歹的人，又难得生了个儿子，刘若兰狠狠心索性把这块上好的布料给拿了出来。

追到堂屋的改英看着刘若兰的一举一动，又伸手捏着布料的边儿摸了摸，嘴里嘟囔着说刘若兰没必要拿恁好，这样会让自己没法拿礼，会让自己原计划要拿的礼物拿不出手。刘若兰就当没听到，她微笑着准备好礼物，然后问改英要不要一起去，改英脸色不太好看地犹豫了一会儿，像是下了很大决心似的把头一别："一路（一起）就一路了，怕啥子，总是（应该是）你待客哩时候，他们给你也拿哩厚（丰厚，厚道）一些。"

刘若兰等在大路边，改英回房后家里挎起她早已准备好的半小竹篮面粉和两包红糖，还有一块过时得已经明显有点儿稍色（颜色陈旧磨损）的水红的确良布料，和刘若兰一起向村西头永振家走去。一路上，改英几乎一直都在絮絮叨叨地说着永振家出手也并不大方之类的话。谁都懂得，人情都是相互的，礼物的厚薄自然也是相互的，对于改英这会儿所发的牢骚，刘若兰实在是没法接腔，只能尽量巧妙地岔开话题。

第四十一章

为老师干活心里美滋滋， 菊花晶麦乳精可真好吃

当强劲的西北风呼呼啸啸地刮进中原地带时，林湾的冬天也如期而至。林湾村小学的窗户没有玻璃，是个敞着口的大透气，寒风"飕飕飕"一阵紧似一阵地猛扑着刮进来，学生们冻得紧紧地缩着身体，写作业时，双手都冻麻木了，实在是伸不出来。快放学的时候，老师给学生们布置了任务：各自回家拿塑料纸和铁钉，还有纸箱片。分配名单念完了，文钊需要从家里拿塑料纸。到家后，他给母亲一说，刘若兰就去偏房屋里拿出两个肥料袋子，巧妙地把里面的内膜给完整地取了出来，午饭后，热情十足的文钊又额外把自己家的老白干酒箱拿了一个，和两个内膜袋一起拿到了学校。利用午饭后那段时间，在老师的指挥下，全班同学忙忙碌碌互相配合着，把教室的前后六个大窗户和门脑上的两个小窗户全部严严实实地用塑料纸蒙上，然后用铁钉穿过剪成硬币大小的纸箱片片，把原本大透气的窗户钉得严严实实密不透风。

同为民办教师的语文和数学老师是夫妻俩，钉好窗户纸后，两位老师对学生们说，下午的课干脆不上了，帮忙把他家的辣子摘了算了。原来，老师早已让家里人用拉车把他家砍回家的带秧的辣子拉了满满两大拉车送进了校园，学生们本来大多都比较贪玩，听老师这么一说，立马欢蹦乱跳地拍手叫好，一个个飞奔出教室就抢着帮忙卸起了辣子秧。学生们两两结对子摘辣子，颜色分成红的、青的、姜黄色的，还有糊壳子的，各个辣子放进属于自己色系和类别的容器里，不到一下午时间，那么大两拉车辣子竟然全部都摘完了。

早早放了学跟着文钊在校园里玩的文青也凑热闹地参与了摘辣子，回到家，她带着不满和羡慕的口气对母亲说："妈，我哥的老师可真不像话，上课时间不叫学生学习，叫学生们给他家摘辣子，当老师可真美，一家人摘一个星期才能摘完的辣子，学生们不到一个下午就给摘完了。"

看文青噘着小嘴巴讨伐老师的样子，刘若兰忍不住笑了："那我们文青长大了是不是也想当老师啊？"

　　"我才不当老师呢，我也不稀罕有人帮我摘辣子。"

　　"那你长大了想当啥？"

　　"我长大了要当画家，我不种辣子，我喜欢画画，我还要开着飞机开回林湾村。"

　　"嘻，我们文青真能干，恁大哩飞机开回来停在哪儿呀？"

　　"停在咱们东边的打麦场里，那里地儿大。"

　　看着文青小小年纪就一副很有志气的样子，刘若兰欣慰地笑了，她从条几下面的柜子里拿出两个大大的玻璃瓶，咖啡色瓶子里装的是麦乳精，透明瓶子里装的是菊花精，刘若兰拿过两个喝茶盅，把麦乳精和菊花精分别倒了一些在茶盅里混合一下，说是不用开水冲泡口感会更好，让文青和文钊当零食直接干吃。文钊拿起茶盅朝嘴里倒了一些，就大口地咀嚼起来，文青则用几个手指捏起一撮放在嘴里，陶醉地歪着小脑袋，任美味的颗粒在嘴里慢慢融化。看文钊吃得那么快，文青提醒他按自己的方法吃才好吃，文钊才不听呢，他火速吃完自己的那份儿，又和文青商量着分给他一些，文青冲他做着鬼脸伸了伸舌头，端起自己的茶盅就躲避着去了厨房。文钊也去了厨房，他拿来一副碗筷，在碗里倒了一些白糖，用开水冲开后，把一块馍掰成一疙瘩一疙瘩的放进碗里，然后故意做出很好吃的表情向文青炫耀着。虽然并不爱吃糖水泡馍，可是，看着文钊那气人的表情，文青还是被惹得哭开了，刘若兰只好赶紧去条几柜子里给她捏了几块儿冰糖，文青这才止住了哭声。

第四十二章

凯子悲惨身亡　黑娃文青分地

次日大清早，刘若兰刚打开堂屋门，郝疯子就火急火燎地跑了进来："大奶奶大奶奶呀，大奶奶，不好了，凯子死了，凯子被他那土坯老房子塌死在屋里了。"

刘若兰心里一紧，急急盯着郝疯子的眼睛："啥？焕英你说啥？凯子到底咋了？"

"这场连阴雨不是已经下了快半个月了嘛，凯子的老土坯房早就歪歪斜斜哩了，雨水硬是给他那座几十年的老土坯房泡倒了，凯子夜里睡着时就这个样被塌死了呀！"

"啊！天哪！走走走，走快去看看去，这个可怜哩娃儿啊！凯子人哩？扒出来了没有？"

"扒出来了，真是个可怜娃儿，可怜哩要不成（不得了）啊！"郝疯子跟在刘若兰身后，两人大跨着步子一路小跑的直奔凯子家。

刘若兰感慨着："唉，这个苦命的娃儿可真是木少遭罪！"

在凯子家门前的枯草丛里，稀稀落落地站着几个看热闹的村民，凯子笔直精瘦地躺在一扇破旧的门板上，身上盖着的还是他父亲生前的一件黑色棉袄，在补满补丁的黑色棉袄上，几个新破的洞口钻出一团团暗灰色的旧棉絮，在西北风的吹动下，一抖一抖地颤动着，就像他起伏又颠簸的命运。这个苦命的人就这样走了！他终于离开了这个悲催的世界，他终于离开了这个酸苦的人间，如果有来生，真希望他能够托生个好一点的人家，不说什么大富大贵了，起码让他过上正常人的日子也好啊。

六月中旬，文夏快要小学毕业了，她和全班同学听从老师的安排，从家里拿了一块五毛钱用来拍毕业合影。拍照的前两天，文夏高兴地把姐姐穿小了送给自己的白色历史鞋刷干净，为了保持鞋子原本的雪白，文夏学着姐姐平时晾晒白色鞋子的技巧，细心地拿了大张的白色卫生纸把刷干净的鞋子蒙了个严严实实，然后放在阴凉处晾干。

拍毕业合影这天，文夏班里的三十六个学生都尽可能穿上了自己最好的衣服，尽管很多同学裤子后面的屁股位置还是带着补丁，但这丝毫也不影响大家激动兴奋的心情。在照相人的安排下，全班同学中规中矩地排列整齐，一个大合影共冲洗了三十九张，每人一份，校长和两位老师各一份。拿到照片后，文夏兴冲冲地找来姐姐画画用的那盒水粉，在姐姐的指导下，她用细毛刷蘸着水粉把黑白照片涂成了漂亮的彩色照片。

1991年冬至，又到了林湾村一年一次的大动地时间，已经在读小学二年级的文青终于分到了二亩六分地，一家人颇为欣喜地感叹了一阵子。同年夏天，成绩优异的大姐文心考上了宛南市铁路中专，这在当时已经是极其高光的了，一点也不亚于后来的"985"和"211"，文心这可是一步登天了！

第四十三章

文心金榜喜题名　你来我往皆人情

邮递员来村里送通知书那天，文心家的院子里站满了看热闹的人，人群里不停地发出或大或小的惊叹：哎呀妈呀，这可不得了了，文心这很快就要迁户口成城里人了，这三年后毕业直接包分配，那可就是国家的人了，国家粮呀，书念好了就是好！

得贵似笑非笑地在人群里看了又看，带着欲说还休的表情讪讪地走出了院子，活得毫无温度的建国压根儿就没去凑热闹。郝疯子在现场对刘若兰和文心说了很多祝福的话，回到家就开始骂粉娥："你可看看，人家文心多争气，这中专上出来一下子就排场了，就当干部了，就吃皇粮了，卡片儿粮啊娃子，你瞅瞅你，成天除了踢毽儿就是抓石子儿，一脸没出息样，还不走快拿上书包去学习。"

粉娥斜着眼瞪了一下母亲，不服气地还嘴："你咋不管管小海哩？他学习也不咋样啊，成天就知道骂我！"

见粉娥居然胆敢还嘴，郝疯子气得越发变本加厉地骂了起来，骂完还觉得不够解气，干脆顺手抄起了门后面的扫把，粉娥吓得撒腿就跑出了堂屋，留下郝疯子一个人站在堂屋门槛外，边骂边气急败坏地拿扫把狠狠地磕打着无辜的门墩儿。

林康成很快就从林海市回来了，他是在掐着时间点儿，知道大女儿的通知书差不多也该寄来了。他一如既往地买了各类零食和肉菜，还买了一壶林海市下面一个叫刘集镇的特产黄酒，骑着前不久新买的自行车，到家正好是午饭时间。这顿午饭，一家人欢欢喜喜地炒了四个菜，大人孩子都喝了点用开水稀释了的黄酒，伙食和心情都跟过年一样。

正吃着饭，有娃媳妇走进了院子，说是有娃的三姐大穗儿一家回来了，碗筷和盘子不够，想借几个使使。刘若兰一边客气地让着有娃媳妇坐下先吃点儿垫垫肚子，一边起身去厨房给她找碗筷和盘子。在把一摞盘子和碗筷递给有娃媳妇之后，刘若兰想了想，让她稍等一下，然后急急跑到堂屋东间拿了几棵林康成刚买回来的芹菜和一块儿牛头脸，让有娃媳妇拿回去炒菜招待大穗儿一家。有娃媳妇在接过这些东西时，脸上快速地闪过一丝意外，更多则是激动，她说了很多句谦让感谢的话，然后带着过意不去欲说还休的笑一步三回头地走出了院子。

"妈，为啥要给她拿肉和芹菜啊？盘子和碗筷借给她已经够点儿了，讨厌死她了。"文青不高兴地噘着小嘴巴，大眼睛一眨不眨地盯着母亲。

"你不知道，有娃和他媳妇是不值得咱给东西，但是大穗儿那个人还不错，有一年你二叔得了胸膜炎，在宛南市看病，大穗儿跑前跑后地在医院帮忙找熟人，很是难得哪！"说着说着，刘若兰放下了筷子，她端起面前的黄酒若有所思地喝了两口，然后喊孩子们赶快吃菜。

听了母亲的一番话，爱面子的小文青半笑着调皮地朝别处撇了撇嘴，释然地端起了面前的米饭。

在林湾村，因为每一户宅基地的位置不同，也就村东头这七八家各有一个二分地左右的水塘，可以养鱼养藕，还可以种稻谷，同时也能满足文钊爱抓鱼逮黄鳝的喜好。在那个农民见缝插针想多种粮食的年代，村东头这几家总是藕和稻谷一起种养，因此，文青家秋季总能收割回两化肥袋大米，年底不但可以扒出来一大堆藕，还能逮回来几十条草鱼、鲤鱼、泥鳅什么的，在丰富自家过年伙食的同时，也能给文青的外婆家送一些。所以，在面食当道的豫西南丹楚县后土乡林湾村，文青家隔三岔五地就可以吃上一两顿米饭换换口味。

午饭后，作为和林康成家有交情的举动，改穗儿习惯性地来林康成家坐了一会儿。不知情的郝疯子端着一搪瓷茶缸黄黄苗熬的茶也跑来串门儿了，看到有身份的改穗儿在这儿，素日里大声大气的郝疯子顿时变得有点儿拘谨起来，但她也不好意思直接转身离开，打了个招呼之后，郝疯子在堂屋一进门的椅子上坐了下来，趁着刘若兰和改穗儿闲聊的工夫，看起来整天邋邋遢遢的郝疯子细细打量起传说中很有本事的改穗儿来：到底是城里人，人家烫过的波浪卷发不是用皮筋儿扎着，而是用一个闪闪发光的大夹子夹着，长长的卷发在背上爆炸了似的高高地蓬松着，有点儿像电视广告里那个人用筷子挑起来的曲曲连连儿的天方牌方便面，也有点儿像刚打出麦子时乱蓬蓬的麦秸秆，改穗儿穿的是一条蓝色牛仔裤，乌黑发亮的皮鞋看起来很阔气。打量得差不多了，郝疯子继续目不转睛地看着改穗儿，笑眯眯的眼神里是掩饰不住的崇拜和仰慕。

聊天间隙，改穗儿转身笑着看了看郝疯子，又微微欠起身瞭着眼睛在她的茶缸里兴趣十足地辨认着："焕英婶，你这……喝的是……蒲公英茶？"

郝疯子如梦初醒："呃，是哩，木就是咱们地头沟坡上长那些黄黄苗儿，有点儿苦，我丢了一撮儿白糖在里头，喝着还行哪，喝不喝？去火效果好，我回去给你舀一碗端来？"

改穗儿笑了笑："不喝不喝，我就是看那颜色像是小时候喝那个蒲公英茶，太多年没见过这东西了啊。"

"哎，木事儿啊，锅里熬哩多，我回去给你舀来。"

"真不用了焕英婶，不用客气，刚吃了午饭，也喝不下。"

"木咋？还跟婶客气起来了？你等着啊！"说着，热情实在的郝疯子已经起身大跨步地向院外走去。

"呵呵，我焕英婶一点儿也没变，还是这么热情。"改穗儿笑着看了看刘若兰和林康成。

"是哩，焕英是个实在人！"林康成和刘若兰微笑地附和着。

这天上午十点多，文青正拿着一个废本子在堂屋里画画，小伙伴老浆毛兴奋地跑进院子大喊："青青，青青，你家买了个大钟表，你家买了个大钟表！"

文青一时没有反应过来，她模棱两可地放下笔，起身随着老浆毛奔向院外，看到父母已经拉着拉车走上了大路沟那个大坡，拉车上放着一个高高的纸箱子。

关于文青家买了个大座钟的事，很快就传遍了半个林湾村，经常串门儿的几家都过来看稀奇，文青一脸骄傲，她心里激动极了！这个大座钟是需要上发条的机械钟表，每当到了半点钟的时候，大座钟就会震撼人心地发出"当"的一声脆响，整点的时候到了几点钟就会敲几声，文青没事的时候就坐在那里盯着大座钟看，心里盼着它赶紧敲钟。父亲把大座钟摆在了条儿的正中间，这个枣红色的大座钟顶上还装饰着一匹精致的金色小马，看上去高高大大又威风帅气。

第四十四章

钓客文钊满载而归　文夏羡慕姐姐臭美

半下午时分，林康成正和几个邻居围在自家门前的洋槐树下与卖国库券的人交涉，文钊拿着钓钩提着一个白色布袋子从村口坑塘边走了回来，那是刘若兰专门用厚实软和的棉布在缝纫机上为文钊砸的一个装黄鳝用的布袋子。见他头发上和脸上满是青泥点子，林康成朝这边看了一眼，就关切地跟进了院子，文钊进院就吹着口哨一脸开心地直接朝压水井边走去。

林康成宠爱地看着文钊，也赶紧很迎合地走到水盆边欣喜地问："咋样？钓住了？"

文钊目不转睛地解开用抽绳拉得紧紧的布袋子："还行，钓了三条黄鳝，还抓了几条草鱼。"

林康成微笑着上前一步朝布袋子里看了看："文钊真厉害，每回都能满载而归，这黄鳝可不小哩，草鱼也肥实得很哪！"

文青在旁边嚷嚷："爸你看，我哥的头发上也是青泥，你说他会不会是掉到坑里去了呀？"

文钊用手背在脸上随意抹了两把："咱这技术，哪儿能掉到河里去，是有一条黄鳝太大了不好抓，我趴在那儿用嘴直接把它从黄鳝洞口咬了出来。"

文青一听，顿时打了个寒战皱了皱眉头，带着哭腔地拉了拉父亲的衣襟："爸，你听我哥说得多吓人啊，又脏又吓人，我怕，我怕！"说着，文青一脸哭相地撇了撇小嘴巴，紧紧地扯着父亲的衣襟。

林康成疼爱地摸了摸文青的小头发辫儿："不怕，那有啥可怕的，文钊下回可别用嘴咬了，多脏多危险是不是？走快对着压水井接点水漱漱嘴。"

对于父亲这句话，文钊就像没听到似的，他先是把五六条串在柳树枝上的小鱼取下来，对着压水井冲洗干净，拿过去放在狗窝旁边的狗食碗里，然后提起布袋子把黄鳝和草鱼一股脑儿地倒进水盆里，双眼一直没离开自己的战利品："亏了亏了，有条黄鳝都已经上钩了，被几只跳过去的蛤蟆惊动了，吐了钩。"

保成在旁边用溺爱的目光看着文钊："木事儿，跑不了，咱们文钊最能干了，下回那条黄鳝还是你哩。"

文钊没再说话，他双手在水盆里轻轻地随着黄鳝和几条鱼的游动划着水，心无旁骛地沉醉在自己的小小世界里。

从接到文心的通知书开始，林康成家的亲戚也行动了起来，刘若兰娘家爹妈和娘家弟弟一起带着礼物来坐了坐，表示学费方面有啥需要帮忙的，会积极支援。其他一部分直亲和几家关系好的邻居也都很够意思地特意来了一趟家里，除了说一些祝福的话，当然主要是为了表示如果需要的话，会帮文心凑学费。刘若兰对他们一一说着感谢、感恩和领情的话，表示虽然几个孩子都在上学，开支大，但林康成的工资和家里卖粮食的收入差不多够用，如果有需要，肯定是不会不吭声。

接下来，刘若兰就忙活开了，她专程约上刘新芝一起去了两趟后土街，早早为文心准备了开学要带的日用品，又为文心买了两件粉色的确良长袖子布衫，两条灰白色涤卡裤子，还狠下心给文心买了一件当时特别流行但一般人都舍不得买的前面绣着几串葡萄的红色毛衣和一双点缀着草绿色线条的白色双星鞋。物品购置回来之后，刘若兰让文心试了试，当妈的眼睛果然是一把精准的尺子，衣服和鞋子竟然都特别合适，看着那件梦寐以求的带葡萄的红色毛衣和只有在电视上"穿上双星鞋，潇洒走世界"的广告里才能看到的漂亮鞋子，文心别提有多激动了。

这天下午，文心去同学家串门儿了。半下午的时候，正往语录皮本子上抄歌的文夏若有所思地放下笔，她有点儿不好意思地嗫嚅着对母亲说："妈，给我姐买的那双……那双双星鞋，我……我……我想穿一下试试！"说完，文夏有点儿脸红地低着头，不敢看母亲，确切地说，是有点儿不好意思。

"啊，行啊，你试试，等你后年考学的时候，妈给你也买一双。"看着二女儿羞涩腼腆又爱美的样子，刘若兰一脸慈爱地去东间的大立柜里取出了鞋子。

文夏脱下脚上的白色历史鞋，忐忑又小心翼翼地试穿了姐姐那双雪白的双星鞋，细心的刘若兰提前就准备了一个化肥袋子铺在地上，文夏穿着新鞋子神气地在化肥袋子上走来走去，心里特别激动兴奋。

"好了，我先装鞋盒里放起来了啊，等你考学的时候，妈一定给你也买一双一模一样的双星鞋。"在母亲的提醒下，文夏意犹未尽地换上了历史鞋，她爱慕地摩挲着姐姐的双星鞋，恋恋不舍地把它递给了母亲。

　　这一夜，文心失眠了，她激动的是自己不但考取了理想的中专，而且竟然拥有了自己做梦都想不到的双星鞋和带葡萄的红色毛衣。在同一张床的另一边，文夏也失眠了，她心心念念着东间大立柜里姐姐的那双新鞋子，同时，心里巴不得自己现在就是初三，明天就能考学。

第四十五章

周扬现身林湾村　灼热暑假太漫长

夏天的林湾村如诗如画，蔚蓝的天空中，洁白的云朵仿佛是画家的点缀，线条清晰又富有韵律，反反复复地在广阔的天幕上缓慢地聚集又散开。空气中弥漫着一股清新的花草香气，村子入口的大路两旁，有情怀的人自发地种上了两排茎秆壮实高大、叶片宽厚翠绿的养藕，金黄色半卷曲着的养藕花正开得密密匝匝疯疯叉叉，各家院落内外绿意盎然的植物沐浴在亮得晃眼的阳光下，花和叶子正在不分昼夜地恣肆生长，在这个热火朝天的季节，林湾村的圪塄狭缝都充满了生命的气息和丰富的色彩。绿树成荫的村子里，蝉鸣鸟语，狗叫鸡鸣，孩童嬉戏，到处是一派生机勃勃的景象，林湾村的美质朴且纯粹。

这天上午，村里来了个小伙子，他正在村口的大路边打听林文心家住在哪里，从村子中间下棋回来的保成恰好听到了，得知那是文心的中学同学，他热心地引领小伙子向自己家走去。

到了大门口，小伙子停住了脚步："叔啊，那个，那个，你帮我喊一下林文心，我就不进去了。"

"那哪行啊，你这娃儿，来都来了，这都到家门口了，咋能不进去呢？"

"叔，我真不进去了，我怕林文心不高兴，你……你还是帮我喊一下她吧。"

"那……行吧，那你稍微等一下啊。"

片刻之后，文心从院内走了出来，见到小伙子后，她先是有点吃惊和意外，然后是一脸的羞怯，她忸怩着瞪了一眼小伙子，又急忙紧张地扭着头向小伙子身后的大路上张望了一番，然后才压低声音嗔怨着："你咋跑来了？吓死人了你知不知道？辛亏我妈在厨房做饭没听到我二叔喊我，辛亏我爸这几天不在家，幸亏我爱说话的小妹没有看到你。"

小伙子带着腼腆的微笑羞涩又不自然地微微低了低头，他摸了摸自己的鬓角，又急急扒拉了一下自己的发梢："对不起对不起啊，我……我……我我我就是想来来……来看看你！"

文心急忙难为情地伸手做出阻止对方继续说下去的手势："你！白（别）乱说，可不敢乱说，小心让人听见！"

小伙子立马像做错了事一样低下头，两手合在一起互相缓慢地搓着："哦，对不起啊，你可白（别）不高兴，那我不说了。"顿了顿，小伙子又试着问，"听咱班上的同学说，你考上宛南铁路了，真好啊，恭喜你！"

文心笑了笑："是啊，谢谢！你也就只差那几分，现在有啥计划？"

小伙子腼腆地苦笑了一下："我呀，我打算复习一年，到时候，咱们还能一起。"说到这里，小伙子顿时精神焕发，不禁直了直身姿，眼神里写满了青春特有的蓬勃与憧憬。

看着眼前这个自信满满的少年，文心顿时想到了毛主席《沁园春·长沙》里的几句诗词：恰同学少年……书生意气，挥斥方遒……到中流击水，浪遏飞舟！

"嗯，行，别想恁多，你今年也只是大意了，明年一定木问题。"文心真诚地看着小伙子的眼睛，含笑的眼神里有星星在闪烁。

"文心呐，准备吃饭了！喊一下文钊，看他去哪儿玩了。"院内传来母亲的呼唤。

文心一边急急应着声，一边着急慌忙地责怪小伙子："呀，我妈喊我了，你咋办哪？我妈一会儿肯定要对我问东问西。"

小伙子很是配合地收起笑脸，眉眼里做出一副煎熬状："那……那你就说我是来借书的。"

文心立马鬼精地一笑，交代小伙子在院外等一下，她飞快地跑进院子，径直飞奔进堂屋，火速进了自己的房间。

大约两分钟后，文心就捧着一本书一阵风似的飞出了院子。她把手中的书塞给小伙子："那就这样说了，你快走吧，白叫我妈看见了。"

小伙子接过书斯文地笑着点了点头，意犹未尽地看着文心："嗯，那……那你保重啊！"

文心一边点着头，一边着急地冲小伙子摆着手，极力做出让他快点走的手势。

午饭时，母亲看似不经意地问了一声："文心哪，那会儿是谁在楼门那儿和你说话？"

本以为母亲并不知情的文心顿时就有点儿心虚："哦，那个，那是我同学，邻村的，来借书。"

"男同学还是女同学呀？"

"啊，男……男同学，妈，人家就借一本书，你咋问恁多？"文青有点儿心虚，但还是佯装无辜地反问一句，努力为自己壮着胆。

"问问有啥了，借哩啥书啊？"

"复习用的书。"

"哦，意思是说，你的这个男同学今年没考上？"

"是啊，也就差了几分而已，亏了，平时成绩很好。"

"那你都已经考上了，你同学要是需要，你就把自己不用的那些书都收拾一下送给他算了，能帮就帮他一把。"

文心有点儿意外地放慢了筷子，她不可置信地看了看母亲。刘若兰的热心大方是大家有目共睹的，但她在对孩子们的家教方面特别严格，尤其是孩子们在和同学朋友的交往方面，思想传统的刘若兰把关一直都比较严格，文心是想不到母亲竟然会突然对自己的男同学这么热心。

"咋了文心？你可别说你舍不得啊，考学也算是咱农村孩子唯一的出路了，谁都不容易哟！"

"妈，我知道了，我没有舍不得。"此时的文心心里热乎乎的，因为有点儿激动，拿筷子的手不禁有点儿抖，她觉得自己这顿饭吃的不是沥水面条，而是满汉全席。

晌午来的小伙子是文心的中学同学周扬，家住距离林湾村五六里外的周家营，和周边十几个村子一起划分在后土乡二中读中学。这男孩虽然长相一般，但他性情温和，成绩优异，从初二下学期开始对文心暗生情愫，后来虽然没人说透，但两人基本默认为男女朋友关系。在那个传统保守的年代，在那个闭塞的农村中学，两人除了借故多说几句话，就是经常在一起背书或是讨论物理和数学题，一直到毕业，两人甚至还没牵过一次手。懵懂又纯粹的人儿啊，恰逢那个简单又纯净的年代，真是纯净美好得让人眼眶湿润！

这个暑假，文心和周扬没再见过面，最主要还是两个人都有点儿心虚，不太好意思，也没有充分的见面理由，全套的复习用书是托同学捎过去的。

第四十六章

文心如愿去宛南　谁家女儿打工去

　　九月，文心如期去了宛南市铁路中专，尽管宛南市距离林湾村只有二三百里的路程，但文心没有去过比林海市更远的地方，甚至没有独自走出过后土乡。报到那天，是父亲陪她去的，宛南铁路中专的牌子有点儿陈旧，但这恰恰象征着这所老院校有着古老厚重的文化底蕴，根据通知书上的录取信息，文心去了铁路交通运营管理专业所在的班级。安顿好文心，林康成按照之前和家里商议好的，直接从宛南市乘车回到林海市上班了。

　　有一天晚饭后，郝疯子正在自己家茅厕蹲着，突然就听到隔墙传来一阵抽抽搭搭的哭声，再细听，不像是一个人在哭，听起来像是两个人的声音。本来还想再蹲一会儿的郝疯子一个机灵，顿时来了劲儿，她立马拽出茅厕墙缝里卡的几页书纸，匆忙擦好，起身踮起脚隔着墙头看向东边得福家的院内，恰好能看进他家厨房里。暗黄色的电灯下，只见巧敏俯在她妈肩头，肩膀不停地抖动着，嘴里还不时地说着什么，巧敏妈揽着她的肩膀轻轻地拍着，嘴巴一张一合地也在说着话。郝疯子努力伸长了耳朵，却无奈一个字也听不清，她忍不住生气地朝那院子里白了一眼。

　　得福家厨房里，巧敏手里捧着下午刚从后土街照相馆里取回来的全家照，她想想哭哭，眼泪咋擦也擦不干，一直不受控制地往外流个不停，巧敏妈双眼湿润地揽着她的肩膀，一边小声劝慰着一边不时地抬起手心手背交替着为巧敏擦眼泪。得福夹着一根烟坐在灶火里烧着火，刚炸好的最后一笊篱麻叶儿还坐在小盆子上控着油，锅里这会儿煮着十来个鸡蛋，这都是得福媳妇安排给巧敏路上吃的干粮。

　　第二天一大早，天还没有完全放亮，巧敏家的灯就亮起来了。得福扛着一个装满衣物的化肥袋子，巧敏手里提着一个塞得鼓鼓囊囊的布挎包，父女俩一前一后蹚着村子东头小路两边草丛上的露水，急急忙忙向二中乘车点赶去。

在二中门口，建设和他家大女儿玉佩已早早在这里候着了，他们不但是在等车，也是在等巧敏，玉佩和巧敏同龄，俩人自小就玩得很好，所以，对于这次去广州打工改善家里经济状况这件事，两个人周密计划后，完全是一拍即合。两家大人在开始的劝阻之后，过了些日子，也逐渐想通了：姑娘家，学没上成，只能下地干活或是在家做做针线活，等哪天有媒人来提亲了，遇到合适的人家儿就嫁出去，既然娃们儿想出去打工挣钱，那就让她们出去见见世面吧。只是，因为从没出过远门，又是姑娘家，大人们更多则是担心她们在外地的安全，千叮咛万嘱咐之后，巧敏和玉佩一步三回头地噙着眼泪上了车。

客车缓缓启动，建设紧绷着嘴，眼皮下垂着，脸上写着说不出的难过。得福歪着抖动的嘴唇看了看建设，不知是他的粗暴脾气使然，还是他在用粗野的方式尽力掩饰自己内心的难过，只听他用一副极不耐烦的口气朝建设嚷嚷："走走走，车都开走了，还立那儿干啥哩？回去吧，一顿回去算了。"

巧敏和玉佩出门儿打工去了！这消息立马就传遍了整个林湾村，人们议论纷纷，都说这俩女子真是胆大，姑娘家竟然敢出远门儿，实在是叫人觉得冒失。面对人们的议论，得福就跟没听到似的，一概不予理会。听到人们或佩服或担忧的纷纷议论时，建设和得福一样，采取了不予回应的态度。建设没有儿子，只有两个女儿，这要命的缺憾是他的软肋，也是他最大的心病，他做梦都想媳妇刘新芝能给自己生个儿子出来，早些年，在接连生了两个女儿后，新芝怀上了第三胎，却恰遇计划生育风声紧，最开始她抱着侥幸的心理尽可能平时多在家钻着，极少出去，想着等孩子生下来了交些罚款就行了。

结果，有一天夜里，村里管计划生育的成才带着乡计生办的人开着手扶拖拉机连夜在村里扫地式抓人，硬是把村西头几个违反计划生育的孕妇都带走了，听说是无论孕妇肚子里的胎儿有多大月份儿，一律直接带到乡卫生院流产或引产，有的妇女甚至直接被强制做了结扎手术。消息传过来的时候，是凌晨两点多，是当时还不是支书的建国跑来隔着窗户报的信儿，建设和刘新芝吓得连电灯也没敢拉亮，俩人摸黑急慌慌地穿衣服下床，手忙脚乱地抓起几件换洗衣物，接着，建设给两个女儿教了好几遍：抓计划生育的人来了该咋说话，说啥合适，如果那些人拐弯抹角地问，又该咋回话。然后，因为刘新芝的娘家在哪里大家都摸得很清楚，为了不连累娘家人，也为了保险起见，建设连夜用拉车把刘新芝拉到了新芝的二姐家避风头。结果，当抓计划生育的到他家砸门时，两个女儿吓得一声也不敢吭地躲在被窝里。然而，计生办的人可不是吃素的，他们竟然分批死守，硬是堵住了拉着空拉车回来的林建设，乡计生办的人直接把他拽上拖拉机就带走了，说是如果刘新芝不主动去乡计生办，建设也就别想再回来了。

天刚亮，俩女儿就跑到二姨家哭得像狼崽子嚎叫一样，说是她们的爹被管计划生育的抓走了，刘新芝一听，当即就晕了过去，等她醒来后，亲人们一通商量，她二姐只好和她二姐夫一起拉着拉车把她直接送到了后土乡计生办。就这样，建设那个已经在媳妇肚里六个多月的儿子没了，刘新芝脊椎疼，后腰疼，可她的心更疼，身体里被生生割去一大块肉的打击让她几近绝望，她躺在床上有气无力地哭了一个多月，双眼肿得跟炮崩了一样，她知道自己会难过，可她打死也没想到自己会难过成这个样子，那是一种从身体到精神的双重伤害，是一种扒皮抽筋的致命疼痛啊！

面对失去儿子的打击，想儿子想得心神恍惚的林建设则愁眉苦脸地唉声叹气了小半辈子。如今，俩女儿双双辍学在家，小女儿玉转15岁，大女儿玉佩17岁，玉佩这本来都快到找婆子家的年龄了，可她在巧敏的怂恿下，坚持要出门打工，老实巴交的建设也曾试着以劝阻和嘛骂的方式试图阻拦，却发现一切都是徒劳，女大不由爹，他也拿她没办法，刘新芝只好为玉佩准备了几双新做的纵布鞋，然后煮了十来个鸡蛋，带了两瓶用香油炸过的辣子沫。一想起女儿要去千里之外，刘新芝的心就忍不住一阵一阵地发紧，她唯恐孩子在外头有个啥闪失，搜肠刮肚地左思右想之后，她又担心闺女去那么远的地方会不会水土不服，于是赶紧找个塑料袋去房后把菜园子地边上的土捧了几捧装起来，千叮咛万嘱咐地让玉佩装进行李包里，以备不时之需。在中原地区，相传如果去外地生活出现上吐下泻的情况，那就是水土不服，只要用故乡的土煮茶喝下去，即可快速适应当地的茶饭。

第四十七章

讨饭女人求收留　成就保成好姻缘

这天早上，刘若兰早早起了床，她端过半盆子前一天晚上已经在压水井上清洗干净的红薯，左手掌托着红薯，右手握着菜刀，直接在手上"咔嚓咔嚓"一刀刀均匀而有分寸地砍下去，红薯就被砍成了一块儿一块儿的。很快，水就烧开了，趁着锅里的水是干净的，刘若兰小跑到堂屋，先拿来茶壶装上满满两大壶开水，然后把砍好的红薯下进开水锅里，用开水煮红薯，红薯更容易熟透。这时，文钊养的几只小狗突然在大门口叫了起来，刘若兰一边呵斥着小狗一边指派文青去看看是谁来了。

"好人尖（家）儿，阔（可）怜阔（可）怜我嘛，打发一点儿撒！"刚走到院子中间，文青就听到了这么一句话，和这个蛮子口音一起出现的，是一个比母亲稍微年轻一点的女人，她穿着灰衣灰裤，左手扶着搭在肩上那个瘪瘪的化肥袋，右手紧握着一根比灶火里烧火棍稍微长一点的木棍子，她黯淡的眼神里闪着星星点点的希望，手里的棍子和整个身体因为小狗的狂叫而一起向右后方倾斜着，做出一副躲避自保的样子。

呵，原来是个要饭的！文青心里这么想着，也不好意思当着要饭女人的面直接说出来。她匆忙瞥了一眼讨饭的女人，掉头就向厨屋跑去，文青刻意压低了声音："妈，妈妈妈，来了个要饭哩，是个女哩，对了，还是个蛮子。"

"你把屋檐下的苞谷穗儿取一个给她吧。"刘若兰在厨房招呼着锅吩咐着文青，继而，她又从厨屋门口探出头去喊着："哎，文青，取两个吧，给她取两个苞谷穗儿。"

刚应过声，文青就从楼门下折了回来，脸上一副不太高兴的样子："妈，你说气人不气人？那个要饭的说她不要苞谷穗儿，哪有这样的人，要个饭还挑挑拣拣，你自己去看看吧，我可不想再理她了。"

刘若兰刚把苞谷糁和到锅里，她害怕一把大火就会把锅里的红薯稀饭加热得淤洒出来，但心里又应急着门口那个要饭的女人，她想了想，干脆掀开锅盖，交代文青站得远远的帮忙看着锅，自己急匆匆地小跑着去了大门口。

要饭女人的意思是，自己昨天一天都没吃上一口热饭，肚子空得难受，这会儿就想喝碗热汤，说着，女人从化肥袋里掏出了一双筷子和一个蓝边饭碗。刘若兰毫不犹豫地把要饭女人让进了院子，安置她在院里的石头桌子旁先坐下，简单交代几句之后，自己则急急去厨房招呼锅了。

刘若兰是个人们嘴上舍不得夸但心里特别佩服的好人，她有着大大气气不拘小节的热心，也有着坦坦荡荡不为人言所惑的实在。饭做好之后，刘若兰到院子里拿过要饭女人身边的饭碗，先给她盛了满满一大碗苞谷糁红薯稀饭，又用自家的盘子给她拨了一些凉拌的洋葱，在洋葱上面放了两块鞋底子大小的蒸馍。要饭女人一边说着"大嫂啊，里（你）可怎（真）寺（是）国（个）大好人哟，怎（真）寺（是）国（个）大好人"一边端起了饭碗。女人并没有像文青预想的那样狼吞虎咽，她小心地喝了几口稀饭，然后拿起馍就着洋葱不紧不慢地吃了起来，眼角的余光不停地打量院子里的摆设，偶尔像是无意识地看向旁边的保成，也时不时地瞟一眼文青和文青母亲，显得很是拘谨，又像是有什么心事，这样子让刚才还很是同情她的文青突然就多了几分戒备和反感。

要饭女人和文青一家一前一后吃完了饭，却并没有要离去的意思，她坐在椅子上半靠着椅背长长地出了一口气，然后问正在收拾碗筷的刘若兰："大嫂，里（你）咋不问我寺（是）拉（哪）里人？为撒（啥）子会粗（出）来要饭嘛？"

手里捧着一摞碗筷正往厨房走的刘若兰停下了脚步，她转身看向要饭的女人："问不问没啥关系，不管你是从哪儿来逃荒哩，还不都是日子实在过不下去了，不到万不得已，有谁会出来拉棍儿要饭哪！"

女人感激地苦笑了一下："寺（是）哦寺（是）哦，里（你）怎（真）是太好了，歇歇（谢谢）里（你）啊！"

刘若兰笑着摇了摇头，去厨房洗碗了。等她洗过碗走出来，看到要饭女人已经把院子打扫干净了，这会儿正在洗院子拉车架子上放的几件衣服。见此，刘若兰心里很是过意不去地急急走过去抢下女人手中正在搓洗的衣服："哎呀，你到处跑，也够累了，快去坐那儿歇歇去，可不能叫你洗衣服，这要是让人看到，多不好啊！"

女人一把夺过刘若兰手中的衣服放回水盆里，双手急急地在自己的衣襟上擦了擦，然后竟猝不及防地朝刘若兰跪下了："大嫂，里（你）就当阔（可）怜阔（可）怜我，搜（收）留哈（下）我吧！"

刘若兰一下子就被眼前的情景吓着了，她稍微愣了一下，就急忙拉起女人的胳膊："你这是干啥呢？快起来快起来，有啥事儿咱起来慢慢儿说。"

这个叫丁凤的女人是湖北人，生有三个女儿，想要儿子的男人因此很不高兴，竟然背着她偷偷把三个女儿都抱出去送人了，女人拼死追问，男人不但不说出几个女儿都送去了哪里，还把她打得不敢再问。山区耕地太少，口粮不够吃，家里实在是穷得没办法，两年前，男人竟然趁夜里带着邻村一个好吃懒做的女人私奔了。她自己回娘家吧，娘家还有哥嫂，她也不想让自己的爹妈为难，实在无处可去的她就于两个月前出来讨生计了。女人的意思是，刘若兰人这么好，早饭时看保成也是个踏实忠厚的人，如果刘若兰全家不嫌弃的话，她想留下来和保成一起过日子。

听完丁凤的倾诉，刘若兰还没来得及回应，旁边的文青竟一反刚才对讨饭女人的反感，拍着小手蹦了起来："行啊行啊，可行，妈，你就答应她吧，我现在就去喊我二叔回来。"

刘若兰被这突如其来的情形弄得不知所措，这不是普通的小事，林康成又没在家，她一下子不知该如何答复丁凤的请求。

很快，保成就回来了，他一边进院子一边不好意思地嘟囔着："这娃儿真是哩，小青青啊，你这是在耍二叔吧？"

跑在前面的文青回头对着二叔笑眯眯地说："没有啊二叔，我才不骗你哩，你看！"说着，文青指向了要饭的女人。

见保成进了院子，女人赶紧站了起来，她满腹心事地看着保成，试着张了张嘴，却什么也没说，而是脸色微红表情怯怯地将求助的目光转向刘若兰。

见此情形，刘若兰把保成喊到一边，很顾及那女人面子地悄声对保成说了大致情况，见保成红着脸欣喜又严肃地点了点头，那女人立马扑通一声又跪下了：歇歇（谢谢），歇歇（谢谢）里（你）们了！

保成和嫂子一起难为情地看向女人，刘若兰赶紧挽着她的胳膊把她拉了起来："可不能这个样，如果你真心愿意留下，那以后咱就是一家人了，就按你说的吧，你和保成过，你们住后院，走，带你去看看。"

女人慌忙使劲点了点头，她看了一眼保成，就跟着刘若兰和保成向后院走去。

看丁凤像是个踏实过日子的人，刘若兰心里也算是同意了这件事，但毕竟还没和林康成商量，也还没有个简单的仪式，于是，刘若兰安排丁凤先在前面院里的偏房（厢房）住下，一切等林康成回来了再说。

接到刘若兰托人捎的信儿，林康成安排好工作就急急赶了回来，父母过世早，康成和保成兄弟俩相依为命很多年，作为哥哥，无形中，林康成一直以来都把自己当作保成的家长，在家务农的保成和刘若兰也习惯了凡事等着林康成回来一起商议，因此，尽管保成和丁凤的事刘若兰自己也算是做了一次主，但她还是觉得必须得林康成回来一趟，两个人再细细商量一下心里才踏实。

在简单和丁凤聊过之后，谨慎的林康成悄悄对刘若兰说："虽说她当家的和别人跑了，但毕竟她是有家的人，就怕她那边的人以后找来生事。"

刘若兰若有所思地点了点头："你说的也是，这个情况我也反复想过，可是，我觉得保成难得遇到一个合适的对象，这个丁凤哩，也还很年轻，看起来也是个贤惠人，我想着她留下就留下吧，至于她原来那个家庭，我估计那个男人也不会再回头找她了。"

林康成是个认真细致的谨慎人，他知道这是好事，但心里却一直揪得有点儿不太舒服，他对保成和丁凤的事咋想也觉得不踏实，却又不忍心就这么让丁凤走，更不想拆散保成好不容易就要组成的家庭。林康成心事重重地在家陪着刘若兰干了几天地里活儿，就放心不下地回林海市上班去了。去穰县之前，刘若兰再次征求林康成的意见，眼看刘若兰是很愿意丁凤和保成这门婚事的，林康成也是性情中人，他表示理解地笑了笑，根据刘若兰对林康成性格的掌握，看来，他是默认了这件事。

第二天，刘若兰便带着丁凤和保成去了后土街，她分别为俩人各买了一身新衣裳，又扯了两块布料送给丁凤，零零碎碎为俩人添置了一些生活用品和正常结婚必需的礼节方面的各类物件。就这样，因为丁凤身份的特殊，为避免出现不必要的乱子，在连个简单仪式也没有的情况下，这个叫丁凤的湖北女人就此和保成生活在了一起。

第四十八章

恋人相约年底相见　　有人赴约有人食言

转眼就开学一个多月了，文心凭着自己的画画天赋在学校过得还不错，在保持着优异成绩的同时，她活跃在校园的各个社团里，才女成了她的代号，追求她的自然也是大有人在，然而，因为心里装着周扬，文心大大方方地回绝了所有追求者。她给周扬写信给予各种鼓励，因为初三课程紧，加上复习生心理压力大，周扬也陆续回过她几封信，但不是很多，文心逐渐觉得有点儿不对劲儿，但她尽可能往好里想，她安慰自己，周扬一定是学习太忙了，他一定也会报考宛南铁路学校。这样想着，文心也就释然了。

马上就要过年了，在放假的前半个月，文心就提前给周扬写了信，约他腊月二十五下午四点左右在后土二中小卖部门口见面。腊月二十一中午，文心的学校正式放了寒假，她下午五点半就回到了林湾村。刚到家这几天，文心一边在房间整理着书本杂物，一边急切地期待着腊月二十五的到来，她想和自己喜欢的男孩互相讲述这半年的经历，她想看看自己喜欢的人对自己那份情愫是不是一如往常。

腊月二十五午饭后，趁着太阳暖和，文心拿出自己从宛南市买回来的蜂花洗发膏洗了头发，又奢侈地搭配了轻易舍不得用的蜂花护发素，把自己那头乌黑挺顺的长发洗得飘逸又清香，要去见自己喜欢的人了，文心尽可能把所有的好家当都派上，她想把最完美的形象展示给自己心仪的人。

文心正弯着腰低着头擦头发，有娃媳妇带着她的二女儿新霞来串门儿了，她一进院子就高门大嗓地开了腔："嘿，弄哩啥？咋这香哩？"她边说边走到文心旁边，随手拿起了洗发水瓶子："哎哟嘿，文心这上大学了到底是不一样啊？也不使洗衣粉洗头发了，还买的这叫啥花哩，怪不得这香！"

文心站直了身体一边继续擦着头发一边侧过脸朝有娃媳妇笑了笑："蜂

花，宛南那边我班里的同学都用这个洗发膏，我就也买了。"

有娃媳妇看了看文心的头发，又看了看洗发膏，接着转身看了看自己的二女儿新霞："来，霞，你过来，那个……文心哪，叫我们霞也沾个光使一下你的洗发膏，咋样？"

文心微微愣了愣，她显然没有料到有娃媳妇会说出这样的话来，她有点意外地看了看放在地上那瓶自己都轻易舍不得用的洗发膏，又看了看和自己的妹妹文青同龄的新霞，在微微迟疑了一下之后，文心很大气地一笑："行啊，木事儿，使吧，但是我烧的洗头水使完了。"

有娃媳妇摆了摆手："木事儿木事儿，我倒一点儿在手上，回家烧水给她洗去。"说着，她拿起洗发膏瓶子，对着手心又是捏又是磕，鲜黄黏稠的洗发膏急急地掉出来两大坨，在她的手掌上堆成一座浅黄色的小山。

看着有娃媳妇的一系列举动，文心的心里不禁疼了一下！怎么能不心疼呢？虽说自己在学校是买了这瓶洗发膏，但是她是真心舍不得正经用的啊，她总是趁同学不在的时候，悄悄地用洗衣服的洗衣粉先洗一遍头发，然后才小心翼翼地挤出来一点点洗发膏涂抹在头发上再洗一遍，以此盖住洗衣粉的味道。至于这瓶护发素，都已经买来半年了，也仅仅只用过三次，前两次都是因为要上台当主持人才舍得拿出来用一下，第三次就是刚才了。

有娃媳妇刚抬脚准备离开，新霞像发现了新大陆一样喊住了她："妈，妈，你看那是啥？"

有娃媳妇应声转身，顺着新霞手指的方向看向护发素。

文心显然没有料到新霞会注意到她的护发素，她在愣怔了大概两秒钟之后，然后就心生一计："那也是洗发膏，和这个一样。"说着，文心拿起洗发膏和护发素，甩了甩上面的水，用毛巾小心地擦干，收进了自己的房间里。

有娃媳妇这才带着新霞回去了。

看有娃媳妇彻底走出了院子，文心去厨房把刚才的一切随口讲给母亲听，刘若兰听完之后淡然地笑了笑："算了，她就那个样，咱不和她计较，啊！"文心点了点头，弯腰从案板下的竹劈案件上捧出一摞碗，和母亲一起盛起饭来。

下午，文夏和建设的二女儿玉转约着一起去后土街买年画，除了近几年流行的明星画报，就是这段时间正在热播的电视剧主角画，要么就是长条状连环画样式带有剧情的影视作品画。文夏买了《射雕英雄传》和小虎队的画报，玉转买的是《新白娘子传奇》和小虎队画报，两人分别都选了一袋紫罗兰雪花膏。此外，玉转还买了个篦子和一袋灭虱灵，她对文夏说是帮奶奶买的，其实，玉转是不好意思说，实际情况是这样的：因为她快一个月没洗头发了，前几天淋了雨之后，头上居然长了很多虱子，她赶紧又是洗头发又是让她妈帮忙逮，却无论如何也逮不干净了，据说，即使用灭虱灵撒在头上毒死虱子，也需要带着细密齿子的篦子才能把不知死活的虱子彻底刮干净，所以她就趁上街赶集时赶紧把灭虱灵和篦子都给买回来。

午饭后，文心就一直在西间看书，与以往不同的是，她明明已经翻阅了五六十页，却根本就不知道自己到底都看了什么内容。她不停地走出房间看当堂里的大座钟，好不容易熬到下午三点钟，文心不紧不慢地换上自己轻易舍不得拿出来穿的新棉袄，又拿出当下最时兴的红色金丝绒盘扣罩衫套在棉袄外面，接着，她想了想，又去压水井上洗了脸，悄悄去条儿的镜子边拿起紫罗兰雪花膏在脸上涂抹均匀，又对着镜子把围巾整理好，总算可以出发了。

就在文心准备跨出门槛的瞬间，她突然想起要不要给家里打个招呼说一声，可是，这个招呼该怎么打才合适呢？实话是万万不能说的，可是，撒谎的话她也说不出来啊！

就在文心正煎熬的时候，文夏拿着卷成筒状的画报从后土街哼着歌回来了："姐，你打扮这么美准备去哪儿啊？"

文心急忙捂住她的嘴："别那么大声！我去同学家借书去，一会儿就回来了，啊！"

文夏急忙掰开文心的手："借书就借书，你捂我嘴干啥呀？难受得我！"说完，文夏一边解着缠绕在画报上的绳子一边哼着歌进了堂屋。

这也算是给家里打招呼了啊！这么想着，文心心急火燎地走出了院子，刚大步流星地走了两分钟，她立马意识到自己不能风风火火走这么快，这样很容易让人发现苗头。于是，尽管心里很着急，可她还是刻意让自己做出一副很随意很漫不经心的样子，尽可能像没事儿人一样踩着村东那条蚂蚁草小路朝二中的方向不紧不慢地走去。

按以前读中学时的速度和时间，一般二十分钟足以到达二中，很快，文心就到了约定的小卖部门口。等了大概十来分钟后，她觉得长时间站在那里有点不好意思，于是，就沿着小卖部门前的大路来来回回以散步的缓慢速度走了无数趟，每走两趟她都会向小卖部老板打听几点了，一直到下午五点二十，眼看天色已经暗了下来，周扬却始终也不曾出现。文心的心越来越疼痛，越来越绝望，她搞不明白周扬到底是咋回事儿，尽管她宽容地为他找了无数个充分的理由，可她的心里还是充满了无边无际的难过和怨愤。

文心一步三回头极不甘心地离开了小卖部门口，在回村子的路上，因为天色已晚，宽阔的大路上只有文心一个人，想起夏天夜晚大人们讲的五花八门的鬼故事，她不禁毛骨悚然，加上周扬爽约带来的一肚子火气，她只好一路狂奔地赶回了家。

这天晚上，文心没有吃饭，母亲三番五次地问她是不是着凉了，或者是想吃别的饭也可以，也或者是有啥心里不舒服的事。然而，文心啥也没有说，她没心情说，同时，她也不敢说。她心里被这件糟心事塞得满满的，一点饿意也没有，她一句话也不想说，只想那么安静地躺在床上，她想让自己赶紧睡着，啥也不去想，可是，她却怎么也睡不着，心里难受得厉害，她不知道该如何排遣这令人折磨的心绪。

第四十九章

打工女寄回过年钱　一瓢面难倒刘若兰

腊月二十六这天中午，得福骑着自行车从后土乡回来了，车把上挂着他但凡出门必然形影不离的长方形黑皮包，早已磨损得皮子炸裂的包面上泛着斑驳的白色里布，但这一点儿也不妨碍得福作为一个小队长所拥有的自信和骄傲。

"得福哪，上街了？还没吃吧？"端着碗蹲在大路边吃午饭的李丰年朝得福仰了仰头招呼着。

"还没有，巧敏寄俩钱儿叫我们过年使，我去邮局给它取回来了。"说这话时，得福头仰得很高，以至于自行车前轮突然歪向一边趔趄了一下，得福自言自语地嘟囔着骂了一句。

李丰年露出他惯有的纯粹表情憨厚地笑了笑，然后就有点儿心里不舒服了：我们粉娥啥时间能打工挣钱哩？唉！想到这里，他顿时觉得碗里辣椒蒜水拌出来的苞谷糁酸菜面条也没有刚才香了，他羡慕又怅然地放下碗筷，随手在地上拾了个树杈子剜着牙缝里卡的酸菜，两眼无神地盯着村口向外延伸的那条大路。

巧敏寄钱回家了！这件事立马便传遍了半个林湾村。然而，玉佩还没见动静，建设和刘新芝商量着，得去后土乡邮政局给玉佩发个电报，这夫妻俩并不惦记女儿挣钱多少，也不想着让女儿寄钱回来，他们是担心玉佩在那儿的安全，通常情况下，她总是和巧敏一起写信回来，这次咋就不见音信了呢？两人心里直犯嘀咕，煎熬得成黑都睡不着觉。

谁知，第二天上午，邮递员就骑着自行车进村了，建设夫妻俩收到了玉佩的汇款单，他们一遍一遍地对邮递员说着感谢的话，就好像是邮递员给他们汇款了似的。

本想着俩娃在一起打工，两家大人之间的关系会走近一些，然而，得福和媳妇根本就没有跟建设家走近的意思，建设觉得没啥，他只是用"谁还不了解他得福"的表情表示释然，又用"再说人家是队长啊"的卑微借口给自己小小安抚了一下，便骑着从林康成家借来的自行车去后土街取回了玉佩寄回来的五百块钱。

每年腊月底，爱美的刘若兰都会重新买回两把鲜艳的假花分别插在两个精致的陶罐酒瓶子里，很是对称地摆放在条儿上那个大座钟的两旁。而往年的这个时候，文心也都会陪着文夏装饰家里，虽然就是买几大张画回来贴在墙上，但那种期待已久的心情加之过年喜庆氛围的加持，足以让人充分感受到年独有的魅力。

腊月二十八上午，文夏准备贴自己前几天买回来的年画，她请母亲帮着烧了半碗糨糊，然后又喊文心来一起贴。可是，喊了好几遍，文心都是一副没精打采心不在焉的样子，文夏也就没再喊她。文夏端着糨糊站在高高的方凳上，俯身喊文青帮忙把画递给她，很快，文夏就把堂屋东西两面墙贴得花花绿绿，又特意把小虎队的画报贴在了西间自己床头的墙上。往年，文心不但会兴致勃勃地参与其中，还会在贴好年画后反复欣赏评价，可今年，就因为周扬的爽约，她的心情被彻底破坏了，再高兴的事都无法让她提起精神来。

寒假马上就要结束了，这个寒假文心过得很糟心，她啥事也没心情去做，心里做着很多种揣测，烦得很！她不止一次地想索性去周家营找找周扬，看他到底是咋回事儿，然而，传统的家教和保守的思想又立马不声不响地拦住了她。于是，文心只能急切地盼着开学，却又怕开学后距离周扬越来越远，在内心种种矛盾的大力撕扯下，正月十七，文心开学返校回到了宛南市。在宛南汽车站下车后，文心来不及去学校，她先去邮局寄走了在寒假里写给周扬的信，然后才心事重重地回了学校。

文心刚到学校就收到了周扬早几天的来信，看了信，她这才明白，周扬是因为学校临时安排毕业班年底全封闭补课，根本就没有任何理由出校园，却也来不及给文心回信，更不好意思找人替自己去约好的地点当面给文心解释。看完信，文心顿时心情一片大好，所有的心结都打开了，她继续活跃在美丽的校园里，一如既往着自己的优秀。

这天半上午，刘若兰的娘家爹来了，原本家里还有一点腌猪肉，但她爹患有气管炎，喉咙很容易呼噜，不敢吃猪肉，可是，自己的娘家爹几个月才得空来一次闺女家，刘若兰还是想给他做点好吃的改善饭。思量片刻，刘若兰就想着干脆摊煎饼算了，揭开面缸一看，刘若兰才想起家里没面了，这几天又一直停电，也没办法去打面机房里磨面粉。想到这里，她拿起面瓢就近去了得福家，当刘若兰说明来意之后，得福媳妇面无表情地瞪着她那双水眼泡眼睛来了这么一句："你借了啥时候能给我还上？"这个问题刘若兰还真是没法给她回答，最近村里的电路一直反复出故障，电工急得不停地瞪着绳梯爬电线杆，也没能彻底修好，啥时候打面机房能正常开门营业还真是个未知数。见刘若兰尴尬地笑着杵在了门槛边，得福媳妇竟然不再搭理她，而是毫不客气地径直去厨屋生火做饭了。

走出得福家院子，刘若兰的眼泪就掉了出来：林康成每个月有工资，自己家里条件也算是村里数一数二的，还真是从没向得福家借过啥东西，知道他们夫妻俩待人接物很差劲儿，但是真没想到居然能差劲儿到这个地步。

"这是咋回事儿了？"正恍然着朝自己家门口走的刘若兰被一个声音打断了思绪，是她一个娘家的发小刘新芝。

本来不想再提刚才的气人事儿，但禁不住刘新芝充满关切的问询，刘若兰只好用很难过的口气悄声说了刚才发生的事，说着说着，她的眼泪又忍不住涌了出来。

刘新芝一边宽慰她，一边挽着她的胳膊去了自己家："走走走，上我那儿去，我前几天才打哩面，我刚才是去西头剪鞋样去了，想给俩闺女做几双大口鞋。"

接下来的好几天时间，刘若兰一想起得福媳妇的态度，心里就刺挠得难受，她百思不得其解的是：自己没少把林康成从穰县带回来的好东西和她分享，自己每次炸油条或者做改善儿的饭菜也都给她端了，她是没长脑子啊还是没长心？想到这里，刘若兰突然就想起了刘新芝那天给她挖面时说的一句话：得福媳妇就是眼红你过哩太好了，她看你长得好看，家庭条件也好，她就是忌妒，所以，故意使坏不借给你面粉。如果真是那样，刘若兰觉得自己就没必要和得福媳妇生气了，她反而觉得挺有意思。

第五十章

新娜看电影私奔　她妈气得要杀人

　　村西头的有发去世了，今晚报大庙，晚饭后要放电影。文青向母亲要了五毛钱，去村西头的代销点买了五香瓜子，又在口袋里装满了苞谷花，准备好小板凳，她原本想撵在姐姐们后面去看电影，但想起跟着她们一点也不好玩，她们总是会和其他大孩子一起有说有笑的，直接把自己当空气，更气人的是，她们还会趁文青不注意时赶紧跑开，故意把她甩掉。所以，想来想去，文青还是准备跟着母亲和刘新芝她们一起去。想到这里，文青就开始催母亲赶紧做饭，吃罢饭要早点去放电影的地方占个好一点的位置。

　　总算是吃罢了晚饭，眼看姐姐们都搬着椅子出发了，母亲还得刷锅和喂猪，文青又气又急，在厨屋和院子之间来来回回地跑着催母亲快一点，端着一盆猪食准备跨过猪圈的母亲被她催得心烦意乱，差点儿摔倒，又累又慌张的母亲气得回头数落文青："催怎恶干啥哩？你木看你妈闲着木有？家里哪样不得我去干？"眼看自己惹了祸，文青吓得不敢再吱声，尽管她心里急得不能行，但听母亲这么一指责，小文青也就立马识火色地不再吭声了，她压下心头的焦躁，强行劝自己耐着性子继续等待。

　　这时候，文青听到母亲在猪圈那边自言自语："哎，咋还木见咱们鹅回圈呐？也不知道是咋回事儿？平常看它怪能，这咋天都黑成这了，就还是木见回来哩！"

　　一听母亲是在念叨有关鹅的事，文青立即跑了过去，家里那只大白鹅和文青同龄，因此，文青对那只鹅有着很深的感情，她只怕鹅真的跑丢了，同时，心里也隐隐地担着，她害怕母亲为了找鹅，不带她去看电影了。

　　然而，尽管刘若兰心里也在挂念着那只鹅，但她只是在院里院外的角落里四下唤了几声，在听不到任何有关鹅的动静之后，她想着或许过后鹅就自己跑回来了，因此，刘若兰还是准备先带文青去看电影。

刘新芝口袋里装着铁锅炒的黄豆花搬着椅子来找刘若兰时，已经是晚上七点半了，刘若兰急忙吩咐文青搬一把椅子就好，说是一会儿抱着她看电影。到达电影放映场地，影片已经开始二十多分钟了，文青却依然是高兴的。荧幕上放的是《草原英雄小姐妹》，文青才不爱看电影呢，她只是喜欢看好多好多人欢欢喜喜热热闹闹跟过节似的在那里大呼小叫，口哨声、欢呼声、喊娃的声音、喊吃饭的声音、寻找自己小伙伴的叫喊声……现场人声鼎沸，一锅粥似的，而眼前乱糟糟的一切，却让文青有一种莫名的心安和说不出的快乐。

找个合适的位置坐定后，文青从口袋掏出一把瓜子坐在母亲的腿上开始吃，刘新芝赶紧把自己手里的黄豆花装进口袋，半开玩笑地向文青讨要瓜子，文青心里一百个不愿意，却还是不好意思拒绝，只好抓了一把瓜子递给刘新芝，刘新芝居然真的接过瓜子就吃了起来，文青借着荧幕的微光在黑暗中不高兴地噘着小嘴巴瞪了一眼刘新芝，心里顿时对她有点儿反感。

大概半个小时后，放映现场就陆续传来了喊娃回家睡觉的声音、喊小伙伴一起回家的声音、给娃送衣服叮嘱别着凉了的声音，电影场里场外的响指和口哨声一直就没停。这时候，得福家的庆义用棉袄下襟兜着几个生红薯边吃边走了过来，听建国家的玉强说，庆义那红薯是跳在别人家红薯窖里偷的，刘新芝听了，赶紧拍了拍玉强的头："憨娃儿，可别乱说，看你的电影。"文青想，玉强到底是刘新芝的婆子家侄娃，亲疏远近还真是不一样。

庆义嬉皮笑脸地拍了拍玉强的肩膀："哎，我看见新娜看电影看一半就和邻村那个李远洋一起往麦秸垛那边走去了。"

"真哩?"

"表（骗）人是小狗。"

"你咋不跟去看看哩?"

"哎你个老砍娃儿，人家谈恋爱，我跟去算是弄啥哩?"说着，庆义推了一把玉强的头。

电影散场的时候，文青早已睡着了，刘若兰抱着文青，刘新芝帮她搬着椅子。有娃媳妇喊遍全场也没找到她的大女儿新娜，庆义也不敢吭声，只怕他妈骂他话多。然而，还是有目击者把新娜和李远洋往麦秸垛那边走的事告诉了有娃媳妇，有娃媳妇一听，先是慌里慌张地跑去麦秸垛边把圪塄狭缝找了个遍，遍寻无果之后，她当即便气得骂骂咧咧地回家了。

这一夜，新娜居然一直都没有回来，有娃媳妇把虚掩着的大门看了一遍又一遍，门锁始终没有动过，她生气地踹了几脚楼门，躺在床上睁着眼，想想骂骂，气急了再干嚎几声，气鼓鼓地等着天亮。

　　次日大清早，天刚蒙蒙亮，有娃媳妇就气冲冲地拿着一把斧头去了邻村的李远洋家，看着她杀气腾腾的样子，有娃又气又不放心地紧跟在后面，他怕这个恶婆娘给自己惹出啥麻烦事儿来。当夫妻俩看到眼前那座摇摇欲坠的土坯房时，有娃媳妇差点儿没晕倒过去。原来，李远洋是个孤儿，他奶奶一手把他养大，眼看李远洋已经初中毕业，他奶奶年纪大了，身体也越来越差，就直接去闺女家住了，李远洋则计划着去广州电子厂打工。问了几个邻居，要么说前天还看见远洋在家生火做饭，要么说昨天一大早远洋还在修葺漏雨的屋顶，总之，没有人知道李远洋现在到底去了哪里。有娃媳妇气得挥舞着手中的斧头，在一棵树上狠狠地砍了几斧头。

　　转眼几天过去了，依然不见新娜的人影，强势霸道又死爱面子的有娃媳妇气得在家寻死觅活，不耐烦的有娃看不下去了，就随口骂了她几句，然后再自言自语地骂几句新娜。有娃媳妇躺在床上好几天不出门，自己的女儿竟然和人私奔了，并且是和一个穷得叮当响的孤儿跑了，她觉得自己的脸面算是被丢尽了，她觉得自己以后再也没法走出这个院子了，哪还有脸出门见人呢？一想到这些，她就气得躺在床上一边骂一边哭。

　　刘若兰家的大白鹅一直没有回来，文青觉得自己这个同龄的小伙伴肯定是丢了。五天后，就在一家人对丢失的大白鹅不再抱希望时，喜欢串门的郝疯子传来了小道消息，说是村中间那个外地媳妇李蛮子把刘若兰家的鹅私自圈起来了，听到这个消息，文青高兴地拍着手蹦了起来，转身就催促母亲赶紧去把鹅带回来。刘若兰也是欣慰地感叹着："哎呀，我以为这只陪着咱们十来年的大白鹅这回真跑丢了，想不到还能找到，这可多亏了焕英啊！"

　　半下午的时候，刘若兰从东间大立柜里拿了两盒黑松烟，直接去了村中间的李蛮子家。李蛮子身材矮小，说话外地口音很重，向来不苟言笑的她看到刘若兰，更是不高兴地拉着一张瘦小的脸，根本就不愿意把鹅还回去。这时候，刘若兰赶紧从衣服口袋里掏出准备好的两盒香烟递向李蛮子，李蛮子摆着手后退着表示不要，刘若兰也捉磨不透她究竟是不好意思要还是坚决不要，就直接把两盒烟放在了她身后的小桌子上。在刘若兰的再三好说歹说下，李蛮子总算是极不高兴地把鹅从圈里放了出来，回家的路上，看着走路变得很蹒跚的大白鹅，刘若兰心疼地跟上去把它抱了起来。

回到家，刘若兰把鹅轻轻地放在地上，端来水和粮食喂它，鹅立马就着急忙慌地伸长了嘴巴去吃，显出一副饿坏了的样子，然而，很快，它就躺倒在地上不愿再过多动弹。刘若兰刚刚舒展开来的那颗心又紧紧地拧成了一个疙瘩儿，她不知道李蛮子这几天是如何对待鹅的，但她知道，李蛮子应该是虐待了自己这只心爱的大白鹅，刘若兰越想越心疼，不知不觉间眼睛都湿润了。

放学回来的文青进门看到躺在地上的大白鹅，立马丢下书包就奔了过去，她蹲下来双手怜爱地抚摸着陪伴自己长大的这只鹅，听着母亲的讲述，文青的眼泪立马滚落下来，她一边心疼地抽泣着一边生气地对着空气骂了李蛮子几句，然后把大白鹅抱在怀里久久不愿放手。

这只陪伴文青十二年的大白鹅，终是没逃过这一劫，两天后的一个早上，大白鹅无声无息地走了，它永远地离开了文青。多年以后，当文青回忆往事时，这只和自己同岁的大白鹅一直都留存在她那遥远童年永不磨灭的记忆里，令文青既有深情的欢喜，又有诉不尽的哀伤。

麦收的时候，巧敏和玉佩一起回来了，她们出门时带的布挎包和蛇皮袋不见了，俩人都是拎着牛仔提包，穿着白布衫黑裤子，最主要是布衫扎在裤腰里，并且披散着长发，看上去潇洒又时髦。好多邻居都跑到她们家里去看稀奇，得福媳妇看上去很拽地笑着，好像她闺女是当了官衣锦还乡了。

有娃媳妇闻讯，立马心急火燎地先后跑到巧敏和玉佩家打听新娜的下落，俩姑娘的回答都让她失望至极，然而，广州那么远，自己一个女人家出门眼看不现实，有娃那种死猪货色更不可能愿意出远门儿，想到这里，有娃媳妇站在村边面朝李远洋村子的方向痛骂了一顿，然后回家关起门来翻出新娜的例子猛教育新霞一顿，吓得无辜的新霞一肚子委屈，却是哭也不敢哭出来。

第五十一章

巧敏对文青太刻薄　俩女同时爱帅小伙

　　凑热闹看稀奇的邻居散去之后，得邦家的三个孩子还在巧敏家东瞅瞅西看看的扒拉条几上的瓶瓶罐罐，文青也在。和得邦家孩子不一样的是，文青是规规矩矩地坐在巧敏家堂屋门槛边的椅子上，她虽然知道巧敏从小就不喜欢自己，当然，她也不喜欢巧敏，但巧敏这次回来披散着长发的外扎腰打扮看上去真的是好看极了，文青喜欢看，所以她暂时还不想回家。

　　见人们都走了，巧敏拿出行李包翻找着，然后拿出一大捧糖果，文青心里顿时暗自欢喜起来，她觉得那些好吃的糖果应该也和自己有关。然而，巧敏只是把那一大捧糖果分给了得邦的三个孩子，就像没看到文青一样，小小的文青已经懂得难为情了，她只好偏过头摆弄着自己的衣角，装作没看见。很快，巧敏又拿出来一大包小动物小人儿的塑料玩具，这应该是她在玩具厂打工时偷偷带出来的。文青想，这次巧敏最少也会给我发一个吧，哪怕是最难看的一个也行。然而，巧敏又是只给得邦的三个孩子各发几个小玩具，然后甚至喊那三个孩子自己再随意挑选几个，直到巧敏把行李全部收起来，也始终没给小文青发一个糖果或是小玩具。

　　文青虽然人小，但还是觉得很尴尬、很难堪，她想赶紧回家，却又不好意思立马起身，强忍着又坐了几分钟，文青才起身一路小跑着回到了家。进院看到母亲，小文青的眼泪哗啦一下就直接出来了，她心里充满了尴尬和屈辱，在母亲的再三追问下，本不准备说的文青还是把巧敏刚才的行为叙述了一遍。

　　刘若兰听了，心里自然也是不舒服的，但她不想增加孩子的难过，就故作云淡风轻地说："这个巧敏可真是的，不难过了啊，一会儿我去给你要一个回来。"

　　听母亲这么说，爱面子的小文青一把拉住母亲的胳膊，用近乎哀求的腔调，苦楚着一张小脸儿："妈妈妈，你可别去，我不要，我才不稀罕她那玩具，我就是觉得她那样让我很不好意思，我觉得难看得很。"

刘若兰用手背擦了擦小文青涌出来的眼泪："好，好好，我知道了，不去，不去，啊。"

傍晚时分，从院外回来的刘若兰边朝堂屋走边呼唤着正在堂屋写作业的文青，文青抬头一看，母亲把一个坐在字典上的唐老鸭和一个戴着尖尖帽子的小丑玩具送到了她面前，文青既惊喜又难堪，她既感激又埋怨，表情很是复杂地看向母亲。

刘若兰自然明白她的心思："放心吧，我没有说你不想让我说的话。"

爱不释手地拿着母亲为自己争取来的可爱玩具，文青的心里除了对母亲的感激，巧敏带给她的难堪和不舒服依然在她心里难以消散。

巧敏和玉佩回来后，正是农闲季节，两人经常去林湾村小学边上闲逛，在那里，她们遇到了家住邻村的老同学李家俊，一段时间后，长相胜于巧敏的玉佩和李家俊渐生情愫，俩人私下里悄悄谈起了恋爱。敏感的巧敏很快就发现了他俩的不对劲儿，于是，有一天傍晚，巧敏找个理由约了李家俊出来，生性大胆又强势的巧敏直接向李家俊表了白，这个帅气的小伙子一下子就被震住了，他想不到竟会有这么胆大的姑娘，听完巧敏直白的喜欢，他有点儿脸红地愣了好大一会儿，直到巧敏在黑暗中顺势挽住了他的胳膊，他才如梦初醒地急急挣脱："那个，林巧敏，对不起啊，我，我，我觉得有点儿突然，也有点儿意外，对不起！"

巧敏一把搂紧李家俊的手腕："家俊，我从初一就开始喜欢你了，你应该知道啊！你可不能拒绝我。"

李家俊心绪纷乱地再次掰开巧敏的手："对不起啊，真的是对不起，我，我，我有喜欢的人了！"

巧敏一边摩挲着自己那只被李家俊掰开甩掉的手，一边很不高兴地说："是林玉佩吗？我哪点儿不如她？家境和能力，我都比她强啊！我会纳鞋底子，也会干农活，对了，我还会骑自行车。"

李家俊拉了拉自己被扯过的衣服，用缓缓的语速好声好气地劝着巧敏："不是这么说的，林巧敏，我从小学五年级就喜欢林玉佩了，这和家庭条件啥的没关系，喜欢一个人是不讲任何条件的。"

"你！"巧敏用右拳狠狠地捶了一把李家俊的胸膛，转身就一路小跑地消失在了夜色中。

李家俊怔在原地，然后又不放心巧敏的安全，他只好悄悄地跟在后面，在黑暗中目送巧敏进了林湾村。

接下来的日子里，巧敏不再和玉佩一起玩，玉佩百思不得其解，在巧敏恶狠狠的态度和李家俊的提醒下，玉佩知道了实情，也便不再去找巧敏玩了。其实，李家俊那晚跟在后面，巧敏是知道的，因此，巧敏一厢情愿似的认为李家俊其实是喜欢自己的，他只是暂时被狡猾的玉佩迷惑了而已，想到这里，巧敏心里越发生玉佩的气了。于是，巧敏选择了不放弃，她依然隔三岔五地去找李家俊，最开始，碍于大姑娘的面子，李家俊还是客气地出来见了她，后来，随着巧敏越来越大胆的言语和行为，为了避嫌，也担心玉佩不高兴，李家俊便找了借口不再出来。巧敏一点儿也不恨李家俊，她恨透了玉佩，她想，要不是玉佩先勾引了李家俊，那么李家俊肯定会愿意和自己谈恋爱的。

第五十二章

小情侣相爱双双北上　巧敏气不过上吊而亡

原本，巧敏想通过自己的会来事儿和进一步的坚持把李家俊给抢过来，然而，李家俊态度不变也就算了，一天早上，李家俊突然就带着玉佩去了北京。巧敏知道，李家俊的二叔在北京当大官，这一去，玉佩就掉进蜜罐子里了，吃香喝辣不说，那福气可是大了去了。以前李家俊在家里时，巧敏生闷气时还能跑去喊喊他，即使见不到人，起码近在咫尺，也算是能找到个安慰，这下可糟糕了，北京那么远，巧敏的郁闷突然间就再也无处排遣。她把自己关在房间里，一个多星期过去了，依然是足不出户，除了喝几碗茶水，她就是一口饭也不愿意吃，这可急坏了得福夫妻俩，得福媳妇气得又是骂玉佩又是骂李家俊，但她自始至终也没舍得骂巧敏一句。

这天下午，得福在外面和人抬杠受了气，到家后，他走进堂屋就对着巧敏的房间极其烦躁地骂了起来，暴性子的巧敏却始终也没见吭声，一直到晚上睡觉时，得福媳妇觉得不对劲儿，在拼命敲门里面没任何动静之后，她喊得福拿工具撬开门，眼前的情景让得福手上的工具直接掉在了地上。巧敏竟然用床单子把自己吊在檩条上，她上吊了！得福媳妇张大嘴巴一声"我的巧敏啊"来不及喊出口，就直接晕了过去。得福一边朝堂屋门外哭着喊救命，一边着急地掐媳妇的人中，又急急忙忙和赶来的邻居一起抬来桌子把巧敏从檩条上解下来，而此时的巧敏早已没气儿了。醒过来的得福媳妇哭天抢地地扑向巧敏，她一边哭喊着自己可怜的女儿，一边愤恨地痛骂着玉佩和李家俊，远远听到嚎叫的刘新芝和建设也不敢靠近，只得回家关起院门，提心吊胆地等待着得福媳妇的进一步攻击。

令人意外的是，得福媳妇没再有任何动静，她板着脸和得福还有得贵、得邦三家人一起帮忙把巧敏的后事办了，因为心里又气又痛，他们也没请村里其他人帮忙。处理完巧敏的事，得福媳妇关着门心如刀绞地在床上躺了十来天，在这十来天里，村里人的麦子大多都收割得差不多了，得福几次三番地喊她起来收麦子，她都背过身去理也不理，一会儿默默地流着泪喊巧敏的名字，一会儿小声嘟囔着骂李家俊和林玉佩。得福不会做饭，干着急也没办法，只好顿顿白水煮面条，这对于平日好吃懒做的得福来说，纵是憋一肚子气也只能强忍着。

这天凌晨一点多，得福媳妇起来上茅厕拉肚子，麦收季节的天气已经热起来了，她听着院外打麦场上传来的打麦机声音，抬头看看天，又想起了自己那可怜的已经葬身荒野的巧敏。气不打一处来的得福媳妇急急上完茅厕，一边绑着裤腰带一边急不可待地走向灶火，她在灶檐里拿一盒火柴就悄悄出了门。这一次，得福媳妇首先借着夜色的笼罩向李家俊家走去，她准备把李家俊家的房子一把火烧了，最好能顺便烧死几个人才解气。走到半路时，她遇到了趁着夜里人少抢着打麦子的邻村人，那几个人一起推拉着一车打干净的麦粒，还主动跟她打了个招呼。看到这个情景，得福媳妇想起了自己家还没收割的十来亩麦子，想起了她的儿子庆义，头脑顿时清醒了不少，她在路边坐了很久，前后想想，暂时打消了去李家俊家报仇的恶念，她狠狠地朝近在咫尺的李家俊家吐了一口唾沫，起身拍了拍屁股上的草渣子，转身回了林湾村。路过玉佩家房后的打麦场时，看着那已经打完麦子堆放成型的麦秸垛，得福媳妇气急败坏地掏出了火柴……点燃麦秸垛后，她装起火柴就快步窜回了自己家，和衣躺在床上听着外面的动静。

很快，外面便传来了村里人"失火了，失火了"的大呼小叫，得福媳妇本能地心里一紧，但她不停地默念着巧敏的名字，迫使自己心安理得地躺着。睡得跟猪一样的得福啥也不知道，直到被外面的喊叫声惊醒，他迷迷糊糊地问媳妇外面是咋回事，心虚的媳妇用胳膊肘狠狠地撞了他一把："睡你哩觉，管你啥事儿。"本就自私刻薄的得福被媳妇这么一嚷，翻个身就继续睡觉了。

郝疯子和刘若兰还有其他几家近邻拿着大桶小盆，有的从家里水缸里舀了水一路小跑着端来，有的直接带着桶和井绳就近在水井里打了水，众人一边灭火一边议论着，这好好的麦秸垛既没刮风旁边又没火种咋就会着火了呢？其实，邻居们心里都明白，这事儿应该是得福干的，是的，得福媳妇是个女人家，虽然她强势霸道，但没人会想着是她干的。大家忙活了快一个小时，总算是把火给扑灭了，麦秸垛也被烧得只剩下化肥袋大小的一坨黑疙瘩，看着眼前黑乎乎的一片狼藉，刘新芝边哭边骂，但是，没有亲手抓住纵火的人，除了骂骂解解气，她也没有别的办法。

垂头丧气地回到家，建设面无表情地看向刘新芝："明摆着，这火是得福放哩，你也白（别）再自己给自己找气儿受了，咱就当给他们家巧敏烧纸钱了，那个李家俊到底有多好，玉佩也真是不听话，唉！"

刘新芝边抹眼泪边愤怒地瞪了建设一眼："你知道个球，李家俊有啥不好？这不都已经带着玉佩去北京享福去了，他们巧敏就是小心眼子忌妒心太强，娃们自己的主意，你说这管咱大人啥事儿啊？"

不爱理论的建设揉了揉惺忪的双眼，听天由命地叹了一口气！

早饭后，刘若兰正在厨屋里刷锅，郝疯子系着没来得及解下的围裙走进了院子，她凑近厨屋门左右看了看，然后放低了声音："大奶奶，你看夜儿黑（昨夜）那麦秸垛失火，咱这片儿就得福木去救火，这火啊，肯定就是他得福放哩，不过，就是他当时真去救火了，那就更像是他干的了，他怎自私可恶的人要是能出来救火，就太不正常了，你说是不是？"

刘若兰一边在猪食盆里搅拌着猪食一边笑了笑，算是对郝疯子的回应。

很快，"刘若兰说建设家的麦秸垛是得福放的火"这句话就传了出去，郝疯子这一整天都没再去刘若兰家串门儿。刘若兰又气又委屈地给大家解释着，得福媳妇也不再沉睡，她就像一头发怒的母老虎一样对刘若兰吼叫着，温柔又不爱惹事儿的刘若兰委屈得厉害，她只能边解释边无奈，急得流眼泪。正在村边锄地的保成夫妻俩听说了，立马一起扛着锄头一路小跑地赶回家，看着得福媳妇那浑不讲理的熊样，保成和丁凤先是忍着气好声好气地在边上劝说，眼看劝说半天还是没有一点效果，夫妻俩只好很是气愤地对着得福媳妇吵了起来。在听完嫂子委屈的诉说之后，一向正义果敢不怕事儿的保成安排丁凤在刘若兰身边陪着，自己直接气冲冲地去了郝疯子家，他站在郝疯子家堂屋门口怒不可遏地喊话，强令郝疯子自己赶紧出来给大家解释清楚。

看着保成怒气冲冲的样子，李丰年有点儿屄了，他帮着把郝疯子从里屋推了出来："去吧去吧，看你还胡乱传话不传，一顿去给人家说清，别给老子木事儿找事儿。"

郝疯子带着一张看似无辜的脸在李丰年和保成的催促下去了刘若兰家门口，当郝疯子承认那句话是自己说的之后，正在对着刘若兰撒泼的得福媳妇转过脸就朝着郝疯子大骂起来，不但骂，她甚至一把抓住郝疯子的衣领扯来扯去，郝疯子一个没站稳，高大的身躯直接扑通一声重重地摔倒在了地上。这下，郝疯子也被激怒了，她一翻轱辘从地上爬起来，双手扳住得福媳妇的肩膀就打了起来，得福媳妇毫不示弱地扯住了郝疯子的头发，俩人从刘若兰家大门口一直打到平时开会的大路边，因为得福媳妇的强势霸道和郝疯子的长舌爱惹事，所以，自始至终，没有一个人上去拉架，任其在那里撕扯成一团。

别看得福媳妇又矮又胖，水泡子眼睛看起来却自带一副天生的可恶霸道相，虽然她很少和人撕破脸吵架，但那是大家摸清了她的性格，都在尽可能避让着。得福是个好吃懒做又说话耿直难听的人，夫妻俩平时在家没少吵架，然而，因为自己的婚姻属于换亲，所以，无论吵得有多凶，厉害的得福媳妇也不曾赌气跑回过娘家。她是家里的老大，娘家实在是太穷了，她妈就是因为她哥一直找不到媳妇才气得卧床不起，后来，三个同样是有儿有女却穷得儿子找不到媳妇的家庭一合计，就三挂角地互相换了亲，这样，每家都有儿媳妇了，每家的女儿也都直接去了婆家。这三家的婚姻关系属于牵一发而动全身的模式，因此，懂事的女儿们即使在婆家受了再大的委屈，想起娘家兄弟当初娶媳妇的艰难，想起娘家妈熬煎儿子娶不来媳妇的愁眉苦脸，也只能暗自吞着苦水，悄无声息地打落牙齿往自己肚子里咽。在那个年代，这样的婚姻很多，这类婚姻是时势所致的悲剧，这类家庭的女儿也成了一个时代的牺牲品。

丁凤搀着被气得头晕头疼的刘若兰进了堂屋，刚安排刘若兰在当堂的小竹床上躺下，丁凤就突然小跑着奔向茅厕吐了个翻天覆地。

第五十三章

丁凤喜怀身孕保成乐　有娃媳妇虚荣心发作

丁凤怀孕了！保成和刘若兰喜出望外。刘若兰赶紧去东间掀开铺盖下面的席子，拿出十块钱指派文夏去村里小卖部称点红枣和糕点，又在心里计划着明儿去后土街给丁凤买些营养的东西。

接下来的一段日子，保成也不去村西头下棋了，他不是在地里干活，就是在家陪着丁凤拉家常，看着眼前温柔贤惠的丁凤，想着即将到来的娃娃，晚婚的保成心里对未来充满了美好的憧憬。保成和丁凤的感情特别好，无论去哪里，俩人大多时候都会一起，村里人最开始总会半开玩笑半使坏地起哄，后来也就慢慢习惯了。

中午时分，几个外地来的要饭的分散在林湾村，两个女的一个男的，三个人都是肩膀上搭着化肥袋子，手里拿根棍子，苦楚着一张被生活折磨得苦不堪言的脸，唯唯诺诺地走在村子里，远远地，有两只狗不远不近地追随着他们"汪汪汪"地叫个不停。刘新芝正从院子里往院外的粪堆上铲牛粪，一看有要饭的来了，她立马随便把牛粪往路边一丢，握着铁锨就小跑着回到了院里，她急急把铁锨朝楼门内随手一扔，就拉着门闩准备插大门。建国问他咋了急成这个样，她心急火燎地说有要饭的来了，在建国的提醒下，刘新芝顿悟：不对啊，应该从外面把大门锁上才行。于是，她交代建国在家里不能吭声，就装作家里没有人，然后跨出门桥儿（门槛）就从门外上了锁。看着要饭的喊着"好心人打发一点儿吧"一家挨一家地讨要着麦子或者苞谷，也有的人家儿是给打发两块馍，刘新芝刻意走到村边的大碾盘上，离自己家门口远远的，直到她看着几个要饭的彻底离开林湾村，才放心地回了家。刘新芝自己常年苦着自己，因此，她对外人也大方不起来。

这天上午，村子中间吵吵闹闹的，大喇叭的喊声聒噪得很，文夏拉着文青跑去看热闹，回来兴冲冲地告诉母亲："是国家在给独生子女们拍照片，并且还给独生子女每人发一套小小的警察衣服和警察帽子，额头点一个红色的圆点，看起来可好看可威风了！"

看着文夏和文青满脸掩饰不住的羡慕，微笑着的刘若兰心酸地摸了摸两个孩子的肩膀。前些年，刘若兰和所有有着保守传统思想的人一样，她一心想要个儿子，于是，在接连生了两个女儿之后，终于有了文钊这个足以令全家大贺七天七夜的儿子，后来又想着将来俩女儿出嫁了，有两个儿子可以做个伴互相帮衬，这才一不当心生下了文青这个小女儿，虽说并不如愿，但看着这个可爱的小人儿，温柔善良的刘若兰和深明大义的林康成还是留下了这个小棉袄。因此，刚才文夏和文青说起对独生子女待遇的羡慕，就一下子勾起了刘若兰心底那些不愿回首的往事。

这天大清早，有娃媳妇以去送脱壳麦粒为借口，背了半鱼皮袋去了皮的麦子去了宛南市，其实大家都知道，麦仁做稀饭能有多好吃？她无非就是想去大穗儿家沾个光，她知道每次去了大穗儿总会把家里能给的吃喝用收拾一大包让她带回林湾。

当天黄昏的时候，有娃媳妇就回来了，她吃力地拎着一个硕大的帆布包，两只手不停地互相替换着，从二中下车翻过大坝沿着村东头那条蚂蚁草小路喜滋滋地往村里走。

次日早饭后，有娃媳妇甚至顾不得洗碗，她特意换上了一件大穗儿打下来送给她的葱绿色尖领子的确良长袖子布衫，短短的头发梳了又梳，然后一边不时地低头摆弄自己的衣服一边心里乐滋滋地朝刘若兰家走去。她知道林康成经常会从穰县给刘若兰买时髦的流行衣服，所以心里很是羡慕忌妒，她这会儿去就是为了显摆一下自己也有穿上时髦衣服的时候，并且啊，这衣服还是从宛南市带回来的，比穰县还要高一个档次哩！想到这里，有娃媳妇不禁自信地扒拉了一下鬓角的头发，举手投足间都写满了掩饰不住的自信和骄傲。

看到有娃媳妇进了院子，正在收拾碗筷的刘若兰礼节性地笑着跨出了厨屋门桥儿（门槛）："昨天去就回来了？麦都收完了，在家也木事儿，咋不在那儿住两天哩？大穗儿他们都好吧？"

有娃媳妇笑眯眯地看着刘若兰："哎呀，都好都好，我不是应急家里嘛，去看看大穗儿就行了。"还不等刘若兰回应，有娃媳妇就迫不及待地开始了："哎呀，大穗儿家那个沙发哟，软哩很哪，我一屁股坐下去可吓死我了，你猜咋着了？我滴个爷呀，你是不知道，我给那沙发坐多深一个坑，我当时还以为我给人家沙发坐坏了，哎呀妈呀，原来是那里头安有弹簧，咱农村人出门儿真是闹笑话儿！"

有娃媳妇一通话说下来，惹得刘若兰直笑得停不下来。这时候，郝疯子也走了进来，一进门她就高门大嗓地用夸张的口气夸起了有娃媳妇："哎呀妈呀，你这衣裳可真阔气，真好看，这回去宛南买哩吧？大穗儿给你掏哩钱吧？"

有娃媳妇本来话到嘴边想说这是大穗儿打下来的西瓜皮（一种戏称，中原一带习惯把别人穿剩了的旧衣服叫作西瓜皮），但已经被郝疯子这么赞美了，况且这衣裳也确实新整得很，谁能不知道有粉往脸上擦哩？于是，她干脆顺着郝疯子的话："是哩是哩，人家大穗儿给买哩，你也说好看？我也喜欢哩很呐，大穗儿说了，这衣裳可不敢使咱们那洋碱洗，更不能用绵油皂，得用洗衣粉儿，洗着得细顾。"

刘若兰见状，也接过了话："这个衣裳就是好看，你看那绿，绿得多资本，这布料儿看着都凉快。"

如果说郝疯子的夸奖入了有娃媳妇的心，那么，刘若兰的赞美才真正入了她的魂，她等的就是刘若兰这句话。不过，郝疯子的话肯定也是大有作用的，要不了半天时间，大穗儿给她买了新衣裳的事儿就会传遍大半个林湾村，那她就太有面子了，地级市公安局副局长夫人给买了衣服，那该有多牛气啊！就是村干部也得让她三分了。这么想着，有娃媳妇心里暗自得意，这也算是达到了目的，她谎称家里还有活要忙，给郝疯子和刘若兰招呼一声，就仰着脸得意洋洋地回家了。

第五十四章

丰饶林场被变卖　黑心建国惹众怒

上午十点多的时候，田娃来了，他一进院就挥着手示意别大声声张，他径直走进堂屋当堂，一边掏出口袋里的一盒黑松烟拆着封条，一边附身悄声对林康成说："你听说了木有？建国个血鳖娃儿竟然给咱们村的林场都卖了，可真是坏透腔了啊！"

林康成一边阻止着田娃拆香烟，顺势拿起桌子上的顺和香烟抽一根递了过去，对于田娃送来的这个小道消息，林康成明显感到很是意外："他把咱林场给卖了？卖给哪里人了？"

"听说是丹楚县城的一个大老板，会计永振就问他卖了多少钱，他直接黑着脸恶狠狠地骂人家几句，还说让人家以后白（别）再问了，你可看看他鳖娃儿是个啥丈人东西！"

"竟有这事儿！林场对咱林湾村的意义非同小可，他咋能私自给卖了哩？他这个人也真是胆大。"

"不是是啥，你可看看他舅国儿货有多黑心！听说那个老板买去之后要把林场的柿子园、苹果园、梨树、桑树、圆枣树、核桃树、竹林全都给砍伐了，说是要栽种能卖出价钱的白杨树。"

"听着真是心疼人，可惜了，虽说林场是咱村的，但当初那个林场可是咱一整个区好几个村辛辛苦苦合力打造出来的啊！"

"说哩是啥，不就是气人哩很嘛，我也没地儿说，幸亏你这几天在家，还能来给你说说冒冒气儿。"

"已经确定卖了？"

"啥？不是确定不确定的事儿，是已经卖掉了啊，钱都给了，多少钱？没人知道！恁大面积的林场，没个几百万恐怕是拿不下来。"田娃因为气愤，说话时的嘴型很夸张，眼睛瞪得特别大。

"对了，咱们后土乡升级为后土镇了，这你知道吧?"田娃突然插了这么一句。

"这我知道，前几天听收音机，我听丹楚县新闻提到了这个事儿。"

关于林场被林建国私自卖掉独吞钱款一事，成了林湾村公开的秘密，人们私下里议论纷纷，一个个义愤填膺，却又无能为力。就这样，大人孩子们最喜欢的世外桃源没了，林湾村林场自此消失了，全村人闲暇可以踏青散心的地方就这么被林建国连根拔起彻彻底底毁掉了。

多少年后，当文青回忆起小时候的事，那个犹如原始森林一样的林场还是那么清晰地留存在她的记忆里，有童趣，有美好，有不舍，有叹息，更有对私卖林场那个贪婪无知者的无尽指责和怨怼。

第五十五章

冰棒挑战智商　新芝丢鸡骂街

中午时分，货郎挑担着小零食在村里叫卖，一群馋嘴的小孩硬是从村西头跟到了村东头，好像就这么看着那些好吃的，就跟自己真的吃到嘴里了一样。文青也是个小馋猫，她一听到货郎的吆喝或者是货郎敲铜锣的声音，就立马缠着母亲要零花钱，而刘若兰每次都不会让小文青失望，她不但会给文青拿几毛钱，也总不忘给文钊拿同样甚至比文青还要多几毛的零花钱。虽然孩子多，但家里耕地多，再加上林康成是个吃国家粮有工资的人，所以家里的条件还算宽裕，刘若兰从不在吃喝用度上抠唆孩子们。有时候，卖酸梅粉和打糖（梨膏糖）的货郎前脚刚挑起担子离开，骑着自行车带着泡沫箱卖冰棒雪糕的就来了，文钊会指派文青去厨屋案板下面的案件上拿个碗，自己跑去茅厕围墙边拿起几个堆在那里的空啤酒瓶，兄妹俩一起去换冰棒和雪糕吃。如果遇到对方不愿意要酒瓶子，刘若兰依然会拿出一些零钱给文钊和几个孩子，不让他们小小的心受丝毫委屈。

一说到吃冰棒，文青就会想起自己在学校干的一件糗事：有一次下课时间，校园里来了个骑着自行车载着泡沫箱卖冰棒雪糕的，因为口袋里只有一毛钱了，文青没法买两毛钱一个的雪糕，学生们很是拥挤地围着卖棒冰的人，她好不容易买到一个冰棒，还没吃上两口，上课的钟声就急促地响了起来，文青情急之下急慌慌地撕了一张作业纸包住冰棒放在了桌兜边上，这才安下心来听课。片刻之后，不停地有水滴在文青的膝盖上，她疑惑地低头一看：天哪，自己可真是个迷糊蛋儿，怎么能拿纸来包冰棒呢，冰棒自带的纸是可以隔水的蜡纸且不说，主要是包着蜡纸的冰棒是放在冷库或者保温箱里的啊！可想而知，那个冰棒不但浪费了，而且把文青的桌兜流得到处都是黏黏的糖水，害得她下课撕了很多张纸，擦了好长时间。每当想到这件可笑的事，文青总觉得那傻事绝对不像是自己做的。

　　这天晚上喝汤时分，外面传来了接连不断的叫骂声，刘若兰走到院子里一听，是刘新芝在喊着骂着。因为两人娘家是一个村的，平时来往也比较密切，刘若兰放下碗，给孩子们交代几句，就急急向新芝家走去。原来，天色都黑下来好久了，刘新芝家的鸡还迟迟没回来够数，一直到喝罢汤，还有一只鸡就是没回来，她打着手电筒边找边问地找了好几家，也没能打听到那只鸡的下落，因此，她断定自己那只鸡肯定是被哪个贪嘴的偷吃了，所以她就气得在门外不顾一切地骂了起来。看着刘新芝生气的样子，刘若兰也很是无措，只能轻轻地拍着她的肩膀，搀扶着她小声地解劝着。

　　刘若兰知道，没儿子的新芝总觉得自己低人一头，她平时就省吃俭用对自己特别苛刻，遇到这半大不小的鸡被偷了心里肯定特别窝火。每年春上，新芝都会用草筐端着一筐自己攒下来的鸡蛋挨家挨户地找着换鸡蛋孵鸡娃用，她总是认真地用手罩着鸡蛋对着太阳光或是用手电筒照啊照，看鸡蛋里面有没有玉签儿（就是可以孵出鸡娃的内部组织），等到鸡蛋好不容易凑够数了，再把一只听话的老母鸡放在鸡蛋上面，拿个端牛草用的草筛子往上面一扣，二十一天后小鸡就陆续破壳了。就这么一路艰难地养下来，每年春夏之交时还会传一次鸡瘟，辛辛苦苦养了半桩子大的鸡娃总会被可恶的鸡瘟夺走一大半，这剩下的十来只鸡娃总算经历了九九八十一难挺过了鸡瘟，却不知又被哪个坏良心的给偷了去，刘新芝的愤怒刘若兰能懂，可她爱莫能助，只好时而安慰时而安静地搀扶着她的一只胳膊，算是给予劝慰，唯恐她因生气过度气坏身体。

　　就这样，因为丢了一只鸡，刘新芝在半个林湾村边走边喊地骂了三四天，骂累了，也气得心口疼、头疼，在建国媳妇和建设以及刘若兰的宽慰下，刘新芝不再出去骂了。只是，随后的很多天，丢失的那只鸡就成了她的心病，但凡听到鸡叫或者是外面有人唤鸡，她就忍不住要自言自语地骂上几句。再后来，她就怀疑那只鸡是被得福媳妇使坏地圈了起来，或者是被啥都能干得出来的得福媳妇给偷偷宰吃了，毕竟也就得福家和她有仇，可两家早就属于老死不相往来的死对头了，况且得福媳妇是个十足的强势霸道无赖主儿，刘新芝纵使憋一肚子气，也没办法去她家查看个究竟。

第五十六章

保成晚婚喜得子　　得贵断路终有报

　　丁凤临盆了，是个男孩！保成和刘若兰都很高兴，刘若兰虽然文化不高，但是细心的人好像都具有潜在的文学细胞，她乘兴为这孩子取名叫林文泽，全家人都说这名字好听又上口，孩子的名字就这么定了。刘若兰不但早早为保成和丁凤的孩子准备了各种厚薄合适的小衣服，还提前攒了 60 个鸡蛋，并且腌了 50 个咸鸡蛋，鸡圈里的鸡今年也特意多养了十几只，这些都是营养月子餐的备用食材。丁凤的月子是刘若兰伺候的，保成乐呵呵地忙前忙后洗尿布，孩子们蹦蹦跳跳地时不时跑过去扒开被窝看看可爱的小泽泽，亲亲他胖嘟嘟的小脸，一家人因为这个新生命的到来就像过节一样热闹喜庆。

　　这天早上五点多，林湾村东头突然传来了哭喊声，然后就是暴怒的骂声。得贵家失盗了！说是夜里一点多起来解手时还一切正常，五点多睡醒发现屋里的光线亮得有点儿不对劲儿，一看，蚂蚱爷呀，山墙被剜多大一个洞，十来麻袋辣子被偷走了不说，撇那两袋挤香油用的芝麻也一起被贼偷了去！得贵当时就被气得一屁股坐在地上骂了起来，得贵媳妇也跑到院子里带着哭腔喊叫起来，得福和得邦听到消息，也急急赶来看情况，以示关心。

　　静下来之后，得贵弟兄几个开始讨论是谁昨夜在打更，村里一夜分两个人打更，一个是村西头的，人家只管界线以西的那半拆村子，村东头昨夜是建设在打更。于是，得贵故意站到建设家旁边的大路上挑事儿，建设是个不好事儿的老实人，但刘新芝可不吃得贵那一套，她扭着矮胖的身子冲出门来直接对着站在门外大路上指桑骂槐的得贵骂了个狗血喷头，可劲儿还嘴一阵子之后，得贵眼角的余光发现建国居然黑着一张脸怒气冲冲地站在自己身后。虽然从来也没有惧怕过建国，但此时的得贵还是吓得打了个趔趄，他佯装不服气地小声嘟囔着回家去了。

谁丢了东西都会气得不得了，更别说得贵这种强势又爱占上风头的人，因为这次失盗，他黑着脸黑了大半个月，动不动就立在门外对着空气喊骂几声，本来他就是个小心眼子，这次就特别怨恨当晚打更的建设没有帮自己看好门，他总觉得肯定是哪个邻居串通了外村的亲戚在坑他，他绝不能让那个可疑的邻居好过，所以，必须隔三岔五地骂上几句才行。就这样，得贵一有空闲时间就站在自家门外骂模糊（指桑骂槐），骂了有几个月？没有人记得，只是，村里愿意和他说话的人越来越少了。

　　"大奶奶，你走快出去看看，你们门前的小大路被挖了好几个窝子，还栽上了石头桩子！"听郝疯子这么神神叨叨地一说，刚从灶火走出来的刘若兰听了，一边在围裙上擦着手，一边急急走出了院子，这一看不打紧，简直要把刘若兰气坏！原本平平整整的门前大路，路宽的三分之一处平白无故被挖了六个能漫到小腿肚那么深的坑窝子，还间隔着在其中的三个坑里栽上了大概一米多高的水泥桩子。很明显，这个坏良心的得贵不但打死不承认自己死去的老爹早些年曾混账着霸占了林康成家一大半宅基地，而且如今都这个年头了，他得贵还居然死性不改地以挖坑破坏道路的损招妨碍邻居们出行。当然，他挖坑的目标很明显主要是针对林康成家。看着眼前的景象，刘若兰一时间气得全身的血齐齐往头上涌来，整个人气得有点儿脑子发蒙，想想林康成不在家，自己家里只有保成和丁凤，丁凤还在坐着月子，而得贵有兄弟三个且不说，那三个妯娌也是一个比一个像母老虎，自己家这三个大人肯定不是那六个坏货的对手，思量再三，刘若兰狠狠地劝自己先憋住这口气。

第五十七章

你当官我行方便 文夏揽活在家干

时间过得太快！转眼，文心就毕业了，在当时那个中专生抢手的年代，文心立马被分配到了宛南市铁路上工作，村里的人竞相传言：康成家的大女儿成国家干部了，在宛南市火车站工作，那姑娘厉害着呢，他们家里人以后坐火车都不用掏钱了。

文心听了村里人略显夸张的传言，一个劲儿地笑，她给前来打探的郝疯子解释着："我确实是分在了铁路上，但是家里人真去坐火车的话，还是要买票的啊！"

郝疯子当然不信，她执拗地坚持着自己的揣测："嗨哟哟！你看看你这个文心哪，当官儿了就怕俺们去找你了，是不是？"

文心大气地笑了笑："哪是啊，没有没有，怕啥哩，不怕，你去找我，我请你吃饭。"

郝疯子听了，满意地一笑，就像是忘了刚才谈话的主题，也便不再拽着文心家里人坐火车要不要买票那个话题不放。

文心去新单位报到这天，是刘若兰陪着她去的宛南市。办完相关入职手续，再把文心送到她位于二楼的单位集体宿舍，拾掇好铺盖，时间也接近中午了。文心和母亲在街上的餐馆里点了两碗羊肉烩面，所谓的羊肉烩面就是又宽又长的面条上面撒着一撮儿葱花和芫荽，两三疙瘩儿花生米大小的牛肉粒在最上面撑着一碗烩面的门面。刘若兰趁文心转身拿筷子的当儿，快速把自己碗里的几疙瘩牛肉放在了文心的碗里，并顺势用筷子往下面的面条里按了按。把筷子递给母亲之后，文心先是很自然地夹起自己碗里的牛肉粒一疙瘩儿一疙瘩儿地放进母亲的碗里，接着开始搅拌面条，刘若兰一边说"不要不要，你自己吃，我碗里也有"，一边端起碗躲闪着，两疙瘩儿牛肉粒一不当心就滚落在了地上，娘俩心疼地对视一眼，马上又心照不宣地一笑。饭后，文心送母亲去汽车站坐车回家，刘若兰对文心各种交代，唯恐刚入社会的大女儿在为人处世方面有半点儿差池，在一步三回头的絮絮叨叨中，刘若兰有点儿放心不下地坐上了回家的汽车。

　　复读后的周扬并没有如愿考上早已和文心约好的宛南市铁路学校，而他清贫的家境也实在无法承担他再复读一年的学杂费，因此，周扬忍痛与已经和自己不在一个层次上的文心断了联系，他收拾好简单的行李，不辞而别地去了广州。这些，都是文心从和周扬同村的同班同学那里听来的，得知周扬去广州的消息时，文心没有哭，她只是狠狠地难过了一大段时间，然后她就天真又乐观地想：等自己毕业赚了钱，一定要供周扬再去复读一年，他肯定能考取理想的大学。

　　这两年，周扬过年过节也没有回来过，他和所有的同学都失去了联系，有人去他家里也没打听到地址，他曾写过寥寥的家信，但信封上自己广州的地址栏永远都没有填写完整过。如今，文心终于毕业了，她分配了，她特别想和周扬分享这个喜讯，也很想支持他再复读一年，为他快要定型的人生创造无限可能。然而，却根本就没有办法联系到他。工作是充实的，但在下班的空闲时间里，想起周扬，想起这份莫名其妙遗失的情感，文心的内心便充满了深深的无奈和漫无边际的失落与怅然！于是，爱学习的她买来会计自学书籍，所有的业余时间都用来自学会计，并顺利考取了中级会计师。

　　同年夏天，文夏中考失利，只差五分就可以考取中专的她没心复读，一向踏实听话的文夏这次却无论如何也听不进去任何人的劝导，坚持就此在家务农。农闲时节，文夏和建设的二女儿玉转一起拉着拉车去距离林湾村三里远的药厂领几箱半成品药盒回来，在家熬夜糊纸盒，因为经常停电，晚上在煤油灯下糊纸盒费眼睛不说，还有两次因为凑得太近，火苗直接燎过来烧焦了文夏额前的头发。母亲劝她不用糊纸盒了，糊一个纸盒就几分钱的收入，把眼睛累得可不轻。然而，文夏从小就是个勤快的孩子，总是闲不住的她执意要继续糊纸盒，文青看糊纸盒挺有趣，放学回来也站在摆满纸盒的小桌子边帮二姐往纸盒上涂糨糊。

　　文夏白天拿着鞋底子去玉转家一起纳鞋底，晚上在家糊纸盒，这样的日子一晃就过去了半年。刘若兰偶尔会带着文青去看看文心，也经常会把文青托付给丁凤和保成，然后带着文钊去穰县林康成那里住几天。这天，刘若兰带着文钊在穰县小西关闲逛，不经意间朝马路对面瞥了一眼，她看到有个人很像是自己的五爹，悄悄给文钊交代几句不让他大声嚷嚷之后，刘若兰牵着文钊走近一看，还真是她父亲的堂弟，按排行，刘若兰应该喊他五爹，她知道这个五爹在穰县（也就是如今的林海市）是个主抓工业的副市长，因为地位悬殊，加上父亲的堂兄弟比较多，因此，除了回娘家拜年时偶尔会遇到，平时也就几乎没什么来往。刘若兰想了想，还是给五爹打了个招呼，在路边家长里短地闲聊了几句。这个五爹没什么官架子，他喊司机把刘若兰母子送回去，刘若兰表示自己就是专门想出来随意逛逛，不需要送，末了，她表示过几天会去家里看看五爹和五妈。

第五十八章

穰县巧遇官员五爹　托其为文夏找工作

回到林康成的宿舍，刘若兰把遇到自己娘家五爹的事简单讲述了一遍，林康成的意思是：人家恁大的官儿，还是算了吧，别去了，就跟讨好人家似的。刘若兰不愿意了，她认为：自己的亲五爹，怕啥？必须去认认门儿，看他能不能给文夏找个工作。最终，不是很热衷于交际的林康成只得依着刘若兰，随她怎么办都行。

刘若兰是个细心人，凡事不爱拖拉，况且来一趟穰县也不容易，第三天上午，她就独自带着准备好的礼物按照前几天五爹说的地址找了过去。是保姆开的门，一座普通的独家院，三间堂屋是平房，堂屋门桥儿（门槛）两边各摆着两盆山茶花，两间用来做灶火的偏房也是平房，偏房门口放着一个生着铁锈的洗脸盆架子，红色的洋瓷盆边搭着一个折叠过的湿毛巾，只是院子比较大，有点得像林湾村东头那个用来打麦子的打麦场。刘若兰虽然文化有限，但是个自身素质不错的人，她并没有像刘姥姥进了大观园那般到处乱看，就是在进门时一眼扫过去了事。

保姆接过刘若兰带来的两罐麦乳精和一大挂香蕉，在堂屋坐定后，刘若兰发现五妈呆着脸，虽然只有一米五几的个头，模样也和俊俏并不搭边，却摆着十足的官太太架势，刘若兰释然地笑了笑："五妈，身体挺好吧？"

五妈毫无表情："我身体好哩很。"

"人老了，身体好比啥都强。"刘若兰心里不禁有点儿讪讪，脸上却依然陪着笑。

"你这来是有事儿？"

"木事儿木事儿，木啥事儿，我就是来认认门儿，看看我五爹你俩，我们娃他爸不是在火车站上班嘛，我想着来一趟也怪方便。"

"你可别想着找你五爹办事儿哦，别给你五爹找麻烦。"

"哦，木有，那啥，我……我就是来看看你们。"刘若兰心里"咯噔"一下，她早就听娘家的堂兄妹们说五妈这个人很厉害，对人无情无义，啥话都能说出来，可她实在是没有想到，这人竟会厉害成这个样！说话也太苛刻了。

"你五爹今晌午应该是不回来吃饭了，你要是在这儿吃饭，我就给保姆小兰交代一声，你要是不在这儿吃……"

"五妈，我不在这儿吃饭，我还想去三孔桥那边办点别的事儿。"一边说着，刘若兰已经站起身来。

"那行，那我也就不留你了，小兰，帮忙送一下客。"五妈起身站在原地，看着刘若兰走出了堂屋。

回火车站的路上，刘若兰心里一团乱糟糟，原本是想去探探路给文夏找个像样的工作，结果，没承想五妈居然是这样的一个人，她不知道自己还有没有希望在穰县为二女儿安排个工作。

刘若兰忍不住对林康成说出了心中的想法，林康成说："你要是怕五妈打岔，那就直接去办公室找五爹。"

刘若兰双手一拍："对呀，我咋就没想到哩？你个闷杏，还挺有办法哩，行，你这个主意真是好，那我找个时间去一趟。"

刘若兰已经来穰县快半个月了，准备后天回林湾，回家之前不见见五爹，她心里总觉得有点儿不踏实。

次日上午九点多，刘若兰去了市委大院，和看大门的打了个招呼，见她是来找副市长的，看大门的就显得特别热情，俩门卫中的其中一个还专门引领着她径直去了市委二楼的副市长办公室。

很大间的办公室里，五爹正在给一个人签字，刘若兰笑了笑，喊了声五爹。

见她进来，五爹微微有点儿意外地停下手中的笔顿了一两秒："兰女儿来了？先坐一下儿，我先给他这个签一下。"

刘若兰点了点头，远远地坐在了五爹斜对面的沙发上。等找五爹签字说事儿的人都出去了，刘若兰赶紧有点儿不是很自然地站了起来，毕竟是在办公室，这个场合对她来说，既显得陌生，又觉得高档，因此，原本大气的她不禁有点儿拘谨。

五爹从办公桌后面起身走了过来，他缓慢地踱着步和刘若兰闲聊几句之后，在刘若兰旁边的独座沙发上坐了下来："兰女儿，遇到啥事儿了？你说说看。"

刘若兰略微不好意思地笑了笑："五爹，我看你工作有点儿忙，也就不多耽搁你时间了，我确实是有事儿想找你帮忙。"

说到这里，出于不好意思，也出于怕被回绝，刘若兰顿了顿，快速在心里再次整理了一下思路："我那个二女儿成绩本来还行，可她初中毕业后说啥也不愿意继续上学了，一个姑娘家，我又不放心她出远门儿打工，就想着看五爹能不能给她在咱穰县找个工作。"

说完来意，见五爹尚没做出回应，刘若兰又急急补充道："二姑娘人是很勤快，也能吃得了苦。"

五爹收起了方才那一脸家常的笑："找个工作也木怎容易，你们都是把事情想得太简单了。"

刘若兰笑了笑："五爹，我知道这确实不容易，但我也是实在没有别的办法，一个女孩子家，我不想让她去广州打工，但又不想让她就这样一辈子窝在农村，你是知道哩，种庄稼永远也没有出头的日子，太苦了！当父母的都想儿女过得好！"

听到这里，五爹沉吟了片刻，缓慢地在烟灰缸里按灭了手中的半支烟："那……这个样吧，你叫我好好儿想想。"

见五爹话头有所转变，刘若兰心中一喜："行，也不着急，五爹！"

走出市委大院，刘若兰的心情特别好，她忍不住去人们戏称"穰县有座楼，盖在天里头"的百货大楼给文钊买了一件反季的咖啡色皮衣，又给小女儿文青买了一套粉色衣服，还给保成的儿子文泽买了一双黄球鞋和两双袜子，然后去新风市场买了各种菜，这才提着大包小包哼着"小苍娃儿我离了登封小县……"向火车站林康成的宿舍走去。

林康成上班的时候，总担心刘若兰会不好打发时间，其实，刘若兰除了可以带着孩子在一楼公共休息大厅看电视，也经常带着孩子去聊得来的林康成同事家属那里串门，或者是带着孩子去逛街。然而，对于林康成建议她带孩子去看火车这个提议，刘若兰还真去了，立在站台上，看着长长的铁轨上那些不时地鸣着长笛喘着粗气停下又离开的火车，文钊最大的兴趣是数火车，客运火车一般有二十节左右的火车皮，而拉货的火车大多都六十节左右之多，文钊往往不是数得头晕眼花，就是越数兴致越高，数累了就回父亲的宿舍休息。父亲的宿舍在二楼，职工食堂就在一楼，食堂里大多时候都爱做蒸面条，文钊很好奇父亲和那些叔叔们为啥总叫蒸面条为卤面条。每次刘若兰带孩子来，林康成总会高兴地带他们去外面的饭店吃饭，要么就是饶有兴致地在宿舍里摊煎饼或者是烙油旋馍，烙馍时，林康成总是一边教孩子们唱着"咱们的工人有力量"，一边认真地守着那口小锅，唯恐馍会烙煳，然后特意把油旋馍上面最酥脆的那层早早地揭下来让妻子和孩子们尽情享受美食带来的快乐，那薄如蝉翼咸香酥脆的口感令文钊在很多年后依然忘不了。在那个经济贫困物资匮乏的年代，那些丰富的吃食极大地填补了小孩子对美味的渴望与想象，而林康成那份藏在各色食物里的父爱，也让文钊在岁月的积淀下始终也找不到可以用来歌颂的词句。

次日下午三点半，林康成骑着自行车把刘若兰和文钊送上了回家的客车。车刚出站，文钊就睡着了，刘若兰把手中的袋子放在脚边，让文钊横躺在自己腿上，文钊就这样睡了一路，下车时，刘若兰才发现，自己的双腿早已麻木得直不起来了。对这个家里唯一的男孩，林康成和刘若兰倾注了太多的心血，在几个女儿身上投入的爱合起来，也不及给予文钊一个人的那些爱。当然，喜欢儿子归喜欢儿子，在子女的教育方面，林康成和刘若兰的眼界很一致，虽然生不逢时的他们没有机会通过读书来改变自身命运，但他们骨子里依然相信读书可以跳出农门，依然相信只有读书才是最正确的一条路。因此，与其他家庭急急让自己的孩子去广州打工不同，他们夫妻两人尽力托举着四个孩子，力争让几个孩子读更多的书，掌握更多的知识，巴望几个孩子都能过上最理想的生活。多年以后，他们的四个孩子在回忆往事时，无不感激自己的父母，如果没有父母最初的坚持和支持，他们后来就难以拥有美满的家庭和幸福的生活。所以，父母的眼界和格局决定着孩子的人生走向。

第五十九章

文心帮买火车票　文青下河摘菱角

刘若兰母子回到林湾村时，天色已经基本暗下来了，丁凤和保成已经做好了苞谷糁汤，馏了馍，还炒了孩子们爱吃的土豆丝，正在喊文夏、文青和文泽赶紧上桌吃饭。见嫂子回来了，丁凤喜出望外地摸了摸文钊的头，急急去厨屋说要再炒一碗刘若兰喜欢的辣子兑酸菜，刘若兰不想让她受麻烦，就一把拉住她，说是坐坐车也没啥胃口，喝一碗苞谷糁汤算了。

晚饭后，刘若兰带着三个孩子回到了前面堂屋。躺在床上，她满脑子都是给文夏找工作的事，思来想去，刘若兰觉得这事儿不能松懈，等五爹回话还是不可靠，他堂堂一个副县长，一天天的工作都忙得不可开交，恐怕转身就把这事儿给忘了，得自己紧盯着才行，她计划过几天再去一趟穰县，她必须趁热把文夏的工作给落实了。

半上午，郝疯子迈着大长腿火急火燎地走进刘若兰家院子："大奶奶，我想来问个事儿啊！"

"咋了焕英？你说。"

"哎呀，是这，山西运城我大舅中风了，人老了可怜哪，他就那一个娃儿，那娃儿却被自己媳妇管得死死哩，也不愿意养活他，我想去看看我大舅，咱们穰县火车站没有直接到运城的车，得从南阳火车站坐车，我也木出过门儿，不懂得咋买火车票，想叫文心帮忙买一下票。"

刘若兰正蹲在院里的压水井边用大胶盆儿洗衣服，听郝疯子说完，她缓缓直起微微麻木的腰身，用右拳头捶着自己的后背："木那可行，你到宛南火车站问一下就能找到她，文心在那儿主要是管火车调度，你问她名就能问到。"

郝疯子满意地一笑："那行啊大奶奶，文心不会不帮我吧？她应该是认识我的吧？可别说不认识我就行！"

刘若兰谦和地微笑着："不会的,你还不知道文心,从小就是一个爽快人。"

郝疯子咧开嘴憨厚地笑了:"是哩是哩,那我先回去了啊大奶奶!"

自从文心在宛南火车站上班后,郝疯子不是第一个来托文心买火车票的人,前段时间,村西头的永兴来托文心买过一张去内蒙古的火车票,永兴怕文心不认识他,还专门请刘若兰写了个纸条拿着。结果,文心把他的火车票买是买了,转眼一个多月过去了,那永兴已经从内蒙古回来一二十天了,也不说给火车票钱,为此,文心很不高兴,刘若兰心里自然也不舒服,谁挣个钱都不容易啊!虽说吃的是国家粮,但文心的工资并不高,作为姊妹中的老大,文心自己从小省吃俭用惯了,这莫名其妙做了好事反而还倒贴钱,她心里恼火得很,虽然文心嘴上说这钱必须得要回来,但也是一直不好意思。因此,郝疯子走出院子后,刘若兰自然就想起了永兴逞能的事,她知道文心并不喜欢这个平日里总爱八卦家长里短的郝疯子,可毕竟是墙挨墙的近邻,无论郝疯子是怎样的人,却是和永兴没法比的,因为住得近来往多,从情感上来说,郝疯子的关系像是更近了一大层。可是,刘若兰知道文心的性子,她隐隐地担忧着,只怕郝疯子去找到文心时,心直口快的文心惹出啥难堪来。

这天午饭时,刘若兰家门前大槐树下的饭场只剩下郝疯子和庆义了。庆义起身拿起垫在屁股下当椅子的鞋子,向郝疯子那边挪了挪。他四下里一看,表情顿时就变得紧张严肃起来:"我给你说,人们都说有娃媳妇和抓计划生育的成才在一起鬼混的事儿,有娃其实是知道哩,也不知道是咋回事儿,他脾气恁坏,竟然也不吭声。"

郝疯子就像是发现了机密似的,她圆睁着大大的眼睛,半笑着质疑着:"不强(会)吧?那有娃他姐都混恁排场,他媳妇就是再霸道再厉害,他也不强(会)都憋成那个样。"

庆义激动得欲言又止,他把手中的碗快速地往地上一搁,碗里剩余的那点面条汤顿时就飞了出去,在地上溅了一大片,担在碗沿上的筷子也随之滚落在铺着一薄层黄色槐树叶的地上。他几乎丝毫没动位置地挪了挪身体,微微探着头压低了声音:"你看你憨哩,这你就不知道了吧,那有娃就是怕他媳妇,他媳妇可是出了名的母老虎,恶哩很,白(别)看他姐他姐夫在宛南市混恁排场,话说回来,那和他有多球大哩关系?谁混哩好了就是自己排场自己享福,至于他有娃,还不就是落个名声,听起来他有个很牛的亲戚就是了,木你想想看,是不是这个理儿?"

庆义一通噼里啪啦的解说，搞得刚才有点儿走神的郝疯子有点儿蒙，她似懂非懂一脸癔症地笑了笑，其实她根本就没听进去庆义刚才的话，她这会儿满脑子就是"有娃媳妇鬼混的事有娃是知道的"，还有就是"一会儿回家刷了碗之后出去串门时先去找谁拍这个新发现的八卦"。

　　看着郝疯子一副心不在焉的神情，庆义冲她瞪着眼撇了撇嘴，一边拍着屁股起身，一边单脚站地趔趄着穿起另一只鞋子："清官儿难断家务事儿，他就是真给他姐说了也木球多大个用，况且他也就不敢说，只能吞着苦水装糊涂，白（别）看他那张白纸一样的脸成天见人不爱打招呼，在家还不就是龟孙子一个。"

　　从林湾村小学门前的操场边往下走，下去一道坡，就是一条蜿蜿蜒蜒且长得看不到头的河沟，河沟里鱼虾很多，个别河段还有莲藕和荷叶，在距离学校一百多米的椭圆形河段里长满了水草，据说那一片有很多菱角。因此，在菱角结得密密麻麻的季节里，林湾小学的孩子们半下午一放学就背着书包朝那里狂奔而去。文青跟着去过一次，她学着小伙伴们的样子，卷起裤腿，脱了鞋子，脚在水里试探着站稳，然后拿出早已准备好的矛盾洗衣粉袋子开始采摘菱角。水沟里不时传来伙伴们采摘的欢笑声和个别小伙伴脚被水底的刺或是菱角尖扎疼了的吸溜声与惊叫声，河沟里的水缓慢无声地流动着，伴着孩子们的喧嚣声，那一刻，孩子们是无忧的，纵使长大后遇到再多的不愉快，这样欢快的时光应该随时都会从他们的记忆里及时闪出，治愈和抚慰着他们往后人生路上所有的烦闷。

　　村西头有两棵高大的皂角树，大人们说皂角的汁液可以用来洗衣服，可文青和新霞却发现，皂角的古铜色汁液沾在手上好多天都洗不掉，皂角板子里面的豆上那层透明的茧子吃起来韧性十足，口感好极了。于是，文青和新霞三番五次地相约着去打皂角。然而，皂角树实在太高了，她们拿的棍子往往很难够到，俩小姑娘便在地上找来鸡蛋大小的石头往树上打，虽然皂角长得很结实，但令人觉得不可思议的是，两个小家伙每次总能打下来五六个长长的皂角板。回到家后用石头砸皂角板的过程又脏又麻烦，双手被染成咖啡色的皂角汁液也是咋洗都洗不掉，要等五六天才能在一次次的洗手中逐渐磨损消失，而这一切，都无法阻挡两个小姑娘发自内心的快乐，他们喜欢这个虽说烦琐脏乱却又令人充满期待的有趣过程，小孩子的快乐就是这么没有道理。

第六十章

获奖励回家置气　得贵终止做坏事

在老师那"屙屎攥捶头儿，各攒各哩劲儿"的考前加油鼓劲儿声中，期终考试结束了，文青又拿了全班第一名，她兴高采烈地背着用大大小小的边角布料缝制的书包，手里握着奖状和奖品，奖品是一个牛皮纸封面的厚实笔记本和两支带橡皮的铅笔。到家门口一看，楼门又上着锁，文青气不打一处来，几乎每次放学回来家里都没有人也就算了，自己今天可是得了奖状，家里居然又是锁着门，她越想越不高兴，就坐在门墩儿上独自生闷气。

文青知道钥匙不是放在门脑上就是压在楼门边上的一块砖头下面，可她就是不想拿钥匙开门，她不想自己一个人在家里晃悠。于是，她起身走到院墙边上，把奖励的笔记本和铅笔装进书包，然后使劲抡起书包带子旋转几圈，猛地一放手，书包一下子就被稳稳地甩进了院子，只听"扑通"一声闷响，书包就重重地落在了院子里铺了砖头的地面上。文青看了看手上的那张橙色奖状，继续坐在门墩儿上双手托腮地郁闷着，在平时，文青都会先把书包扔进院子里，然后自己再双手扒着院墙翻进院子里去，可她今天一点儿也不想翻院墙了，她只想安静地坐在门墩儿上，延续自己心底对放学后大人经常都不在家的那股子怨气。

终于，天擦黑时，母亲和二叔他们从地里干活回来了，远远地，听到自己家那头牛的叫声和二叔习惯性地对牛说话的声音，文青忽然起了歪主意。她赌气地跑到距离楼门几米远的柴垛边，钻进被反复拽柴火掏空的那个柴火窝里，无论母亲再怎么喊，文青始终一声不吭地坐在柴垛窝里，大概五六分钟后，心软的她，实在不忍心让劳累一天的母亲再为自己担心了，她赶快从柴垛里跳了出来。母亲心疼地择着文青头发上的柴火渣子，一边夸她又得了奖状，晚上必须给她奖励一个煮鸡蛋，当然，文钊和文夏借文青的光，也都吃到了一个香喷喷的煮鸡蛋。

周五黄昏时分，文心从宛南回来了。一进门，刘若兰就迫不及待地问郝疯子有没有找到她，文心随口回答："咋木找到，木我就在那个火车站，谁去都能找得到啊。"

看文心没有不高兴，刘若兰壮起胆子问："那，你帮她买火车票买成了没?"

文心笑了笑："那咋能买不成呢，妈，你咋都不关心关心你女儿啊，回来就一直问别人的事。"

刘若兰半呼气半赔着笑："是哩是哩，来，你先喝点儿茶，我去做饭去。"

文心笑了笑："哎，对了妈，别看郝疯子平时神神叨叨的，还挺细心哩啊，去让我帮忙买个票还给我称了一网兜橘子，还有啊，在让我买票之前，她直接就把火车票钱给了我。"

听到这话，刘若兰终于放下心来，感觉和自己走得近的郝疯子也算是为她争了一口气："那就好，说明焕英是个懂事儿人，那橘子咱可不能要!"

文心撇了撇嘴，冲母亲重重地点了一下下巴："我知道，就你是个憨好人! 我咋说也不要她的橘子，我说让她自己拿着路上吃，她还是一直坚持要放下，后来都让得有点儿生气了，非要放在我办公桌上不行，拉扯了大半天，我怕别的同事看见了难看，只好拿出来两个，她才勉强同意装起来。"

刘若兰笑着摇了摇头，她的眼前仿佛顿时出现了郝疯子那热情大气粗劣又不拘小节的样子。

自从大姐进屋，文青的眼睛就没离开过大姐放下的那个手提包。文心很快就发现了，她赶紧拉开包，拿出了几个苹果和橙子，还有两包瓜子和一袋花生牛轧糖。文心微微摆了摆前面的刘海，笑着对母亲说："这三个橙子是当列车员的同事从湖北那边带回来的，咱这里可没有这个水果，好吃得很，妈，你尝尝。"

刘若兰一脸幸福地笑着推让："我就不尝了，你剥开分给文青他们吧。"

文心当场剥开一个，坚持让母亲也尝了尝，文青吃完手中的橙子之后，蹦起来表示还要吃，文心嗔怪着瞪了她一眼："就你馋，给你二姐和哥哥也留一点。"说着，文心抓两把瓜子和几个牛轧糖装进了文青的口袋里，把其他吃的都交给了母亲保管。

为了防止孩子们乱翻腾，刘若兰把那包零食一股脑儿放在了她当初陪嫁的红色木箱子里。过了几天，文青说闻到一股怪味儿，刘若兰如梦方醒，她急急掀开箱子一看，她特意留下来的一个橙子竟然完全腐烂长毛了，看着满身都是灰绿色长毛的变质橙子，文青心疼了好久。有了这个教训，刘若兰赶紧把几个苹果拿出来分给了孩子们。

看文心实实在在地吃上了国家粮，恐怕以后是要当官了，得贵在羡慕忌妒的同时，想起自己做的那些亏心事，心里不禁有些慌乱。天擦黑的时候，得贵不声不响地拿着铁锨担着两篮子从别处挖的土来到房后，趁着四下里没人，他动作麻利地往返两三趟担土，悄悄地把自己在林康成家门前小大路上挖的坑给填平，然后用脚使劲反反复复地踩了又踩，踏瓷实之后，他扛起铁锨担起篮子，慌慌张张跟做贼一样趁着夜色溜回了家。看来，欺软怕硬这个说法果然不假，像得贵这种得了他祖上"缺德成性"真传的人，竟然会因为一个姑娘家而悄悄认怂，收敛起自己的一肚子坏水，可想而知权势的力量有多大！

第六十一章

文青自保痛骂贱人　若兰送米不计前嫌

次日午饭时间，大家习惯性地在刘若兰家门前的大洋槐树下稀稀落落地蹲了一大片，所有人形成了一个不太规则的椭圆。轻易不扎堆儿的林建国也罕见地端着一碗苋菜凉面条用筷子搅拌着蒜水走了过来："嘿，那不是老大文心回来了？"

"木可是，咋不是哩，吃饭了啊！"文心客气地停下筷子冲他笑了笑。

"国家粮啊，不得了啊，这一家儿出了两个国家粮，老肥鳖啊！"建国在羡慕忌妒之外，总不忘用明显是骂人的词来埋汰别人，好像这样就能或多或少地消去他心底的一部分不舒服似的。

"看你说哩，我也就是个打工哩，林湾村你支书最……"说到这里，文心专门投其所好地朝林建国竖了个大拇指。

林建国的一张黑脸满意地笑了笑，埋头呼呼噜噜地吃起了碗里的凉面。

"哎哟，谁给这路上挖哩坑填上了？要是叫挖坑哩人看见，那不又要骂人了嘛！"郝疯子一声惊呼，大家心照不宣地互相递了个眼色，一个个继续埋头各吃各的饭，没人接她的话。

"木咋？你们都知道这是谁干哩？"郝疯子睁大眼睛朝饭场里的人环顾了一圈，继续不知趣地追问着。

"焕英，赶紧吃饭，吃完去给我们那饭盛一碗，案板上那个小碗里有辣子蒜水。"刘若兰不忍心看郝疯子当小丑，也担心她惹恼得贵。

"哎，不用了不用了，给，我不想跑着盛饭，弄个大洋瓷碗盛了满满一大碗，就这吃完都够点儿了，今晌午木干啥活，也不知道饿，胡子（随意）吃点儿算了。"

"那行，你要是一会儿想尝尝哩话，你请自己去厨屋盛，锅里多着哩！"

"行，大奶奶，我要是想吃了我就去盛。"郝疯子心里美滋滋地应答，同时，性子粗枝大叶的她也把关于小大路上的坑被填平的事儿忘到了九霄云外。

"我那个打气筒也不知道谁借去了，还没有送过来，想使一下哩，也高低（无论如何）想不起来了！"刘若兰随口问了一句。

"不知道啊，我可有一段儿时间都木上过街了，也使不上打气筒。"刘新芝接了一句。

"哎，是我二哥，我前几天看见我二哥从你们院里拿着打气筒出来。"郝疯子提醒着刘若兰。按并不成文的辈分来排，她称呼建国为二哥。

"疯婆娘，老子啥时候拿他们打气筒了？你那个嘴就是个屁股！"猝不及防地，建国竟然用如此侮辱人的脏话来骂郝疯子。

饭场上顿时默不作声，只有众人吃面条的轻微声响，文青悄悄地瞄了一眼郝疯子，爱说爱笑的郝疯子此时也木着脸低着头，像个并没做错事却被冤枉了的可怜的孩子，文青很同情郝疯子，却也爱莫能助，只能忍不住在心里加剧了对建国的厌恶。文青虽然人小，但已经略懂人性，她想，要不是郝疯子家形单影只没有兄弟相助，要不是郝疯子家底更为穷困甚至有点破烂，要不是郝疯子平时不注意影响喜欢胡乱说话，建国即使再仗着自己是支书，也不至于用那么恶心那么侮辱人的话来骂她，想到这里，文青对郝疯子更加同情和怜悯。

这时，一个卖山蜂糖的骑着车子吆喝着过来了，算是打破了饭场上的尴尬。

"卖山蜂糖哩，往这边儿来一下，我看看你那山蜂糖到底咋样？"刘新芝一边朝生意人喊着，一边回头对饭场上的人解释着："我爹嗓子不好，他说那回吃了邻居给他的山蜂糖感觉怪对症，我想着给他称一点看咋样。"

"就是不知道他那山蜂糖真不真，我也来看一下，要是真，称一点搁屋里是个冷热活儿（备用）。"得福媳妇从自己坐的鞋子上缓缓起身。

"哎，文青，帮我盛碗饭。"建国媳妇举着自己的碗笑着朝文青喊。

文青把自己的碗先放到母亲身边的地上，走过去接过建国媳妇的碗就向建国家跑去，趁着文青去盛饭的当儿，改英解开腰上当腰带用的布条子松了松："哎呀，这吃着吃着就得松松裤腰带，焖汤面越吃越香，还想再吃一碗。"

"那可是，不然下地干活儿木力气啊，改英你一顿少说也得两碗半吧？"妯娌刘新芝有点儿讨好地接过话。

"也不一定，就我那个碗，一般情况下得吃三碗才差不多。"

很快，文青就端着一碗饭小心翼翼地从改英家院子里走了出来，改英急忙上前几步接了过来。

对于帮人盛饭这个事儿，文青干得多了，帮改英盛饭、帮得福媳妇盛饭、帮赖娃他妈盛饭……而刘若兰却从没舍得让孩子们跑腿儿帮自己盛过饭，郝疯子也没有让娃们帮自己盛饭的习惯。

文青刚端起自己的碗准备继续吃饭，得贵端着饭碗嬉皮笑脸地走了过来，文青故意板着脸埋头吃饭，结果，得贵居然悄无声息地走过来拾起地上的一个料僵石（一种材质很硬、很结实的米黄色石头，大多呈不规则的拳头状，大的有鹅蛋那么大，小的有黄豆那么小）直接以开玩笑的名义丢进了文青的碗里，文青生气地哭了起来，然后，文青气得把碗放在了地上，饭也没法吃了。刘若兰赶紧走过来哄文青，要回去重新给她盛一碗饭，结果，文青哭得死去活来的紧紧抓着母亲的手，说啥也不愿意让母亲再回去给自己盛饭。当时，文青特别希望母亲能吵得贵一顿，哪怕指责他几句也好，然而，母亲老好人习惯了，她不但没有对得贵进行任何说教，反倒还赔着笑脸说：可别给文青计较，小娃子家不懂事儿，爱骂人。这令文青越发气愤，虽说她人小，但她心思细腻，啥都能想到，她知道母亲老好人是一方面，另外，得贵那实在是缺德至极的所谓的玩笑也和父亲常年不在家有着很大的关系，如果父亲在家，无论是从辈分排行还是论学识威望，震慑力天生自带，大多人对林康成都是有着敬畏之心的，他得贵这样的混球行为分明就是打着玩笑的名义欺负人。

想到这里，文青擦着眼泪从手指缝里愤怒地看了看得贵，这一看，可气坏人了，自己都哭成这样了，而那个不要脸的混账东西居然还笑哈哈地蹲在墙根边跟没事人一样地边吃饭边和旁边的邻居们拍（说）着话。这样的情形使得文青愈发气愤至极，终于，她冷不丁地端起碗快速起身跑向得贵，以迅雷不及掩耳之势把自己带有料僵石的半碗饭泼向得贵，然后又气又怕地小跑着回到院子里，直奔堂屋，拉起门闩把堂屋门从里面给牢牢地插上了。门前的老槐树下毕竟坐着十来个吃饭的邻居，文青又是个小孩子，得贵即使再恼火，也只能朝文青家院子里不高兴地叫唤几句。而此时的刘若兰却显出一副不得了的样子直奔院内，她隔着堂屋门对文青半哄劝半训斥，文青委屈地朝母亲嚷嚷："别管我！你要教训的狗东西在院外卧着吃猪食哪。"文青不愿意开门，母亲也拿她没办法，也便不再喊她。

说完这些气话，文青在堂屋里又忍不住大哭起来，她不想骂人，也不想让自己哭，她不想让邻居们都认为自己是个爱哭爱骂人的磨人精，可是，生长在这野蛮落后的农村，生活在这家庭教养参差不齐的人群里，父亲常年不在家，生性善良的母亲却又往往是一副温软将就的样子，根本就无法给自己提供日常的安全保护，在外受了气的她只能通过"哭出来"和"骂出去"的方式来宣泄心里的委屈啊！小小的文青无法改变眼前的一切，她心里念诵着穰县县城，念诵着丹楚县城，她一遍遍发狠地嘱咐自己一定要努力学习，一定要离开这个有着原始德行的人群，一定要离开这个荒蛮又让人无语的村庄。

而此时，得贵依然没完没了地在门前皮笑肉不笑地啰嗦刚才的事儿，保秧的儿媳妇大老远的竟也端着碗跑了过来："哎呀，好多人哟，可热闹啦，你们这儿总是其（吃）面条其（吃）面条其（吃）面条，我想其（吃）大米也没有，唉！"说着，保秧儿媳妇谢绝着刘若兰递过来的椅子，也学着其中几个邻居的样子，随手脱下一只鞋子垫在了屁股下，坐在鞋子上的保秧儿媳妇也顾不得再说话，她埋着头呼呼噜噜地吃着自己碗里的面条。保秧儿媳妇的出现，转移了大家的话题和注意力，得贵也不得不停止了他那絮絮叨叨的牢骚。

说起邻居们喜欢在刘若兰家大门外聚众吃饭一事，就不得不提到关于搬椅子让座的事儿。每次午饭前，无论邻居们有没有端着碗准点到达饭场，刘若兰总是习惯先搬出来三四把椅子放在大门外的老槐树下，自己却根本就没有坐椅子的意思，无私得彻底的她直接端着碗就地靠着墙根蹲着。尽管如此，当第五、第六、第七个人出现时，刘若兰依然会赶紧再次一趟又一趟不厌其烦地回到院里和堂屋里搬椅子，虽然大家都已经实实在在地谦让着阻拦着让她不用再搬了，尽管大家已经脱了鞋子当椅子坐了，或者是蹲在墙根稳下来了，然而，贤惠实在的刘若兰却还是会热情十足地继续搬椅子，直到把家里能坐的椅子几乎全部都搬了出来。为此，文青没少明里暗里埋怨过母亲，说是天天午饭时这么慌里慌张地给人搬椅子，一碗饭都能耽搁凉，还不如干脆自己别吃饭算了，都是天天低头不见抬头见的邻居，你自己都没坐椅子，凭啥非得一趟一趟地进屋给人搬椅子不可啊，你可真是会坑自己。然而，刘若兰总是嗔怪地瞪一眼文青，一切依然如故。所谓江山易改本性难移，刘若兰可能已经在不知不觉中给自己贴上了老好人的标签，因此，她必须把这个大好人的名分给稳稳地坐实了。

保秧的儿子因为打针打成了瘸子，只能从偏远的深山里找了这么一个条件低下的外地儿媳妇，这媳妇身高一米五左右，长得小巧得很，说话口音有点儿微微的蛮，嗓音又高又尖，人品大致还算过得去。说者无意，听者有心，偏偏林湾也只有村东头这几家平均每家都有一个坑塘，几家人常年都会在自家那份坑塘里养藕养鱼种稻谷，从没让那坑塘闲置过，因此，大槐树下吃饭的几家都有大米，但是，就保秧在村里的差劲儿口碑，饭场里谁也没有接他儿媳妇的话，人们从心底反感为人处世尖薄溜能（小气又自作聪明）的保秧，更看不起保秧那样的破烂人家儿，也看不起他瘸腿儿子娶的这个长相下等并且说起话来总是尖声尖气喋喋不休的外地蛮子。

因为没人接自己的话，这时候的保秧儿媳妇有点儿难堪，善良的刘若兰原本是想回应她一句的，但碍于建国和得贵在场，刘若兰也不便抢风头当好人。这时，刘若兰和文心很有默契地对视了一下，转身朝保秧儿媳妇招呼着："我们厨屋案板上有辣子蒜水，拌面条可好吃了，你要不要试试？叫文心带你去厨屋浇一点，辣辣儿哩，下饭哩很。"保秧儿媳妇正愁没人搭理她，见难得有人对自己这么友好，就惊喜地笑着使劲点了点头，踩着小碎步就随文心进了院子。

几天后的一个下午，保秧儿媳妇再次来到了刘若兰家，进了院子之后，她的脚步变得缓慢又试探："我和别人家都不苏（熟），也冒得（没得）地方玩，我就看你家都寺（是）好人，就想着来你家玩一哈（一会儿）。"

刘若兰正戴着顶针在院里铺了拼接的化肥袋子上面缝被子："行啊，啥时候想来玩，你请来，木事儿。"

"别人家我也不敢可（去），他们看起来像寺（是）都不列么（那么）欢迎我，我也不了解你们责（这）里的人……"

"这儿的人都怪（挺）热情啊，就是每个人性格不一样，等你熟悉了就知道了。对了，那天你说你想吃大米，我记在了心里，来，给你挖一小盆先拿回去吃着。"

"怎（真）滴？你家居然有米？我以为你们责（这）儿自（只）有面呢！谢谢谢谢，你怎（真）寺（是）个好人啊！等我撒（啥）寺（时）候买米了就还给你啊。"

"不用还了，拿去吃吧，虽说咱们两个省挨着，但是你这嫁了几百里地，也是不容易。"

"你怎（真）是太好了，谢谢啊，自从我离开老家，责（这）大半年都没刺（吃）过米饭了，我真是不知道该说撒（啥）子才好！"

"不用恁客气，啥也不用说了，把日子过好就行。"

刘若兰云淡风轻地面朝着被子纯净地笑了笑，手里的针线活儿始终就没停。

保秧儿媳妇走后，文夏愤愤地讨伐着刘若兰："妈，你是咋回事儿了呀，保秧以前卖给咱家一头病牛的事你不记得了？真气人！妈，你咋总是纵容坏人哩？"

刘若兰停下手中的针线，她沉思了片刻："我咋能不记得哩，那日子多苦啊，一头牛简直能要了一家人的命！可是，咱也不能总活在过去，他保秧确实是不干人事儿，咱大人要有大量，过去的事儿……就不提了，不提了，噢！"

文夏还是不能理解母亲的做法，她依然很不高兴地嘟囔了一会儿，刘若兰没再多说什么。是的，刘若兰是一个善良得无可挑剔的人，她总是把委屈吞进肚子，把过往的仇恨化为空气，要有多纯粹才能拥有这么宽广的胸襟？说到底，刘若兰就是一个善良得时常让亲人都无法理解的人。

第六十二章

文夏带文青去穰县玩　蒸面条垄断穰县林湾

刘若兰把文钊和文青交代给文夏照看，三个孩子的三餐都交代给了保成两口子，她只身一人去了穰县，她决心这次一定要把文夏的工作给落实了。

在和林康成商量后，俩人去名烟名酒店买了两条阿诗玛香烟，用报纸裹好之后，找了一个黑色塑料袋装着，又用一个牛皮纸信封装了五百块钱。

在五爹的办公室，和上次一样，等那些找五爹办事的人都出去之后，刘若兰快速把黑色塑料袋放在了五爹的办公桌抽屉里，然后，以迅雷不及掩耳之势从口袋里掏出信封也放了进去。五爹故意用夸张的表情目瞪口呆地看了看刘若兰，又看了看办公桌，他转身笑着批评这个机灵的侄女："兰女儿这是干啥哩？嗯？哎哟你看看我们兰女儿，这可不像是在农村生活的人哦，我还是不是你五爹哩？"

当官的五爹突然来了几句家常的贴心话，这让刘若兰的心里既温暖又放松，她激动又略显尴尬地笑了笑："就两条烟，那给娃们找工作也不能叫五爹贴东西是不是，你看需要请哪个领导吃个饭啥的。"

"哈哈哈哈哈哈，你五爹还用请谁吃饭哪？我能给娃们安排工作的厂矿企业，那些领导只能是请我吃饭。"说着，五爹从抽屉里拿出信封坚定地递给刘若兰："给，快拿着，装起来，烟我留下了，这个你必须拿回去，不然娃工作的事儿我就不管了啊！"

"那好吧，五爹！你可真是哩！"看五爹不像是说的客套话，刘若兰用极不情愿的表情接过了信封，因怕办公室随时会进来人，她赶紧把信封折叠一下装进了裤子口袋。

"那个样吧，我这几天想了想，就给二女子安排到穰县酒厂，我给你写个介绍信，你直接拿着去找酒厂厂长就行了。"

"行，五爹，你看安排到哪儿合适都行。"刘若兰虽然不太懂那些厂矿企业到底哪个好，但她觉得五爹肯定会尽最好的给予安排。

就这样，文夏顺利去了穰县酒厂，在办理了一系列的入职手续之后，直接成了酒厂的正式职工。刘若兰没有食言，虽然二女儿没有考取中专，但她还是为文夏置办了广告上所说的可以"潇洒走世界"的双星鞋，又带文夏在穰县百货大楼选了一身她自己喜欢的衣服。

安排好文夏，刘若兰再次带着礼物去了五爹家，是性格使然，她觉得不专程登门感谢一下，自己心里就跟少了什么似的。这次，刘若兰的五爹和五妈都在家，自从上次领教了五妈的凌厉，刘若兰算是有了经验，她除了问候两位长辈的身体和生活，就是以闲聊的形式关问五妈家几个堂弟堂妹的现状。上午十点之前，刘若兰依然是以还有其他事需要去办为借口，离开了五爹家。走出五爹家的大院子，刘若兰长长地舒了一口气，把礼物送出去之后，她感觉心里踏实多了。

文夏是个勤快又踏实的孩子，她谨记父母的教导，苦活累活抢着干，面对领导安排的任务从来都是保质保量圆满完成。半年后，文夏凭着自己的实力，从一名普通流水线工人成长为组长，这是文夏努力工作的结果，更是领导对她工作成绩的认可，这在无形中也增加了文夏的工作动力。文夏住在单位的集体宿舍里，有时候下班后，她会买了水果点心去父亲的单位看看，父女俩一起吃顿饭，聊聊工作和家里的事儿。

文夏的单位平时八天一轮休，一次休两天，每到轮休那天，文夏都会骑着父亲专门买给她的永久牌轻便自行车从穰县回林湾村，路上需要三个小时，休息日是从半上午下班开始计算，为了能多在家一些时间，文夏总是早上去上班时就带着提前收拾好的行李，等上午十点半下班后，骑上车子就出发，到家往往都是午后一点多了。炎热的夏季，顶着烈日到家的文夏不止一次地中暑，母亲总是找出家里冬天备下的雪水，在锅里煮开了打几个荷包蛋进去，再放上白糖，这是祖上传下来的解暑老秘方，效果也确实很好。

自从文夏去了穰县上班，刘新芝和刘若兰就走动得更加频繁了。刘新芝是个节俭得颇有点抠门儿小气的人，因此，她不会像郝疯子讨好村干部那样时不时地送东西过去，但她是个能够吃得了苦的勤快人，她会跑过去帮刘若兰干一些杂活。刘若兰是个心地善良的、受不了别人对自己半点好的人，因此，对于刘新芝的突然频繁出入和各种帮小忙，她自然是无法消受。于是，刘若兰在极不自然地看着刘新芝干活时，总会尽可能赶紧拉她坐下闲聊。

刘新芝说出"想请刘若兰找她五爹帮忙给玉转也找个工作"的想法，大概是在她无缘无故突然去刘若兰家帮忙打杂的一个星期后。刘若兰当时以为自己听错了，直到刘新芝又表情凝重一脸认真地再次重复一遍，她才听明白。五爹虽然是亲五爹，但互相走动的多少和彼此社会地位的悬殊搁在那儿，自己在五爹那里能不能如此随意，刘若兰自己心里还是有数的。因此，她顿时就觉得很为难，但她总是习惯委屈自己，只怕得罪了别人，因此，刘若兰尽力保持着云淡风轻的微笑："新芝，我说哩不知道你能不能理解，找个工作不是恁容易哩事儿，可是你既然已经张这个嘴了，咱俩娘家又是一个村，从小在一起长大，我也不能说不管，是这，我再去穰县了，帮你问问看，不管咋着，我尽量好好给我五爹说说。"

听刘若兰这么说，刘新芝立马直起身子精神抖擞，就连说话的语速也因为激动而变快了很多："那行，若兰，你看咱需要给人家拿个啥礼物，你请说，木事儿。"

刘若兰急急摆了摆手："不急不急，先不急着送礼，等我问问再说。"

"那行，要是你五爹松口了，你可赶紧给我说一声，我给我那两只最肥实哩老公鸡逮去，不行了再挤五斤香油，你看咋样？要是不合适，你请给我说，看咱拿啥礼物得劲儿一些，为了娃儿们，咱咋着都值。"说着，刘新芝竟然不由自主地站了起来，那副架势，就像是立马要回去逮鸡似的。

刘若兰不禁笑了起来，她起身挽住刘新芝的胳膊："新芝，不急，还是我说那，你等我信儿吧。"

暑假里，文青执意要跟着二姐去穰县玩，一向恩威并施的刘若兰表示文青不能去，她担心文青去了会给本就辛苦上班的文夏增添生活上的麻烦，也担心文青人太小不懂事，会影响到文夏的工作。然而，文青是个固执又任性的孩子，当然，最主要是她心里知道二姐是个贤惠又疼爱自己的人，于是就又是哭又是给母亲各种说好话儿，在文青的软硬兼施下，又因为二姐文夏帮腔，最终，刘若兰总算是答应让文青跟着文夏去了穰县。

文夏骑着自行车载着文青，还拿着从家里带的几个馍，那是母亲蒸的手工馍，她怕文夏买机制馍吃会上火，同时也想让长大了的文夏把工资省下来过得宽松一点。和邻居那几家孩子打工的家长不一样，刘若兰从不要求已经参加工作的两个女儿把工资交给家里，但文夏和文心都是顾家又懂事的姑娘，她们习惯每个月拿到工资后及时交给母亲保管，刘若兰总会从中拿出一部分钱给女儿们，让她们有可以自己支配的小金库，以便在外生活得自信又体面。

二姐上班时间，文青不是自己在宿舍看书，就是在女职工宿舍院内好奇地到处走走看看。偶尔，她还会算着时间点，大着胆子走出职工大院，悄悄跑去斜对面的工厂大门口等着二姐下班，可是，女工们都是白衣白帽全副武装，她根本就辨认不出哪个才是自己的二姐。往往，不是二姐先发现她，就是她看工人们都走完了，只得拔腿跑回宿舍，二姐早已在宿舍里焦急地等着她了。

　　有一次，二姐利用下午下班的休息时间带文青去一个开商店的堂姨家玩，堂姨客气地拿了几颗糖给文青，这是文青第一次见到用小小长方形彩色塑料袋子包装并且封死的糖果，在这之前，馋猫文青也吃过很多种糖果，可她吃的那些基本都是用蜡纸或是塑料纸包裹了随手把两头拧起来的老式糖果。因此，文青舍不得吃掉堂姨给的这几颗糖果，她觉得这包装实在太高级了，不可以随随便便就吃掉，吃这些糖果需要一个特别的时间和地点才合适，具体要怎么吃掉它们？吃这些糖果需要怎样的仪式才配得上？文青自己也不知道。白天，她把这些糖果装在口袋里，时不时地拿出来看上几眼，心里美滋滋的；晚上，文青就把糖果拿出来放在枕头边上，侧躺着看着糖果甜甜地入睡，这些有点高级的糖果给小小的她带来了巨大的快乐，文青觉得自己幸福极了！同时，她也觉得穰县这座城市实在太美了。

　　文夏再次休班时，文青坐在二姐的轻便自行车后座上回到了林湾村。算着日子二姑娘该回来了，刘若兰早早准备了豆角和猪肉，又特意把面条轧得厚薄合适一些，她计划做孩子们都爱吃的蒸面条。一听说要做蒸面条，文青兴奋地跳下了车子，她甚至觉得厨房屋顶的烟囱在烟雾缭绕间瞬间就显得气派多了，而锅里的热气在水雾蒸腾间竞相从窗子和门口飘出，扑鼻而来的蒸面条的香味一下子便把馋猫文青引得跑进了厨房，母亲疼爱地在她早已准备好的碗里先放上两块肉和一筷头蒸面条，文青高兴地端着碗坐在灶火的小板凳上美滋滋地吃了起来。

　　关于蒸面条的最初记忆，是在那个带给文青无限城市化体验和向往的穰县。平时，在随母亲去穰县小住时，大部分时间他们都是在父亲单位一楼的食堂吃饭，食堂里出现频率最高的当属蒸面条。在那里，文青第一次听说蒸面条的别名叫卤面，细细想来，这名字倒也是不无根据的，毕竟是面条在菜汤里打了个滚儿，可以称之为卤。卤面？第一次听到父亲和他单位的人这么称呼蒸面条，小小的文青忍不住独自念叨着重复了很多遍，不知是因为好奇，还是因为觉得那名字没有蒸面条亲切顺耳，后来，因为对穰县的向往，出于爱屋及乌之心，文青又觉得那叫法听起来很时髦很排场。因为父亲单位的人比较多，食堂的师傅总是把蒸熟的面条和炒好的配菜同时放进一个超级大的盆子里搅拌，为了使面条柔软滋润好吃，师傅总会很大气地在待搅拌的蒸面条里淋上很多香油，"哗啦"一声，师傅每次都要自言自语地笑自己不当心倒多了。然而，这样的不当心持续了无数次，而蒸面条的质量也随之提升，软和喷香的面条一入口，别的饭菜就统统抛之脑后靠边儿让一让了。直到很多年以后，蒸面条依然是文青的最爱，当然，无论在何时何地吃到蒸面条，文青总会很自然地想起父亲，想起在父亲单位食堂吃的蒸面条。

看来，乡愁不仅和故乡的草木老屋有关，也不单单和老家的亲朋发小有关，它和故乡的美食更是密切相连，那记忆里蒸面条的味道，在文青长大后对万水千山的丈量中，化作一缕缕绵延无尽的乡愁，在异乡的烟火味道里，撩拨着她思乡的味蕾，没有什么比味觉的偏执更能体现一个人对故土的热爱。

第六十三章

为玉转找成工作　若兰登门谢五爹

一个多月后，刘新芝还真的等来了刘若兰的好消息：给玉转找工作找成了！安排在穰县化肥厂。刘若兰是个过于善良的实在人，按说送礼应该是在求人办事之前，然而，在工作没有落实之前，习惯当好人的刘若兰可不好意思让刘新芝拿礼物出来，她主要是怕事情一旦办不成没法给刘新芝交代，像新芝那么节俭抠唆的人，实在是不能浪费任何东西的，所以，在给玉转找工作时，刘若兰是自己先垫钱买了档次相当的礼物。最终，刘新芝没有食言，她把自己家那两只最宝贝最肥实的大公鸡逮住用绳子绑好，装在一个专门洗干净了的化肥袋里送了过来，还拎了五斤小磨香油。看着五斤香油小小的油壶，刘若兰独自笑了笑，心想，这哪能拿得出手啊！可是，这话她又不能当着刘新芝的面说。于是，刘若兰把新芝那五斤香油放了起来，她拿出自己家里前不久刚在油坊挤的十斤香油，拼上新芝那两只排场的大公鸡，一起送到了五爹家。

是保姆开的门，她双手接过刘若兰手上的东西，热情地往院子里面引领着。五爹不在家，五妈在堂屋的沙发上眯着眼半躺着，见刘若兰来了，五妈象征性地动弹了一下身体，实际上姿势并未丝毫变动，她面无表情地招呼着："兰女儿来了？"

刘若兰尚来不及应答，五妈下一句话就立马蹦了出来："找你五爹有啥事儿？"

刘若兰笑着坐在了五妈斜对面的椅子上："木事儿，我不是来穰县看康成了嘛，就想着顺道过来看看我五爹你们。"

"哦，是这，不用麻烦，都忙成啥，细顾啥哩，下回可白（别）再来了。"

"呵呵，木事儿啊五妈，作为晚辈儿，我来看看你们，也是应该哩，不麻烦。"

五妈眼看着保姆把刘若兰拿来的东西放在了堂屋的石头门墩儿边，就故意做出一副心不在焉的神情："又拿东西来干啥？你是不是来找你五爹办啥事儿哩？你五爹也是给国家干活儿，哪儿有恁大权力！"

"不是哩五妈，我就是来看看你们，真木啥事儿。"

"木啥事儿就对了，你五爹工作忙，经常不在家，你以后木啥事儿就少来找他，来了你也见不着人。"

"我来看看你，不是也行嘛。"

"呵，我有啥可看哩？一个老太婆家，又不是你刘家的人，还是你五爹亲。"

刘若兰想不到五妈会突然说出这样的话来，她尴尬地笑了笑，心里寻思着得找个理由赶紧离开。

然而，还不等刘若兰主动说走，五妈就像上次一样先开了口："你还有啥事儿没有？要是木有，我想眯一会儿，木法陪你说话了，小兰也得去厨房做饭了。"

刘若兰赶紧起身："那行五妈，那你歇一会儿，小兰你去忙吧，那我先走了啊！"

走出五妈家，回想着五妈说话的不客气，尽管刘若兰心里多少有点儿不太舒服，但为玉转找成工作的好事还是冲走了她心里那点小小的不快。

从五妈家出来，刘若兰想了想，直接去了穰县政府五爹的办公室。五爹去会议室开会了，接待的人让她稍等一下，刘若兰一等就等了差不多一个小时，她要让五爹知道她去过家里了，并且还得委婉地告知五爹，五妈不知道五爹给帮忙的事，以防穿帮，她主要是怕五妈知道了会为难五爹。虽然刘若兰提醒得比较委婉，但高智商高情商的五爹立马就听明白了她的意思，大半辈子深受五妈束缚管制的五爹温和地对她笑了笑，点着头表示让刘若兰尽可放心，说是不会有啥事儿的。

第六十四章

建国被抹去职务　玉转从穰县下岗

这天中午，后土乡政府的几位领导在建国家吃饭，可能是酒喝多了，建国和乡领导互不相让地从抬杠到大吵，建国直接发着狠放出话来："多球稀罕，这个村支书老子不干了！"

乡领导看他嚣张得不像样，立马回他："行，你说的，那你就别干了。"

建国怒气冲冲地从桌子上抓起一个酒杯举起来摔得粉碎，他强硬地回怼："不干就不干，老球稀罕当。"

乡领导饭都没吃完，就一脸怒气地喊司机开着车离去。改英连劝带吵不停地说建国不该不尊重乡政府的领导，从不向人低头的建国气得使劲把改英骂了一顿，好像还是不解气，他干脆顺势抬起脚一脚把饭桌给踢翻了。改英看他发那么大的火，心里气得要死，却也不敢再惹他，只能在心里把他痛骂几万遍。

次日大清早，酒醒后的建国依照乡里之前的通知，夹着他但凡出门就形影不离的黑色公文包坐着客车去丹楚县城开会去了。然而，等他在丹楚开两天会回来后才知道，后土乡党委已经下了文件，抹去了他的村支部书记职务。建国觉得自己真是丢死人了，他实在是气不过，却也只能在自家堂屋里自言自语地撅几通，自吞苦果地接受了自己因嚣张和放肆而造就的这个结局。

新的村支部书记很快就从村西头产生了，而改英和建国却莫名其妙地与之势不两立，他们像仇人一样漠视和回避着新任的村支书林万旦。这成了林湾村所有人都知道的秘密，而建国村支书职务被抹去一事，对林湾村全体村民来说，却是一件大快人心的喜事。

1996 年夏天，天气干旱严重，地面干涸得裂开一道道龟背一样的缝隙，地里的辣椒和玉米叶子一天比一天卷曲得严重，很多秧苗都已经枯萎得耷拉着脑袋，林湾村和周边其他几个村子的人都在忙着浇灌庄稼。一部分家里有小八匹型号手扶拖拉机的人趁机做起了生意，浇完自己家的地之后，他们按亩数收费，为没有拖拉机的家庭提供有偿灌溉服务。火热干旱的天气逼得靠天吃饭的村民们没日没夜地奔忙在田间地头，拉水管子，送饭，去地里送茶水，买了油送到地里给拖拉机加油，晚上去地里送蚊帐、清凉油和手电筒……这个时候的林湾村，完全是个不分昼夜的存在，累得极度疲乏的人们不管不顾地挤时间在拖拉机边上的小片儿阴凉草地上随时就能睡着。

就在这一年，林康成家也像林湾村很多家庭一样，在实在灌溉不方便的情况下，忍痛把耕牛卖了，又凑了一些钱，咬咬牙买下了一辆手扶拖拉机，为了马力更大用起来更得劲儿，从小就对机械很感兴趣也颇有研究的文钊建议父母把型号买成十匹的，这拖拉机天旱时可以浇地，别的季节完全能够替代牛和拉车，比如耕种地和拉东西。林康成和保成对机械都不太熟，于是，暑假在家的文钊充当起了驾驶员。秋季就要读初三的文钊身高已经一米八二了，在林湾村东头，他是所有同龄男孩里个头最高的，也是对机械最感兴趣并且玩得最为精通的。看着自己的儿子突然像个大人一样扛起了农活的大头儿，林康成和刘若兰在无限感慨和欣喜之余，只有尽力做出各种瓷实的好饭好菜送到地里，以此来心疼自己那在太阳下辛辛苦苦摆管子拉管子挪腾在各个地块里的又累又热的孩子。

可能是被干旱的天气吓怕了，也对靠天吃饭的生活绝望了，从夏天到收完秋，村里陆续有十几个男人背着铺盖行李出去打工了。和以往的只知道去广州不同，他们中的一部分人去了江浙一带。因为最近几年村里陆续有人出门打工，所以，这在林湾村已经算不上新闻了。离谱的是，村西头的林合意竟然带着媳妇出去打工了，这在林湾村可算得上头号新闻，之前村里有大姑娘出去打工的，也有男人出去打工的，还没见谁家把娃丢给老人招呼，夫妻俩一起出门打工。于是，就有人替合意两口子操心：哎呀，他们俩娃儿可咋办哩？唉，他爹妈岁数也大了，要是那老两口有个头疼脑热可咋整哩？合意那俩娃儿也真是可怜，这以后不就跟孤儿一样了吗……各种担忧流传在邻居们之间，合意妈拉着俩孙娃儿，难过得泪流满面。生活真苦啊，要是在家能有吃有穿，谁又愿意抛儿弃女远离双亲背井离乡呢？

而抓计划生育的成才夫妻也一起出门打工去了，人们私下里悄悄观察着有娃媳妇的反应，那段时间，有娃媳妇时常拉着脸，也不太出来串门儿了，整个人一副病态。有人说，就有娃媳妇那坏脾气霸道样，她会不会直接冲上去骂成才一顿哩？也有人说，有娃媳妇不就是企图在成才的庇护下超生嘛，她儿女都有了，也不需要成才了呀！还有人毫不客气地说，那是别人家的男人，有娃媳妇有啥理由去骂人家？有娃媳妇要快活但她更要脸哪！

振兴前脚刚出去打工，一个难题立马就横在了他媳妇面前，收种庄稼时她一不会使牛二不会开拖拉机，而振兴也没有可以施以援手的自家屋（在中原一带，亲兄弟或堂兄弟各自成家后，彼此之间就叫自家屋，也就是近门儿亲人的意思）兄弟，他媳妇只好请热心的明有帮忙。然而，庄稼活并不是一次两次就彻底干得完的，振兴媳妇看明有脾气挺好，干活也踏实，逐渐地，她从开始的农活找明有，演变为生活中遇到啥事儿都习惯去找明有，一来二去，两人之间就产生了感情，从开始的偷偷摸摸到后来的明目张胆，他们居然像夫妻一样在一起了，除了振兴被蒙在鼓里，这事儿几乎成了林湾村公开的秘密。

阳历年假期，文心回了一趟林湾。第三天早上，文心需要从家里出发去村东的后土二中坐车，冬天的早上五点，天色依然是一团漆黑，林康成不在家，送行的任务自然又交给了保成。文心走在前面，保成打着手电筒跟在后面照路，因为路窄，两边都是带着露水的枯草，保成为了让文心看清路，握着手电筒的他一不当心掉进了小路上灌溉庄稼时挖的一个近一米宽的水沟里。当时虽是枯水期的冬天，但因临近大坝，河沟里的水并不浅，身材矮小的保成一下子就从鞋子湿到了腰身。中原的冬天相当寒冷，等到把文心送上车时，保成的身上已经结了一层冰。客车徐徐启动，看着冰人儿一样矮小的二叔笑眯眯地站在那里朝自己挥手，文心忍不住眼泪哗地一下就流了出来。保成对几个侄子侄女的爱，看起来就是普通的叔侄之情，却有着一般父母之爱都抵达不了的高度。

1997 年，香港顺利回归，全国隆重庆贺。同年，在改革开放的一系列冲击下，国有企业也相应地面临着改革或是重组，就在这年夏季，玉转从自己所在的化肥厂下岗了，虽说也给发放有生活费等各类补助，但相对于原来的工资来说，这毕竟是杯水车薪，而对于丢了工作的人来说，更多则来自面子上的过不去。在经历了一大段时间的心理折磨之后，玉转和父母只得接受了这个事实。

第六十五章

岁月匆匆向前　社会迅猛发展

时光荏苒，岁月翩跹，悠长的季风牵着明媚的日月，在无垠的时空里翻转成一段段回不去的过往，时间像是生了翅膀，就那么轻盈地来到了 2005 年。时间真是个神奇的东西，曾经，你觉得一天天的日子是那么慢，然而，多年以后，当你在不经意间回望过去，那些似乎就发生在昨天的故事，竟不觉已经过去了太多年。

此时的林康成已经退休在家，辛苦了大半辈子回到林湾村的他本该歇歇了，可他却依然是田里家里忙个不停；刘若兰的双鬓和林康成一样有了白发；丁凤前年被突然找来的她原对象强行带回了湖北，临别时她抱着文泽和保成哭天泪地，她悄悄地告诉保成，她一定会和那个男人离婚，让保成照顾好文泽，一定要等着她回来，保成带着文泽依然住在后院里，文泽已经是初中生了；文心已经结婚成家，对象是铁路局的同事，两个干事业的人在双方父母的催促下依然不着急要孩子，凭着真才实学，文心已升职车务段段长兼党委书记；文夏也已经结婚，对象在劳动局工作，孩子已经上幼儿园了，她凭着自己的踏实勤奋几经调动，如今已是林海市（原穰县）电业局工会主席；刚结婚两年的文钊已经更新换代了第二台联合收割机，在麦子成熟的季节由退休在家、会丈量土地的父亲陪着他天南海北地收割麦子，同时，文钊还买了旋耕机，在耕种时节不分昼夜地奔忙，另外还买了大卡车拉沙拉石子，家里的红砖屋架房已经被一座精致的两层小洋楼所取代；文青正在南方一所本科院校读大学。

这一年，村里有俩大学毕业的孩子分别考上了丹楚县城和省会城市的公务员，其中一个是永振的儿子合欢，搞不懂社会形势的村里人啧啧羡慕：哎呀，上个大学就是好，看看这，一毕业都给安置工作了。暑假在家的文青听到了，总会忍不住给他们解释几句，然而，越没文化的人越偏执，文青只好无奈地笑了笑，也便不再过多说话。

文钊的媳妇李果在家招呼刚过一周岁的女儿，林康成夫妻把儿媳妇看得比闺女还亲，他们舍不得让她下地干活，老两口和文钊把地里的活全包了，李果就在家招呼小孩，连带着做饭做家务。文化并不高的李果却习惯给女儿写留言条，在院子里洗衣服时，她会给正在里屋呼呼大睡的女儿这样留言：丹宝，你先睡觉，妈妈去洗衣服，睡醒了你自己把衣服穿好啊！在房后的菜园子里摘菜时，她会提前给正睡婴儿觉的女儿这样写：丹宝，妈妈去菜园子了，你要是睡醒了，自己在冰箱里拿点吃的，不要哭，妈妈很快就回来了。诸如此类的留言条有很多张，李果并不是个幽默的人，可她这种写留言条的方式却显得很有趣，所以，当文青暑假在家无意间看到那些留言条时，她顿时对这个看起来老实本分的嫂子有了不一样的认识，当看到那条带着"冰箱"二字的留言条时，文青忍不住独自咪咪发笑：嘻！我这个老实不腾的嫂子心气儿还挺高呢，居然连冰箱那么高档的电器都敢想，我可真是小看她了哩！

然而，2005年暑假还在为嫂子给侄女留言条里的冰箱梦觉得远不可及的文青，却在2005年冬季从学校回老家开具入党政审证明时发现家里赫然放着一台新飞冰箱，文青带着惊喜的表情从放冰箱的小房间里一蹦子跑到院里对着厨屋很是夸张地喊："妈妈妈，咱家啥时候买了个冰箱啊？"

母亲春风满面地笑了笑："一个月前就买了，本来想年底再买的，你哥说那个时候结婚的人多，东西贵，现在买会稍微便宜一点，西头强娃儿还有永振家也都买了。"

文青不禁感叹："天哪，真是不可思议，妈，你是不知道，就今年夏天我还在想着再过十年八年咱们也用不上冰箱哩，结果这才刚过去三个月时间，冰箱居然就在咱家里放着了，我咋觉得自己像是在做梦啊？"

刘若兰笑着拿嗔怪的表情宠爱地瞪了古灵精怪的文青一眼。

第六十六章

文青警察梦圆　办案得罪发小

2009 年 7 月，文青大学毕业了，这一年，省里的招警考试居然招考五千人，抓住这难得的机遇，文青全力备考，努力考取了警察，并按就近分配的原则分在了丹楚县城关派出所，成了一名民警。当了警察的文青也算圆了自己的梦想，她喜欢这份工作，对工作认真负责，勇挑重担，在自己的岗位上兢兢业业。一年后，利用业余的碎片时间，文青考取了本省一所"211"院校的全日制研究生，三年之后，文青拿到研究生硕士学位归来，调到丹楚县公安局刑事侦查大队工作。

文青是个务实又踏实的人，她工作勤奋，又细心谨慎，领导和同事们对她的评价都很高。文青是个肯学愿干的人，她从陪师傅做笔录开始，到自己罗列提纲与师傅的思路进行对比，再到独立完成审讯，直至后来自己对各类案件全过程都能做到运筹帷幄。这年腊月初，辖区一工地仓库电缆数次被盗，接到报案后，文青立即和同事们一起展开侦查。通过调看现场周边监控和实地走访，很快就掌握了嫌疑车辆的车牌号，后经查询，这是一辆套牌车，用车牌号找人肯定是不可行的了，文青便带着同组的人在公司周边一间彩钢瓦房内蹲守，时值寒冬，夜里气温都处于零下，连续蹲守了将近半个月时间，一举抓获三名盗窃嫌疑人，文青再次立功受奖。

工作之余，同在丹楚县城的玉春经常会约文青一起逛街吃饭，玉春是建国的女儿，她能说会道情商很高，但自小成绩不太好，前几年建国仗着自己是村支书，门路广，有积蓄，硬是刺着脸皮到处托人，最终花钱为玉春在宛南市买了个技校，技校毕业后，建国又掂着礼物和红包四下找关系，总算是如愿以偿地把玉春安排在了丹楚县水泥厂当会计。其实，比文青大两岁的玉春从小就爱家长里短地捣乱，惹得几个小伙伴之间矛盾不断，文青打心眼儿里不喜欢和这类爱惹是生非的人玩，但如今她们毕竟都长大了，又都在距离老家林湾村一百多里的县城工作，文青对她也就没了那么多的计较。加上文青有在县城里足以称得上高高在上的学历，工作又很体面，玉春不但收起了原有的骄纵和优越感，在对文青的态度上竟平添了几分殷勤，搞得一向谦和的文青很是有点不自在。

这天下午五点多，文青正在整理资料准备下班，玉春突然着急慌忙地骑着电动车风风火火地跑来了。原来，玉春的大哥玉强在打麻将时把别人打伤了，被抓进了后土乡派出所，那可是建国唯一的儿子，把被后土政府抹去村支部书记多年的建国急疯了，到处打电话托关系，脑子活的玉春立马就想到了在县公安局工作的文青，她认为县公安局自然是管着下面的乡镇派出所的，文青肯定能轻而易举地帮忙把玉强救出来。

听完玉春的讲述，文青严肃地说："玉春，这事儿我还真帮不了你，你想想，自古以来法不容情，我建议你找个可靠的律师。"

玉春一听，试图继续求文青帮忙，在依然遭到文青的委婉拒绝后，她迅速收回笑容，用不耐烦的眼神看着文青，满是嘲讽的语气："这点小事儿你都不愿意帮忙？还用找什么律师？你也太打官腔了，谁不知道你在公安局混得很牛，不想帮就算了。"

文青为难又共情地笑了笑，轻轻地抚了抚玉春的肩膀："玉春，你可不能这么想，我也只是一个普通的刑警，触犯法律的事，肯定不是咱个人私情能帮得了的，如果都像你说的那样，那还要法律干啥呢？你说是不是？"

急火攻心的玉春越发恼火地推开文青轻抚自己肩膀的手："咱们好歹也是从小玩到大的发小，你不但不帮忙，还给我讲这些没用的道理，我可听不进去，谁爱听谁听去，我今儿把话撂这儿了，你这次要是真不愿意帮忙，那咱俩的交情就到此结束了。"

说完，玉春大跨步地冲出了文青办公室，文青急忙追出去，气冲冲的玉春已经跨上了电动车。就因为这件事，文青和玉春的关系闹僵了，确切地说，是玉春切断了这层关系，说一辈子都不会再理文青了。

后来，受伤方不愿接受民事调解，玉强因故意伤害罪被判了一年半。此后，不光是玉春彻底把文青当成了仇人，遇到文青回老家，建国更是拉着一张黑脸不打招呼，就连平时面子上还算过得去的改英，也收起了以往的笑脸，看到文青就装作没看到。玉春在共同的熟人那里四处散布谣言，说文青当了警察就咋拽咋拽，说文青不顾发小情分甚至六亲不认，说自己瞎了眼居然会和她玩这么多年。

一些后来不太联系文青的同学和发小听说了，也都觉得文青实在是做得不对，真是太不近人情了。还有同学跳出来说自己有一次酒驾被抓，还买了两条帝豪香烟，文青同样没帮，递两条烟过去，人家连看都没看一眼，这样的同学要她干啥呢，不如拉黑算了。当然，同学和朋友中还是明白人居多，当他们把那些同学只考虑个人利益的谣言说给文青时，宽厚通达的文青只是淡淡地一笑，次日便去移动营业厅注销了原来的电话号码，重新申请了一个新号码。作为一名人民警察，作为一名党员干部，文青当然明白遵守法律法规的重要性，她是绝对不会做违法乱纪的事，如果每个人都因为自己或亲戚朋友的事去找她帮忙，那她还怎么开展工作？她不想得罪熟人，可是又不想做违规的事，与其让自己左右为难，不如自己先得罪人，她毫不犹豫地删了大多同学的联系方式，保持距离对大家都好。在公私分明的文青看来，尊重自己，也尊重他人，这才是成年人最好的相处方式。

后来，在丹楚县土地局上班的一个初中同学借着组织同学聚餐的机会，给玉春做了思想工作，也给部分参加聚餐的同学详细解释了一番。他说：大家在一起这么多年了，难道你们都不了解文青的为人吗？作为朋友，大家愿意文青为了帮咱们而做出违规的事吗？如果人人都讲人情，那还要警察干啥？还要法律干啥？作为文青的亲同学，咱们能有这么优秀的自家姐妹，应该理解并支持她的工作才对啊！

在土地局同学的努力下，玉春和文青算是冰释前嫌了。然而，破镜重圆毕竟有痕，玉春嘴上说不再计较文青曾经的绝情，和好后却没再像之前那样隔三岔五地往文青那里跑了，人类到底是个复杂的动物，心里有了隔阂，是不太容易消除彻底的。偶尔想到这些，文青心里多少也会有点儿不舒服，但繁忙又充实的工作很快就冲走了那些不愉快，她沉稳地活跃在自己的岗位上，三年下来，荣立三等功两次，并受到多次嘉奖。

第六十七章

振兴离婚无风波　丁凤无情惹文泽

春末夏初的时候，是撸起袖子加油干的季节，振兴却突然就从打工的地方回来了。人们还没搞明白是咋回事儿，振兴已经利利索索地和媳妇办理了离婚手续，然后就接上儿子去打工的地方读书了。口才笨拙的振兴并没有责怪媳妇，从民政局出来，他只是沮丧地看着媳妇，一脸愧疚地说："是我对不起你，我后悔当初出门儿打工没有带着你一起去。"媳妇的眼泪大颗大颗地滚落下来，她没有挽留振兴，也没有和振兴争夺儿子。振兴媳妇并没有像人们想象的那样和单身的明有在一起，她谢绝了振兴在后土街上留给她的一套小产权单元房，然后跟着自己的娘家姐一起出门儿打工去了。

婚姻是一个共同的责任和承诺，夫妻双方都需要付出足够的努力和关注，在两地分居的情况下，相对于男人来说，女人的感情更是脆弱又敏感，情绪也往往难以控制，又要独自面对很多意想不到的挑战，在外的丈夫必须给予更多的关心和爱护，两个人之间加强联系，互相之间多多鼓励，经常一起畅想一下未来，增加彼此的生活热情和工作动力，尽可能使夫妻感情保持良好的状态。

这天中午，一封从广东深圳发来的信件由顺丰快递送到了保成的手上。他先是看了看邮戳，自己家没人在深圳啊！保成疑惑地打开信件，他好奇地赶紧先看落款，是丁凤。

信中，丁凤没有像保成想象中那样絮絮叨叨地讲述自己回去后的生活和对他们爷俩的思念，只是说自己在深圳打工，一切都好，然后叮嘱他照顾好文泽，让他们爷俩好好生活，不要想她。保成一口气把这封只有半页的信看了好几遍，他很想在信纸上的哪个缝隙里找到丁凤想念他们爷俩的只言片语，他很想突然看到哪里是不是漏掉一句丁凤要回林湾村的消息，然而，丁凤的信里确实看不到任何具有感情色彩的话语，保成刚热起来的那颗心逐渐凉了下来，他不知道该如何给正在北京读大二的儿子文泽说这件事，他怕这封模棱两可丝毫没什么温度的信件会扰乱儿子原本平静的生活，保成陷入了无比闹心的巨大矛盾当中。

　　然而，这是迟早要面对的事，保成在和哥嫂商议之后，选择了在暑假里把丁凤的信拿给文泽，这样，无论这封信会对文泽产生怎样的冲击，起码假期里文泽在家，亲人都能在身边陪着。文泽不但遗传了保成的聪明智慧，13岁就独自跟着父亲生活的他也完全和保成一样，既热情阳光，又沉稳低调。在看了母亲那封来信之后，身高已是一米七六的文泽紧闭着嘴，眼神恍惚地沉思了许久，与思念母亲相比，他的神情更像是在平复自己的情绪。保成在旁边装作若无其事实则严密细心地紧盯文泽的动态，只怕儿子会因对丁凤太失望而过于难过。文泽在沉思好几分钟之后，突然抬头一脸无所谓地冲保成笑了笑："爸，只要我妈过得好就行，咱爷俩一起生活，也挺好！"说完，文泽起身双手轻轻地拍了拍父亲的肩膀，然后径直朝后院保成前年秋季新盖的两层小楼走去。

　　保成虽然平日里嘻嘻哈哈，但他是个心思细腻的人，他知道文泽心里必定会很伤心难过，这孩子只是在强忍着。就在刚才文泽从他身边走过去的瞬间，保成早已候在眼眶边的泪水咕噜一下就滚了下来，他不敢哭出声，他怕文泽听见，也不想让哥嫂和文钊们俩人看到。保成觉得，他自己心里苦也就算了，可他更心疼的是自己那么多年没有妈妈陪伴的儿子啊！想到这里，保成赶紧从口袋摸一点纸拭了拭眼泪，向哥嫂家的厨房走去。

　　林康成和刘若兰与保成爷俩的想法一样，现在的日子都好过了，无论丁凤到底是在哪儿和谁生活，只要她过得好也行，反正保成和文泽日子也过得还不错，只是少了一个人，爷俩的心里肯定是会有些不舒服。因担心文泽刚看完信内心会很受打击，在保成的安排下，刘若兰和李果赶紧一前一后地小跑着去了后院。

　　堂屋门敞开着，文泽应该是在二楼自己的房间，李果示意岁数大了的刘若兰就先在一楼等着，自己轻声上了二楼。虽然文泽的房间里放着音乐，但隔着门，李果还是听到了低低的啜泣声，那啜泣声时而充满孤独无助的伤心失望，时而又带着压抑到极致的撕心裂肺，站在门外的李果也禁不住泪流满面。李果在文泽的房门外足足站了五分钟，在楼下等不到消息，却又不便大声喊人的刘若兰也悄悄跟到了二楼，李果转身挽着她的胳膊准备下楼。这时房门突然从里面打开了，俩人急急回转身，文泽双眼红肿地拉着门把手站在门口，见她们回过身了，这个大小伙子突然就抑制不住地放声大哭起来，刘若兰赶紧上前两步心疼地抱住了文泽，文泽在刘若兰的肩头哭得全身发抖，李果在边上不停地说着宽慰的话。

刘若兰轻轻地拍着文泽的背："不哭不哭啊，文泽从小就最乖了，不想恁多了，我虽然是你大娘（在中原一带，孩子们称呼自己大伯的媳妇为大娘），但是我和你妈是一样对你，你有任何事儿都请尽管和大娘说，就和文钊他们一样，咱们是一家人，可不哭了啊文泽，一切都会好起来的。"

文泽慢慢地扶着大娘，把自己的身体站好之后，他接过李果递来的纸点着头擦着眼泪："我知道的，大娘，你一直都拿我当自己的孩子稀罕，从小到大，我文钊哥有啥，你都会给我准备一份，我妈虽然可能再也不会回来了，但她曾经陪了我十三年，十三年对于一个孩子来说，也算是可以了，我知足了大娘，毕竟……毕竟……毕竟还有很多孩子，他们连三年的母爱也不曾拥有。"说到这里，三个人的眼泪同时涌了出来！

第六十八章

高速路欠巨款闹笑话　千人分羹终成豆腐渣

　　2010年夏天，林湾和村东大坝之间突然就规划出了一条高速公路，这条名为内邓高速的高速路需要占用林湾和刘寨的一部分耕地，这就牵扯到了赔偿款问题。在一大段时间里，高速路的赔偿款成了林湾村人们讨论的主题，也成了村民们的一个热门话题。国家不会亏待百姓，自然，涉及耕地被占用的村民很快就顺利拿到了赔偿款，但人们都心知肚明，别的村干部且不说，单单一个小队长都敢明目张胆地把各家的赔偿款亩均克扣大几百装进自己的口袋。对此，百姓也是过后才得知实情，但是，千百年来在底层农村吃亏吃惯了的百姓即便心知肚明，却往往还是会心态麻木地选择习惯性容忍，顶多也就是在背后议论议论，再气不过顶多也就是私底下骂几句了事。

　　当然，但凡能分一杯羹的人都不会放过这个千载难逢的机会，林湾村新任领导林万旦立马又是想办法承包工程，又是急急购买设备投入工地上，利用职务之便各种牟利，最终直接把总投资39.2亿元为期两年有余的内邓高速整成了质量差、路不通、账不清、纠纷不断的问题工程，导致这条高速路在通车仪式上无法顺利通车，遭到了曝光。后来，在省委省政府无息借款给宛南市6.2亿元全部用于完成内邓高速的剩余工程的情况下，内邓高速总算于2016年1月下旬正式通车。然而，林万旦和他已经出嫁了的闺女欠文钊的十来万拉沙子石料的款，一直就那么不温不火地欠着，直到2023年年底，欠文钊款项十几年的林万旦依然在欠着，在农村，不，在这片土地上，这类老赖挺多，很多时候，债主只能无法掌握主动权地憋屈着，看着负债人大吃大喝、打麻将、逛街、穿着流行的名牌货，急需用钱的债主却只能一脸无奈地忍着憋着。法律的漏洞太大了，负债人就像过街的老鼠，可他们钻的却是法律的空子，无形中，是法律在庇佑着负债人，这让人听来，实在是一个啪啪打脸的荒唐笑话。

第六十九章

脱贫攻坚已开展　文青驻村去一线

2015 年 11 月 23 日，中共中央政治局审议通过《关于打赢脱贫攻坚战的决定》。11 月 27 日至 28 日，中央扶贫开发工作会议在北京正式召开，会议强调了消除贫困、改善民生，逐步实现共同富裕的中心思想，其目标是到 2020 年稳定实现农村贫困人口义务教育、基本医疗、住房安全有保障，同时实现贫困地区农民人均可支配收入增长幅度高于全国平均水平，基本公共服务主要领域指标接近全国平均水平。

于是，丹楚县县委县政府就开始一道一道的开会研究脱贫攻坚的有关事宜，2017 年 5 月 1 日，本着本地人好沟通的原则，文青被组织上选派到后土镇李华村担任扶贫驻村第一书记。动员会上，组织部直接宣布了驻村要求，这批驻村书记至少需要驻村两年。丹楚县县委选优配强，共选派 182 名第一书记、抽调 557 名干部组成 182 支扶贫工作队，选派 4850 名公职人员作为帮扶责任人，使 122 个建档立卡贫困村和 90 个深度贫困村及 50 个党组织涣散村实现了全覆盖，这批帮扶人将用务实为民的情怀让扶贫产业在各个贫困村生根落地。为了激发帮扶干部的创业热情，丹楚县明确规定，对短线产业当年收益好的贫困村，经组织部考核，驻村第一书记将给予破格提拔。

作为全县 182 名驻村第一书记中仅有的 16 名女书记之一，文青还兼任着帮扶工作队队长的职务，所谓巾帼不让须眉，身为党员干部的她决定不负组织重托，下沉到一线去，脚踏实地干点儿实事，既是自己的一次成长机会，也是为家乡父老效力的机会。

报名后的一个月里，文青忙得脚不沾地，她首先做通了对象的工作，又安顿好上小学的儿子，然后就一心一意地投入即将驻村的准备工作中。尽管成长于农村，但自小没干过农活，过得犹如城市孩子的她，选择驻村真的需要很大的勇气。就连一向支持她的父母哥姐也不太赞成她的决定，但文青从小就是个倔脾气，她认定了的事，谁也改变不了。最终，在得到了亲人们的理解之后，文青轻装上阵了！

文青知道，仅有心理准备是远远不够的，她一边利用业余时间系统学习总书记关于脱贫攻坚系列重要论述，也见缝扎针地挤时间学习了省委省政府关于落实推进脱贫工作的系列重要指示，一边组织参与脱贫攻坚的一线同志共同研讨当前脱贫攻坚的基本情况和思路，努力掌握第一手资料，搞清楚扶什么、怎么扶、要扶出什么效果。即便已经做好了充分的准备工作，文青的心里仍然有些紧张。

从 6 月中旬开始，有关扶贫的各种文件和资料就开始不停地下发，6 月底，丹楚县召开了全县驻村第一书记工作会议，会上印发了相关的扶贫文件，县里将给每个第一书记拨十万元的项目资金，该资金由第一书记和村委会及群众商议使用。文青知道，她暂时还不能把文件精神传达给村委，生于斯长于斯，她太了解村干部的做派了，她担心他们会立马拿着这些钱滥用在并不必要的方方面面，文青细细筹划着这笔钱的用途，想要努力使其发挥更大的杠杆作用，她要用这些资金给村民们实实在在地造福。

2017 年 7 月下旬，文青把高跟鞋放进鞋柜，把长裙子挂进衣柜，轻装上阵地带着简单的行李前往后土镇李华村报了到。虽然李华村和林湾仅有三公里的距离，虽然自己家里上下三层楼有足够多的房间可以住，但为了真正地深入基层深入百姓增强工作的针对性，文青在耐心和父母哥嫂讲清楚之后，按照村委和组织的安排，住进了李华小学一间不足 15 平方米的房子里。

在走进李华村之前，文青就已经通过各种途径摸清了这个村的基本情况，她所驻村的李华村位于丹楚县南部，距离所属的后土镇政府有五里地的路程，属于丘陵和平原各占一半的地貌，既没有紧挨丹楚县城那些乡镇的连绵群山，也并不是辽阔无垠的一马平川。和很多当下的村子情况一样，李华村大多数人都出去打工了，农民收入主要靠种植玉米和小麦，在村里活动的全部是留守老人和儿童，壮年劳力留在村里的，不是在招呼孙子，就是身体方面有啥残缺，总之，偌大的村子几乎遇不到一个年轻人。而这个看起来沉闷得毫无生气的村庄，却是豫剧《春秋配》的发源地，查询到这个资料时，文青眼前一亮，她怎么也没有想到，这个距离生养自己的林湾村仅有三公里路程的小村庄居然会有这项值得发掘的宝贵文旅资源！

在村"两委"那里，文青了解到，去年帮扶工作队给村里的贫困户分别发了几只羊，结果，帮扶人员刚离开村子，竟有人立马就把羊给卖掉了，然后拿着卖羊得来的钱去后土街上胡吃海喝。有一家贫困户连早饭都懒得做，夫妻俩每天早上骑着电动三轮车去后土街吃油条喝胡辣汤，然后找个茶馆打牌，中午直接在餐馆吃碗窝子面，饭后接着打牌。更有甚者，直接把羊宰了吃肉。当帮扶队了解到这些之后，在上门走访时问起，贫困户居然很不高兴地说，养这些羊干啥？国家还不如直接给我们发成钱多省事，你们光知道嘴上一句一个帮扶，可是你们又不帮着放羊，还不如给它们卖了或者吃了，省得还得伺候这些牲口，费事得很。还有个别贫困户，不但不感恩帮扶队的付出，一言不合竟然冲着工作组的人挥起了拳头。听到这些，文青心里一紧，她眼前顿时出现了电视和小说里那些关于深山里一些愚昧山民行为素质方面的可怕描述，她如何也不敢相信，就在距离自己村子几里地的李华村竟然就有这么落后的思想行为大把存在着！

从村部出来，走在村里曲里拐弯的乡间小路上，初冬的晚风从不远处的大山寨一路呼呼啸啸地次第吹来，拂过高低起伏的庄稼地，拂过一排排低矮的农家院，带着微冷的潮湿拂过文青紧蹙的双眉。文青想，看来这个村需要攻克的难题需要完成的作业还有很多，她得尽快理出个思路来。

在村委办公室，有人喊了一声林文青，原来，面前这个有点儿微微发福的青年人是自己在后土一中读书时的同学李哲。十年时间，这小伙儿已经拥有了一个村干部的全套标配：边整理资料边夹着烟，实在腾不开手夹烟了，就噙着烟眯着被自己的烟雾熏得睁不开的眼睛，噙着烟的嘴里含混不清地说着官腔十足的话，上衣掖在裤腰里，腰带上挂着一串钥匙，与钥匙为伍的有指甲剪、菩提子、车钥匙……就那么晃了一眼，文青倒没看清钥匙上有没有挂指甲剪的最佳拍档挖耳勺，李哲就恰好有事跑了出去，文青带着好奇跟到门口，但见这李哲走起路来是小跑和大抄步交替使用，那简直就是一阵风，这就是当下村干部的标准形象，心里这么打趣地想着，看着老同学远去的背影，文青忍不住独自笑出声来。

为了便于开展工作，文青托李华村党支部书记建了一个扶贫工作微信群，顺带把全村人都请进了群，这样，即使留守老人们不会使用智能手机，即使年轻人打工在外，村里有什么事需要商议或沟通时，这个微信群便是一个很好的交流平台。然而，现实并没有像文青想象的那么理想和谐，工作群建成后，群里就炸开了锅，有抱怨干部不作为不公平的，有骂领导贪污受贿以权谋私的，有骂帮扶工作队就是胡乱装样子走过场的，还有对扶贫不给发现金的怨声载道。针对群里的动荡，文青头都要炸了，但她快速让自己镇定下来，她想：只要自己真心融入李华村，真心实意为老百姓办实事，让他们真正实现脱贫致富，必定能赢得村民们的信任和拥护。

为了尽快平复村民们的闹腾，文青深入开展精准识别工作，从贫困户中清退"四类"人员，并在村部和村工作群分别进行公示。慢慢地，村民们的意见越来越少，李华村微信工作群开始出现越来越多的笑脸和大拇指，村民们开始信任并接纳这位新来的年轻驻村书记。文青以此为契机，在群里写了一封言辞恳切的公开信，表达了自己的扶贫理想和目标，这封信深深地打动了全体村民，也激发了大家脱贫致富的决心，大家纷纷为李华村的脱贫攻坚出谋划策。

第七十章

得人心深入群众　　脱贫路雷厉风行

在文青的多方努力下，李华村成立了 5 个专业合作社，全村共养猪牛羊各类牲畜 2656 头，种植艾草 53360 株，在村民自己带头致富的同时，也帮 20 多位贫困户解决了就业问题。

过去，百姓只关心自己的庄稼，至于上面的政策和领导的决策，他们习惯了坐等村干部开群众大会时给予通知。而在现今这个通信设备和信息媒体都很发达的社会，老百姓不再仅仅满足于吃喝二字，他们越来越多地倾向于关注政府的工作动态和国家政策方面的信息，除了私下讨论，他们也会在工作群里向文青问这问那，文青总是在工作允许的范围内及时传达上级的动态，以便百姓更通透。

为了与村民们沟通，听取群众意见，宣传扶贫政策，发动群众脱贫致富，只要有时间，文青就会在村里走访，为了找准李华村贫困的症结，必须到村民家里去看看，跟他们谈心聊天，看他们有什么话想说，看他们最需要帮助的是什么。走在房前屋后和田间地头，但凡遇见村民，文青就会用热情的后土话问候几句，不时地有村民热情地邀请她去家里坐，更有一些村民几次三番地邀请她去家里吃饭。在村里走动多了，文青能够准确地记得哪家的年轻人在哪里打工，哪家的孩子在哪里上学，哪个老人有哪方面的疾病，几个月下来，她几乎记下了村里所有人的家庭情况和生活习惯。

虽说文青把宿舍安在了李华村，但因为工作和会议沟通的需要，她基本上每天都要从李华村骑电动车十来分钟到她办公的镇政府，村民们见她不但不开车，甚至连随从也不带，都好奇地反复盘问，惹得文青笑个不停。李华村的村民们不止一次地感叹着：像林书记这么随和可亲没架子的年轻人太少了，就那，人家还是个干部哩，我们村里在外打工的一些人赚俩钱回来都还想摆个谱儿呢，一个个都是烧包货，那清是（真是）得瑟哩不能行，林书记可真是个难得的好姑娘啊！

为了发挥党员的模范带头作用，让李华村村民深入了解扶贫政策，文青通过多种方式宣传李华村的就业扶贫政策，努力调动贫困户参与就业的积极性。在文青看来，群众利益无小事，当好第一书记，就要切实为村民谋福利办实事，哪怕是多修一条路，或者是多打一口井，也能为村民们带来实实在在的方便。驻村半年时间里，文青为李华村修通了去往后土街的水泥路，加固了灌溉庄稼必需的水渠，装上了太阳能路灯，修建了文化广场，放置了公共垃圾桶，支持几家贫困户注册了合作社，安排孤寡老人和"空巢"老人在村里做保洁，尽可能让更多的人通过自己的劳动获得收入。

扶贫要先扶智，而脱贫攻坚，产业是关键。文青和她的工作队将发展村集体产业作为脱贫攻坚的主要手段，在他们的努力下，除了当地的麦子和玉米产业之外，李华村的产业格局也在发生着变化。文青与驻村工作队一边争取更多扶贫政策和项目资金的支持，积极沟通，不怕吃闭门羹，不断前往气候和地形相近的地区参观交流，同时也多次到宛南市及丹楚县县政府和有关部门沟通协调，争取多方资源，先后争取到资金一百万余元。拿着这笔资金，在保证艾草产业发展势头强劲的情况下，文青又带领村民们发展起了杏李种植，积极协助村"两委"培养致富带头人，用产业发展带动贫困户就业，不断夯实贫困户脱贫致富的根基。

与此同时，文青一直操心着《春秋配》发源地的开发与打造，利用工作间隙，她已经实地踏访过多次。据说，李华村村外的峭山崖（大山寨）是戏曲《春秋配》的发源地，而该村的村名就取自此戏曲中男主角的名字。据1987年《后土乡地名志》记载：明景泰元年（1450），穰县罗庄富户李氏在后土有一庄园，由其儿子李华（名剧《春秋配》男主角原型，原名李春华）住此管庄，故名。而距离李华村四里之外的姜庄村，曾住着《春秋配》的女主角姜秋莲。清嘉庆年间，祖籍陕西华县的著名剧作家李十三（本名李芳桂）依据后土李华公子的爱情经历，编写出剧本《春秋配》，戏名取自李华原名李春华中间的"春"字和姜秋莲名字中间的"秋"字，后土乡峭山崖即确定为本剧故事的发源地。

《春秋配》讲述了一对才子佳人历经磨难终成眷属的爱情故事：少女姜秋莲生母早逝，后母趁其父出外经商逼其深山荒郊捡柴，乳母相随，路遇公子李春华，李同情姜的遭遇赠银相助，姜难中受助对李产生爱慕之情。后母唆使外甥侯上官深夜奸杀姜秋莲不成而误杀乳母，于是嫁祸李春华，诬陷李杀死乳母拐走秋莲将其告至公堂。县官受贿枉法将李春华屈打收监。姜秋莲连夜逃离家乡寻父鸣冤，巧遇李春华挚友、占山为王的张彦行带领弟兄下山营救李春华。最终张彦行假扮朝廷大员赶至公堂，惩处后母、侯上官及县官一干恶人，救出蒙冤的李春华，并当场让李、姜二人拜堂成婚。鉴于封建年代对姜秋莲追求自由爱情的束缚，又因侯上官恶名难消，至今，当地还流传着"姜庄村不唱姜秋莲，李华村不唱侯上官"一说。

虽说对后土乡的历史文化知道得不够全面，但对那曲脍炙人口的豫剧《春秋配》，文青并不陌生。儿时，她曾无数次听到父母随口吟唱此剧，也不时地有一些或大或小的剧团到村里演出过这个剧目，《春秋配》因过于经典而产生了多个剧种各种唱腔：豫剧、京剧、秦腔……文青至今还记得，自己初次看到《春秋配》的故事，是在家里一本横着翻的老版连环画上，彼时，八岁的她连字都认不全，可酷爱看书的她却还是一遍一遍地看，看完还要强迫哥哥姐姐听自己讲故事，虽然往往会在他们忍不住笑她错把"歹徒"当"罗徒"的坏笑中被惹哭，但她下次还会拼命地喊他们听自己讲故事，对连环画《春秋配》里李华背着包袱行走在山涧的图片印象尤为深刻。正因《春秋配》的故事源于此地，李华村一直以"戏子村"闻名方圆百里，有名的"浪八圈""三花脸"都源于此。在李华村，挽留客人最好的方法就是让他来看戏。

据《后土乡地名志》记载：峭山城郭为五垄山延余脉所结岗蛮，受刁河冲刷，峭岩削壁，赤岩炫耀，巍然耸立，郁郁苍苍，东侧刁河激流溅玉，积潭珠连。西侧前河映翠，冬夏碧波清湛。川上流云飞霞，峭山崖蜿蜒数里，宛如城郭，雄伟壮观。香岩有诗赞道：峭山刁水万古连，千秋风云仍红艳。傲然雄姿城郭壮，流云飞霞满晴川。无论古人是实写还是进行了渲染，峭山崖的绝境和传说都让文青心动不已。

同为后土地域，峭山崖的天却蓝得特别澄澈，把白云衬托得柔媚而富有立体感，在这天高地阔之间，庄稼早已收完，染尽秋色的荒草里，时不时有大簇野菊花和大片野酸枣出现，与崖涧的枯草们相安在广袤的苍野里，点缀着这片来自远古的荒凉。峭山崖不太像中原的常见地形，更不像后土乡的普遍地貌，这里有陡坡，有低地，有繁盛而干枯的荒草，有悲天悯地的安静，崖涧犹如一个温暖的盆地，枯草像是一张硕大的毯子，风在这里知趣而退，时间和往事在这里融洽地厮磨着，所有的洪荒都化作一串温暖的符号，峭山崖亲和且包容。

秋天的阳光依然热烈，山野的风里混着青草和丰收的气息，鸟鸣虫叫的声音和穿过干枯荒草时摩擦在衣服上的沙沙声特别好听。由当地的老人当向导，文青带着考察团在山涧走了大概一百多米后，面前出现了一道陡坡，攀上去之后，是一片采摘结束的石榴园，园子的一边是一大片高大茂盛的槐树丛，另一边则是一块丘陵状的高地。试着走近，方才远看仅仅是个土包子的制高点顿时变成了令人望而生畏的悬崖，探身向下看去，峭壁就在眼前，这就是原版《春秋配》里侯上官当年跌落下去的地方——峭山崖。关于李华和姜秋莲的凄美爱情故事，在这位老向导的记忆中仍是耳熟能详，与剧中有关的峭山崖、劳子窝的白沙道、小龙潭等，都曾留下李春华公子和姜秋莲小姐的浪漫痕迹。穿过苍凉浩茫的岁月长河，随着这位老人的讲述，那个古老的爱情故事从千年的废墟掩埋中跟跟跄跄地走出，悄悄地把自己装扮丰富，接收后人的探访和传诵。久久站立崖畔，在氤氲着市井的烟火气息里，文青恍若听到了姜秋莲和李华的情话低语。仰望苍穹，天高地阔，峭山崖高耸而不威严，温和而不娇媚，在地老天荒的安静中，淡然平和地守护着那段千古绝唱的美好爱情。

后土乡自古以来就是中国有名的曲艺之乡，并取得了辉煌的成就。据史书记载，清顺治年间（1644—1661），后土山陕会馆戏楼落成；清乾隆年间（1736—1795），后土山西会馆落成，院内的戏楼宽大敞亮；清乾隆十四年（1749），孙岗山陕会馆建成，前院戏楼三间；晚清至民国时期，鼓词、三弦书、河南坠子相继传入后土；光绪民国，后土的罗岗和闫庄连出两位越调大师罗金章和筱金钩，唱响省府汴垣，每每演出，万人空巷，各大报刊好评如潮；近现代曲剧皇后张新芳 8 岁入后土班学艺，9 岁在此走红，成长为一代大师；1999 年，后土镇被国家文化部命名为"中国曲艺之乡"……2013 年至今，后土镇政府每年都会邀请丹楚县剧团进行戏曲下乡巡演。文青带领考察团来李华村大山寨这天，恰遇后土镇"两弘扬一争做"表彰大会暨后土镇首届文化艺术节开幕式，文化后土在后土文化浓厚的氛围中完美演绎，来自丹楚县剧团的新老艺术家们也恰到好处地在传统戏曲中融入了新元素，让年青一代能够接受并喜欢戏曲，使后土镇的戏曲文化能够得到很好地传承。

在深入考察和反复借鉴的基础上，开发大山寨的事也提上了议程，在项目推进过程中，文青没有闲着，她事无巨细地亲自统筹着每一个细节，包括和施工方的沟通和现场勘查。当然，所谓的开发也只是小范围地在个别位置动一下，保留其本真的自然风貌则是文青一直强调的。她发现，但凡经过开发的景区，大多都存在开发过度的情况，那样的话，不但无法带动当地经济，反而浪费了项目资金。文青很清楚，随着城市化进程不断推进，荒凉的自然的原始的才越发显得珍稀可贵！

果然，《春秋配》的大山寨项目落成之后，因为那个美丽的爱情故事，因为这里远离繁华和喧嚣，越来越多的人像发现新大陆一样看到了大山寨的美，这里空气清新宜人，灌木丛丰茂苍郁，小河清澈见底，幽静的小路上是蛐蛐和昆虫的鸣叫，道旁是各种引人入胜的野花野果，峭山崖周遭装的隐形音响里回荡着《春秋配》中"出门来羞答答将头低下……"的戏词，李华和姜秋莲的美好爱情在刁河的柔柔流水间缠绵地翻卷着，在游客间传颂着。这里到处弥漫着一股淡淡的清香，大概是没有商业性的经营与改造，其天然又原始，方圆百十里的人陆续慕名前来，都想在领略绝世美景的同时，沾一下美好爱情故事特有的喜气。

李华村的几家合作社也逐渐扩大了规模，村里又新开了几家小卖部，甚至有几个回来过年的年轻人也被这个自己从小没当回事的大山寨旅游资源所吸引，辞工回村开起了"农家乐"，钱一分也没少赚，还能照顾老人和孩子。李华村在文青的帮扶带动下，村容村貌焕然一新，村民生活水平不断提高，人们的精神风貌也越来越好了，群众的日子越过越有奔头，文青用自己的真情和热情将乡村生态优势变成了生态红利，使人民群众过上了原来想都不敢想的好日子，真正地做到了使绿水青山变为金山银山。

第七十一章

泪别李华赴林湾驻地　发展产业惹怒老邻居

就在这时，组织部下发了最新文件，根据省组织部四类村才派驻第一书记的政策，整个丹楚县要对第一书记进行调整，甚至有一部分第一书记要调整到外乡镇。文青被调整到了自己的老家林湾村，尽管舍不下已经很是熟悉的李华村的乡亲们，舍不下自己一手打造的生机勃勃的大山寨，但扶贫工作就和打仗干革命一样，在哪儿都是一个"干"字，哪里需要哪里搬，文青全力服从组织安排。

尽管林湾距离李华村也就五六里的路程，但文青却感觉像是生死离别，她是实实在在地把自己的一颗心放在李华村了啊！去林湾报到的前一个黄昏，她只身一人来到了大山寨，深秋的野外升起了一层如纱的薄雾，朦朦胧胧地遮掩着田里刚刚收完的庄稼秧，阡陌纵横的坡地舒展成一条辽阔修长的谷地，清凉的微风里夹带着花草的清香和野果的甜腻，远远近近的灌木丛在晚风的吹动下风起云涌，一直绵延到看不见的天边。走过自己亲自统筹修建的通村公路，走过自己无数次踏进去聊天和开导过的村民家门口，走过自己亲自把关配置的景点配套装备，站在峭山崖畔，看着自己不知洒下了多少汗水的草木和小河，看着一个个生意兴隆的"农家乐"和小卖部，看着来来往往说说笑笑心怀憧憬的游客……文青百感交集，禁不住激动得热泪盈眶。驻村一年多，她没有辜负组织的信任，为脱贫攻坚做了自己该做的事，她凡事不是尽力而为，而是全力以赴。

为了不惊扰乡亲们，次日一大早，文青收拾了简单的行李，请镇政府的同事早早帮忙把行李先带走，自己像往常一样拎着小包走出了位于李华小学的宿舍。然而，眼前的一幕却让文青一下子迈不动脚了：村民不知啥时候已准备好了"林书记，常回家看看"的横幅，一群人安静地站在李华小学门前的操场上，他们的手里抱着、拎着、提着、搬着、拿着不同的土特产和自己认为珍贵稀奇的东西，一个个走上前来坚持要送给文青林书记，还有几个习惯了依赖文青凡事都要找文青商量的老年大叔大婶忍不住抹起了眼泪。看到这里，泪点太低的文青眼泪一下子就涌了上来，有人跑过来为文青挂上了大红花，有人郑重地把一面锦旗双手捧给文青，她感激地双手接过锦旗，用手摆弄了一下大红花，一边谢绝着那些弥足珍贵的礼物一边抚慰着送别的乡亲们，然后朝乡亲们鞠躬作别，含着泪快速上了同事来接她的车。隔着车窗，文青对乡亲们说：李华村全村都是我的亲人，我希望你们平平安安，健健康康，日子越过越好，有时间我还会回来看你们的。乡亲们提着手中的礼物涌向车窗，文青一边朝他们摆手一边大声喊着：谢谢亲人们的好意，我心里实实在在地领情了，你们让我感觉很温暖，也很幸福，把鸡鸭养好点儿，把猪羊养肥点儿，等我回来看你们时，咱们一起吃啊。

揣着李华村乡亲们的不舍，带着林湾村父老的期待，文青前往林湾村村部报了到。尽管这次就在自家的村子里，但文青和在李华村一样，选择了住在村小学的一间宿舍里，她觉得这样才更亲民，也显得更正规一些，要想管理好这个村，自己首先得树立威信。

林湾村的先天资源优势是不但拥有周边村庄都不曾拥有的水源充足的坑塘和水渠，更有着流域面积十余平方千米、最大蓄水面积七万八千平方米永不干涸水量充沛的林湾水库，利用水域面积广坑塘多的自然条件优势进行水产养殖应该是比较可行的一个方案。而锦鲤是一种观赏性很高的鱼类，它们色彩斑斓体态优美，被人们视为吉祥和富贵的象征，随着人们经济条件和生活质量的提高，观赏鱼应该会有比较广阔的市场。

在周密策划了一个多星期后，文青把几个村委召集在一起，说出了自己的想法，听文青分析得头头是道，村委有了兴趣，但又担心全县都没听说哪里养过锦鲤，怕没有经验，怕技术跟不上，也怕鱼苗不好搞，还怕鱼养大了不好找销路……针对村"两委"的这些顾虑，文青当场一一记下，并承诺这都不是问题，她会尽快找到解决的方案。回到镇政府办公室，文青立马就网购了有关锦鲤养殖的一系列书籍，收到书后，但凡有零碎时间，文青都废寝忘食加班加点地一头钻进书里，很精细地利用二十多天时间圈圈点点地看完了两本书，对锦鲤的养殖技术和管理有了进一步的掌握。

2018年8月中旬，按照组织部的要求，第一书记项目资金的实施方案要进行上报，文青关于锦鲤的养殖方案得到了党委政府的认可和支持。10月中旬，后土镇召开了全镇党建和产业推进会，担任驻村第一书记一个多月的文青作为第一书记代表上台发言，为全镇领导干部和各村三大骨干汇报了自己计划在林湾村发展锦鲤养殖的原因、想法和对未来前景的展望。

经过两个多月的宣传发动，林湾村在外务工的几户贫困户也相继辞工回来挖掘池塘，包区的副镇长也在开工仪式结束后特意给村组干部开了个打气会，鼓励村干部们解放思想，放下包袱，争取把锦鲤这项产业搞好搞大，其间涉及任何问题都由镇党委政府给村里撑腰协调，这是实实在在为群众发展致富产业，千万不要有任何顾虑，副镇长一番话，给村组干部带来了极大的信心。

锦鲤池塘是有着一定的讲究的，文青特意请来专业技术人员对锦鲤池塘的挖掘和填充方法做进一步的指导工作。挖坑前要确保水源的清洁和充足，测量池塘底部的深度，并确保坑塘底部均匀平整，整理好池塘底部的泥沙，并铺设塑料膜，下苗前清理干净鱼身体上所携带的毒素，填充池塘后放入锦鲤吃食和栖息所需要的水草，后期还需要控制饲料的用量，以便其更好地成长，并定期对锦鲤池进行卫生清理。锦鲤池塘的挖坑工作是整个项目的第一步，也是相当重要的一步，可以为它们的生长和发育提供尽善尽美的环境，确保锦鲤的健康生长。在这些专业知识方面，文青听得比养殖户还要用心，她不但会随时随地在手机备忘录里进行整理，且随身带着笔和本进行简单的绘图，然后再利用下班时间召集养殖户亲自为他们进行详细的培训解说。

在专业技术人员的指导下，几个区域的锦鲤池相继开工，九台大型挖掘机在基地同时作业，一派热火朝天的景象。大概施工一个多星期后，村主任给文青汇报说土地稽查的人在村里走访调查，有好几户贫困户已经在调查书上签字了。文青不禁心里一紧，她立马安排村干部着手排查，得知是丹楚县国土局执法大队在调查挖锦鲤池塘的事，起因是得贵想当贫困户，但三年前已在穰县买车买房定居的他在村组评议时没有通过，本就睚眦必报的他因此对村委怀恨在心，他故意等村里的池塘开工一段时间后打电话举报给丹楚县国土局，说是村里有人在破坏耕地，企图搞得参与池塘挖掘的人进退两难。

得知具体情况后，文青反倒没啥担忧的了，因为养殖户所挖的区域要么是水库消落带，要么是老坑塘清淤改造，还有就是常年水浸地，根本就不存在破坏耕地一说，此外，当时包区副镇长也曾给村里承诺过，整个过程中出现的任何问题，政府都会出面给予协调解决。然而，国土局的执法大队依旧在暗地里逐户调查，并且已经勒令挖掘机停止作业。虽说政府会出面协调，但为了从根本上解决矛盾，文青还是准备和村主任以及八队的生产队长一起去得贵家里做他的思想工作，得贵几年前已经搬去穰县居住，家里虽说也盖了三层楼，但常年锁门闭户无人居住，门前荒草丛生。

第七十二章

见得贵伤神费心　创产业日夜兼程

还没等文青他们动身去找得贵，调查队的执法人员就找到了文青，给她通告了调查结果，说是全村已经挖掘了六十多亩，其中三十多亩是耕地，按照耕地保护条例，可以先采取强制措施，然后到法院起诉，并且在事情没有得到解决之前不得继续施工。尽管文青是见过大风大浪的人，但心里还是有点吃惊，她赶快拿出村干部和贫困户签订的协议和在群众会上的记录，以此证明这是在发展扶贫产业，群众是自愿参与的，后土镇政府也是同意并且支持的。看着吓得魂飞魄散的几家贫困户，文青急忙安抚他们，说是一旦有什么需要追究的，就由自己一个人来扛，年轻热诚的文青用大爱和担当在脱贫攻坚这条道远且阻的路上为乡亲们撑起了一片天。

在和调查组反复沟通之后，文青紧急把这个事汇报给了镇政府的党委书记和镇长，请他们和国土局领导沟通。很快，书记和镇长就做出了回复，文青的心里稍微踏实了一点儿。当晚，文青睡意全无，她反复搜索耕地保护的法规条例，还真发现了突破口，说是在适宜地区，国家支持把耕地改造为水田。

两天后，在镇领导的协调和文青关于耕地保护法有理有据的双重努力下，调查组终于不再追究，锦鲤池的挖掘工作又继续赶起了进度。

接下来，就是不定期地去外地考察锦鲤产业，请技术员来村里指导锦鲤养殖，带领养殖户去外地进行专业的学习培训，着力打造养殖强村，把发展水产养殖作为壮大集体经济、促进农村持续增收的突破口之一，不断推动产业结构调整。

林湾村是后土镇坑塘较多的村子，现有坑塘 22 个约 190 亩，其中水产养殖面积达到 150 多亩，预计年产值 170 余万元。此外，林湾村创新水产养殖发展模式，发动有水产养殖经验的养殖户以技术和现有承包坑塘入股，发动乡贤和慈善机构助力乡村坑塘治理及水产养殖。同时，文青积极发挥自身写作优势，用心写稿子对锦鲤产业进行滚动宣传，努力提高林湾村锦鲤养殖的知名度，为以后的销售提前打基础。

2018年5月上旬，丹楚县县委组织部组织全县六百多名村支部书记和三百多名第一书记到林湾村观摩锦鲤养殖。2018年5月下旬，省电视台新农村频道脱贫攻坚节目组专程驱车来到林湾村，对文青进行了采访，询问了项目带来的效益和养殖技术市场销售等方面的情况，也对其带动的锦鲤产业进行了专题报道。节目播出一周后，就有省内外的客商电话联系了文青，提出了长期大量供货给对方的想法，无奈林湾的锦鲤基地刚投苗不久，暂时还没法供货，但这一切都在预示着林湾的锦鲤以后不愁销路，前景一片大好。

接下来，文青不但要操心锦鲤养殖户对坑塘水温和水质等细节方面的把控，还得接待一批又一批慕名而来的各地观摩团。每逢领导们来参观，行走在众领导之间的文青落落大方地边走边介绍着有关锦鲤养殖的细节，那样子像极了一名凯旋的将军。观摩的结果是，丹楚县县委县政府多次召开专题工作会议，动员全县条件适宜的乡镇都大力发展锦鲤产业，由县水产局免费开展跟踪培训和技术指导，并负责对基础设施建设进行质量验收。这一切尽在预料之中，文青感到自己的付出得到了肯定，尽管很辛苦，但眼前的形势更坚定了她带领林湾村锦鲤养殖户大力发展锦鲤产业的信心。

8月10日上午10点左右，省政府和省扶贫办带领的各地政府系统、扶贫系统的观摩团队一百多人到达了林湾村锦鲤养殖基地。这一次，林湾锦鲤基地代表宛南市接受全省半年度的扶贫产业观摩，并获得了全省第一名的好成绩。

2019年3月上旬，丹楚县政府先后三次请来专家深入丹楚县后土镇几个大力发展锦鲤的村庄进行水土检测，根据论证选择合适的地块。按照规划和设计，2019年4月6日，林湾基地的锦鲤开始开春后的第一次大规模捕捞，丹楚县电视台和宛南市相关媒体到达现场进行了全程报道。

林湾村西头的林立辉是村里的锦鲤养殖户之一，也是个能够吃得了苦的人，在种鱼的产卵、上巢和孵化阶段，他不分昼夜坚守在基地，付出终有回报，经过一年时间的摸索，林立辉不仅自己培育出了优质的种苗和鱼苗，还从国外引进了高档的锦鲤品种，他已经懂得从血统、颜色和体型等方面对锦鲤的品质进行鉴定。由于林湾村的气候和水质等环境特点，养殖的鱼类普遍比其他地区的价格要高，这为养殖户提供了更好的利润空间。除了线下销售，林立辉还利用线上平台进行直播售卖，他每天都活跃在几个直播平台，从几块钱一条的小锦鲤到几千元一条的精品大锦鲤，平均每天的成交额高达五六千元。

　　林立辉是典型的致富不忘桑梓，在自己通过养殖观赏鱼致富后，他无偿帮助林湾村和邻村的其他几家锦鲤养殖户改进养殖技术，文青也以驻村书记帮扶的形式加入为养殖户销售的直播当中，为他们带去了较为可观的经济效益。

　　2020年春季，林湾村锦鲤养殖基地被农业部评选为国家级水产健康养殖示范场。发展产业是脱贫攻坚实现乡村振兴的根本，2020年是丹楚县锦鲤产业发展的关键之年，文青又进一步引领养殖户在观赏鱼的品种方面加大探索力度，通过平台引领和示范效应，提高锦鲤的产量，增加观赏鱼的种类，加快产业结构调整，带动林湾村和后土镇乃至整个丹楚县的经济发展，实现农业提质增效，促进农民增收，让广大群众真正实现脱贫致富，让群众的日子越过越幸福。

第七十三章

得贵再次掀风浪　文青携礼去劝说

一天晚饭后，文青正在办公室整理资料，一个陌生的电话打了过来。
她疑惑地接通了电话："你好！哪位？"

"是我啊，青青。"电话里那个直呼自己昵称的声音听起来很陌生。

"哈，不好意思，我听不出来声音呐！"

"是我，得邦家你老嫂子，我想叫你给我帮个忙。"

"哦，是三嫂啊，有啥事儿你说说看。"

"我听说你来咱们乡里当官儿了，我想叫你给我办个低保。"

"是这样啊三嫂，你先别急，我这几天了解一下具体情况再说，好吧？"

"那行，你可得尽力给我办成啊。"

"三嫂，我要了解一下才能给你回话。"

挂了电话，文青思绪万千，这人脸皮真不是一般的厚啊，家里有房有车的，竟然想着打国家金库的主意。还有，有事儿你可以找政府啊，你偷牛的缺德事儿也干了，你兄弟几个背后在大路上挖坑的坏事儿也干了，你凡事要赖横着来的霸道事儿也干了，还居然能装得像亲人一样来找我帮忙，找就找吧，听听那口气，就跟领导给我派任务似的，真是让人觉得好笑。

不知是什么原因，得邦媳妇打了那个电话之后，再也没了后续，文青当然不会主动联系她，她自己也没再主动和文青联系过。

这天，文青正在林湾村大队部和村委议事，后土镇纪委的张书记和委员小王开着车来到了村部，说是林湾村村民林得贵实名举报本村村主任给自己在县城有房有车的二哥违规办低保，现在来是为了调查这件事。于是，文青暂时回避，镇纪委张书记一行直接在村部对村主任进行了调查，做了问讯笔录，写了情况说明，然后请第一书记文青帮忙联系林得贵，请他当天下午去镇纪委办公室配合调查。

文青采用电话通知的方式把后土镇纪委的通知传达到位，然而，在电话里答应得好好的说下午就回村的得贵，直到下午下班，依然不见人影。文青再次打去电话，得贵竟然直接关了机，纪委张书记在办公室和文青商讨着该咋办。

其实，村主任给自己二哥办低保的事文青刚到村里上任时就听有人在背后说起过，她也曾私下对此事做过调查，村主任的二哥确实符合低保条件，他是个单身汉，城里是租的一间一个月130块钱的简陋房屋，车也只是一辆用来拉人赚钱的二手四轮电车而已。如今，得贵竟然夸大事实的拿此事做文章，也不知安的什么心，对此，文青心里七上八下的，她不禁暗自感慨：这个得贵啊，真的是狗改不了吃屎，社会再怎么发展，日子再怎么提升，看来，他这个混账玩意儿这辈子也就这德行了。

次日上午，文青和镇纪委张书记带着委员小王开车去了穰县，她怕见不得别人好并且又死要面子的得贵对自己有所抵触，到县城后，文青特意先行回避，请张书记和小王把得贵约在一个宾馆面谈。还真的是江山易改，秉性难移，六十多岁的得贵和年轻时一样执拗倔强，面对张书记他们的好言规劝，他始终油盐不进，从整体态度上来分析，即使文青出现，也无法改变得贵的执拗。于是，他们只好和得贵告别，在城边和文青会合后，三个人在回后土的路上商议着有效的解决办法。

三个人刚回到镇政府，文青就看到建国微微佝偻着身躯站在政府门外的绿化带边东张西望，本来文青不想理他，但父母遗传的善良让她还是忍不住下了车。看到恰好遇到了文青，向来都是阴着一张黑脸的建国竟然破天荒地冲她笑着，脸上的肤色也因了那夸张的笑容而被拉伸得泛出瓷亮的黑光。文青请他去办公室，他笑着说不用去了，然后鬼鬼祟祟地瞭着眼不时地看几眼车里，一副欲言又止的样子。文青笑了笑，转身示意张书记和小王先进院里，自己在这儿说几句话就去找他们。

看着车开进了政府大院，建国四下看看没人，才压低声音说他知道自己没条件办成贫困户，问文青能不能帮他办个低保，或者是看看有没有别的啥政策和福利，想办法给帮忙办一个，每个月好歹也能进俩钱儿。要不是面前站的是建国，文青真是憋不住要笑出声来，她心里既感到不可思议，又觉得太有点儿滑稽可笑：像建国这种当了几十年村支书的人，像建国这种无恶不作无利不贪的人，像建国这种四下打压豁出去一通得罪想撅谁就撅谁老子天下第一的人，他的经济实力和霸道脾气决定了他根本就没必要办什么低保，然而，他还是落入俗套地开了腔，他还是跌入凡间吃了土，这实在是让见多了奇趣怪闻的文青觉得甚是新鲜。然而，虽说建国那土皇帝一样的生活条件根本就不符合低保条件，文青却也不好直接回绝，她客气地表示先了解一下情况再说。

文青刚回到镇政府办公室，得贵的电话就打到了她的手机上，得贵说自己条件不符合贫困户就算了，最低也得给他办个低保，然后还得给他弟弟得邦家办个贫困户。低保，低保，又来个办低保的！文青这才反应过来，为什么得邦媳妇后来没再给她打电话请她帮忙办低保，看来，得贵和得邦媳妇他们是私下重新合计过了。得贵这种谈条件的要求相当过分，纪委张书记忍不住要骂人，文青劝他别着急，先综合分析得贵所提的要求，然后再用事实推翻他所提要求的合理性。

文青和村委会几番研讨之后，发现得邦并不符合贫困户的申请条件，而得贵的儿子在穰县有房有车，在老家也有一座新式乡村别墅，他想办低保肯定不符合申请条件。虽说得贵的意思是两个要求能答复一个就可以，但这破坏原则性的事儿真的是没人敢乱来。为了便于工作的顺利开展，文青自费买了两箱牛奶和一大袋高档一点的水果，亲自带着张书记和村主任一起去穰县见了得贵。

一看是文青来了，得贵故意很夸张地笑着拉着长腔："哎呀嘿，小青青成国家干部了啊！"

文青笑了笑："二哥又在笑我了，咱还不就是一个打工哩，我这工作可需要二哥的支持啊！"

"看你说哩，我一个平头（平民）老百姓，有啥能耐支持你个国家干部？不沾（行）不沾（行），咱都不是一路人。"

"二哥，你看看你，说啥呢？自己一家人，你这是不想认你妹子啦？"

得贵把刚才那种置身事外的笑切换成了有点儿微微激动的羞涩笑，但依然在坚持着他的态度："那哪儿能哩，那可不是你说那！你们是文化人，咱这祖祖辈辈都是种庄稼哩，说不到一块儿啊！"

"哎呀，你看你，啥时候变这么小气了，这住到城里享福了，都不想认老家的姊妹了啊！"说完，文青刻意先行哈哈大笑起来，随行的俩人也都很是配合地跟着笑了笑，试图缓和现场的气氛。

"木有木有，咋可能哩，你是不知道，那天我在水上楼闲逛，遇见咱们村里那个明有，我还请他吃烩面了哩！"

"那就对了啊二哥，明有回到林湾肯定到处说二哥你现在在这城里过得可好，逛着街吃着烩面，都不用回家做饭，又大方又热情，你啥时候回村里了，明有他准会宰鸡倒酒的拉你去家里喝两杯，对吧？"

"哎哟，你看这小青青，到底是文化人，真是会说，安排哩真是美！"说到这里，得贵脸色突然一变，"你说那个明有可真是哩，我记得他以前都能吃两三碗饭，这才吃一碗，他就贵贱（无论如何）说自己吃不下了，也不知道这人是咋回事儿，难不成他是不好意思，还跟我客气起来了！"

"那不会哩二哥，明有你俩多亲哪，从小一起长大的对吧？二哥你可别多想，以前人们确实都吃得多，那是因为以前都需要干体力活，饭菜又没啥油水，吃少了没力气干活呀，现在都是机械化时代了，人们干活基本不咋需要出气力，吃的又是比较扛饿的大鱼大肉，你说，谁不是一碗饭就被撂倒了？"

"哎嗨小青青，还真有你的，这说得很在理儿啊，句句儿都说到点子上了，好像还真是这个样哦！"

"对呀二哥，咱们林家，我觉得就你最明事理，啥事儿都拎得清，啥事儿都很有主意，以后遇到问题，我都得向二哥你请教才靠谱！到时候，你可别不管我啊！"

"那不会哩，以后有啥事儿你请说，你二哥我一辈子最喜欢帮助人。"

中午，文青提出要请得贵吃饭，得贵笑着抢过话，表示这是在自己生活的穰县，他请才对，文青也便不再和他争，只是带着夸张的笑脸赞扬地冲他竖了竖大拇指，几个人一起去了饭店。

点完菜，文青阻止了得贵从服务员手上接过来的酒："二哥，这可不敢，工作日不能喝酒，你看这张书记也在，他纪委就是查酒的，我们可不能知法犯法，等你哪天节假日回村里了，咱们自家人一起喝！"

得贵去接酒瓶的手悬在了半空中，他有点半信半疑："都管恁严？真是一点儿都不敢喝？"

"不是开玩笑哩，那可真是不敢！"看着得贵一脸的不可思议，文青忍不住笑了起来。

"我咋记得以前那计生办的人下乡抓超生的黑娃儿，都满身酒气，那些收提留款的乡干部中午在支书家都能喝成憨子！"

文青忍不住大笑："那是以前了呀二哥，几十年前的事儿了，禁酒令早就出台了，哪个有公职的人敢乱来呀！"

得贵有点儿扫兴地笑了笑，看着手中的酒瓶，有点儿酒瘾的他不甘心地小声嘀咕着："那……那我少喝点儿吧，你们几个看谁敢喝了，就也喝一点儿，木啥事儿，怕啥哩！"

文青对得贵的提议笑着点了点头。中途，文青借故走出包间，去服务台悄悄结了账。

午饭时闲聊期间，话题又扯回到举报这件事上，得贵总算答应撤回举报信，文青在心里暗自长出一口气。就此，林湾村林得贵的举报风波总算及时压住。

蹊跷的是，当时那么心急的建国却没再过问办低保的事。直到一个多月后，文青听郝疯子说，是建国在家里给改英讨论办低保的事时，被他的大儿媳妇无意间听到了，爱面子的大儿媳妇顿时气得寒着脸对他一顿痛批，他的大儿子玉强也跟着儿媳妇一起对他说了很多嘲讽的话，改英赶紧一边安抚儿子儿媳一边和建国分析利弊，不太甘心的建国只得气得骂骂咧咧地打消了办低保的想法。

第七十四章

万众一心脱贫摘帽　全面推进乡村振兴

　　经过全党全国各族人民的共同努力，历时几年，全国 832 个贫困县陆续实现脱贫，128000 个贫困村全部出列，近 1 亿农村贫困人口全部脱贫，区域性整体贫困得到解决，完成了消除绝对贫困的艰巨任务。丹楚县 28678 户建档立卡贫困户共 97110 人和 159 个贫困村也都全部实现脱贫摘帽，作为全省仅有的四个深度贫困县之一，丹楚县戴了几十年的贫困帽终于甩掉。精准扶贫照亮了千村万落的脱贫之路，解决了困扰中华民族几千年的绝对贫困问题，神州大地书写了人类反贫困斗争史上最伟大的故事，创造了又一个彪炳史册的人间奇迹。

　　在这些可喜的数字背后，作为战斗在扶贫一线的驻村第一书记，文青功不可没。下一步，林湾村紧盯"十四五"规划开局，持续巩固脱贫攻坚成果，奋力推进脱贫攻坚和乡村振兴有效衔接。文化振兴是乡村振兴的重要内容和内在要求，为了巩固脱贫攻坚成果，全面推进乡村振兴，文青又在文化赋能上做文章，她深入挖掘村里的资源和文化，持续创造性转化、创新性发展，力争为家乡发展注入强劲动力，绘就一幅乡村振兴的崭新画卷。

　　乡村振兴，发展产业是重点。林湾村与南水北调中线渠首毗邻，近年来，随着丹江水实实在在地润泽了京津，解决了北方地区的饮水难题，南水北送一次次掀起一股股势不可当的热浪，前来中线渠首实地参观打卡的人越来越多。文青带着村"两委"，以党建引领乡村振兴，在林湾村聚焦文化创新，因地制宜，因时制宜，努力打造文旅产业，林湾村在展现地域文化魅力的同时，也为人民群众提供了多样的文化体验，将文旅融入乡村振兴，大力发展当地产业：开"农家乐"，办家庭旅馆，制作当地传统手工纪念品和南水北调纪念模型，对当地土特产简单加工后进行精包装，打造果蔬采摘园……这些丰富多样的特色产业都离不开文青的精心策划，林湾村每一家的经济都时时牵动着文青的心。

每年春秋两季，都是林湾村的旅游旺季，爱睡懒觉的低保户郝疯子一改这些年积下的坏习惯，她每天早上五点起床，为自家的民宿备菜，她开的"疯婆婆"民宿平均每天招待客人的毛利润有将近 2000 元，尽管忙得大汗淋漓，但精力旺盛、越干越起劲儿的郝疯子乐此不疲，向来性子急躁的郝疯子逐渐变得沉稳多了，本来就很爱说话的她脸上总是挂着幸福的笑容。郝疯子的儿子小海在佛山打工很多年，然后积累资本在朋友的协助下开了个红木家具店，据说生意不错。女儿粉娥嫁到了后面的李寨，夫妻俩常年在宁波打工，孩子交给公婆带，过着最为普通又大众的外出务工生活模式。

自从开了乡野美食农庄之后，原本得过且过的贫困户红星也不再整天背着手闲溜达了，他也习惯了每天早早起床，将备用的各种菜品洗干净，把新鲜的小吃做好，迎接当天即将到来的大批游客。因为客流量比较大，红星的儿女也都出去打工了，他自己根本就忙不过来，只好从村里请了三四个邻居过来帮忙。在红星的用心经营下，他的"满天星"农家饭庄一年能赚将近十五万元。活了大半辈子也不怎么笑的红星，脸上也时常挂着小康式的笑。由此可见，在这广袤的中华大地上，在这太平盛世的时代，每个奋斗者都能实实在在地感知到宏大时局跳动的脉搏。

文青积极走访群众，奋力筹划发展出路，定期组织党员和入党积极分子以及村民开展学习活动，学习党的路线方针和政策，学习各种现代农业生产技术，提升党员致富带富能力，做好特色产业发展，为精准脱贫提质增效。在后土镇党委政府和林湾村"两委"的大力支持下，林湾村及周边村子依次办起了编藤车间、内衣厂、鞋厂、箱包厂……另外，村组道路也实施了硬化，实现了水泥路村村通，忙完一天的农活，晚饭后人们会结伴顺着水泥路散步闲聊。完成了危旧房改造，解决了医保报销问题，建起了乡村图书馆，村里安装了太阳能路灯，修建了文化广场，晚饭后那些留守妇女和老太太也开始搬了音响在路灯下跳广场舞。村里各个主要路口摆放了垃圾桶，专用的垃圾车每天下午都会按时来清理。还在村里的小卖部门口摆放了净化水系统，解决了群众的直饮水难题，村容村貌和群众的生产生活条件得到了极大的改善，村民们的精神面貌也焕然一新，形成了积极向上和谐文明的乡风民风。

青春逢盛世，奋斗正当时。在脱贫攻坚和乡村振兴的主战场上，文青始终坚守初心情怀，彰显责任担当，她实实在在地把自己的人生理想融入了时代浪潮，让自己的青春韶华和家乡的振兴同频共振，文青用自己的奋斗经历告诉村里那些留守孩子们，读书一直都是实现人生理想的最佳方式，要想改变自己的命运，要想父母家人过上相亲相守的幸福生活，一定要好好学习。

第七十五章

文青调至丹楚纪委　玉春意外遭遇车祸

由于脱贫攻坚成果得到了组织的充分肯定，回到丹楚县城后，文青被调至丹楚县纪律检查委员会工作。

到新单位上班的第一天，文青办公室的沙发上就坐着一位六十来岁的老太太，看样子，这是一位常客，文青问她需要什么帮助，她直言自己要找纪委书记夏辰，语气里带着一股子不服气。于是，文青给她倒了一杯茶，就忙活自己的了。

上午九点半左右，夏书记在外面忙完回来了，老太太带着临时性的笑容急急站起身来："夏书记，我那个事儿你得管，你不能就这个样拖着呀！"

夏书记显然是习惯了她这位老常客，他看也没顾得看她，一边打开电脑一边整理着桌子上的文件："你这个事儿我给你解释多明白，你非要天天在这儿等着我，找我有啥用呢？你就直接去找到你说的那个人，协商之后看咋样再说，无论我咋给你说，你都不愿意去，我能给你咋办哩？"

听到这里，老太太立马变了脸："我看你就是收了那个人的礼，你就是受贿了，要不，你咋总是向着他哩？你们这些当官的可真是黑心！"

听老太太竟然说出这般不客气的话来，文青赶紧从座位上站了起来，面对别人对自己直接领导的恶意攻击，她肯定不能袖手旁观，她觉得自己必须做好随时救驾的准备。

夏书记一下子火了，他狠狠地把手中的文件摔在桌子上，快速转过头看向老太太："你要是再这样胡乱给人扣帽子，我只能请你离开了，我念你岁数大，不想跟你计较，还是那句话，你就按我说的去办。"说到最后一句，夏书记再次悲天悯人地把语气缓和了下来。

老太太却依然毫不示弱地扯着大嗓门儿嚷嚷："我才不去哩，你那是胡扯，你是想随随便便把我打发走，你可落个清净，那我给你说，木门儿，你就是受贿了，白（别）以为我一个老太婆不懂得，哼，当官的真是没有一个好东西！"

文青在夏书记没来得及发火之前急急走向老太太，她一边回头示意夏书记别生气，不要和这老太太计较，一边赶紧搀扶着老太太的胳膊往外走："婶，出来我给你说句话，咱可不能这样乱说，夏书记在咱们丹楚县甚至整个宛南市也是出了名的模范书记，但凡了解他的人，谁都知道他比包青天还要公正无私，你也不是刚认识他一天两天，他的工作和为人你应该也了解得差不多了，这事儿你就听夏书记的，他是为你好，能为你少去一些不必要的麻烦，知道吧？"

本来被老太太刺激得想要大发雷霆的夏书记，看到文青的举动，又想想自己的特殊身份，他勉强劝自己压下了心头那团怒火，看着走出门槛的老太太，夏书记闭上眼睛仰起头长长地出了一口气。作为一名纪检干部，在这个相对敏感的部门，他时刻以"廉洁自律"和办公室墙壁上悬挂的"忠诚·干净·担当"作为自己的行为标准，尽力保护着丹楚县的政治生态，被人扣帽子甚至动手的事也不止一次地发生过。

送走老太太，夏书记对文青说："你刚来，可能还不是很了解，在别人眼里，都觉得纪检工作干起来很光鲜很威风，其实啊，太难做了，什么人什么事你都有可能遇到，就刚才那个老太太，大概有三个多星期了，几乎每天都来办公室坐着等我，我给她解释得再清楚，她硬是固执倔强地认死理儿，咱能有啥办法？遇到这样的人，那清是真没门儿。"

文青也不知道该如何接腔，只能像个小学生一样，认真地朝夏书记点了点头，算是学习，也算是宽慰。

接下来，那个老太太真的是几乎每天都会来办公室找夏书记，一个星期五天的工作日，她最少会来三天。夏书记比较忙，他有时候需要去宛南市汇报提交卷宗，有时候需要去自己分包的几个乡镇处理一些线索，老太太接触最多的就是文青。文青经常是对着电脑噼里啪啦地忙自己的工作，老太太就不声不响地坐在沙发上熬时间，忙完工作，文青会用闲聊几句来打破这似乎有点儿尴尬的场面。一次闲聊中，文青才知道这个老太太竟然是自己初中同学的母亲，并且那个同学当年和文青的关系还算可以。这个发现让文青既意外又惊喜，性格开朗的她赶紧问了同学的电话，加了微信，初中毕业后外出打工然后在北京一个市场卖衣服的这位同学并没有像文青那么激动，当文青兴奋地告诉对方自己是从她母亲这里找到的联系方式时，老同学立马就变得话里带刺了："你们当官的都是这样推三推四不办人事儿吗？我妈一把年纪了天天陪着你们上下班，你们就那么忍心吗？"文青顿时傻眼了，她无论如何也想不到，一个年轻人怎么能说出如此难听又蛮不讲理的话来，她这才发现，纪检工作真是个敏感的工作，哪怕你什么也没做什么也没说，莫名其妙就得罪人了也是常有的事，与之前在公安局相比，实在是有过之而无不及。

果然，第二天上午，文青就发现自己不知啥时间已经被这位同学拉黑了，对着手机上的微信页面，文青苦笑着摇了摇头。看来，真的是干什么都不容易，她发现自己真得好好品咂一番夏书记的话。

玉春出车祸的消息传来时，是在一个中午下班后，文青正准备去赴一个高中同学的约，她刚走出纪委大门，就接到了母亲的电话，说是玉春在开车去山西的高速上不当心撞上了路边的护栏，人当场因失血过多不省人事，虽然及时联系救护车抢回了一条命，但是估计以后只能靠轮椅走路了，因为是假期外出游玩出的事，只能自己承担所有的医药费用。按照母亲的意思，无论玉春之前做了啥不对的事，无论她爹建国这个人有多差劲儿，咱都不跟他们计较，人现在落难了，你去医院看看她吧。文青蒙了半天才醒过神，她想象不出那个活蹦乱跳能说会道有着一百个心眼子的玉春残疾了的样子，她觉得特别不可思议。来不及感慨那么多，文青赶紧给高中同学简单回了两条信息，开上车就去了丹楚县第一人民医院。

在重症监护室门口，建国和改英已经愁容满面地守在那里，见他们两人这样，从小见识惯了建国那张黢黑阴沉脸的文青有点儿不习惯，她思量再三，试着拿出五百块钱递向玉春她妈："玉春出了这么大的事儿，我们从小一起长大，心里是和你们一样难过的，可是事儿已经出了，咱们就要在玉春面前乐观一点，让她心里没有任何负担，能够积极配合治疗，争取赶快恢复健康。"

改英没有任何表情地看了看文青，继而把无神的目光投向旁边的墙壁："那她都这个样了，啥也不说了，也感谢你哩好意，我们心里领了，这个钱，你拿回去吧，我们不能要。"

文青故作生气地直接把钱塞进改英的手里："这钱你得拿着，不多，但这是我这个发小的一点心意，丹楚离咱村一百多里，你们在这儿啥都不方便，一旦有啥需要了请给我联系，可别见外。"

看文青说得很诚恳，改英叹了一口气："那行，既然你这个样说了，那我先替玉春接住这个钱，晚点儿等她有钱了再还给你。"

文青上前一步，有点儿着急地说："可白（别）这个样说，我刚下班就听说了这个事儿，也木来得及去买东西，这就当是我来看玉春了，给她买点有助于身体恢复的营养品吧！"

改英苦楚着一张脸，神情恍惚地点了点头，建国呆着一张脸，自始至终没有吭一声。

可能是受玉春事件的影响，整个下午，文青心里都很不舒服，下午下班她没有像往常那样在单位餐厅吃饭。回到家，提前下班到家的丈夫已经做好了晚饭，可她焦躁得根本就没心思吃，她突然特别想回林湾一趟，丈夫体贴地简单收拾了一下，为她准备好一切，把孩子送到公婆那边之后，夫妻俩连夜开车向后土方向驶去。

第七十六章

文青回村解思家之苦　留守少年被母亲抛弃

到家时，父母正在看电视戏曲节目，看到突然回来的文青和女婿，老两口以为发生了啥事，一脸紧张地起身各种询问，听明白文青回来的原因之后，刘若兰先是带着同情的语气为玉春的遭遇惋惜了一番，然后给女婿使了个眼色，大家装作若无其事地宽慰着文青。

从女婿那里得知小女儿没吃晚饭，林康成已经在厨房的电饼铛上摊起了煎饼，他知道文青最喜欢吃薄荷煎饼，而摊煎饼也一直都是林康成的拿手绝活儿。文青跑去厨房看了看，父亲正在切薄荷，多年以来一直生长在压水井边上的那一大簇薄荷茎壮叶肥，越来越茂盛。刘若兰在液化气上热了几碗黄酒，又炒了俩菜，和林康成一起在厨房里开心地忙碌着。文青最喜欢父母都在家的感觉，站在氤氲着烟火气息的厨房里，听着锅里刺刺啦啦的煎炒声，看着父母双亲不慌不忙地为自己做着可口的美食，她恍然觉得自己依然是那个刚刚放学归来的小学生，幸福、踏实、安心。

李果洗了一筐水果端到文青面前让她赶紧先吃一个，文青神秘地笑着指了指厨房，李果故意撇着嘴笑了笑："看看爸妈给他们的小女儿稀罕得，就跟宝贝疙瘩似的！"文青顿时露出幸福的笑，一脸骄傲地配合着。

晚饭后，安排女婿在楼上休息，刘若兰习惯性地和文青开始了夜聊。说是村西头带着媳妇出去打工的合意在外面找了别的女人，和他媳妇离婚了，字都签罢了。文青用意外的神情不可思议地看向母亲："不会吧，就他？这社会，还真是啥事儿都有，他家不是过得很艰难吗？好不容易找个媳妇还不好好稀罕着？"

刚好进来拿指甲剪的文钊接过话："那个合意啊，真是叫人说不成，他娃子吃几天饱饭都忘记自己是谁了。"

文青撇着嘴摇了摇头，一脸担忧地看向母亲："那合意她媳妇呢？"这个时候，文青突然想起了很多年前因离婚而觉得没面子又无处可去最终决绝上吊的红娟。

刘若兰笑了笑："合意她媳妇是个能干的女人，他不要人家了，人家自己也争气，换了个工厂继续打工，也不咋受他哩影响。"

听到这里，文青长出了一口气，心里不禁为这个时代赋予女性的新思想和独立人格点了个大大的赞。

因为得赶回去上班，次日一大早，文青夫妻俩就早早开车返回了丹楚县城。有人说，乡愁是一个人一生的念想。的确，乡愁是一种经久不衰的情愫，也是一种历久弥新的期待，倘若一段时间不回家，文青心中对家的思念就会汹涌澎湃势不可当，那种发自内心的情愫就如大海中暴发的潮水般滚滚涌动，令人坐卧不安，"必须归去"才是唯一的解药。就像了却了一桩心事，回城的车上，文青的心情就像路两旁随风舞动的格桑花一样欢快。丹楚这边的山里昨夜应该是刚落过一场雨，花草树木和高高低低的山丘被清洗后，有着一股藏不住的澄澈与明艳，万物都像憋了一股劲儿一样，一夜之间长得又美又野。

这天大清早，刘若兰刚打开门，一个十来岁的少年就跑了进来。定住神一看，是有娃的孙子林路远，这娃的爸妈相识在双方打工的广州，从新定带着佳欣回林湾结婚开始，有娃媳妇就嫌弃佳欣是外地人，又看不起她娘家穷，总之是对她各种欺负，新定夫妻俩生下路远就去了宛南投靠他的姑姑改穗儿，改穗儿资助他们开了一个中档酒店，钱是没少挣，只是新定去夜店玩认识了一个女人，就把佳欣给抛弃了，还把儿子给留下了。因为佳欣的娘家早已没人了，这个被抛弃的可怜女人生性又胆小老实，只能在原来打工认识的姐妹们的帮助下，再次去了南方，从此杳无音讯。有娃的儿子竟然直接和夜店女结了婚，把前妻生的这个儿子丢给了住在老家的有娃夫妻。然而，离婚几个月后，有娃的儿子不知怎么搞的，竟然把自己经营得好好的酒店给整关门了，因为怕回林湾村没面子，只好在宛南市做代驾。因为之前佳欣经常来刘若兰家串门儿，所以，有娃媳妇猜测着她肯定和刘若兰家有联系，因此，这小孩时常往刘若兰家跑，各种打听自己妈妈的消息。然而，刘若兰又咋能知道呢！那媳妇走了之后，是真的没有和她家联系过啊。但是，这个孩子还是会隔三岔五地跑来坐一会儿，好像这样就能消除他对妈妈的思念，也能给他贫瘠的小小心灵带来一丝温暖的慰藉。

每次有娃的孙子来家里，刘若兰总是好吃好喝的拿给他，她不仅是同情这个可怜的孩子，也念及那几年这孩子他妈总来家里串门儿的交情。人和人之间就是这样，走动多了，感情上就会比较亲近，这是人之常情，也是亘古不变的真理。

这时候，文钊拉沙回来了，看到路远坐在院子里，这个从小就常怀恻隐之心的人立马反身从驾驶室里拿了两瓶脉动，给路远和自己的儿子林乐各递过去一瓶，然后，他一边往洗澡间走一边对媳妇李果交代着："叫路远中午就在咱们这儿吃饭！"李果应着声，转身对路远交代着，让他给他奶奶发个微信，就说自己中午在这儿吃饭。那孩子一听，高兴地揽过林乐的肩膀，举起手机给他奶奶打了个语音电话。

第七十七章

大龄回村办喜事　娶二婚携儿带女

一直以来，得邦家除了自己兄弟几个之外，是从来不和村里其他家庭有任何人情往来的。别人家接（娶）儿媳妇或者打发（嫁）闺女，就是但凡婚丧嫁娶生孩子之类，得邦家始终持事不关己的态度。最近半年，得邦媳妇突然就开始满村子的行人情了，人们在最初的诧异之后，立马就明白了：得邦的三个孩子都已经到了嫁娶的年龄，难怪呢，这些货算盘打的噼啪作响啊！

果然，三个多月后的一个傍晚时分，得邦在深圳打工的二儿子庆泽开着车回来了。次日早上，得邦的媳妇就开始四下放风，说是自己家庆泽在深圳买了小轿车，这次是专门回来结婚的。但她没敢说出来的是，她年近四十依然单身的大儿子庆铎因盗窃罪被关进了广东的监狱，她更没敢宣传的是她抱养的女儿巧梅在杭州打工时谈了个贵州人，在家里极力反对的情况下，年仅十七岁的巧梅直接跟那男的一起跑（私奔）了。然而，庆泽的婚事似乎完全可以冲淡甚至冲走他们那些不光彩又憋屈的家丑。

果然，大概一个星期后，庆泽真的举行了婚礼。人们习惯性地前往围观，眼看看热闹的人一个个规规矩矩地站着，有娃媳妇笑着嚷嚷："以前结婚女人可真受罪，新接的媳妇总是被一大群男男女女拉扯闹腾得苦不堪言，现在这结婚，你看，也没人去拉扯新娘了，这社会就是文明多了。"

改英接过话："木不是是啥，你还记得咱村西头福来结婚那天吧，福来媳妇直接被一群拉扯着闹洞房的人脱去了上衣，还抬起来猛摔好几下，最后竟然摔成了脑震荡，不像话哩很呐，以前的人真是玩儿得实在太过分了，那个时候的人啊，还是憨哪！"

大家纷纷议论着新娘的长相，然后私下里窃窃私语着，说是这女的长得有点儿老气，不像是没出过阁的大闺女。马上，就有小道消息传了过来：庆泽的媳妇是村中间显要的外甥女，结过婚，生过俩娃，后来俩人感情不和离了婚，俩娃都跟了女方，这桩婚事就是显要介绍的，庆泽很大可能要倒插门去女方家生活。可能是人们对新事物更感兴趣，听传闻这么一说，大家的围观热情顿时减了大半。正当人们要散去时，却见得邦家的厨房里跑出来两个半桩大的小孩，人们这才知道，庆泽媳妇是带着俩娃嫁过来了。

其实，二婚带着娃的女人再婚时，为了避嫌，婚礼上大多都是不带着娃的，这女人带着俩娃出现在婚礼上，邻居们立马就明白了，得邦媳妇他们这么安排就是为了多分几亩地，人们纷纷低声议论着：也真是难为了那两个小孩，一个十来岁了，一个五六岁，都已经到了知道不好意思的年龄了，得邦媳妇为了沾光多分几亩地，竟然丝毫不顾忌俩娃的尊严和脸面，不是自己的亲孙子到底是啥都不管不顾了啊，不过，像得邦媳妇那样小气抠门爱沾光的人，即使真是她亲孙子，为了沾光，她还不是照样啥事儿都能做得出来。

第二天，庆泽就带着媳妇和俩娃去了媳妇那边，从此，得邦的家就成了庆泽的亲戚家似的，庆泽果然倒插门地住在了女方家里。霸道的得邦媳妇也顾不了那么多了，在这个女孩严重稀缺的年代，她那样的家庭，能娶到儿媳妇就已经算是烧高香了，况且这儿媳妇还带着两个孩子，家里一口气就多分了三个人的耕地，得邦媳妇窃喜都来不及呢！于是，村里人从庆泽娶的是二婚女人这个话题又侧重点的转入二婚女人带的两个孩子身上，纷纷声讨着得邦媳妇算盘打得真是美，一下子可以多分三个人的地，这样的讨论持续了一个多星期，直到又一个新闻出现。

第七十八章

黄昏恋轰动全村　遭反对决然私奔

　　村西头的寡居老太太玉华在去邻村看病时，竟然和大夫山贵产生了感情，就像父母总会干涉儿女的自由恋爱一样，双方的儿女一听就不乐意了。本着对老人家的尊重，玉华和山贵的儿女们各自好声好气地劝自己家的老人放手，眼看劝说根本就起不到丝毫作用，儿女们就从礼貌的劝诫变成了强烈的反对，然而，所谓"问世间情为何物，直教人生死相许"，又如汤显祖《牡丹亭》里那句"情不知所起，一往而深，生者可以死，死可以生……"玉华和山贵在激烈反抗无果之后，这两位七十多岁的老人居然连夜私奔了。这件事在林湾村产生了巨大的轰动，有赞成的，有反对的，有说俩老人可以互相照应的，有说一把年纪了还这么不要脸净给儿女丢人的，有说这个年代了这种事很常见没啥可大惊小怪的，有嬉皮笑脸半开玩笑说俩人真够时尚浪漫的。

　　就这样，玉华和山贵私奔了，至于俩人去了哪里，没有人知道。直到一个多月后，定居穰县（今林海市）在穰县拉三轮的得贵在街头偶遇了他们。据得贵所说，当时他刚送完客人，想着去传说中"穰县一座塔，离天一丈八"的福圣寺塔看看去，车子刚驶出新建的平成门，他就看到了骑着电动三轮车载着玉华逛街的山贵。其实玉华也看到了得贵，但她故意把遮阳帽往下拉了拉，爱说话的得贵才顾不了那么多，他立马转过头就很大声地喊完山贵又喊玉华，山贵本能地停下了车子，把玉华气得哭笑不得地摘掉帽子走下了三轮车。就这样，玉华和山贵在穰县县城租房的消息很快就传回了林湾村，人们在惊诧的同时，依然是一部分人直骂他们不要脸，另外一部分人则为他们这把年纪了还为感情天不怕地不怕而感慨万千。

　　至此，玉华和山贵的儿女们也只好对他们选择了放手，双方儿女条件也都不错，俩人经常骑着电动三轮车穿梭在穰县县城、后土街和林湾村之间，吃喝玩乐看风景，像一对热恋中的青年男女那样浪漫恩爱。原本身体老出各种小毛病的玉华明显变得容光焕发，走路步子都变得轻快多了，和人打招呼说话的气也足了，看来，这场黄昏恋不仅为玉华带来了天光和暖流，也为她带来了快乐和健康。时间久了，大家也都见怪不怪的习惯了，没有人再对此有啥流言蜚语。

甚至有一次，刘若兰在村边遇到玉华，闲聊中，玉华是句句都不离山贵，还带着满脸幸福得有些娇羞的笑容一再追问刘若兰："山贵在穰县教我学骑三轮车，你看见了没有？"

起初，刘若兰以为是她问错话了，在玉华语气轻快地接连追问了三四遍之后，刘若兰马上明白了，玉华这是被爱情冲晕了头脑，她在林湾村哪能看得见山贵在穰县教玉华学骑三轮车的情景啊，但她不忍心破坏玉华的好心情，就赶紧憋着笑朝玉华点了点头："看见了看见了，咋木看见？我看见了。"

沉醉在爱河中的玉华乘胜追击："你看，我说哩对吧？山贵对我可好了，我笨，我胆小，山贵一遍又一遍地教我学骑三轮儿，清（真）是耐烦哩很。"

刘若兰笑笑地看着陶醉在甜蜜爱情里的玉华，心想：爱情还真是会让人心醉神迷啊！难怪一些年轻人会为爱私奔。

刘若兰在把自己和玉华的对话讲给小女儿文青时，文青也是笑得停不下来，她忍不住调侃母亲："妈，你真是厉害，你啥时候有了千里眼的特异功能啊？她在穰县学骑三轮车，你在咱林湾都能看见！"

第七十九章

离婚探亲老俩生气　玉转回村宽慰父母

　　暑假里，建设的大女儿玉佩带着十来岁的儿子从北京回来探亲了！听人说，她刚和李家俊离婚，具体原因，有人说是太老实的玉佩驾驭不住帅气精干的李家俊，也有人说是李家俊嫌弃后来很有钱了玉佩却依然不会打扮自己，总是穿戴土里土气，没法带出去社交。总之，说什么的都有，但也没人好意思亲口问玉佩，在各种揣测中，从小稳重的玉佩在云淡风轻大大气气地带着儿子买了礼物走亲访友一圈之后，又和儿子返回了北京。据说，离婚时李家俊给了她一套别墅和两处门面，另外还补偿了她几百万元，儿子在俩人之间自由生活。

　　尽管玉佩回来那段时间又是给父母钱，又是给家里置办各种电器，但思想传统的林建设和刘新芝一直都是一副愁眉苦脸、没精打采的样子，他们整夜整夜地熬煎得睡不着觉，本就因为没有儿子而觉得自己低人一头的林建设更是觉得这下自己的老脸都没处搁了。从穰县化肥厂下岗后夫妻双双在外打工的玉转听说了，特意从杭州赶回来劝慰父母，可传统思想根深蒂固，刘新芝夫妇脸色始终很难看，他们没有对玉佩怒吼，也没有对玉转发火，性格纯良的夫妻俩直说自己没事，硬是把玉转劝走，俩人唉声叹气地关起门，好多天都不愿走出去，他们互相提醒着造成如今局面的就是那个李家俊，当初也算是他害死了巧敏，还惹得得福他们点燃了自己家的麦秸垛，那娘俩到死都在恨着自己家……各种陈年旧事，新仇旧怨，惹得林建设夫妻俩好多天都打不起精神来。

　　这天下午，郝疯子拿个苹果边走边吃地进了刘若兰家的院子："哎呀，你就说人们出门儿打工吧，这打着打着都乱套了。"郝疯子总是习惯性地先设个悬念卖个关子。

　　坐在院里椅子上择韭菜的刘若兰抬头笑了笑，用下颌朝旁边的椅子示意着："焕英这会儿闲了？坐那儿歇会儿。"

见刘若兰并没有好奇地追问，郝疯子走到厨房窗外的垃圾桶旁边，丢掉苹果核，边嚼着嘴里的最后一口苹果边折身重新坐回椅子上，嘴里含混不清地开了腔："你是不知道，得福家那个庆义不是在绍兴打工嘛，那货下班没事儿干的时候，老去窑子里找坏女人，给他媳妇都快气死了，就他那媳妇还不算是个贤惠人，要是真遇到个老实得踢一脚哼一声的窝囊媳妇，这庆义还不知得猖狂野性成啥样子哩。"

刘若兰继续低头择着韭菜："唉！那娃儿没法儿说。"

郝疯子认真地说："大人不是东西，娃儿们也就不成景，都是得福不积德，不会教育，你看看庆义他娃儿，不也是和庆义一个球形（熊样，德行）？说起来还混了个中专毕业，木看看啥年代了，本科和研究生都一抓一大把了，还去上个破中专，能有啥出息？这现在他娃儿还不是和庆义一样在绍兴打工。亏了得福媳妇一辈子争强好胜，却早早得癌症死了，她这就是急死也不能从坟堆里爬出来吧。"

刘若兰择好了韭菜，她一边整理着水泥地面上的垃圾，一边看了看郝疯子："庆义的娃还小嘛，长大点儿就好了，那个走（死）了的，咱就不提了，啊。"

郝疯子眼一瞪嗔怪道："还小？那都23岁的大小伙子了啊，没眼色也就算了，见人连个招呼都不打，庆义不教育自己的娃儿，木得福他也是个死人？他也不懂得教育？庆义媳妇呢？真是'不是一家人不进一家门'哪，他家那些人，也就那出息了。"

看着郝疯子越说越上劲儿，刘若兰忍不住笑了，她抓起一把择好的韭菜递了过去："给，焕英，我都择干净了，你拿回去洗洗晾一下，包饺子或者做卷煎都行。"

郝疯子起身推辞着："不要不要，大奶奶，我这剥了好几天的花生种子，今儿想歇歇，啥改善儿饭都不想整了，韭菜也放不住，我就不拿了。"

刘若兰建议郝疯子拿回去韭菜炒鸡蛋配米饭吃，郝疯子这才接了过去。

第八十章

红强衣锦还乡扬眉吐气　建国眼红怒斥废物儿子

　　清明节到了，在省城的、宛南市的、穰县和丹楚的，都开着车回村里上坟了！就连十来年未曾露面的红娟她哥红强也回来了。这个红强十几年前外出打工，后来就再也没有回来过，清是就没见人了，只听说他哪年急匆匆回来一趟把他儿子和自己夫妻俩的户口都迁到了南方，全家都成了体面的城市户口。传说的版本很多，有人说红强靠着自己的聪明头脑拥有某项独家技术发了大财，有人说红强娶了好几个媳妇，有人说红强开着几百万元的小轿车在深圳刺啦来刺啦去地到处兜风，可潇洒了！确实是这样，在过去那个年代，有两类人一般不会轻易回村，一类是混得不成景的没脸回村，一类就是像红强这样发了大财后被大都市的繁华缀满野心后觉得没必要再回村。

　　红强很客气，奔驰车还没进村，就下车开始散烟了，村边的赖娃在盖别墅，建筑队那群人分分钟就把红强手上的两盒软白沙分了个精光，红强露出亲和的笑容不在乎地笑了笑，把头探进车窗里再次拿了烟继续发，就这样，红强媳妇慢悠悠地开着车，红强随着车走着，给遇到的邻居们发着烟，直到回到自己家。回村落轿下马打招呼发烟的礼节是千百年来流传下来的一种乡风民俗，也是一种自觉的教养，一般情况下，村里人回到生养自己的地方都会恪守规矩，不然就会成为村里人口口相传的反面新闻，乡风民俗对生于斯长于斯的乡下人有着很强的约束力。

　　其实，这个时候的村里，大多是老人和孩子，年轻人都出门打工了，除非家里实在有老人需要照顾，或者是年轻人有啥身体上的隐痛，那么，这些年轻人便会在村里的建筑队或者后土街就近找份活儿干着。因此，红强遇到的大多是老人，看到这个情况，红强下午特意去了一趟后土街，给村里的所有留守老人分别买了一箱牛奶和一箱麦片，老人们既感动又被煽动了情绪，激动起来的老人们见人就说红强那娃混得排场，在外咋行咋行，回来对乡亲们也亲热大方，一点儿架子都没有。得知这事儿的建国扭头看了看自己那一事无成的儿子玉强，气得随口骂了起来："你娃子球事儿都干不成，一天到晚玩手机玩哩可得门儿！"玉强沉浸在手机游戏里，就跟没听到建国的嚷嚷似的，头也不曾抬一下，建国气得起身把自己刚才坐的那把椅子举起来重重地摔向一边，听到动静，玉强随意朝建国瞥了一眼，继续低头忙着玩手机。

玉强的媳妇是邻村会计的女儿王小可，在穰县上过两年幼儿师范学校的王小可在后土镇幼儿园代课教小孩子跳舞，眼看结婚两年了，小可的肚子却始终没动静，建国背后多次连骂带催地指派改英督促玉强两口子，意思是让他们把生小孩的事儿当回事儿，别年轻贪玩忘了传宗接代的大事。其实，玉强和王小可已经悄悄去丹楚县城和宛南市检查了好几次，确定是王小可因妇科方面的疾病而无法怀孕。午饭后，当玉强在建国和改英的逼迫之下背着王小可向父母透露实情后，改英就动起了让玉强离婚的心思，然而，这次不光是玉强打死不同意离婚，一向强横的建国居然也不顾一切地骂了改英一顿，当改英百思不得其解地看着眼前突然有点儿陌生的建国时，建国啥也没说，只是斜着眼狠狠地剜了她一眼，径直去眯着眼躺在了楼门下的躺椅上。

建国有他自己的想法，他明知自己不比以前当村支部书记时那么威风了，那个时候自己不但有权，并且来钱的门路也广得很，自从不当支书之后，建国顿时没了继续进钱的门路不说，他甚至没了任何存在感，村民们对他累积多年的新仇旧怨也爆发了，但凡他们夫妻俩其中任何一个走在村子里，压根儿就没人搭理，大家都像看到空气一样无视他们的存在，背后更是骂声一片。因此，就目前自己家的处境来说，如果让玉强抛弃王小可，那玉强打一辈子光棍儿的可能性就非常大，况且王小可的娘家爹如今已经升职为村支部书记了，她娘家弟弟也去了国防科技大学，这些都是建国不敢轻举妄动玉强婚姻的原因。

然而，建国没心思给改英说这些，自从知道是王小可无法生育之后，改英背过建国和玉强就各种给王小可脸色看，自小条件优越当男孩养的王小可才不吃她那一壶，看着改英一改往日的殷勤亲热，王小可直接黑着一张脸，在改英再次给她脸色并且说话不客气时，她直接摔了手中的玻璃杯毫无忌讳地抛却孝道和传统破口大骂。骂完之后，她走到院子里指着在躺椅上看抖音的林建国，怒气冲冲地指责他们老俩一辈子不积德，让全村人讨厌，惹得自己也被牵连着不受村里人待见，让自己连个串门儿去玩的地方都没有。建国心里的火腾地一下子就被王小可点燃了，接着很快就自动强压了下去，王小可骂得不无道理，正中建国和改英的软肋，他们两口子这些年对村里人做了多少黑心事使了村里多少黑心钱，只有他们夫妻俩自己心里清楚。因此，听着儿媳王小可怒不可遏的骂声，习惯了强势的建国尽管心里早已火冒三丈，然而，想起村里人对自己一家人的态度，想到王小可娘家如今的权势，他也只能心虚地装作没听见。

也就是从这段时间开始，红强总是隔三岔五地从广东开着车回村，深圳那么远，可红强回林湾的频率就跟郝疯子去后土街赶集一样频繁。古人诚不欺我，由此可见，无论有没有文化，人人都对项羽那句"富贵不归故乡，如衣绣夜行"理解得相当透彻。

第八十一章

文钊免费修路功德无量　村民跳舞提高生活质量

作为林湾村唯一的一对年轻留守者，不喜欢外出打工的文钊和媳妇李果租赁了几家外出务工邻居的耕地共一百亩左右，麦子和苞谷两季换着种。农闲时节，文钊开着自己的东风车给方圆几十里内盖房子的乡亲们拉沙拉石子；到了收种季节，文钊又驾驶着自己的联合收割机或旋耕机不分昼夜地奔忙在田间地头，尽管瞌睡得万般无奈地在驾驶室打小盹儿，文钊却依然不忍心拒绝焦灼地排着队等待的邻居们，还有那一声声看似探问进度实则催促的客气问询。

五一劳动节放三天假，文青一家三口回到了林湾村，文钊乘兴要带亲人们去周边的南水北调中线渠首游玩。看起来农村早已实现了村村通的水泥路，一路上却依然时不时地有坑坑洼洼破损的路段出现，听人说，一是承包工程的人为了牟利偷工减料，二是超载的大车太多轧坏了本就不达标的路基。毕竟是农村，二十多里的路途中，土路还是会有，文钊开着自己的越野车边走边介绍着一路上所看到的风物，并且时不时地来一句：看到没？这段路是我铺的，拉了两大车石子才铺好，费老劲儿了。或者是：这个桥一边儿有点儿垮，太危险了，也不见维护，我前段时间拉一大车石子在边儿上巩固了一下。也或者是：这里原来是个坑，好好的居然有很深一个坑窝子，我卸下来大半车石子，基本上也算是给这个坑窝填平了，一来二去下雨啥的，一些过路车再给它反复轧瓷实，你们看，越来越平整了。

文青大概数了数，这二十多里路，其中经过的五个地方都是文钊自费拉石子铺的路。文青笑着嗔怪文钊真是个憨好人，然后就想起了那句古语"修路一直都是积德行善的大好事"。有人说，人生有三大功德：修桥、铺路、建庙。这么说来，文钊已经占了前两条，这品行实在是难能可贵！常言道"于人方便，于己方便"，修路行善不但利人利己，也能带动一个地方的经济发展，使子孙后代受益无穷。想到这里，文钊不禁为文钊的所作所为感到无比的骄傲！

中午在景区边的一个农庄吃了饭，品尝着 38 块钱一盘的茅枸撅儿，林康成和刘若兰这两个从艰苦年代走过来的人不禁笑着感慨：看看这，就是咱们村边儿河沟上那些茅枸树上结哩茅枸条子，这摘下来拿到饭店洗干净炒熟，就跟穿金带银了一样啊！还有这莜麦菜，两大棵也就块把钱（一块钱左右）哩事儿，看这两棵菜炒一盘竟然要 22 块钱。

回村的路上，文钊说需要绕到后土街，给得福捎 5 块钱的蒸馍和两盒调味料。文青气得嚷嚷："他得福自己有胳膊有腿有电车，他自己咋不去买啊？你又不是顺路，真是服了你了，全天下估计也就你一个好人了。"文钊的意思是，得福的儿女都在外打工，就他自己一个人，估计也懒得上街。帮得福买完东西，文青提议干脆去后土街北部那一带兜一圈儿风。因为这一带没有亲戚，所以，文青几乎就没有来过这边，她隔着车窗好奇地看着路边的一切，同样的地域，就因为具体位置不同，窗外的风景竟然让文青目不暇接，一切都新奇得很。车悠悠地驶过默默矗立的孙岗陕西会馆，缓缓地走过安然静谧的荡堰河渡槽，离开饱经风霜的卢家祖师殿奇柏……这一程，虽然是一次短暂的近距离郊游，却让文青对后土镇厚重的历史文化感慨连连。

文钊的车刚开进院子，得福就来拿他的馍和调料了，看到厨屋门口的台子上有两排鸡蛋，他居然对林康成说他想借几个鸡蛋，正在洗手的林康成示意他自己过去拿，不讲卫生的得福居然拿起五个鸡蛋直接放进了装馍的食品袋里。看得福走出了院子，看不惯的文青悄悄对父亲提起了往事，是关于那年母亲想去借一瓢面却被得福媳妇冷漠拒绝的事，父亲笑了笑："那都是过去多少年的事了，不要再提了，你也是三十多岁的国家人员了，怎么还和小孩子一样？"

文泽在旁边嬉笑着打趣："我青青小姐姐本来就是小孩子性格！"文青没好气地瞪了文泽一眼。

这时候，郝疯子过来借喷水壶，迎头遇到了刚出院子的得福，她进院就各种追根问底，硬是把得福借走五个鸡蛋的事儿给问出来了，郝疯子很是看不惯地愤愤道："这年头，谁也不缺啥，要是家里没了，大不了暂时不吃就是了，就我那饭馆子里，多排场的人去了如果遇到他们点的食材恰好木有了，还不是也就干脆不吃那个菜了，也木见人家非得指派我去买或者借不可，鸡蛋这东西竟然还有人能张得开口说借几个拿回去吃，真是欠吃得要死，这号人，清是（实在是）叫人木法儿说。"

改穗儿回来了！六十多岁的改穗已经退休，以往偶尔回村从不串门儿的她，可能是岁数大了，到了念旧的年纪了，如今回来也开始在村东头的几家邻居家溜达。当改穗儿听说文青的工作时，显得很是意外地重复了两三遍，然后略微放低音量地嘀咕着，脸上的笑容也越来越少，文青的表情不得不从原来配合式的客气微笑变成了有点不舒服的面无表情，她木然地回应着改穗儿的好奇问询，心里反感得很。可能在改穗儿这个最早走出村子在城市站稳脚跟的人的狭隘认知里，农村人必须永远是农村人，你必须始终与贫困和落后为伍，无论以任何方式，你都不能随意改变自己土气俗气需要城里人同情的农村人身份和气质，哪怕文青是用扎扎实实的知识作为铺垫，那也不行。那一刻，文青很自然地想到了江湖上的一句话：在略微亲近但实质并没什么亲缘关系的人那里，他可能真的也会担心你混得不好，却又总会在你混得太好时出现心有不甘的忌妒，也就是所谓的"怕你苦，又见不得你开路虎"，即使改穗儿这种在宛南地级市生活了大半辈子有知识有眼界的人也毫不例外，人的劣根性真是可怕。想到这里，文青在心里自嘲又无奈地笑了笑。

赖娃的别墅要封顶了，邻居们也相继送过菜（就是搬家送礼祝贺）了，赖娃这天上午喊大家都集中来家里吃酒席。谈到这几年在云南修车的发家史，赖娃一句一个"我每天最少起步净赚五千左右"，那口气和神情显得极其高调，惹得有一部分邻居很看不惯他私下议论着：这个穷赖娃真是人们说哩那种暴发户，二球货，有俩钱都不知道他娃子姓啥名谁了，啥人家儿啊，不是他娃子可怜哩叫咱们一块馍半碗汤地接济他的时候，有钱他在外头想咋显摆咱管不着，回村里他娃子还显摆啥哩！方圆十来里，谁不知道他的底细！他鳖娃儿就是个圣人蛋货，这年头，谁家没俩钱儿啊，大家还不都过哩怪好哩嘛！

村里刚通上了自来水，这几天正在安装天然气管道，村小学旁边的文化广场和健身器械也布置好了，村里的太阳能路灯已经投入使用了。最开始那段时间，太阳能路灯的存在只是为人们提供了一个晚饭后聚众聊天的场所，半个月后，老会计永振的儿媳妇从省城带着孩子回村办满月酒席，产假还没到期的她计划在村里住一段时间，永振媳妇自然接过了招呼孙子这活儿，这个城里儿媳妇当天晚饭后就从村西头用电动车载着音响过来了，说是西头实在没啥年轻人，她想组织村东头的几个年轻人一起跳广场舞锻炼身体，大家一听，都有点儿不好意思地笑了起来，几个邻居小声嘟囔着：那不都是人家城里老太太们的事儿，咱一个农民，跳啥广场舞哩！

连喊带劝地召集了一阵子，见没人响应，还都一个个往旁边的人身后躲避，永振儿媳妇就独自跳了起来，村中间向来嬉皮搞笑的变梅看永振儿媳妇跳得挺好看，就也试着嘻嘻哈哈地用极不自然的动作和表情跟着扭了起来，不由自主地，李果也悄无声息地随着音乐挥舞起来，后来，就连村中间中风之后腿脚有点儿跛的胜利老头儿也站在队伍的后面跳起来了。尽管旁观的几个男邻居并不想打击他们跳舞锻炼的热情，但还是忍不住想笑，觉得这事儿实在是稀奇极了，尤其是胜利老头，一个六十多岁的男人家居然也跳起了广场舞，因为腿脚不便，那动作看起来更是搞笑得很，这在之前，真是想都想不到的事儿啊！

　　大概两三天后，广场舞就成了大家默认的晚饭后必备节目，半个村的人习惯聚集在这里闲聊观看，跳舞的人也从最开始的三五个人变成了二十多个。

　　两个月后，永振儿媳妇的产假结束了，要回省城上班了。没了音响，晚饭后的广场舞顿时成了问题，大家试着用手机播放，都达不到理想的效果。看着邻村的健走队每天晚饭后经过村边时那神采飞扬的精神状态，听着健走队携带的音箱传出铿锵有力积极向上的歌声，等不及的李果和凡事都很大气的文钊一商量，两人当天上午就去后土街买了个广场舞专用音响回来，自此，林湾村东头的广场舞在李果两口子的无私贡献下又继续正常运转了。

第八十二章

红强换豪车归故里　新时代人人展宏图

红强又从深圳回来了，这次，他开的是一辆迈巴赫。

午饭时，文钏在饭桌上感叹："红强那些年跑出去就彻底不见了人影，十来年时间清是就没见过他这个人，这两年过一段时间就跑回来一趟。"

文青神秘地笑了笑："你知道为啥？"

文钏没有回答，他继续面带微笑地吃着饭，因为他知道文青接下来会好好地解说一番。

果然，文青撇了撇嘴习惯性地睁大眼睛笑道："那是因为他以前没见识，以为自己有钱了就完全可以把老家甩开，远离这个人群，直到有一天他才发现，自己在外面多风光都没多大用，也就是说，无论他再有钱，在外面的陌生人和发达后认识的人那里也显摆不出什么效果，只有在老家，在了解他个人历史的这个生活圈子里，在这群对他祖祖辈辈再熟悉不过的人身边，他才能找到衣锦还乡光宗耀祖荣归故里的存在感，咋样？我分析得如何？"

"你说得好像有道理！不过，也不完全是，红强差不多也该有五十出头了，我觉得他是岁数慢慢儿大了，知道念旧了，也知道想家了。"

文青嬉皮笑脸地看着文钏，露出了一副不可思议的表情，她没想到有点儿大老粗的文钏居然还会分析出"念旧"和"想家"这样文艺的词语来。

晚饭的时候，这几年已经逐渐不再端着碗串门儿的郝疯子竟然又端着碗走进了刘若兰家的厨屋里，刘若兰的电饭煲里已经做好了大米稀饭，正在液化气灶台上用铲子翻动着炒锅里的芹菜木耳瘦肉，郝疯子等刘若兰菜差不多炒熟了，安静一点了，她把吃光的饭碗放在灶台边，从刘若兰家案板边上的抽纸袋子里抽一张纸擦着嘴："大奶奶，你知道我半下午从得邦门前过的时候，听到啥了？"

刘若兰笑着摇了摇头。

"我听见得邦媳妇在楼门外狠薄薄地骂着难听话儿，说是他家庆泽割痔疮都没人拿礼物去探望，说别人都是缺德货，以后别人家有啥事儿，也别想让她拿礼物去看。"

刘若兰忍不住笑了："焕英，这些年，不管谁家有啥事儿，你啥时候见她拿礼物去看过啊？"

郝疯子收起脸上的烦闷表情，微微顿了片刻："木可是，就她那号人，鼻涕都能当盐吃，她自己啥出手儿，谁还不了解她！"

"焕英，咋今儿真稀罕能有空来串门儿？你的疯婆婆餐厅不是忙得停不下来吗？"

"嗐，我今儿想歇歇，以后每个周一都休息，今儿不营业，牌子都挂在门上了。"

"嗨哟，生意恁好，你舍得休息？"

"那有啥舍不得休息哩，一天天给我忙哩哟，手脖子和脚后跟都困疼困疼哩，钱赚到啥时候是个头？岁数大了，身体关紧哪！"

刘若兰意外地看了看郝疯子，她难以想象，这句话居然是从她嘴里说出来的。

郝疯子扭头向院外瞭了几眼，回过头神秘地说："大奶奶，你知道红强今黑在请谁吃饭？"

刘若兰摇着头笑了笑，开始往盘子里铲菜。

郝疯子双手拢了拢自己的头发："红强前几年不是回来给他一家三口的户口都转到城里去了嘛，你可能还不知道，他们户口之前都买到南方去了，当时村里就把他们的地给收走了，现在地变得金贵了，又有各种补贴，政策越来越好，这回他回来就是为了叫村里给他们一家三口分地，今黑是在请村干部喝酒哩！"

刘若兰笑了笑："哦，是这啊！木不是，以前都是指望人力，种个地多艰难，无论是旱是涝，到头还得交公粮、交提留款，七七八八交来交去，辛辛苦苦一年下来也没落多少，这几年不一样了，国家越来越富强，国家领导给农民的政策也越来越好了，不但啥也不用交了，还下发种子和补贴，耕地一下子就变得吃香了，前段时间李庄也有一家，是早些年买户口进城去了，也是后来又回到村里要地，你看看，这年光，过着过着又过反了，过倒回去了！"刘若兰笑着端起两盘菜向堂屋走去："焕英，来堂屋坐，再吃点儿。"

郝疯子从灶火的凳子上起身："可不敢再吃了，吃饱了，看我这两年开这个饭馆子，客人不知道吃没吃胖，我自己倒是胖了不少，黑了还是少吃点儿好一些。"说着，郝疯子端起碗走出了院子。

这天快晌午时，文钊开着车赶回来吃午饭，他一边在压水井上洗着手一边带着赞赏的口气说："今早在穰县城边儿遇到赖娃了，他在穰县买那套房子装修好了，给他那俩娃儿转到穰县上学去了，说是叫他爹妈去住那儿招呼娃们，他爹妈高低（无论如何）不想进城。"

李果手里拿着铲子从灶火走了出来："正常！木咱们村西头文华们那仁娃不是去年都转到丹楚县城上学去了，不过，他们上那是寄宿学校，吃住都在校园里，这样不用大人去住那儿招呼，半个月回来一回，一次直接过四天星期，多省事儿！"

"文华他哥在丹楚买了房子，估计他将来也都准备往那儿买。"

"木那可敢（有可能），这几年在外头打工工资都高了，无非就是熬个时间，你看那些打工哩人，回来不是在老家盖别墅，就是在县城买房子。"

"哎，你听说没有？咱大姐那个同学，就是那个叫周扬的，在人家打工的地方买了房子，听说还是别墅，还置办了两三处门面房哩。"

"真厉害啊！他打工能赚恁些钱？"

"你这脑子，人家周扬可不是一般的打工人，人家脑子灵光，聪明人一个，后来自己开了印刷厂，也算是整印刷整哩比较早的一批人。"

"呀嗨，没想到啊，真是厉害！"

"还有啊，咱后面那个村的刘老二，也是在打工的地方买了房子。"

"刘老二？你说的是那个比咱们高一届的刘欣？他咋恁晕哩？在打工的地方买个房子干啥？打工都是临时哩，哪天说不在那儿就不在那儿了，真是木脑子啊他！"

文钊白了一眼李果："现在的人都想开了，很多时候啊，那工一打就是一辈子，辛辛苦苦忙活了大半辈子，租房住太窝屈了，买个房也不多余，大城市房价又不会轻易掉下去，权当是投资了，那刘欣能着呢！"

李果笑了笑："你说哩也是哦，你看村后如意夫妻俩，一转眼就在宁波打工差不多二十年了！他们去年回来在老家盖那别墅多气派，关键是没时间住啊，盖好装修好就又去宁波了，那别墅不也就算是搁那儿浪费着！"

"那你，说哩是啥，所以啊，人的思想必须得跟着形势走，要越来越会想才对！"文钊一边拿两根火腿肠逗弄着自己心爱的牧羊犬一边做着总结。

第八十三章

男多女少彩礼天价要　命苦玉春丈夫起外心

　　这时候，刘新芝领着玉转的小儿子走进了文钊家的院子，李果赶紧进屋给这小孩拿了两根火腿肠和一盒牛奶，刘新芝一边嘴上说着"不要不要"一边笑眯眯地双手接了过去，她突然上前一步走近李果，探着身子压低了声音："哎，果子，你看见我那两只鸡没有？就是早上最早叫鸣那个肥实的大公鸡和一只黑灰色花翅膀老母鸡，夜黑儿（昨夜）木见回鸡圈，我想着今早或者就自己跑回来了，结果你看，都到这个时候了还是木见影啊！"

　　李果很共情地切换为一脸的焦急状："也木见过来啊，你看那几家儿都出门儿打工了，锁门闭户哩，要是在哪儿钻着，那个大公鸡早晨应该会叫鸣啊！"

　　刘新芝纳闷地喃喃着："也是，真是奇怪了，不会是叫收鸡的人给我逮跑了吧，不过，这两天也木见收鸡的人来过啊，你是不知道，那个公鸡虽然叫哩着急人，但是它可真是肥实哩很，肉可多，那个老母鸡还勤快哩很，每天都按时下蛋，玉转们俩人出门儿打工，她那个大女儿在丹楚县城的私立学校住校，这个小家伙送在我这儿，咱自己养哩鸡下哩鸡蛋这娃儿吃着营养一些，这跑丢了可咋整？"

　　李果笑了笑："木事儿，或许今黑自己都回鸡圈了，你可白（别）熬煎，俺们屋里前天上午才买了几排鸡蛋，你先拿几个回去给这娃儿炖着吃。"

　　"不用不用，这家伙吃饭也是捣蛋哩很，估计他是鸡蛋吃够了，屋里都还有十几个哩，我主要是怕这俩鸡跑木影儿了，恁大俩鸡，真木影儿了可心疼人呐！"

　　"木那可是，你种庄稼和养家禽都是一把好手，细顾，耐烦。"李果附和地夸着刘新芝，好像这样也算是一种宽慰。

　　"那我先回去了，这娃儿今早也没正经吃啥东西，我走快（赶紧）回去给他捏几个馄饨改改样，那俩鸡回来就回来，真不回来也就计算了，我也给它们木法儿。"刘新芝自我解劝地笑着，转身揽着小外孙的肩膀走出了院子。

刘若兰从厨屋房后的菜园子里回来了，李果把刘新芝找鸡的事讲诉了一遍，保成笑着放下手中的液化气罐："蚂蚱爷呀，这要是在二十年前，刘新芝不骂他个半拃子营（半个村子）才不罢休哩。"

文钊笑着接过话："是哩，起码骂上个三天三夜。"

刘若兰笑得停不下来："保成，文钊，你们爷俩真是笑坏人了呀，新芝自己节俭，成辈子啃苦成啥了，一个东西确实是稀罕，这些年人们生活条件都好了，一些原本有坏习惯的人也不再随便拿别人的东西了，就连新芝丢了东西也都不再骂人了，不得不说的是，新芝这个变化真是怪（挺）大。"

这时候，一辆"120"救护车呼呼啸啸地开进了林湾村，后面紧跟着三辆鄂字牌照的小轿车。很快，村里人都在说，是村西头在武汉工作的明喜死了，这是老了落叶归根了！明喜是林湾村当年的老牌大学生，据说是在武汉一个研究所工作，因为在外省，那些年交通也不太方便，村里没人去找过他，明喜具体是干什么工作的，村里也没人太在意，只知道他在武汉吃国家粮，传说是混哩很排场。后来，人们流行外出打工时，明喜已经退休了，因为习惯了城市的生活，退了休的明喜一直在武汉养老，直到去世。在外生活的人犹如飞舞的蒲公英，但有关故乡的梦一直都潜伏在他们的灵魂里，尽管世事变迁，但他们对故土的依恋却是有增无减。屈原曾在《九章·涉江》中写到"鸟飞反故乡兮，狐死必守丘"，而陶渊明则在《旧田园居》中感叹"羁鸟恋旧林，池鱼思故渊"，诗人们甚至通过动物的行为来象征人们对故土那种近乎本能的依赖和思念，更别说有思想有灵魂的老大学生明喜了。在国人对乡土情结的根脉传承中，落叶归根就如游子归家，可以获得一种灵魂深处的安宁和满足。

村里的年轻人这些年都陆续出门打工了，一年到头也就过年能回来个把星期时间，甚至有的人连着两年都不回来。人们出门打工，耕地空着也觉得可惜了，于是，文钊租赁下了半个村子那些不准备耕种的土地，像农场主一样坚守在农耕一线，不辞劳苦，披星戴月，大力发展乡村农业。整个偌大的林湾村从东头到西头，只有文钊和李果这对年轻人守在村里，上了岁数的老人们要么种着地，要么就是照看孙子孙女和外孙。因此，但凡遇到需要出气力或者需要用车的事儿，邻居们都习惯来找文钊，热心的文钊和李果也是有求必应，很多时候，他们甚至放下自己家正在干着的活，开着自家的车去给人帮忙，不但分文不收，还经常倒贴人力和油费，甚至不收钱地为邻居们买简单的生活用品。因此，整个林湾对文钊夫妻俩的评价都很高。

红强这次回来是计划盖别墅，他想着文钊一直在老家，应该比较了解家里各方面的情况，于是便约了文钊张罗着找建筑队商议。然后，红强买了一后备厢的烟火鞭炮和纸钱去了红娟的坟上，他坐在坟前抽着烟，双眼湿润地对红娟说了很多话，说如果当年家里条件有这么好，红娟也不至于走那条绝路，兄妹俩也是个亲人，自己在外回来了也能多一个去处。然而，却是世事难料啊！

村西头林大伟的父母前年突然回村盖起了三层楼和两边的偏房（厢房），圈了一座大院子，装修得排排场场的，还细心地装上了监控，然后就锁着门又出去打工了。前段时间，大伟随着父母一起回了村，邻居们还没反应过来他们回来有啥事儿，小伙子就匆匆忙忙地把婚给结了。原本邻居们都认为大伟父母才四十多岁，还年轻，出门儿打工十几年也积攒了不少钱，回来又盖了三层别墅，就大伟一个独生子，肯定能找个差不多的姑娘，谁知，听说他娶的是个二婚，那女的在前一家生过俩小孩，并且女方还让林大伟家拿出二十万的彩礼和一辆小轿车。这事要是放在十来年前，人们会觉得不可思议，而在近几年，整个宛南地区的人都见怪不怪了。于是，人们就痛骂八九十年代的计划生育夺走了太多女孩，后来流行的打工也造成很多女孩谈了外地人远走他乡，因此，本地村子里的姑娘也就越来越少，男孩们想找媳妇是难上加难，这都是抬高彩礼的重要因素。

其实，大伟父母对他的婚姻并不草率，谁想自己的儿子找个二婚并且生过孩子的妇女呢？他们这几年一直在托人帮着介绍儿媳妇，糖果瓜子和烟酒没少往外送，也没少请人吃喝，可是，老家哪有女孩啊？而外面的女孩面对着花花世界，一个个也是心气儿越来越高，所以，想像过去那些年一样通过正常路数找个门当户对的如意媳妇，实在太难了！虽说大伟长相一般，但他其他条件都还是不错的啊，然而，时势和命运终究还是扼住了他婚姻的咽喉，几经周折，与其看着自己的岁数越耽搁越大，机会也相应地越来越少，大伟和父母一合计，觉得还是答应了这门二婚亲事比较稳妥。

高额的彩礼和小轿车，并没有改变林大伟和父母对这个二婚媳妇的态度，一家三口不但稀罕这媳妇得很，比自家的亲闺女都还要金贵，不让做饭不让洗衣，更不让下地干活，一旦媳妇需要回娘家或者去前夫那里看那俩孩子，林大伟还赶紧备好礼物开着小轿车周到地负责接送。

女性几千年以来都被视为弱者和从属地位，女性地位发生翻天覆地的变化于城市来说，是社会进步的必然现象，也是人类文明发展的必然结果。而于农村来说，无论社会再怎么发展，女性家庭地位提高的主要因素却大多依然悲哀地局限于"女性以稀为贵"而已。

这天下午四点多，文青去银行有事，远远地，她看到玉春的对象和一个打扮时尚的女人一前一后从旁边的商场里走了出来，原本想着会不会是他的客户啥的，结果，那女人快步跟上去挽住了玉春对象的胳膊，玉春对象警觉地拿开那女人的手。虽说这种事现在也不少，可文青还是有点儿意外：这世道，人都成啥了啊！但是，想起坐在轮椅上的玉春，文青无奈地摇了摇头，她临时计划下午下班去看看玉春。

去玉春家之前，为了照顾她的心情，文青特意换了一套并不漂亮的衣服，又把自己原本挽得优雅好看的丸子头扎成一个并不讲究的简单马尾。当文青提着一箱牛奶和一袋水果出现在玉春面前时，原本爱笑的玉春表情木然地看了看她："你都忙成啥了，又跑来干啥？"

为了调节气氛，文青故意做着鬼脸笑了笑："那我想你了啊，不来看看你，我都没法儿安心工作。"

玉春不自然地笑了笑，慢慢放松下来："你还是恁忙？你那工作虽然好，看看成天给你慌得，就跟逮鸡一样。"

"还行吧，谋生嘛，胡巴干着，哪行都辛苦啊！"文青故作谦虚。

"对了，最近，你有木有想回咱林湾看看？"文青突然把话题一转。

"哎呀，你真是神了，我昨天上午才回去过，今儿午饭后返回的丹楚县城，孩子爸接送的我，他上班忙，领导也管哩严，木法儿陪着我，就是负责开车接送我。"

文青眼前马上闪出玉春对象和那个时尚女人的影子，但她万万不能把那事儿说给玉春。于是，文青恍然地接话："哦，那还行，你对象也算是周到细致了，挺好。"

"是哩，对我还不错，看我现在这个样，人家不但没有不耐烦，还天天做饭洗衣服啥都干，我这也是八百辈子修来的福气啊。"

"那是！玉春从小就有福气，啥时候也差不了。"文青微笑着为她打气。

"你知道咱老家现在娶个媳妇多吓人不？"玉春突然在轮椅上坐直了身体，文青赶紧上前一步帮她扶住轮椅。

"咋回事儿了？为啥吓人呐？"

"就是我二哥，玉龙，我妗母把自己的娘家侄女介绍给他了，双方都怪满意，结果，你知道女方彩礼要多少？"

"多少？十万元和一套房？二十万元和三金？"

"哎呀文青，亏你成天见恁多世面，连个大一点儿的数字都吓得不敢说，那女孩居然要三十万元现金和一套至少得是在丹楚县城的房子，在这些条件面前，三金屁也不是了，厉害吧？"

"呀！这也太能要了吧，咱们也就结婚几年时间，咱结婚的时候风气还是正常的啊，一毛钱的彩礼也没要，就是简单的买两套衣服了事，是谁引的头啊这彩礼标准？"

"前年开始，不知不觉的，咱这里的彩礼风气都已经坏了，三金就暂且不提了，一开始都是二十万元现金的标准，这两年还外加一套丹楚县城或者后土街上的房子，我哥这倒好，人家还居然张口就要三十万元，真是狮子大开口。"

文青点了点头，立马明白了对方为啥从当下普遍的二十万元彩礼给玉龙涨价到三十万元，自然是媒人传话说玉龙他爹早些年当村支部书记赚了不少钱，这应该就是他家彩礼更高的主要原因，虽说这是林湾村全村人都能猜到的，但这话文青可不能在玉春面前说出来。

第八十四章

捐款救人文钊出大力　懒汉武子得绝症亡故

清明节这天，大穗儿和她对象一起开着车回来给她爹妈上坟，得贵也骑着他在穰县县城用来拉人赚钱的电动三轮车回来了，车兜里载着他给自己老伴上坟用的火纸和炮子，还有两大袋烫金纸糊的金元宝。红强虽然距家几千里，并且前不久才回来过，但他依旧在这天赶回来了，除了给他爹上坟，还得去给他妹子红娟送些纸钱，这些年，他总觉得，作为大哥，是自己当初没有照顾好红娟，才导致自己唯一的妹妹走了极端，每当想到这里，红强就觉得实在是对不起死去多年的老爹，因此，他除了尽可能多地回来陪陪不愿去南方生活的老妈，就是经常去岗上看看孤零零的红娟。

每逢节日或者需要给老家的亲戚送礼拜年之类，从穰县县城回来的得贵总是说自己家厨屋长年不用，没法做饭吃，就在文钊家坐着没话找话地说上半晌话，然后在文钊客气地让他"就在这儿吃一碗算了"的让话中，直接坐着吃饭喝酒，还顺带着给自己的电动三轮车充满电，如果文钊家里有红薯干或是酸菜和苞谷糁的话，再顺便讨要一些带到穰县。得贵这行为，除了刘若兰一家过于善良不予计较，任谁都看不下去，郝疯子不止一次地在背后好心提示刘若兰和李果，说是得贵缺德坏良心了一辈子，尤其是对林康成家，又是明目张胆地在家门口大路上挖坑，他祖上还霸占林康成家的老宅和菜园子，真的是做尽了缺德狠毒的坏事，还让他吃啥饭喝啥酒啊真是的！然而，李果婆媳俩都是淡淡地一笑说，那都过去了，算了不提了。

得贵在文钊家蹭吃蹭喝又充电的行为，也被回娘家的文青撞见过好几次，文青表面客气地和他打着招呼，甚至迎合着他嘻嘻哈哈开的几句"当官了"或是"拽得很"的玩笑。心里其实是恨得只想骂人，想起得贵一直以来的卑劣德行，她真巴不得拿个扫把把这个缺德玩意儿给赶出去。然而，想着自己毕竟是出了门的姑娘家，又想着前几年扶贫时还为了村民的利益去穰县找他讲过和，文青也只是在父母哥嫂那里不太高兴地提过几次，虽然没啥作用，但爱憎分明的文青却总是忍不住要在背后说说，说到气头上，依然会像小时候那样擤上几句心里才舒坦。

邻村和林湾是一个大的生产队，邻村有人得了肾癌，虽说那基本上就是不治之症，但那家人在经济能力有限的情况下还是想为自己的亲人尽一下心，在水滴筹效果并不起眼之后，那家人无奈之下，只得跑去向村委求助，于是村主任发动整个生产大队给予捐款，因为怕效果不给力，村主任特意强调每家的捐款以起步二十元为标准。毕竟人们这些年经济好多了，在这次的捐款中，有按起步二十元来捐的，五十元的相对较多一些，而悲天悯人的文钊却很是大气地出手捐了三百元，这让上门办理募捐事宜的村干部忍不住好生夸赞了文钊，并公开表扬了林康成全家人，说他们是根正苗红好家风，还说他家人有大爱有担当。

过完清明，红强临走前，再次和建筑队商议了一番，确定五一之后就打地基，拉沙拉石子的事，他就放心地交给了文钊，其他杂活儿，都一律交给了邻村的包工头。出发时，红强对文钊开着玩笑："我这房子可交给你和包工头你俩了，十一国庆节我就要回来装修了，到时候我可是要看见房子的啊。"实诚的文钊憨厚地笑着："那你请放心，你现在走哩时候这儿就是一片空地，等你国庆节回来，这儿必须站着一座林湾村档次第一的别野。"文钊故意把别墅说成别野，惹得路边几个看热闹的邻居都跟着哈哈大笑起来。

这时，村西头的武子一脸心事地走了过来，他对其他人淡淡地笑了一下，就一脸心事地直奔文钊身边，文钊客气地和他打着招呼，武子却小声喊文钊，说是有点儿事儿，想去院子里说话。武子家是祖传的好吃懒做品行差，在林湾村，大人孩子都没一个理睬他家的，他父母好吃懒做了一辈子，养的三个儿女也都是好吃懒做习性很不好，武子的俩姐都是打工找了外地人，和人家生活年儿半载又离婚了，离婚也不再找对象，就那么在外以打工的名义混生活，有人说在广州的粉色小屋看见过她们，也有人说她们好像是在东莞的一个洗脚城里打工。这个武子好歹没离婚，还生了一儿一女，但祖辈遗传的好吃懒做妄想不劳而获的害习性在他身上却也是得到了淋漓尽致的体现，他荒着自家的地，却左邻右舍的借面粉借苞谷糁，还经常去邻居家小来小去的借几个钱，一次两次三次都行，再继续去借，别人看他脸皮厚不知羞耻，也就毫不客气不给面子地直接予以拒绝，因此，武子在村里不但很难再借到钱物，人们甚至连招呼都懒得跟他打。

　　刚走近文钊家别墅院子的红色大铁门，武子就迫不及待地一个箭步蹿到文钊侧前方，他苦楚着一张被生活打压得苦不堪言的脸，用近乎乞求的语气带着哭腔说自己生病了，最近整个头部哪哪都不舒服，想借二十块钱去村里大夫那儿看看，抓点药吃一下，可是，从村西头借到村东头，就是没人愿意借给他二十块钱。

　　文钊听着武子的哭诉，想起他向来游手好闲不干活只知道站在牌场看人打牌的不争气行为，在心里有点儿微微的排斥反感之后，与生俱来的恻隐之心还是让他不由自主地发了善心，他从裤子口袋掏出一叠准备下午拉沙拉石子的钱，抽出两张递给头伸得老长整张脸苦楚得像一块年久没洗的抹布似的武子："给，你说你头都难受成那个样，二十块估计不沾（行），你也白（别）去村医那儿看了，这二百块你赶紧拿上去后土卫生院使仪器检查一下儿，白（别）耽搁。"

　　武子感恩戴德地朝文钊作着揖，看着他那有点滑稽的动作，文钊哭笑不得又有点儿不好意思地朝他挥挥手："走快去看病，白（别）细顾了，白（别）细顾了。"看着武子穷苦的背影，想着他那扶不起的样子，作为同龄人的文钊无奈地叹了口气。

　　八九天之后，林湾村西头就传来了"武子死了"的消息，可怜可悲的武子得了查不出的死症病，有人说可能不是查不出，估计是舍不得花钱去检查，也确实是本来就没钱去治疗，他只能听天由命。总之，武子死得很惨，惨得看过现场的人都不敢描述。得知武子死了的消息，李果本能反应地问文钊，武子有没有还他的二百块钱。文钊叹了口气："还啥还，没有，可怜得跟个苦瓜娃儿似的，你叫他拿啥还？算了，不提了。"同样心地善良的李果淡淡地笑了笑："行啊，就当救济他了，木他就是不争气，你说咱给他啥门儿！"

第八十五章

为村邻放弃自家麦子　林玉龙结婚风头尽出

收割麦子的焦麦头儿天又来了，文钊早在半个月前就把自己心爱的收割机保养检测了一遍，做好了充分的夏收准备工作。这是他的第三台收割机，从下学至今，喜欢机械的文钊就一直坐拥大型机械设备收割机、旋耕机和东风车以及一众小型农用机械，虽然很辛苦，但发自内心的爱好和急人所急的成就感让他乐此不疲。早些年，也就是在林康成刚退休那几年，因为北方的麦子成熟得稍微晚一点，文钊父子总会相伴着从本省往北部地区一路收割过去，最近几年，林康成岁数大了，不再方便一路颠簸的行远路，又没有其他合适的人做伴，因此，文钊基本就只在当地收割。

和往年一样，割麦子的前几天，就不停地有邻居进进出出文钊家，看起来是口头交代，其实也相当于取号排队了。按照文钊的惯例，他总是习惯把自己家的麦子暂且放着，先给村邻们挨个收割，就在割麦子的第三天，天气预报突然发生了很大的变化，说是明天后半夜有强降水。顿时，林湾村就炸开了锅，各家各户小跑着一趟一趟地来文钊家催问收割机这会儿在哪块儿地里作业，然后骑上电动车火速赶往地里看进度，然而，刘若兰和林康成往往没法儿回答他们，收割机是流动式作业，守在家里的他们也没个准信儿。更有甚者，一天到晚就紧跟着文钊的收割机，要么在地头儿晃来晃去干着急，实在急得没法儿了就跑到地里面跟着帮一些小忙，要么就是蹲在地头的小路上焦灼万分地数蚂蚁。

一听说明天夜里有雨，这一天一夜，文钊更是废寝忘食，跟在地里帮小忙的李果看着时不时在收割机上打瞌睡的文钊，她心里干着急也没任何办法，只能在旁边喊喊他，或者是递给他一杯泡得很浓的茶帮他提神。这个时候，面对蜂拥而至左催右催的邻居们，想着十几个小时后就要到来的那场大雨，李果和文钊完全忘了自己家尚未收割的七十六亩小麦，他们紧赶慢赶地给邻居们割着麦子，直到轰隆隆的雷声一阵紧似一阵地快速逼近，文钊依然在收割机上抢收着麦子。

被催得实在没办法了，文钊只好好声好气地劝说邻居们别顾忌那么多了，赶紧去找别的收割机赶工。然而，邻居们依然固执地守在文钊干活的地头，一个个说："那就是坏到地里也不能让别人割啊，你成天对我们这么好，你看，别人都在抢活赚钱，你还能这么大气地把活往外推，这样的老好人十里八乡也只有你文钊了。"听大家这么说，文钊只好憨厚地笑笑，尽可能更加细致快速地抢时间。

原本预报说后半夜才会下雨的，结果夜里十点多就下起来了，文钊淋着突然而至的豆大的雨点坚持把邻居地里那半亩麦子收割完。本以为夏天的暴雨哗哗啦啦一阵子就完事了，结果，这场大雨居然下了一整夜，村里村外沟满河平，大股大股的雨水汹涌地横行着，排水都排不及，憨大愣养的鸭子直接在村里大路上游来游去。

"咱家的麦子这会儿估计已经喝饱了雨水……"林康成坐在藤椅上看着院子里水泥地面上急急往大门口下水道奔流的雨水，心疼的语调里满是叹惜。

"不是是啥，七十多亩地啊，光租赁费都得三万多，还别说种子化肥和农药，下来真是不敢算哪！"刘若兰因怅然而苦楚着的脸上写满了一个农人对损失庄稼的深情与痛惜。

"那也木门儿，说起来咱有收割机，哪能先给咱自己的麦子收回来。"李果利利索索地接过话。

"是倒是这个说法，不过，这么大义无私的事，也就我哥能做得出来，毕竟他自小就讲义气，咱家一直以来在待人接物方面都大气，又有着海纳百川的包容心，这一点咱村里谁都得服。"利用周末回来关心家里麦收情况的文青笑着看了看文钊和李果，又转身用嗔怪的眼神笑着看了看自己的父母，其实，她心里也是一百个不愿意文钊在收割麦子这件事上采取舍己为人的处理方式，然而，她也理解自己家人一直以来的处事方式。

"你这娃儿，别人都不好，就咱家都是好人，对不对？"刘若兰用嗔怪的语气说文青，然后宠溺地看着她。

林康成疼爱地看着自己的小女儿："你这孩子！"

李果起身拿起指甲剪，边剪指甲边笑着看了一眼文青："可白（别）那个样说，人们也都知道好歹，咱家对别人大方，人家都知道好害，也知道领咱情。"

文青不再说话，她知道，父母哥嫂谁不心疼自家地里那七十六亩颜色金黄颗粒饱满的麦子，此刻，一家人谁心里不是在为那一年收成的白白泡汤而悄声滴血！然而，总把人情大义放在前面的这家人，任何时候总是那么无私忘我，永远习惯性地把别人的利益放在第一位，这几乎成了他们的本能反应和习惯做法，这是这家人刻在骨子里的善良，谁也改变不了。

文青是在下雨的第二天早饭后离开林湾村的，和读中学时一样，但凡回家，她总想凑在晚上，总觉得在家一夜的时间比无数个白天都要长都要划得来。麦收时节这场持续半个多月的雨是在麦子彻底发霉出芽后才完全停下来的，此时的地里早已成了泥浆汪洋，根本就没法下脚，更别说进收割机了。林康成骑着大孙子的变速车去自家的几块麦地看了看，传统保守的他表示即使要不成即使卖不出去即使浪费了收割机的油，也想把坏掉的麦子给收回来。文钊消极地说不要了，国家不让燃烧秸秆，那就扔地里让它自己腐朽后化成肥料用来壮地算了。很少愁眉不展的刘若兰熬煎地蹙着眉头，心里愁得几乎能拧下水来，她这段时间日日夜夜心里装的都是那七十多亩在地里喝着雨水的可怜的麦子，但凡睁着眼，她心里都在为此焦灼着、疼痛着。农人对土地对庄稼的感情深厚而复杂，他们视庄稼为自己的儿女，精心侍弄、细致照料、哪怕不挣钱，他们也见不得土地荒废，哪怕收不到粮食，也不忍心庄稼就那么腐朽在地里，每一棵庄稼都承载着农民的期望和辛劳，土地和庄稼就是农人们生活的血脉。

建国的二儿子玉龙要结婚了，娶的就是他妗母的娘家侄女。村里人得知这个消息，是在玉龙结婚的前一天，据说，三十万元的彩礼和丹楚县城的房子兑了现，全套的金首饰也都全部到位了。毕竟建国那些年赚的黑心钱比较多，玉龙的婚礼办得很排场，不知从哪儿租来的五六辆奥迪组成的接亲车队装饰得很是喜庆，新娘坐的红色敞篷跑车更是拉风，改英和建国身着正装迎来送往喜气洋洋，毕竟是没法指望玉强和王小可生小孩了，他们把所有的希望都寄托在了玉龙和二儿媳妇身上。

结婚这天，人们没看到王小可，据说她本来就很生气建国老两口答应二儿媳妇的高价彩礼，又听说婚礼当天竟然安排了跑车和奥迪，想想自己前几年嫁过来时彩礼也就三两万，还全部都买成了家具，一条金项链和一对金耳环还是结婚一周年自己亲自去穰县买的，婚车也只是从后土街上租来的一辆桑塔纳，然而，自小的家教注定了她并不想找公婆吵吵着去理论，她觉得自己丢不起那个人。气不过的王小可索性找个理由出去旅游了，说是旅游，常年不出门的她觉得自己出去就会迷路，远一点的地方她也实在没心思去，她开上自己的电动四轮轿车去了穰县，在当初上幼师时的闺蜜那里玩了两三天。

这天黄昏时分，一辆小轿车开进了林湾村，村西头在外打工的大伟一家人回来了。这次回来，大伟的父母就不再出去了，他们的二婚儿媳妇为他们生下了一个白白胖胖的孙子，这俩才四十多岁的人从此就要提前进入老年生活，要在老家招呼孙子了。自此，大伟夫妻继续在外打工，大伟他爸在村里各个建筑工地打零工，他妈则一天到晚抱着得来不易的小孙子稀罕着。据说，大伟一辈子老实稳重并不矫情的父母不但买了三辆不同用途的婴儿车，奶粉也用的是大牌子，光小名都给小孙子起了五六个。对此，村里人带着满满的嘲讽唏嘘不已：二婚妇女生的娃儿还这么娇贵，看来，真的是黄鼠狼也不嫌自己的娃儿骚啊！

第八十六章

建书屋造福乡亲　送讲座博爱村邻

　　国庆节的时候，文青又回到了林湾村，这次，他们夫妻俩把家里的两辆小轿车都开回来了，两辆车的后备厢都塞得满满的。车开进院子里的时候，文钊恰好从外面回来，说是在后土街帮赖娃他妈打了半袋苞谷糁。文青笑着撇了撇嘴："哎哟，每次回来你都在当雷锋，林湾第一好人！"然后，文青神秘地让母亲猜后备厢装的是什么，刘若兰还没来得及回应，李果就笑着接过话，说应该是中秋节的月饼和水果吧。文青神秘地一笑，遥控开后备厢，几个码得整整齐齐的纸箱子露了出来，全家人一头雾水地看向文青，然后又看向文青对象。

　　文青这才对一家人说出了自己想为林湾村建个公益书屋的计划，基于村里留守孩子较多，学校的图书室基本属于有名无实的摆设，留守老人带着孩子很难想到给他们买书看，也根本就舍不得花钱去买书，孩子们之间有限的交换课外书已经远远满足不了各个年龄段的阅读需求，因此，文青近几年一直在心里酝酿着为自己村里筹建公益书屋的事。至于书的来源，一部分是文青根据村里的实际情况和各个年龄段的不同需求自费采购，一部分是文青在丹楚县城发动职能部门给予的支持，但考虑到安全卫生方面，这些全部都是新书，书架也已经订货了，大概一星期后物流能送过来。对于文青的这一举措，林康成和刘若兰特别赞成，老两口用欣赏的目光一脸自豪地看着自己的小女儿，心里有着说不出的欣慰。

　　晚饭后，大姐打回来视频电话，文青说了自己在筹建公益书屋的事，大姐立马表示明天就行动，也要购买一百册图书支持文青，末了，大姐冲文青打趣："你八岁的时候就说过，再有本事的人，如果没有帮到老家的人，那就还是没本事，这下，咱林湾村的人可都看到咱们文青是有本事的人了。"

　　大大咧咧的文青听到这里，不禁羞涩地一笑："嘻，我大姐才是林湾村最有本事的人，文青她得靠边儿站才是。"

听着姐妹俩互相打趣的话，全家人都笑了起来。

这时，刘若兰端着一小铝盆儿洗干净的蟠桃走进了堂屋："快尝尝，蟠桃，咱村的产业，味道正宗哩很。"

文青放下手机，拿起一个蟠桃咬上一口，然后突然就若有所思地看了看父亲："哎，我记得大概是1992年的时候，我爸就说以后会出现可视电话，当时得福个死没见识的还脖子一别歪着他那倔驴嘴表示不可能，看，转眼这视频电话咱已经用了差不多有二十年了吧，社会的发展真是让人不敢想啊！"

刘若兰笑着放下果盘："是啊，反正是只有你想不到的，没有人家那些专家们创造不出来的。"

书屋的事已经提上了日程，在书屋命名这件事儿上，文青和家里人讨论得热火朝天。大姐说就叫"万卷书屋"比较大气，文钊说现在不都流行"乡村书屋"或者是以村子名命名的书屋，母亲笑了笑说就叫"文青书屋"合适，文青嗔怪着看了母亲一眼说咋不叫"林文青书屋"才霸气哩。最终，讨论来讨论去，书屋的名字还是没有确定下来，但是，书屋挂牌儿的事儿文青也不想再往后拖了，她想了想，干脆就取名为"丹青书屋"算了，全家人听完文青的解说，都对这个名字表示赞同。

文青准备的一千多册各类图书陆续分类上架，林湾村村委会很是给力地配合着提供了村部边上的两大间房屋作为场地。丹青书屋的图书一律免费借阅，书屋里的监控和打卡设备督促着大家文明借阅勤奋阅读，为了鼓励留守老人和个别留守中青年村民通过阅读改变观念扩宽眼界，文青特意设置了打卡积分奖励制度，书看得多了会增加积分，但是如果不按分类放回图书，就会被扣分。大家在相互督促中都形成了良好的借阅习惯，每个季度文青都会抽出一个双休日带着自己精心采购的奖品回村为本季度达到奖励标准的阅读之星颁发奖状和奖品，文青采购的奖品很特别，她会根据自己的摸底情况，给获阅读奖的留守老人和孩子奖励应季衣物，给有心愿的孩子奖励梦想中的高档学习用品或玩具，给身体出现健康状况的一部分获奖读者奖励电暖扇或是按摩仪。就这样，原本除了聚众闲聊就是组队打麻将或者一天到晚狂刷视频的林湾村大部分村民都成了书屋的忠实读者，节假日村里中小学生也不再抱着手机打游戏看抖音，一到饭后，大人们便带着孩子纷纷来到书屋抢占位置，只怕去晚了连下脚的地儿都没有。

说到之前村里人打麻将的事儿，就不得不提到村西头的张春兰，春兰的男人志刚常年在西安打工，因为没有公婆照看孩子，春兰就无法像其他家庭一样夫妻俩一起出门儿挣钱，她只得留守在家招呼儿女上学。因为心疼自己的妻子一个人在家干农活不方便，志刚就把全家四口人的地都租赁了出去，所以平时俩上小学的孩子去学校后，无聊的春兰就会去村里的小超市打麻将。一个周末的下午，上五年级的女儿和读一年级的儿子在家写作业，春兰给俩孩子交代几句，就去打麻将了。结果，刚打了几局的春兰就被匆匆跑进来的邻居二奶奶带着哭腔拽着胳膊拉了出去。原来，春兰家旁边那个常年干涸的锥形粪坑半月前下暴雨积水很深，春兰六岁半的儿子不小心滑了进去，因为当时没人及时发现，春兰的儿子就这么没了。从西安赶回来的志刚哭得死去活来，却始终也没埋怨春兰一句。春兰开始有点儿不敢相信，她癔症了很久，反应过来后哭得撕心裂肺肝肠寸断，后来连着好几天一声不吭不吃不喝发着愣怔，志刚喊来春兰的娘家妈和娘家姐反复解劝她，却也无济于事，因为怕她出事，她娘家妈只好日夜守着她。一个多星期后的一个黄昏，春兰突然跑出去坐在那个粪坑边的地上捶着地面大哭到凌晨，她哭着喊着让志刚赶紧把那个坑塘的水抽干，拉几车砂石土料把它填平，志刚都照做了。两年后，逐渐走出悲痛的春兰和志刚又生了个儿子，这家人的日子看似又恢复了往常的平静，但他们心里那永远也消不去的疼痛只有他们自己知道，春兰恨透了自己、恨透了麻将、恨透了所有的坑塘沟壑。自此，人们表面不敢说啥，但背后已经习惯悄悄拿春兰打麻将惹祸的事来教育劝诫那些坐在麻将桌上迟迟不愿下桌的人。

关于打牌，林湾村东头也发生过一些令人哭笑不得的幼稚事儿。大概一个多月前，雪珍和玉多一如既往地凑在一个桌子上打牌，结果，俩人在"到底谁该第一个接上个人的牌"这件微不足道的小事儿上居然争论不休，弄得俩人都很生气，一向好脾气的雪珍竟然当即就把自己手中的牌啪地往桌子上一摔，气鼓鼓地起身走人了，看着她一冲一冲大跨步离去的背影，玉多又好气又好笑地表示再也不和雪珍打牌了。她俩的事儿就此成了一个可爱的笑话，邻居们那段时间闲下来就会在私下里以此为主题闲聊几句，但最终的结论还是说打牌实在是有百害而无一益。

其实，这些年文青一直在外上学和工作，虽然她寒暑假都在老家生活，然而，那几乎已经等同于一个客人蜻蜓点水般的停留，实际上从熟识度来说，她和村里的分离却是实实在在地搁在那儿，以至于这十几年来，她回到村里也就只认识她最初离开村子时原本就有的那批人，对于后来出现的那些新媳妇和小孩子们，在村子里遇到，文青几乎是一个也不认识，这情形让她一次次不由自主地想起贺知章那首《回乡偶书》。偶尔的，她也会兴致盎然地从那些小孩子的长相上推测那可能会是谁谁家的孩子，然后大笑遗传的神奇。后来，由于前几年回来驻村和后来又成立了书屋，文青不但频繁回村做公益，而且经常需要和大家打交道，如今的文青对村里任何一个乡亲都已经很熟悉了，就连谁家刚生了孩子，她都能及时地捕捉到准确的信息。

文青为书屋付出了太多的心血，只要没有错不开的事儿，她几乎每个周末都会回到林湾村，埋头在丹青书屋里整理读者还回来的书，给书籍消毒，翻阅借阅记录，看到有长期没再过来借阅的读者，她会主动打电话鼓励对方常来书屋加油，并且为前来看书的读者介绍推荐适合他们阅读的书目。除此之外，文青会不定时地为书屋添置新书，她不但时不时地为村民们开设公益法律课堂，为他们普及宣传法律知识，还特意不定期地为村里各个年龄段的孩子们开设多姿多彩的公益课堂，对他们进行分批次的写作辅导，并且从孩子们的习作中择优修改给予推荐发表到省市级报刊上，还推荐几个孩子参加了丹楚县城和宛南市的演讲比赛，极大地激起了孩子们的阅读和写作热情。孩子们离开父母留守多年之后，在书本里找到了精神上的深度依赖，也在文青这里找到了极其难得的高质量温情陪伴，幸福感越来越强，也都一个个逐渐变得自信大胆起来。后来，一些孩子也会在征得家里人同意后，带来自己家里的藏书捐赠到书屋，一些在外收入可观的家长也会在过年过节回来时专门选购一些书捐赠给书屋，曾经的借书人变成了后来的赠书人，这举动不仅丰富了藏书的内容和册数，也让孩子们在拥有主人翁意识的同时对书屋的感情与日俱增。

随着文青所建丹青书屋规模和影响力的逐渐扩大，林湾村的这个书屋成了丹楚县几个参公单位的党员实践基地，是丹楚县新时代文明实践点，是林湾村的精神家园，也是周边几个村镇的学习典范，更是新时代文明乡村的一张亮丽的名片。

第八十七章

政府动员春风化雨　初恋发达回馈桑梓

　　眼看又要过年了，后土镇政府借着年底回老家的人比较多，先是召开了"返乡人员新春座谈会"。座谈会上，镇党委书记从三个方面对返乡人员代表进行了深入交流：一是介绍了家乡发展的新变化，宣传产业奖补政策，鼓励返乡人员加强科学文化知识和先进技术的学习；二是宣传劳务输出政策，并推送优质岗位，鼓励有意愿的返乡人员提前做好规划；三是引导返乡人员为家乡发展建言献策，促进家乡经济和社会发展。此外，镇有关领导依次发言，并表达了后土镇党委政府对在外务工人员的关心。接着，各村的返乡代表踊跃发言，他们用朴实的语言分享了自己的外出务工经历，并表达了对镇党委政府的关心和谢意，在提出自己当前遇到的困难的同时，也表达了对家乡的美好祝愿和对美好生活的向往。

　　有夏天那批较为成功的招商引资为例，"返乡人员新春座谈会"结束两天后，后土镇政府立马筹备召开了"鼓励企业家回乡发展，全力支持乡村振兴"的紧急会议。很快，各式各样的大红色横幅就拉得到处都是，丹楚县官网和当地媒体也接二连三地予以宣传，地方公众号更是一篇紧似一篇地动员号召。然而，最接地气的还是村干部，在周家营村支部书记的动员下，本就心系故土的周扬考虑几天之后，联系了后土镇政府。很快，镇政府请来后土各个村愿意助推乡村振兴的三位农民企业家，特意召开了成功企业家回乡创业发展座谈会，为了表示对此事的重视，后土镇政府还很大排场地邀请到丹楚县县委常委、县委政法委书记和县政府副县长等各位县级领导出席了本次会议。

　　县委常委、政法委书记首先致辞，他表示：后土镇要在县委、县政府领导下，深入开展高质量工作的高效推进、营商环境的重大突破和干部作风的进一步提升，为广大企业家和仁人志士回乡投资兴业铺平道路，提供最优的服务和最好的环境，真诚欢迎在外创业的成功人士顺应大势、抓住良机、返乡创业、共谋共建、回馈乡亲。镇党委、政府将为大家创业兴业架桥铺路，尽最大努力帮助解决难题，让大家在家乡放心投资、大胆创业、舒心生活。后土镇镇长通报了上一年经济社会发展情况和后土镇专题工作介绍，相关村支部书记分别推介了重点项目。

看着眼前的诸位领导，听着他们的发言，衣锦还乡的周扬有点走神，他的思绪一下子就回到了中考落榜的日子，他想到了后土二中，想到了林文心，想到了自己备战中考却两次败北的煎熬……他想，如果当初自己顺利考取一所理想的大学，也许自己如今就不是响应号召回乡投资创业的企业家，而是发动他人回乡创业的县级甚至市级领导。想到这里，周扬在内心失落之余，忍不住嘴角上扬地笑了笑，他笑人生无常，也笑世事难料，又笑人生如戏。

到了成功企业家回乡投资创业代表发言的环节，历经风雨的周扬按捺着内心的激动，他深情地边打腹稿边讲话：我怀着无比激动的心情，回到生我养我的这片土地，多年前，我带着学业上的失意离开家乡，去往南方追寻梦想，当时，看着眼前陌生的世界，我也曾一度消沉一度彷徨，最终，在经历了一场又一场的风雨之后，我竟然可以带着在外积累的经验和资源回到家乡，希望可以为家乡这片热土注入新的活力。回乡投资，绝不仅是为了个人的发展，更是为了家乡的繁荣，为了带动家乡的经济发展，提高乡亲们的生活水平，同时，也可以为家乡具备劳动能力却不方便外出打工的乡亲们提供就业的机会……

周扬和林文心当年共同的同学李云龙在后土镇派出所工作，自从前几天在街上偶遇周扬之后，生性活跃又有点儿八卦的李云龙就赶紧把林文心的手机号在第一时间通过微信发给了周扬。看着手机屏幕上这个陌生又带着温度的号码，周扬沉思良久，心里除了激动，更多则是踌躇，想联系又怕打扰，不联系又觉得心里装着一件事，这样的心境折磨得周扬几天以来坐立难安。终于，为了避免尴尬和遭遇冷板凳，周扬选择了先添加对方微信，在等待对方通过验证的时间里，周扬更是无心做任何事，他怀着对林文心的各种揣测，感觉时间难熬得很。

林文心是在三个多小时之后才通过验证的，她并不是觉得别扭，她只是恰好在开会和午餐而已。既然林文心显得落落大方不拘小节，周扬一个大男人家也就赶紧从开始的忐忑羞涩切换为坦荡大气，他们和许许多多久别重逢的老同学一样，别无二致地在微信上简单汇报了自己的工作和生活，然后客气地互发道别信息。闯过初次联系的忐忑之后，周扬心里轻松了一大截，虽说自己目前的家庭也很幸福，但林文心还是难免以白月光的形象磐石般在他心里占据着特殊的位置。对于林文心来说，看起来她在微信上是大大咧咧地回应了周扬，其实于内心深处，周扬是藏在她心底不敢提及的剧痛，这种痛经年难愈，年份久远之后，已经自动尘封在了岁月深处，而这个时候周扬突然跳出来，实在是令她猝不及防，看到验证消息的瞬间，在经历了灵魂深处的强烈动荡之后，从不憋屈自己的文心只能顺应自己内心地选择了予以通过。

自此，周扬和林文心除了传统节日里群发式的一句礼节性的问候，两人几乎再也没有在微信上说过一句话，尽管彼此只有二百多里的距离，却也从没以任何形式见过面。这两个本来就传统又理智的人，自然懂得对自我的克制和对自己家庭的责任，人到中年的他们俨然一对普通的同学，却又比一般同学要亲切很多。从联系上周扬开始，林文心的心里就开始悄悄地发生了变化，原本对周扬心怀执念多年的那份感觉，在拥有对方微信却从不聊天的情况下逐渐被稀释，直到有一天，她翻找微信联系人时无意间再次看到周扬的图像，在完全没了心跳的感觉之后才明白，自己这些年执念的并不是周扬，而是那段匆匆流逝的青春岁月。而周扬对林文心的那份感情却在多年后依然执着，他更愧疚于自己当初的不告而别，然而，行至人生的这个阶段，他联系林文心也没什么想法，他只是想像兄长一样默默地守望着对方的岁月静好，他珍惜自己的小家庭，也认为保持距离是对林文心的保护和尊重，这不远不近相安无事的相处模式也算是恰到好处。

人生大抵就是如此，不是所有的故事都会有圆满的结局。对于那份遗憾，有人说，年轻时人人都无法释怀，实则，年岁渐大后他们依然会心怀执念，只是受现实制约，生活逼着你去相信那句：一切都是命中注定。其实明明是：从此音尘各悄然，春山如黛草如烟。

第八十八章

林湾春晚掀高潮　文保环保两手抓

日子过得真快，转眼间又到了年底。年就是一种无声的召唤，人们从四面八方相继奔赴故乡，满怀期盼，心情高涨。有一种乡愁，叫回家过年，无论风雪严寒，无论回家的路有多远，家都是在外游子心头最深情的挂牵。

最近，有娃媳妇、郝疯子和西头的兴娃媳妇又开始一天到晚在村口聚集着拍闲话儿了。实在没啥话题拍了，她们就盯着进村路口的方向，但凡有从外地回村的人，谁从那儿经过话题就切换为谁。今天说，别看红强四五十岁的人了，人家从小就帅气，人又聪明，主要是还会事儿哩很，开车回来到村口时，不但专门下车打了招呼，还给每人发了一包瓜子。明天趁郝疯子不在场，又说小海那娃儿清是就不沾（行），小气哩很，回来就没见给谁发个好吃的，车也舍不得买，肯定是在外面木赚几个钱儿，要不，郝疯子哪还用开餐馆，不听她郝疯子胡子吹牛。因为他们锐利的目光和说话又准又狠的跋扈风格，回村的年轻人私下里给他们起了个名字叫村情报局。

就因为村口这个情报机构，永振的儿子合欢也是惹了一肚子的气。以往，合欢从省城回来，都是从村西头直达家门口，前几天提前回来送年货，他想着走走这条小时候经常走的村口大路怀旧一下。结果，车刚开到村边，他远远地就看到了情报局那群聊得正欢的大叔大婶，因为他的突然出现，情报局全员顿时收口噤声，齐刷刷地抬起头来，不约而同地看向村口的大路，在外面呼风唤雨的合欢突然就有点儿怯场了，简直和在战场上看到敌人的感觉不相上下，进退两难之间，他只得硬着头皮继续开着车前进。当天晚上，刚回到省城，合欢他妈就打电话教育儿子：咱村里人说你开车回来见到人都不知道下车说话，坐在车里摇下车窗胡子打了个招呼，在省里当官儿了都拽哩不像样，还说你上回回来到村口专门下车显摆，谁不知道你穿哩阔气，开哩还是印有你们单位名字的车，就打个招呼还划得着下车在那儿兴叉（显摆，嘚瑟）。合欢他妈一席批判，直惹得合欢哭笑不得，他只能无奈地告诉母亲，不用理会她们那些，想咋说就让她们说去吧，别人的嘴谁能管得了！

其实，村子的各个路口好像都有情报局下设的子单位，只是上班的人员不同，即使绕路，也不知道到底该走哪里回家才好，坐车上打招呼不对，下车说话也不对，但凡你路过这里了，你的一切都只能由她们来主宰。后来，只要时间允许，合欢只有不得已地选择晚上回家。结果，他再次接到了他妈打过来的批判电话：你是见不得人还是咋地非得天黑回来不可？有人说后来总见你的车天黑进村，给，现在弄哩村里人都说你是官职被抹了，还有人说是你媳妇不跟你过了，和你离婚了，说你是木脸见人所以才天黑偷偷溜回来，真是要气死我了！受过高等教育的合欢听了，实在是气得头疼，他真想不到，村口的情报局天黑居然还有人值班，那些人可真是要命啊！

有人说，村里的情报局实在太厉害了，白的能说成黑的，活的能说成死的，甚至有些事比你自己都先知道。当然，也有人能够理解情报局，比如红强，每当他揣着满满的乡愁从几千里外风尘仆仆地归来，首先出现在眼前的就是村口情报局那帮人，她们爱说爱笑爱海阔天空地扯各种话题，这一切让红强觉得像是回到了小时候的饭场，让他感到淳朴又真实。而红强本身又是个大气的人，他每次路过情报局，都会特意下车给大家发一些瓜子、糕点或者是水果，再站那儿或是和大家一样蹲下来吸根烟闲聊一会儿，情报局传出去关于红强的信息自然都是好的，这让无心之举的红强有了意外的收获，那就是一个好名声。在农村，人们可是一直都把名声看得比生命还重要。其实，任何事物都有其两面性，村口情报局也有其存在的积极意义，毕竟它已经延续了数千年，早已构成了乡村生活的一部分，可以让外出归来的人在远离繁华都市的喧嚣和冷漠之后，体验到一种有着特殊乡土韵味的人际互动。因此，啥事儿都得一分为二地看，这样想，人就不会有太多烦心事儿了。

自从去年响应后土镇政府的号召，林湾村成功举办首届春节联欢晚会之后，今年的林湾村第二届春节联欢晚会也彩排得差不多了。当晚，后土镇政府特意安排了镇文化站前来支持，内容丰富形式多样的节目不但展示了林湾村崭新的精神风貌，也表达了村民们对新生活的向往。去年办首届春晚时，村里的人都觉得不可思议，也有人觉得那纯粹就是胡闹，而今年的第二届春晚，村里再也没了不同的声音，参与者更多，有人让孩子带着自己在城里学的乐器上台表演，也有人拿出了自己网购的汉服，还有人把传统农活编排成小品献给大家，文钊和李果不但把家里采购了准备过年用的糖果点心拎到晚会现场进行分发，还把文青专门托他们捎回来的六十多个毛绒玩具以节目互动的形式在晚会现场发给村里的孩子们。

林湾村的春节晚会办得特别成功，不但节目精彩，节目中间的互动也设计得很有趣，活动的参与度很高，吸引了各个年龄段的人，增进了村民们之间的凝聚力和归属感，使传统意义上的春节有了质的提升。这是国家繁荣昌盛蒸蒸日上的标志，也是林湾村经济提升村泰民安的最得体体现！

整个春节期间，村子里的鞭炮声和烟花就没停过，上了年纪的老人们一脸喜庆地感慨着：以前哪，也就正月十五才放烟火，过年就是腊月二十三晚饭前、年三十晚饭前和大年初一早上，各放一串炮子，现在这条件好了，进入腊月娃儿们就开始放烟火了，恁大价钱哩烟火，现在的娃儿们是不知道心疼钱哪！

事实的确如此，传统的鞭炮似乎已经有点落伍，花样丰富的烟火于悄无声息间占了主流。从腊月二十左右到正月十七，或大或小的烟火声随时都会在林湾村上空绽放，白天响，黑了响，半夜三更到凌晨还在响，一天到晚就没停过，那些孩子像是根本就没睡觉，浓浓的年味儿已经不再靠春联和鞭炮还有糖果瓜子来渲染了，靠的是二十四小时无休无止的烟花爆竹和彻夜不眠的那些小年轻们高低声交替着的欢笑嬉闹。据说，邻村那家小超市，整个春节单烟火就净赚了十六万元，在这令人惊叹的数字背后，人们看到的是大家经济收入和消费能力的飞速提升。

转眼就到了大年初二，人们开始忙着拜年了。拜年的礼物早已不是过去一个手提包就能装得下的三小样，而是三四箱不用回礼的坚果牛奶水果鸡蛋之类。拜年的节奏也不同过去，以前一天只到一家去拜年，一旦中午喝醉了，晚上还得再吃一顿才回家。而这几年，人们因为着急出门打工，恨不得一天走七八家亲戚，放下礼物简单说上几句话就跑，甚至主人家泡那杯茶里的茶叶都还没来得及舒展开，就更别提吃饭喝酒坐下细聊家常了。有人说，这样的拜年方式完全弄丢了传统，也有人说就不该有拜年这个习俗，冷呵呵的天气，你来我往地一通慌张奔忙，就是互换礼物去对方那里吃一顿饭而已，倒不如随时有空了亲人一起坐坐聊聊吃顿饭多简单多好。然而，老祖宗传下来的习俗，自有其丰富的历史文化内涵，不是说丢就能丢掉的，虽然人们随着社会发展的需要在拜年形式上有所变化，但大同小异的拜年活动也是中华传统文化独特魅力的一种彰显，依然需要后辈去坚守和传承。

中原一带讲究"三六九顺风走"的说法，年后的初六和初九是打工和生意人扎堆外出的日子，也是留守孩子们最伤心难过的时候。据亲眼看到和新闻报道，有孩子追着自己爸妈离村的小轿车跑了好远好远，哭得伤心不已泪流满面，有孩子问自己的爸妈一天能赚多少钱，想用自己积攒的压岁钱购买爸妈哪怕是一天两天的陪伴……心酸的故事一次次持续上演，打工的路一年年无边无沿。

玉转他们俩人初九要出门儿，建设和新芝初八晚饭后就把家里炸的麻叶、酥炸，自己买了调料腌制的腊鸡腊鱼和拜年没用完的几箱牛奶、饼干往他们的后备厢里塞，玉转咋拉也拉不住。大清早，玉转假装早早起床去车里拿孩子的作业，才悄悄把一部分东西从后备厢拿下来，藏在了父母不常去的楼梯间里。直到车开过后土街，上了高速，玉转才打电话告诉父母，结果，建设和新芝在电话里气得一通吵吵，扬言要把几箱牛奶饼干扔到村前的河沟里去。这就是中国式父母，自己一辈子辛苦劳作省吃俭用，只怕亏待了子女，但即便如此，他们却在日常生活中依然往往会对自己的孩子满怀愧疚。

李果在后土街买发财树和文竹回来，在241国道回村的路口遇到了几个下车问路的人，这批人最近来过后土几趟，他们在大山寨、陕西会馆和渡槽之间逗留转悠，据镇上业余喜欢考古的年轻人大胜说，那几个人是丹楚县文物局的，听说前几天打雷破坏了陕西会馆的屋脊，所以专程下来看看情况。然后，在向导大胜的引领下，文物局那批人对着渡槽拍照测量之后，又去了祖师殿参观，还特意在后土镇政府会议室召开了文物保护会议，强调了本着对国家和历史高度负责的精神，要充分认识到文物保护的重要性，进一步增强责任感和紧迫感，切实做好文物保护工作。此外，针对业余考古青年大胜长期以来对后土文物及碑刻的保护和修复，领导们在给予高度赞扬的同时，特别提到了民间文物保护的重要性。

七月初，刁河后土段和周边几个乡镇流域水质检测因子 COD、氨氮、总磷浓度突然升高接近考核目标值，宛南市生态环境局丹楚分局立即启动预警应对机制，组织几个监测站和环境监察大队联合所属乡镇开展溯源排查和取样检测。通过对刁河流域开展加密检测和现场排查等方式，追踪溯源，初步判定最近的一次强降水导致村庄和田地里的污水进入刁河，影响了水质，还有就是后土和周边几个乡镇雨污不分，管网配套不齐全，导致雨天造成的雨污水来不及抽送，雨污水翻过河坝进入刁河，影响了刁河的水质。在宛南市局的部署安排下，丹楚分局对畜禽养殖和周边工业企业加强了监管力度，并督促属地镇政府加快推进雨污水分流改造，完善污水管网建设，提高污水收集率，确保刁河水质持续稳定。

　　说起刁河，就不得不细细解说一番这条对后土镇来说有着母亲河之称的河流。刁河古称朝水，发源于邻县桃子镇一个山岭，流经邻县、丹楚县、林海市、野城县四个县市，在野城县新来镇刁河口村汇入白河，进入汉江，融入长江，终归大海，河流全长133公里。刁河是一条自然河，有史以来，自邻县到野城"九曲十八弯"，整体呈"S"形弯道和接连不断的狭窄河床，一遇暴雨，水势就会猛涨，河水四溢，泛滥成灾，历史上的它是一条名副其实刁钻恣肆桀骜不驯水患严重的河流。后来这些年，经过一次又一次的治理，刁河早已成了润泽一河两岸四个县市的母亲河。

第八十九章

有娃媳妇惹儿子　文钊大气做公益

　　九月底的一场大雨之后，植物们顿时像吃了夜草的骏马，呼呼呼地一顿疯长，村东大坝外侧河沟边的红色刺玫花向四面八方奋力伸展着自己修长的枝条，一簇簇野生枸杞和黄黄苗在两岸的草坡上竞相盛开，鲜亮亮的大红和耀眼的金黄映衬得整条河沟绚烂又明朗，打碗花和其他不知名的野花摇曳着紫粉色的细茎，在河沟里零零星星地分布着，悄无声息地点缀着初秋的野外。

　　国庆节的前一天，郝疯子家的小海回来了，依然没开车，说是坐飞机到宛南机场，然后花二百块钱包一辆车回到了林湾村。人们私底下议论着：郝疯子家那个娃儿总是混哩不咋样，不听他爹妈吹牛，要是真混哩好，还不自己开个车回来多方便，还风光，看看人家西头红强，谁有粉（化妆用的粉）还不是赶紧往脸上擦！

　　黄昏的时候，有娃媳妇出来遛狗，恰好看到郝疯子左手拎着一食品袋芒果、右手的塑料袋里装着两个绿皮大椰子出了院子，见状，有娃媳妇立马向墙角退回去两步，等郝疯子往西走远了，她赶紧装作若无其事地也顺着村中间的大路往西走。果然，郝疯子轻车熟路地进了支书万旦家，然后，两三分钟之后就匆匆忙忙双手空空地走了出来。有娃媳妇说不清自己心里是反感还是醋意，她鄙夷地对着空气"呸"了一声，一脸的不高兴。

　　说来也是搞笑，小海回来的第二天晚上，在有娃媳妇的指派下，由有娃出面，把小海请到自己家里去吃饭，一起被请去的还有刚盖了别墅的暴发户赖娃。作为村里为数不多的留守男青年，作为待人大气经常对左邻右舍有求必应有忙必帮的年轻乡贤，文钊被请去陪客，原本大大咧咧不拘小节的文钊随口一问，听说今黑的酒场是小海和赖娃，当即憨厚地笑了笑，表示自己一会儿还得去灵山帮人拉一车石子，时间实在是错不开。

回到家，文钊随口把有娃今黑请小海和赖娃喝酒的事说给了家里人听，李果用稀奇的表情夸张地确认了两遍，然后一边洗菜一边动起了劲儿："不去就对了，看看请那都是啥舅国儿人哪，不去，咱不去。"

保成笑了笑："木不是，和那些人一路儿喝酒干啥，那都拉低咱文钊的档次了。"

一旁的文泽听了，在边上笑着附和："对，他们也不看看我哥是谁，才不和那些人坐一起呢！"

就有娃媳妇平时那能过分的样子，这不正常的举动必然是有啥目的啊！果不其然，酒场上的话很快就不知被谁传了出来，说是有娃媳妇想让自己在宛南干代驾的儿子新定跟着小海或是赖娃干。然而，小海和赖娃虽说是破烂家庭出身，但能把生意做得那么好，头脑也不是好糊弄的，对于有娃媳妇的请求，这两个精明的年轻人自然是不会轻易松口。

且不说小海和赖娃这边尚未做出答复，后来，有娃媳妇在打微信电话对儿子新定说了自己的想法之后，新定立马就在电话里很是生气地发了一通火："我哩妈呀，你省省吧，能不能白再给我丢人了？谁叫你喊他们喝酒哩？你问过我木有你自己就擅自做主去求旁人？"新定说啥也不愿意跟着别人干，一是真心不想去，二是跟着曾经窝窝囊囊曾在十几岁时还流着鼻涕的人干，他觉得自己丢不起那个人。

有娃媳妇气得破口大骂："你个鬼娃子，老子也是打心眼儿里不喜欢那些人啊，你是不知道，老子在那些自己看不起的人面前低三下四，还不都是为了你，你鳖娃儿也太不听话了，瞅瞅你自己混球那个鳖样，你说说你有多大本事你牛啥哩你不愿意跟着人家干？真是成天都不叫老子省心哪！"

然而，那头的新定早已挂断了电话。有娃媳妇气急败坏地骂着，再重新打过去，发现自己已经被儿子拉黑了，她气得狠狠地把手机丢在吃饭的小桌上，坐在堂屋的椅子上对着空气骂了老半天，最后，她甚至把自己的眼泪都给骂出来了。

这时候，有娃从外面拎着一捆大葱回来了，看到媳妇像是哭过的样子，就很是烦躁地嚷嚷："木这是又在哭啥哩？就你贱眼泪多，成天木球事儿瞎在那儿鼓捣啥？"

有娃媳妇一听，气不打一处来，她"呼"地一下子站起来就冲着有娃破口大骂："你才贱哩，这娃们我看都随住你们家的人了，本事不大，贱毛病一大堆，木球一个争气哩！"

有娃眼一瞪，随手把那捆葱重重地丢在厨房门口，径直走出了院子，向门前的田野里走去。这些年，他习惯了以这样的方式来躲避媳妇的各种骂，有娃不止一次地想，幸亏自己家住在村子边上，被骂时别人不太容易听到，就连去地里随意转转避难也挺方便。

在岗上转悠时，有娃遇到了骑着电车从刘寨回来的文钊。文钊是在刘寨请人，准备明天把老林场边上那五十六亩早花生给薅了，本来林湾具备薅花生能力的劳动力倒是有几个，但因为文钊行动晚了两天，稍微像样的劳力都被其他村的种地大户请走了，他只好亲自去邻村找人。文钊在刘寨找了九个人，加上本村七个有意加入的劳力，文钊共请了十六个帮手，每人一天一百二十块工钱，管一顿中午饭。听文钊说完，有娃撇了撇嘴："现在请人干活可划不来，工钱太舍得要了，春季一个人一天还是一百块，咋这又涨价成一百二了，这几年种地真是不划算，你想想，种子、化肥、农药、耕种和收割，哪样不得花钱？"

有娃的话确实在理，这些账大家心里都明明白白，但文钊夫妻俩不爱出门打工，除了买些农用机械，地也好歹尽量多种一些，收入多一点是一点，一年下来，虽说真的全都是辛苦活，但在林湾村，文钊家的经济还算是上等水平。文钊憨厚地冲有娃笑了笑，骑上电车向村里驶去。

其实，文钊刚下学那会儿本来恰好能去穰县接林康成的班，结果不知咋的单位又说晚退休一年不能接班了，无论那个恰好是真是假，90年代末的人维权意识有限，稳重踏实不爱惹是生非的林康成也就没有丝毫追究的想法，算是默认了这个事实。文钊在短暂地外出务工两次之后，觉得还是林湾村的生活更适合自己，于是，他就踏踏实实勤勤恳恳地在生养自己的这片土地上劳作忙活，虽说真的是特别特别辛苦，但日子却也过得热气腾腾，令不少人羡慕。

因为始终坚守在老家，不知不觉间，文钊家竟成了左邻右舍外出打工归来的驿站：这个回来办事儿两天，划不着收拾常年不用的厨屋，一天三顿直接在文钊家吃饭，至于睡觉，还可以回他们自己家里扒个窝窝凑合几天；那个有事回来一星期，家里长期没收拾，到处是厚厚的灰尘，没水没电也没交通工具，直接骑着文钊家的摩托车或电动车去后土街开个宾馆住，至于别的时间，就是坐在文钊家的院子里吃饭喝茶拉家常；还有不沾亲不带故的在外务工的邻居竟然捎信儿让文钊去磨坊里磨点苞谷糁，让回村的自家兄弟捎去，还指派着让顺带再装一些新鲜的酸菜和花生拿去；还有几家的娃暑假需要去他爸妈打工的地方，家里老人不会骑车子，文钊就开着自己的车把那些孩子送到后土街或者丹楚县城，不但细心地安排他们上车，而且还自己花钱很是周到地为那些孩子买一些路上的吃喝。无论别人怎么看怎么想，习以为常的文钊无形中早已把这些都当成了自己的分内之事，虽然那些在他家临时吃喝的人，除了嘴上抹油说几句看起来是知道好歹其实只是套近乎耍嘴皮子的好听话之外，其实在情感和实际的人情回馈上，很明显那些人并不领情。然而，生性善良的文钊一家依然心甘情愿把自己家当作外出归来村邻的驿站，对于那些从外面回来的人来说，他们在潜意识里也觉得回村后只有坐在文钊家的院子里，才能真真切切地找到那份实实在在的归属感。

第九十章

城乡户口都要留　乡贤牌子竖道口

小海这次回来是要把他俩娃的户口都迁到南方去，这年头人们是更看重农村户口了，说到头来，大家稀罕的其实就是可以分点耕地，种庄稼加上国家的地补，下来可以多赚几个钱。但常年在外跑，小海的目光放得更为长远一些，他考虑的是娃们将来的高考，南方省份的高考分数相对较低，他希望娃们可以在轻松的学习环境中考个理想的大学。当然，户口必须迁，但俩娃的耕地也是万万不能丢的，所以，郝疯子送给村里一把手的芒果和椰子并不显眼，小海趁天黑搬过去的那箱梦之蓝和四条中华烟才更有力度。

小海从小就心眼比较多，他不开自己的豪车回来，也不让郝疯子乱说自己在南方有几套房和门面，更不在老家盖新房，这并不是他有多傻多低调，他就是怕村里把自己家的低保给取消了。小海和很多出身农村的成功者一样，无论人生的路走多远，无论打拼得有多成功，回到村里，在很多情况下，他依然是那个不愿放过任何蝇头小利的狗剩。

晚饭后，苦楚着脸的刘新芝在村口的大路边遇到了独自散步的刘若兰，新芝加快小碎步跟了上去："唉！"

刘若兰立马切换为共情状态，一脸熬煎地看了看她："新芝是咋了？遇到啥事儿了？"

"木就是我妹子家那个大女儿，都 37 岁的老姑娘了，还不操心着找对象，真是愁死了！"

"你说哩就是在武汉一个大学当老师那个姑娘？"

"对啊，就是那个姑娘，事业干哩可好，她妈说她在那个大学还是个小领导哩，自己还买了一套公寓，就是家里一提起叫她找对象的事儿，她就不高兴地说叫家里别操她的心，你说她妈不操心才怪哩，我这个当大姨的都替她着急。"

"家里再着急，主要还是得看她自己，现在的女孩都会想了，有自己独立的思想了，当爹当妈的也是干着急拿娃儿们木办法啊！木你看李寨小鸽家的闺女，离婚好几年了，正好她在第一段婚姻里还没来得及生小孩，长哩可好看，人也贤惠哩很，恁多人给她介绍对象，甚至还有几个未婚男青年可劲儿地追她，可她就是不愿意再找人结婚，遇到这，谁能有啥办法哩？"

"你说那我可相信，张营有个娃儿说是在上海哪个研究所上班，都结婚好几年了，夫妻俩都是研究生学历，身体也都正常，可是人家俩人商量好了不要小孩，他爹妈气哩要命，啥办法？现在的娃儿们真是主意多，木人能管得了啊！"刘新芝刚才几乎能拧下水的那张脸刚刚舒展开来，就因为提到了生小孩的事儿，立马就又苦楚成了千沟万壑，她想起了那自己那无辜没了的已经成形了的儿子，想起了那个折磨了自己一辈子的没儿子没面子的心魔。

纵观几十年来的生育政策，真的是与经济条件和人们的思想观念无不相关。那时候生孩子罚款，各家各户却想尽一切办法偷着生，都认为孩子生得越多越好；如今没了计划生育，二胎、三胎都放开了，甚至生孩子还有奖励，却没人愿意多生，甚至有很多年轻人干脆选择了坚决不生。世道轮回，人生如梦，如今都成了提之毫无意义的过往云烟。

在这个无论身处何方都可以活出自我的时代，有太多平凡又独立的女性，大龄却并不着急走进婚姻，她们大胆豪放，敢作敢当，独自打拼，独自买房，摒弃旧观念的束缚，不受世俗的制约，热烈地爱着自己，勇敢地追逐着梦想。还有那些即使步入婚姻，但并不受爱情和婚姻左右的新时代女性，婚姻和生育已经不再是她们人生规划里的重点，在她们丰富辽阔的人生蓝图上，有高山和大海，有诗意和远方，她们无所畏惧地放下羁绊和传统，用自己独有的新观念打造出坚不可摧的铜枝铁干。

母亲打来微信电话，说是村西边的 241 国道建成通车了，文青很想回去看看。然而，车开出后土街之后，文青就迷路了，虽说有导航，但导航也有靠不住的时候，后土到林湾八九里的路程，文青停车下马三四次，在路边问了好几个人，总算是找到了村子的入口。回到家里，文青一边喝着母亲递给她的果汁一边开玩笑地说自己连家都找不到了。母亲说，几乎每个人都说 241 国道两边的村庄入口处因为没有标识牌，又被两旁的庄稼和杂草遮掩着，所以一路很是操心地辨认着，却往往还是会走过头，需要再折回来，反反复复地找入口，特别麻烦。文青默默地想，得想个办法弄个牌子才行。

随着城市化进程的愈演愈烈，孩子们大多去了乡镇或者县城的学校读书，还有一部分被接到了大人打工的地方上学，村里小学的学生越来越少，上面关于撤点并校的文件没下来多久，有着四五十年校史的林湾村小学就像丹楚县下面的很多乡村小学一样被取消了办学资格，学生一律被合并到仅存的几个中心学校去读书。看着昔日书声琅琅的林湾小学如今静寂得一片萧条，看着曾经教学水平数一数二且培养了自己和很多优秀小伙伴的林湾小学，如今鸦雀无声人去楼空，文青的心里五味杂陈，然而，大趋势如此，这是一次不可预知结局的洗牌，也是大浪淘沙的结果。

小海把自己的两个孩子转学去了南方，高铁转汽车之后，小海带着两个孩子在自己南方的家门口下了车，两个孩子迟疑着走进了院子，怯怯地看着眼前的一切：三层的花园式别墅，宠物狗，秋千，茶桌，亭子，假山和小桥流水，还有一个忙前忙后的类似于保姆的中年阿姨，果然，小海介绍说那是钟点工阿姨。习惯了天广地阔到处乱糟糟可以随意造的农家生活的两个孩子，虽说进了自家的别墅，却一直觉得那是别人的家，时常怯生生地低着头，凡事小心翼翼，很长一段时间都难以适应那种突然上了档次的高品质城市生活。再加上俩娃不到一周岁就被留在郝疯子夫妻身边，和小海夫妻感情上也很是生疏，留守孩子的症结在小海的两个孩子身上尤为明显，这是一种中国式的疼痛，也许时间可以使其减缓，却是终生难以痊愈。

文青周末再次回村里的书屋时，发现241国道边居然有了一块石头村牌，本以为是后土镇政府立的牌子，进村后才得知，是村里在西安发展得不错的陈建国的热心举动。这一善举彻底解决了人们认路辛苦回村难的问题，对于陈建国捐赠村牌一事，村民们说起来一个个神采飞扬夸大其词，文青安静地笑着，也在心里默默地为发达不忘乡亲的陈建国点了个赞。其实，文青自己也同样是学成不忘桑梓倾情回报故土的一员啊！

第九十一章

回不去的故乡　到不了的远方

　　腊月的林湾村上空，弥漫着一股越来越浓郁的香味，人们架起许久不用的柴火灶，袅袅升腾着又飘散了的炊烟带着家特有的韵味，村边那些凋零的蔬菜和枯萎的果树在寒风中呈现出一种苍凉清冷的美，朴素而宁静的林湾不时地被过年归来的人们赋予一些现代化的元素，孤寂了一年的村庄逐渐有了人气，随着年越来越近，整个村子也随之热闹起来，到处变得闹哄哄的，留守孩童和老人脸上丢失了一年的笑容又回来了。

　　又一个新年即将到来，在外打工的做生意的当官的陆续回村，过年回老家，不单单是中国人地域意义上的一场集体迁徙，更是中国人精神意义上的一场集体朝圣，乡愁是国人对故土山水人文的悠长眷恋，过年回老家更是国人独有的一份古老情结，人们无畏风霜雪雨的重重阻拦，相继奔赴在归乡的途中，热切而欢愉。

　　过年本来是和归乡画等号的，然而，大伟小两口今年过年不回来也就算了，他们还专程在年前开车回来把他爸妈和孩子也接到了打工的地方。有邻居就在私下里议论着，说是大伟一家人太会打算盘了，大过年的躲出去了，还不就是不想拜年，也不想招待客人。然后，就有人立马站出来反驳着表示支持大伟，说是拜年是相互的，招待客人也是相互的，大伟家这样做也不算是能积积（能过分），拜年你来我往的拿着成箱成箱的礼物转一圈儿，也确实太麻烦了，还是大伟他们这样的过年方式合适，忙活一年了，趁过年可歇歇，这样才好。

　　其实，大伟并非属于有人说的那种能积积，对于过年回不回村，他是真的很矛盾，每到节假日，他也是兴致勃勃地巴不得立马能回到老家。然而，他总是在新鲜几天之后整个人就感到无所适从了，甚至有点儿厌烦得急于逃离，只有回到打工的地方，心里才能安定下来。其实，在打工的地方，作为外地人，作为生活和工作都处于低层的外地人，本地人对他们的警惕和防御使大伟他们没有机会融入本地人的圈子，除了买东西时说几句话，大伟也根本就没有和本地人多打交道的想法，在这个人生地不熟的地方，大伟的交际圈仅限于自己的几个老乡，但他觉得这简单省事的人际关系挺好。对于要不要回老家过年，大伟也反思过，可他发现自己不光是对农村的生活环境有点儿无法适应，而且对农村那有着潜规则多人情的复杂人际关系也已经产生了抵触，他甚至发现就连自己的生活方式和思想观念也和生活在老家的人有了一定的差距，他不想让自己不舒服，也不想让亲戚邻居看自己不顺眼。所以，在和家里人商量之后，他干脆决定不在过年时扎堆回家，尽可能和村里少一些联系也好。

赖娃的母亲年底这几天一直郁郁寡欢，家里明明是新盖的别墅，装修得也是清汤挂水（很干净明亮的意思）富丽堂皇，赖娃媳妇却放着排排场场的新别墅不住，带着三个孩子去后土街上开了两间宾馆，赖娃他妈嘴上不敢说什么，背后却因为心疼钱和大过年家里冷冷清清的而气得长吁短叹。郝疯子安慰她："你也白（别）再心疼钱了，娃儿们能懂（浪费）就能挣，怕啥哩？你看赖娃这别墅盖多排场，可白（别）再胡子（随便）心疼了，啊！你看那村西头振东那刚娶的外地媳妇，腊月二十都回来了，还不一直住在穰县县城的酒店里，人家还嫌咱后土街那些宾馆条件差，所以，你得会想，年光过到这儿了，条件都好了，啥办法？你那老思想得改改了！"

听了郝疯子的一番劝，赖娃妈半信半疑若有所思地摇了摇头，苦楚着一张脸顺着村口那条路看向远方。

腊月二十左右，村里人就陆续开始办年货了，随着年的脚步越来越近，办年货的节奏也随之热火朝天起来。大学放寒假和打工归来的小年轻们更是把享受生活放在了第一位，后土街上的奶茶店、快餐店和 KTV 也人满为患，生意火爆得老板只能矫情地说只想给自己放一天假。后土街上的商贩们早早地就把烟酒、春联和大红灯笼等一系列带着过年符号的物品摆了出来，说是禁止放鞭炮，但商家依然在半遮半掩地销售花样丰富的烟花爆竹，大小成群的孩子们不吝钱财地成捆成袋选购到手，找了适宜的空地肆意地燃放着，不分昼夜。

社会的发展一日千里，日子过到了几乎家家都有小轿车的这个时代，后土街上每天都是滚滚的人流车流，在城市循规蹈矩得极度疲乏的人们终于脱离了交警的管束，回到乡下的他们开着车纵横无敌想咋走咋走，导致交通事故频发，整个街道的交通直接乱了套。从后土街民间文保人员大胜的业余航拍图可以看得很清楚，从空中看下去，一下子就犹如回到了 90 年代夏季三月二十八会场那拥挤不堪的场景。

当然,交管部门也在时刻关注着各地的动态,唯恐出什么乱子,腊月底就赶紧在后土街主街道的几个岔路口安装了红绿灯,人们的守法意识也越来越强,自从有了交通标识,大家都规规矩矩地配合遵守着交通规则,新时代的气息立马就有了,整个后土街看上去文明多了。

红强早早带回来一批真空包装的驴肉和几泡沫箱车厘子,自家留足之后,另一部分私下里分发给了村干部和乡贤文钊。文钊请山里的朋友帮着买了一头黑猪和一只纯种山羊,请人帮着屠宰后,把半只羊和几十斤猪肉灌的香肠送到了李果娘家。赚得盆满钵满的赖娃带着十几只真空包装的卤大鹅和一批普洱茶从云南赶了回来。郝疯子家的小海因为是坐飞机回来的,他提前用物流发回来几箱波罗蜜和榴莲,还有几袋新鲜的沃柑。看着文钊搬回来的那些年货,听村里人传着外面回来那些人带的各种稀罕物,林康成和刘若兰不禁感慨万千:在过去,年下(过年)人们都是买些猪肉、粉条、萝卜白菜和葱姜芫荽,条件好了再弄一些牛头脸和卤猪头肉,看看这,一家能买一头囫囵猪和囫囵羊,红强连驴肉都买回来了,这年景真是越来越好了,要是搁以前哪,真是想都不敢想哦!

永振的儿子合欢去了儿媳妇娘家过年,对此,永振老两口是能想得开的,毕竟儿媳妇是她父母的独生女儿,他们理解并支持合欢多照顾媳妇的心情,只要儿子儿媳开开心心和睦恩爱,比啥都强。然而,有好事儿的邻居就传话出去,说是合欢考了省里的公务员当了官儿又咋样,还不照样成了倒插门。听到传言的永振媳妇气得心口疼,永振劝她没必要和那些人计较,他们只是无聊,另外,那些人也多多少少是因为忌妒心在作怪。

得邦的二儿子庆泽自从倒插门的去了二婚媳妇那边,就很少回林湾了,关于他的现状,没有人知道,也没有人过问。大概是要过年了,夫妻俩开着车带着亲生和非亲生的三个孩子回到了林湾村。得邦媳妇居然也放松了她那保持了一辈子的苦大仇深的表情,乐呵呵地抱起自己的亲孙女,又拉着儿媳妇从前夫那里带来的一双儿女嘘寒问暖,看起来也是一副很亲热的样子。于是,文青毫无恶意却很不由自主地想起了村里人嘲讽大伟父母的话:二婚妇女生的娃儿还这么娇贵,看来,真的是黄鼠狼也不嫌自己的娃儿骚啊!

想到这里,站在村边嗑瓜子的文青忍不住独自笑得停不下来,她只好抬手遮住了脸。是的,农村不光鲜事儿多,农村人说出来的话也往往很有特色。

第九十二章

岁月阑珊看往事成殇　梦在这里结束又启航

村里有人从南方回来说，秋天的一个周末曾在深圳荔湾区遇到过丁凤，当时街上人很多，她和一个三十多岁的女的并排走着，村里人也不敢确定那到底是不是她，就试探着喊了一声，结果，丁凤本能地刚准备抬眼看过来，就突然又急匆匆地扯着旁边那女的衣服快速走开了。当保成听到这个消息时，他最先的反应就是怕文泽知道，她生怕这或真实或捕风捉影的消息像上次那封信一样伤害到文泽，于是，他直接给传话的人交代瓷实了：你就是认错人了，那不可能是丁凤，既然是认错了人，那这事儿还是烂在肚子里算了，不要再提了。

就在这个春节，有娃私奔多年的大女儿新娜居然也回来了，出去后就没了音讯的她只身带着两个儿子回到了娘家，有人私下里说，新娜的男人在建筑工地干活时从脚手架上踩空掉下来摔死了，虽说赔了大几十万，可新娜娘几个成了孤儿寡母，估计她也就是落难了才想起来自己还有个娘家。然而，无论别人怎么说，无论当初新娜不辞而别一走了之犯了多大的错，无论有娃媳妇当初有多想杀人平时有多坏脾气，但血浓于水的说法还是很有科学依据的，失去过才更懂得珍惜，亲人之间确实有着天然的宽容。当新娜踌躇地带着俩孩子试着踏进自家院子大门儿时，有娃媳妇在愣怔片刻之后，心疼地一把抱住新娜便激动得大哭起来。

新娜说，她在广州通过一起打工的云南人见过一次路远他妈佳欣。佳欣依然清瘦，一张被生活打压得苦不堪言的脸上没了以前那种恬淡柔和的笑容，她前几年遇到过一个对她很好的四川男人，她还跟着那男人去四川生活了两年多，结果那男人后来居然得重病死了，佳欣的婆婆一改往常对她的亲热和疼爱，硬是要逼着她嫁给大她十来岁的光棍汉大伯哥，走投无路的佳欣只好连夜逃离了那个给过她短暂温暖又将带给她可怕噩梦的地方。有娃媳妇安静地听着，她曾经对佳欣所做的缺德事此刻一件一件在她的脑海里循环闪现着，佳欣那张白净清瘦的脸像是就在她面前一样清晰。新娜帮她妈擦了擦湿润的眼睑，有娃媳妇如梦方醒地吸了吸鼻子，拎起厨房窗台上的茶壶向堂屋走去。

昨夜，也就是腊月二十三小年夜里，郝疯子做了一个长长的梦。在梦里，三十年前被她丈夫李丰年送上开往穰县客车的大儿子平娃回来了，原本走路摇摇晃晃衣食无法自理的他走路正常，表情严肃，却和走上前搭话的郝疯子已经俨然陌路，郝疯子泪眼涔涔地从梦中醒来，看着窗外黑咕隆咚的夜色，她心里疼痛得厉害，一夜再也无法入睡。

巧合的是，郝疯子的邻居文青那天晚上也做了一个梦。梦中，房后那个精神失常的退伍小伙儿凯子还活着，他当年服役的部队听说了他的现状，领导和一群战友开着军车敲锣打鼓地来看望他，当场给他戴上了大红花，安排了新职位，领导表示要带凯子回部队。凯子和平时一样不说话，他只是笔直地站着军姿，抬手向领导和战友们敬了个标准的军礼，泪光闪闪中带着微笑，他不停地眨巴着眼睛，整张脸上写满了抑制不住的激动，战友们亲热地抬起凯子在空中几个空翻之后，精神失常多年的凯子突然就又说笑正常了。

一声爆竹打破了夜的宁静，也惊扰了那场梦，在春节晚会重播结束的尾音里，时光如水般蜿蜒向前，林湾村的故事也将在一次次刷新中持续上演。在几天后的初六、初七或是初八、初九，返乡的游子就要在又一场的频频回望里奔赴他乡，沸腾的村庄将再次被短暂的繁华抛弃甚至遗忘。重新回归日复一日年复一年静寂的村子里，再也听不到此起彼伏唤孩子回家吃饭的叫喊，也看不到村里那些年轻人三五成群大呼小叫燃放烟火的狂欢，黯然矗立的乡村别墅怅然目送着主人驾车离去，来不及蓬勃的菜园子在连一只羊也等不到的凄然里重新与寂寞为伍，岁月的痕迹在斑驳的墙体上寂寞无语，承载着无数悲欢的老槐树见证着一个村庄的走失。

烟花易冷，多少荡气回肠的故事在时光里定格；岁月易老，多少千回百转的往事终被忽略。林湾，这个曾经一度让人想要逃离的小村庄，多年后却在那一声声远至天边的念诵里紧扯你灵魂的绳索，带你灿然入梦，让你思念成殇。

林湾，全村人朝思暮想的故乡，梦在这里结束，也在这里启航。

邓书静 2022 年 2 月 12 日于南阳

跋

那些年月那些事

　　爷爷辈的故事是家国历史的见证，也是岁月的宝藏，在时间的长河中，他们以爱为船，划过生活的波澜壮阔，缓缓行进在后代的血脉中，于无声处传递着无尽的温暖和力量。那些往事见证了家族的变迁和社会的进步，承载着无穷无尽的智慧，充满了沉甸甸的厚重感。关于爷爷，已经是一个很遥远的记忆，打开尘封在那些年月里的陈年旧事，老人家也从历史深处缓缓地走了出来。

　　爷爷出生于清朝末年，属于中等身材，一张轮廓分明的脸上于正派中透着亲切和善的微笑。为了一家人的生计，爷爷一直做着食盐生意，买卖做得不算大，但在那个大多数人吃不饱、穿不暖的年代，足以让一家老小衣食无忧。他常年驾一辆马车奔波于河南和青海之间，一路上就是用自带的杂粮咸菜窝窝头、炒熟的黄豆或者是煮熟晾晒干的红薯干等干粮来填充肚子，饮用水是在路途中遇到的水井或小河沟里就地取材，然后再装几水囊带上备用。每次去青海出发前，爷爷都会带上老家当地的特产，沿途边走边卖，或者是在途中用来换口吃食，回来就是拉着一马车的食盐。20世纪初，时局已经很不太平了，如果在路上运气不好遇上土匪，能保住性命就算是幸运的了。

　　据说有一年天气大旱，爷爷一如既往地带着他的小伙计驾着马车走在前往青海的路上，行至秦川到青海那段路，二三百里内竟然都没有找到一个水源，河沟裂开了指头那么宽的缝，尽管爷爷口渴得难以忍受，但他只能小口啃着干粮在意念的支撑下靠着水囊里仅存的一点水强忍着往前走。因为凭着多年赶远路的经验，在没有找到下一个水源之前，爷爷绝不会把水囊里的备用水喝完，况且给马储水的罐里也所剩不多了，他还心疼着身边这个小伙计，所以他得尽力节省着。

　　就这样，爷爷一直抱着前面有水的希望安慰着自己往前走，结果到了下个水源地，还是没水，这时年少的小伙计精神头儿有点稳不住了，爷爷为他加油鼓劲儿，说是只有往前走才会有希望，其实，这个时候的爷爷已经开始把小便留下来备用了。也许世上有很多事真如说书先生讲的那样，命不该死总有救，正当两人处于极度缺水的焦渴之中时，后面传来了"嗒嗒嗒"的车马声，他们赶紧放慢速度，边走边等。等到后面的车辆赶上来一看，竟然是路上经常遇到并且在同一个客栈睡过大通铺的同行，这时的爷爷心里顿时舒缓了很多，无论能不能帮上忙，多几个伴也是好的。那几个人就是这一带的人，对当地的气候非常了解，所以粮草都备得很足，他们一眼就看明白了爷爷和小伙计所处的困境。都是经常走远路的同行，人家也倒是挺讲义气，马上帮他俩解决了燃眉之急，然后几辆马车一起向目的地行进。这时的爷爷心里踏实多了，他们和那帮人在一家客栈休整之后，精神也恢复得差不多了，小伙计还哼起了家乡戏。那时的条件不像现在这么便捷，那个年月内地吃住的客栈都很少有，往西北方向更是地广人稀，上百里能有个吃住的地方就已经很难得了。

爷爷有个妹妹，我们称呼她为姑奶奶，我的姑奶奶后来在爷爷的撮合下远嫁到山西，姑爷正是爷爷在拉盐途中结识的这位同行的弟弟。这位同行家的生意做得稍微大一点，平时如果在途中遇到，总会结伴而行，他家就住在爷爷往返的途中，但凡在他家周边遇到，他们就会热情地邀请爷爷在他家吃住休息歇个脚，久而久之也就成了朋友。那家人非常善良大方，家庭条件在当地也算是很好的了，不但自己家里人可以吃饱穿暖，并且还请有三五个帮工，日子过得比较殷实。爷爷看这家人条件不错，为人又如此慈善正派，在问了这个朋友他弟弟的个人情况后，直接表明了自己的心意。朋友听了爷爷这个想法后，安排他稍等一下，说是一家人先商量一下再说。第二天早上，朋友回话了，说是一家人讨论了这件事，他弟弟也答应了，就是想看看姑娘的画像。爷爷一听，立即满心欢喜地辞别这家人，驾着马车就启程往河南方向急急赶回，心想这亲戚要是真成了，他妹妹以后的日子就好过了。

爷爷回来和家里人商量后，乖巧懂事的姑奶奶也答应了这门亲事，听说姑奶奶长得瘦瘦的，白净又秀气，亲事就这样定下来了，爷爷再次去青海的时候就带上了画像。那个朋友的家里人看了姑奶奶伶俐清秀的画像，在表示惊叹的同时，更是欣喜地表态这门亲事就是板上钉钉的。几个月后，爷爷驾着马车带着姑奶奶和简单的嫁妆上路了，因为路途遥远，所以结婚该有的仪式都省略了，姑奶奶虽然同意这门婚事，但是想到此去山高水长路途遥远，以后恐怕是和娘家人见一面都很难了，出发的时候她恋恋不舍地频频回首这个承载着自己所有至亲至爱的小村庄，大股大股的眼泪在脸上汹涌着，一路上怎么擦也擦不干，听说姑奶奶此去之后就再也没有回过生养她的这个地方，再也没有见到过自己的父母亲人们。姑奶奶结婚后，爷爷的生意还在继续，路过姑奶奶家的时候，他还是会在那里借宿，这时姑奶奶总会细细向爷爷询问家里的一切情况，以解自己的思乡之苦。

转眼就到了民国时期，这真是一个天下大乱民不聊生的年代，生意更是难做了。这次，爷爷在进盐的归途中遭遇了劫匪，可恶的劫匪不但掠走了他养家糊口的马车及货物，跟着他多年的小伙计为了护主也丢了性命。据说，尽管爷爷当时临危不乱强作镇定地对劫匪以礼相待，但野蛮的劫匪哪讲什么人性人情，他们对着爷爷就不客气地下了手，面对劫匪手中那凶蛮的大刀，小伙计毫不犹豫地冲上前拼死护住爷爷，他对爷爷说：您活着不仅可以养活自己的家人，还可以帮着照顾我的家人，如果没了你，我活着连自己都养不活呀。结果，任凭爷爷如何拉扯，小伙计终在执拗的坚持中被劫匪夺去了性命，没了马车且身受重伤的爷爷，死里逃生历尽艰辛一路跌跌撞撞地回到了家，没想到更惨的事情还在后面。

到家后，爷爷才知道自己两个年幼的女儿已经染病夭折了，奶奶也病得奄奄一息，可能是伤心过度加上疾病的折磨，奶奶原本虚弱的身体无法抵挡眼前这突如其来的变故，爷爷到家的第三天奶奶就撒手人寰了。正当爷爷陷入几重致命的打击中悲恸欲绝时，小伙计的家人情绪激动地找到了爷爷家，非得找他要人要赔偿不可，本就悲伤过度的爷爷这时候已经哭不出来了，任别人如何吵吵怎么撕扯，他始终不言不语。听说家里能拿的爷爷都让小伙计的家人全部拿走了，真正地成了家徒四壁，生意没了，家没了，这比明代文学家冯梦龙《醒世恒言》中的"屋漏偏逢连夜雨，船迟又遇打头风"还要惨。在这祸不单行的日子里，不知道爷爷是怎样熬过那些凄冷的日日夜夜的，想想爷爷真是内心无比强大，这一系列变故如果搁到别人身上，估计精神直接会被打垮！

坚强又孤苦伶仃的爷爷经过数月的心理调整，那颗绝望的心又起死回生了。秋天的一个早上，他早早起床，去邻居家给他们打了个招呼，说自己还是准备出去看看，地里那些庄稼就让邻居收了，可以多点口粮。邻居劝他不要出门了，自己收了庄稼在家里慢慢过日子吧，外面不太平啊。爷爷知道邻居也是一片好心，但是他去意已决，背着个褡裢（一种中间开口两端可以装东西的口袋，大的可以搭在肩上，小的可以挂在腰带上）就出发了。要去的方向爷爷心里早就定下了，还是往熟悉的那条路上走，计划先去他妹妹家看看情况再说。

当爷爷走到河南中部一个村子时，他所带的干粮已经不足以维持接下来的路程，只得暂时先找个地方歇脚。爷爷试着敲了敲村子里一户人家的门，因为劫匪横行，所以里面的人警惕地问是谁，爷爷在外面说"我，一个过路的想借宿"，接着就一五一十地把自己的情况大致对屋里的人说清楚了，因为爷爷常年在外面跑，这方面的沟通能力还是有的，那家人就开门让他进去了。这家总共只有三口人，父母和一个成年的女儿，主人家给了点简单的吃食，晚饭后，又累又困的爷爷就在主家安排的厢房休息了。第二天一大早，爷爷比主家起得还要早，他把水缸里挑满水，两个木桶也装得满满的，又把小院子打扫得干干净净。这时主人家也起床了，看到爷爷做的这些，人家心里自然很高兴。男主人喊老婆子快做饭，这时男主人放下昨天的戒备心主动和爷爷聊起天来，俩人越聊越投机，原来男主人喜欢唱地方戏，虽然和爷爷的营生方向不同，但也是经常在江湖上跑的赶路人。饭后，爷爷想着也不好过多打扰人家，就拿起褡裢准备起程，男主人看爷爷多日行走满脸满身的疲惫，执意要爷爷再休息几天。爷爷想着反正也没地方可去，到妹妹家路程还很遥远，走了几百里路也确实很累了，那就在这里暂且歇几天也好。

住下来的爷爷也没闲着，正值秋收时节，他帮着主人家收玉米背玉米，收割黄豆等，一天到晚不停地忙碌着。在外面跑生意的人，很多方面的细节也很注意，况且爷爷本身就是个勤快人，所以，能干的活他都抢着干了。秋收季节天气还是很热，也许是看爷爷勤快，人品也好，主人家的闺女经常给爷爷递擦汗布，给爷爷倒水递水，人家姑娘再好，想想自己的处境，爷爷是什么想法也不敢有。倒是姑娘越相处越对爷爷有意思了，爷爷也感觉到了，可是想想自己什么也没有，连基本的生活都给不了人家，因此，爷爷就当什么也不知道。但是，人性可奇怪，你越是一副有骨气的正直样，人家就越不在意你的条件，尽管爷爷故意不予回应，可姑娘对他依然热情，爷爷不想事情继续发展下去，就对主人家说："我在这儿也有些日子了，没少给你们添麻烦，该走了。"姑娘在里屋一听就急了，一下子就哭起来了。爷爷装作什么都不知道，直接向好心人家辞行出发了。

刚走了不到二里路，姑娘的娘和她的一个婶婶就从后面追了上来，她们对爷爷说明了来意，爷爷说什么也不答应，爷爷毕竟是读书人，又常年在外面跑，所以他考虑问题很周全。双方站在那里来来回回说了很久，可能是在路边耽误时间太久，家里的父女俩摸不清到底是咋回事，姑娘和她父亲也从后面跟来了。姑娘羞答答地看了一眼爷爷，爷爷也正抬着眼角在看姑娘，两双眼睛对视到一起的瞬间都赶紧移开向别处看去了。爷爷后来说，在姑娘家那么多天还从来都没有细看过她，主要是不好意思，还有就是在别人家那样盯着人家姑娘看也不礼貌，也怕人家多心，这会儿一看姑娘，还长得挺好看，双眼皮的大眼睛，白白净净的圆脸，编着两个机灵秀气的小辫子。最后姑娘的父亲说了，他们老两口先后生了四个儿子都夭折了，就这一个闺女，所以只要是闺女愿意的事，他们从不说不，通过这么多天的相处，他也相信爷爷的为人，相信爷爷一定会对他闺女好的，把闺女交给爷爷，他们老两口放心！

爷爷心里顿时有点儿矛盾，心想这可该咋办呢？最后爷爷把自己的遭遇一五一十毫无隐瞒地全部说给这家人听了，可他们表示不介意他以前的事情和现在的处境，姑娘的父亲说相信爷爷一定会把日子重新过得好起来，爷爷看这家人也确实热情大气又厚道，就郑重地应下了。最后，说好爷爷按原计划赶路，返程时会过来接上姑娘，姑娘愿意等爷爷，姑娘的母亲特意让她单独多送爷爷一段路，安排两人说了会儿话。爷爷拿出身上唯一的一件值钱宝贝——银簪子送给了姑娘，算是定情之物。姑娘除了把她父亲随后追过来送的一口袋干粮送给爷爷，还把自己事先从家里拿的一双以前给她父亲做好的新鞋子送给了爷爷，也不管爷爷能不能穿得上，那是她对心上人的一片情意。

爷爷继续前行，踏上了投奔他妹妹家的路。干粮吃完了，就找沿路的人家讨口吃食，自己说跟讨饭的叫花子差不多，但找人家要吃食的时候，爷爷还是对人解释说自己是去投奔亲戚的，他觉得这样解释比说自己是讨饭的听起来多少有点面子。很多时候是在野外遇到有生红薯或者苞谷穗儿等能吃的就吃一口，想着胡巴充个饥就算是解决一顿，晚上就是找个拽成窝窝的柴垛凑合一晚上，因为不想麻烦人，通常情况下他也不愿去找人家借宿，能对付就委屈一下凑合过去。

一路上历尽艰难，爷爷终于到了姑奶奶家，兄妹俩见面后说了家里发生的一切，姑奶奶放声痛哭，家里出了这么大的凄惨变故，姑奶奶嗓音嘶哑地哭成了泪人儿。姑奶奶让爷爷先好好洗个澡，然后安排了吃住，爷爷在姑奶奶家住下了，平日里帮家里做点杂事，姑爷出去做生意他就陪着一起。

岁月匆匆，转眼两年多过去了，因为有爷爷一起协助做生意，姑爷家的生意做得更大了。这时候，大气厚道的姑爷主动提出让爷爷重新开始自己的生意，其实在姑奶奶家帮工的一个年轻寡妇早就看上了爷爷，她平日里帮爷爷洗洗涮涮，爷爷是文化人，对她也是客气有礼，她怕爷爷有了自己的生意不会再来了，就着急忙慌地找姑奶奶说明了自己的心意，姑奶奶考虑到自己哥哥的实际情况，心里当然觉得这样也很好。爷爷听姑奶奶这么一说，赶紧把之前借宿遇到那个姑娘的事说给姑奶奶听了，姑奶奶说你这就是路过一下，一走又是两三年，不要再指望了，人家闺女说不定早就遇到合适的人嫁过去了。爷爷不知道是哪儿来的自信，一定要眼见为实，他觉得姑娘一定会在等着自己。姑奶奶只好说，那我先不给人家（寡妇）说你和那个姑娘的事，就说你生意才刚刚重新开始，等稳住了再说，如果那边的闺女要是真嫁人了，你下次过来就和这边这个成个家，也难得人家对你有这份心。爷爷还是很诚恳地说，这中间要是她遇到合适的，就让她跟人家一起过日子，别耽误了人家。姑奶奶说，你先回去，这边的事你不用管，我知道咋给人家回话。爷爷准备和姑爷一起动身了，他们计划先去青海拉盐，然后归途中爷爷直接从可以路过姑娘家的那条路回河南老家。临行前，姑奶奶给爷爷交代了很多话，又精心为他量身定做了几件衣服，并且备足了来回路上的吃喝，兄妹俩才眼泪汪汪地告了别。爷爷驾着姑爷给他配备的新马车，带上姑奶奶给他准备的干粮，两人带着几个伙计一起往青海方向赶去。

爷爷和姑爷一起到青海各自拉了盐，爷爷驾车往回走，一路走一路上心里也是七上八下的，他思忖着自己借宿那家的闺女如今会是个什么情况呢？就如近乡情更怯一样，越接近姑娘的村子，爷爷心里越担心得厉害，他一边宽慰自己说人家真结婚了也好，一边又因为自己这两三年已经把心搁在了这里，因此又怕那姑娘真嫁人了。爷爷驾着车历经长途跋涉，终于到了姑娘家门口，马车轮子的吱扭声和马蹄声在安静的小村庄里显得很是有点儿阵仗，姑娘一家人打开门出来看动静，一看是他转回来了，这突然的惊喜惹得那姑娘不好意思地红了脸，赶紧回身往屋里躲。

爷爷把马车停平稳，那姑娘的父亲已经大步走过来接过了马缰绳，把马拴在家门口一棵碗口粗细的大树上。爷爷从车上拿出路上特意为这家人买的糕点、布料等礼物，一家人热热情情地把爷爷迎进了屋子，这次来身份不同了，是准女婿了，因此，他们对爷爷格外亲热。这会是半下午时间，还没到饭点，大家一起在堂屋坐下喝茶聊天，高高兴兴地聊着这两年多发生的事情，爷爷拿起身边的袋子，把礼物派送到位，一家人热情招待，姑娘在边上端茶倒水。姑娘的父亲说，以为你不会再回来了，爷爷说哪会呢，只是条件不具备，这不是回来了吗？姑娘看起来是一直在边上忙碌着，其实是在悄悄地听他们说话，最后就说到了他俩的婚姻大事，姑娘的父亲说，你们一起走吧，反正就是这个事儿了，我和她娘这边也没啥说的，我们这辈子只有这一个女儿，只要你能好好对她，你俩把日子过好，我们老两口也就放心了。姑娘在边上突然就哭了，她忧伤又放心不下地说，我走了你俩咋办？一起去吧？她父亲叹了一口气，黯然神伤地说，不了，我们身体都还行，以后再说吧！姑娘心里很清楚父母是不会离开家和他们一起去的，多说也无用，爷爷在这里住了几天后，带着姑娘一起走了，这个姑娘就是我亲爱的奶奶。

俩人驾着马车一路颠簸地回到爷爷家，爷爷的家就是两间小土房，除了灶台和一张床，别的什么也没有。毕竟这个家两三年没住人了，一开门目及之处都是厚厚的灰尘和大大小小的蜘蛛网，灰尘特有的陈旧味儿弥漫着整个屋子，但是奶奶一点也没有嫌弃的意思。左邻右舍知道爷爷回来了，还带着一个长得好看的姑娘，就都过来看热闹，奶奶要动手打扫屋子，可是热心的大婶大嫂们一把抢过她手上的扫把和抹布，她们说奶奶刚来，不能干活儿，大伙儿一起帮忙打扫了卫生，有的还送了一些零碎的生活用品。爷爷是个极其懂得感恩的人，他心里记着邻居们的好，对他们也是尽心尽力地给予回报，在那个食盐极其缺乏的年代，爷爷没让邻居们缺过盐。爷爷知道家里什么也没有，在回来的路上也准备得差不多了，再加上奶奶娘家陪嫁的一口箱子、几块布料和两床被子，以及一些其他的小东西，爷爷就这样重新成了一个家，受尽磨难的人有幸开启了新的生活。

爷爷和奶奶先后有了四个儿女，在四五十年代，因为战乱，大多数家庭的日子都过得相当艰难，后来迫于生计，加之那又是个重男轻女思想尤甚的年代，他们决定把两个闺女送给别人家。送走两个闺女之后，奶奶心里不舒服，睡了几天、不吃不喝，眼泪悄无声息地流个不停，爷爷的表达方式则是闷着不说话。在爷爷奶奶送走的两个闺女中，大女儿就是我的大姑，是送给别人家当童养媳，那家条件还算可以，那家的儿子是读书人，后来学业有成，工作后在单位当了主要领导，在豫西南一带曾经也是赫赫有名。二女儿也就是我的二姑，是送给一个没有闺女的家庭当闺女，那家人条件也不错，对二姑很好，还送二姑去学堂上学读书，二姑长大后嫁去了邻村，婆家条件属于中上等家庭，姑父也是一表人才，后来还当了村支部书记，关键是对二姑非常疼爱。多年后，有了自己小家庭的两个闺女回来认了亲，表示对那时的处境很能理解，在心里并没有怪罪过爷爷奶奶，如此，也算是个圆满美好的结局。

父亲和二叔养在爷爷奶奶身边，因为爷爷读过书又经过商，奶奶细心又有远见，所以在父亲和二叔到了上学的年龄时，爷爷奶奶力排众难还是把两个儿子送去学校读书了。父亲成绩非常好，这在当时学堂所划分的区域内是无人不知，可是到了高中阶段，爷爷生病了且卧床不起，没多久就去世了。这真是天塌下来的大事！奶奶带着两个未成年的孩子，日子还得过下去，可是这样的日子实在是太艰难太苦涩太不容易了，奶奶整日以泪洗面，哭多了，眼睛便出现了一些问题，接着就开始倒长眼睫毛，因为二叔视力不是很好，所以，帮奶奶夹眼睫毛的事一直是父亲在做。

爷爷的去世，对父亲的学习产生了很大的影响，不但没有经济能力读书了，自己还得当个劳动力干活养家。父亲是个爱学习的人，虽然大人也并没给他讲太多的大道理，但爷爷聪明，奶奶细致，遗传和潜移默化的力量很强大，父亲特别想继续读书，他认为上学应该是一条正确的路子，但是家庭的变故导致父亲实在无力再交学费。前思后想，多少还是有点儿不甘心的父亲约上一个近门侄子一起去了他大姐夫的工作单位，想着看人家能不能帮他一把，虽说当时受大环境影响，谁家的日子都不好过，但是大姑父是个爽快又大气的人，他给了父亲五元钱，并且鼓励他要好好读书，有啥困难可以随时来找他。五元钱在当时已经算是很不错的了，父亲心里既感动又激动，踌躇满志地和他的近门侄子一起回去了。尽管父亲一路上特别小心，然而，快到家时，他却发现那或许可以用来改变命运的五块钱居然不见了，也许，这也是上天的安排！父亲欲哭无泪，也不好意思再去找大姐夫帮忙，他无奈地告别了学校，从此绝了读书这条心，十五岁的父亲以一个农村劳动力的身份受苦受累地和那些大人们一起奔忙在田间地头。此时，快要小学毕业的二叔也没法继续上学了，他和父亲一样无奈地选择了回家干农活。

自此，娘仨相依为命，只有十五岁的父亲从此便肩负起家庭的重担，带着双目失明的奶奶和年少的二叔在生活的暴雨中艰难前行。麦子熟了，父亲带着只有十来岁的二叔，顶着烈日一镰刀一镰刀地收割，夏天的天说变就变，遇到下雨一淋，成熟的麦子就会发芽长霉，一年的口粮就没了，因此，收割麦子还得抓紧时间，割下来的麦子扎成一捆一捆的，再用扁担很艰难地一挑一挑担回去。麦子收完之后，就要种秋庄稼，父亲用镢头一镢头一镢头地把麦茬地挖松，年幼的二叔紧跟在后面往地里点种子。等到种子破土而出长成嫩苗，杂草也跟着庄稼一起冒出来了，父亲扛着锄头去锄草，二叔年龄小掂不动锄头，就只能用手拔草，半天下来，父亲的双手被锄头把磨得都是乌血泡，疼得不能动，手指都伸不直，二叔的指甲在拔草过程中也是被草连勒带割得指甲缝里的血水直往外冒，人们都说十指连心疼，可想而知那种疼痛是多么的锥心刺骨。

奶奶眼睛出现问题后，无论父亲锄地回来有多累双手的血泡有多疼，没人可以依赖的他回家还是要做饭做家务，父亲做完饭先给奶奶盛饭，再盛给二叔，最后才是自己的。秋收的季节各家各户都忙，掰玉米时，二叔个头小够不着，父亲只能一个人掰玉米，掰下来的玉米用两个箩筐装上，父亲用扁担慢慢地一挑一挑地担回家去，稚嫩的肩膀磨得血肉模糊，疼得在取下垫肩布的时候把血肉模糊的表皮也一起扯了下来，那种疼真的是让人不忍想象，一天下来胳膊也是极度困乏疼痛，实在抬不起来。二叔也没闲着，他用布袋子装上几个玉米棒子，一趟一趟地往地头搬运，也算是尽了自己的绵薄之力。所有的秋庄稼收了之后，要把土地整理干净种麦子，整理土地也是个费力气的活，要挖掉秋庄稼的茎秆和根，当时连一头牛都没有，机械化更是多年之后的事情了，父亲和二叔受尽了生活的磨难，父亲就这样随着季节的更替带着奶奶和二叔艰难地生活着。

俗话说穷人的孩子早当家，二叔十二岁的时候，天气出现了严重的大旱，连着几年地里庄稼颗粒不收。眼看着很多人都要饿死了，十二岁的二叔约了他八岁的邻居小伙伴一起离开家去讨生活，听说俩人一路走一路讨饭，有时候讨不到就去人家收过庄稼的地里找不小心漏下来的粮食，但是，在那个所有物资极其稀缺的年代，地里根本就找不到什么遗留的口粮。有一次，两个小伙伴一连几天都没有讨到吃的，二叔觉得自己可以再忍一忍，但是看着身边这个刚刚八岁的人儿饿得一副马上就要倒下的样子，二叔心疼又着急地在一块刚收过红薯的地里用手扒着找，总算是找到了一个可怜的小红薯，二叔没舍得吃，他赶紧把这个小红薯让给了年龄小于自己的小同伴充饥。懂事归懂事，十二岁的二叔毕竟也还只是个孩子，小同伴吃的时候，同样饿了好几天的二叔饥肠辘辘地直吞口水，那个小同伴当即就含着眼泪感激地说，我长大了要当官，我当官了接你去，天天让你吃得饱饱的。多年以后，这个小伙伴确实在省城当了官，专程开车回老家几次想接二叔去，然而，二叔都没有跟他走，说是怕给他找麻烦，不想连累他。

不知道花了多长时间，两个人不知不觉跑到了二百多里外的襄阳和谷城一带，那里水源充足，庄稼能够得到及时的灌溉，当地农民的收成比较有保障，在那一带可以顺利讨到吃食，两人一商量，索性就先在那里待着。用二叔的话来说，在家里饿怕了，好不容易找到个能要到饭的地方，也不想着回家了。两个小伙伴白天讨饭，晚上就在柴垛边上睡觉，在外面游走了几年，两个人也都十几岁了，他们商量着该回去看看家里现在是啥情况了，商量好之后，俩人就开始往回走，由于他们来的时候没有任何方向和目标，只是迷迷糊糊地走到了这个地方，因此，他们也不知道哪里是哪里，回去的时候只能边走边问路。

二叔说，到家的时候是个黄昏，先去的同伴家，他俩一到院子里，同伴的妈先问了一声"谁"，他说"妈，是我"，他妈一听声音，稍微定了一下，接着就从厨房跑出来说"娃呀，想着你是饿死到哪儿了，想不到还长真高，还回来了"，他妈一边说着，就忍不住抱着他心疼地哭了起来，边哭边说"这娃子出去几年咋都不知道回来了"。后来他家的几个人和二叔一起又去了我家，两家人都一边感慨一边激动地流着眼泪。双方的家里都说，两家人经常在一起拍闲话，多少次说到他俩，都说这俩娃儿在外面估计不是饿死了就是被狼吃了，家里人没少为此流下眼泪。回来之后，家里的旱灾早已过去，二叔长大了几岁，个头长高了，也变得壮实了，可以和我父亲一起干活了，两个人一起干活的日子比之前好过多了，60年代国家的一切也在逐渐向好，人民群众的日子也在慢慢地发生着变化。

1969年秋季，焦枝铁路开建，整个大队选去二十余人，父亲也有幸入选。笔落至此，很想特意介绍一下焦枝铁路。

焦枝铁路于1969年10月1日动工，1970年7月1日竣工通车。焦枝铁路河南段北起焦作月山，经洛阳，沿太行山麓，出王屋，跨黄河，穿伏牛，经南阳盆地，过邓县，止于豫鄂交界的湖北枝城，全长772公里。这条号称"8个月时间、80万人采用'人海战术'建成的近800公里的铁路"，创造了铁路修建史上的奇迹，名为焦枝铁路。其特殊身份在于，它是中国当年在特定历史条件下秘密修建的一条备战铁路，工程代号为4001，浑身刻着"要准备打仗"的军事烙印。当时中苏关系紧张，为了满足练兵备战的需要，在毛主席的伟大战略部署下，火速建成此路，因此，焦枝铁路是极不平凡的一条铁路，它记录了一代人激情燃烧的岁月。

焦枝铁路在河南境内总长度超过450公里，当时，作为参建焦枝铁路的公社之一，邓县厚坡公社有几百名符合应征条件的青壮年劳力被选为修路民兵参与焦枝铁路大会战，他们组成厚坡民兵营，驻扎在邓县三孔桥边的柳林。因为焦枝铁路是战备线，所以对各个公社选拔的修路劳力实行军事化管理，形成民兵建制。焦枝铁路建成通车后，按照国家和邓县交通局的相关政策，厚坡公社的唐聚义、邓金泉、王占科等20位同志作为优秀民兵，在各个生产队及相关领导的全力举荐下，由组织给安排了工作，吃上了国家粮。

1970 年 4 月，焦枝会战留念（第二排右一为作者父亲）

　　1969 年 9 月 3 日至 4 日，河南省革命委员会、省军区召开紧急会议，商讨焦枝铁路河南段修建事宜。根据相关档案描述，焦枝铁路动工前夕，全省民兵以参军杀敌的豪情争相报名，广大干部以带兵打仗的姿态带头上阵。一时间，父送子，妻送夫，父子兄弟争参战，一心为公去修路的动人场面和事迹层出不穷，各地报名参战人数，成几倍、十几倍地超过分配指标，而参加义务劳动的就有 1000 多万人次。档案如是记载了河南民兵会战焦枝铁路的非凡气概。会议还确定，焦枝铁路河南段全线成立 4 个师，分别由新乡、安阳、洛阳、开封、许昌、商丘、平顶山、南阳和周口组成。各县成立民兵团，实行一团多营，一营多连，一连多排，一排多班⋯⋯

　　自焦枝铁路动工起，国家便采取了严格的保密措施。1969 年 10 月 27 日，焦枝铁路开工建设，铁道部军管会生产组给焦枝铁路会战河南省指挥部发文，档案显示：党中央批准修建的焦枝铁路是贯彻毛主席"备战，备荒，为人民"和"要准备打仗"的伟大战略部署的重点建设项目，为了便于更好地做好物资供应及运输工作，确定焦枝铁路的代号为 4001。当年 11 月 6 日，焦枝铁路会战河南省指挥部下发《关于使用代号的通知》。这份标注着"千万不要忘记阶级斗争，保守机密，慎之又慎"最高指示的文件显示：对登报、广播、黑板报、标语，以及器材的发货、运输、收货单位等，焦枝线河南段工程一律使用代号。如省指挥部称 4050 工程指挥部；第一民兵师至第四民兵师，用 4051 至 4054 工程指挥部代替；丹河大桥、沁河大桥、黄河特大桥、运粮河大桥等数项工程，分别用 01 至 024 工程或工程指挥所代替……同日，焦枝铁路会战河南省指挥部还下发了《关于加强焦枝铁路保密工作的指示》。

事实上，焦枝铁路不但是一项动员民兵超过百万的三线建设工程，更是一项军事重点工程。当时，为了加快三线建设，改善工业布局，以及豫西和鄂西三线厂产品的采购和运输，国家决定修建这条铁路，工程代号 4001。焦枝铁路河南段共动员民兵 60 万人，据统计，焦枝铁路河南段实际共开挖土石方 4360 万立方米，最大的挖方深 40 米，最大的填方高 30 米；共修建特大桥 7 座，大桥 75 座，中小桥涵 1269 座，最长的桥有 1025 米，最深的桥基为 60 米，最高的桥墩为 40.6 米；隧道 19 座，其中千米以上的 5 座，最长的隧道有 2130 米；桥涵、隧道总长度 56 公里。数字有些枯燥，但凝聚着 60 万河南参战民兵的智慧和 8 个月的心血，直到今天，横亘豫、鄂两省的焦枝铁路仍为国民经济发展起着巨大作用。

焦枝铁路邓县境内有大桥 7 座，长 1596.5 米；中桥 19 座，长 959.7 米；小桥 53 座，长 941.3 米；盖板涵、拱涵、圆涵、三角涵 34 座，长 455.8 米。焦枝铁路邓县境内设车站 9 个，其中，客货分理的三等站 1 个。客货兼理的四等站 6 个，仅办理列车会让的五等站 2 个，均为郑州铁路局洛阳分局南阳车务段所辖。

1970 年 6 月 18 日，焦枝铁路修建完成。1970 年 6 月 19 日，焦枝铁路会战河南省指挥部向交通部发出报喜电报。有档案记载：焦枝铁路河南段 60 余万会战大军，经过 7 个月零 18 天大打人民战争的紧张战斗，于 1970 年 6 月 18 日 23 点胜利接轨通车，这是毛泽东思想的伟大胜利，是毛主席无产阶级革命路线的伟大胜利，是毛主席"人民战争"光辉思想响彻云霄的胜利凯歌。很快，中央发出贺电，称"焦枝铁路创造了铁路修建史上的奇迹……为多快好省地修建铁路，开辟了一条崭新的道路"。

1970 年 7 月 1 日，是中国共产党建党 49 周年纪念日。焦枝铁路的开通，成为给党的生日献上的一份厚礼。通车典礼在南阳车站举行，当天的车站广场上人山人海，到处红旗飘，口号震天响，中央和省里的领导都来了，参与修建焦枝铁路的民兵有幸乘坐闷罐车体验了一把，行驶在自己亲手修建的铁路上，民兵们的激动无法表达。有影像资料记载，一列车头上悬挂着"要准备打仗"大幅标语的火车，疾驶在蜿蜒曲折的崇山峻岭之间，足以让后人从中感受到焦枝铁路通车时的激昂瞬间。

据了解，焦枝铁路竣工后，省指挥部表彰了一大批先进集体和个人，综合档案记录，共有998个连、4935个排、14163个班以及27万名民兵受到嘉奖，来自邓县厚坡公社的焦枝会站民兵邓金泉获得了焦枝铁路会战河南省指挥部授予的"五好战士"荣誉称号。

具有军事意义的焦枝铁路毕竟不同于一般的工程，1970年7月1日焦枝铁路竣工后，又用近3个月时间做了配套工程，依照中央"建成一批，投产一批，尽快形成生产能力"的指示，先行试运旅客近百万人次和近20万吨货物，确定线路质量良好后，才于当年10月1日正式交付国家使用。

1970年9月23日至28日，武汉军区在湖北襄樊主持召开焦枝铁路交接会议。交通部、焦枝铁路会战总指挥部、河南和湖北省领导以及参战单位代表共118人，参加了这次会议。

1970年9月，焦枝会战留念（第一排右二为作者父亲）

焦枝铁路正式运营伊始，直接实行人民铁路人民管原则，车站部分工作人员和已确定的每公里3名养路工，从沿线社、队里的优秀民兵，首先是从参加修路的民兵中挑选。铁路两侧的树木，由生产队栽种、管理；桥梁、隧道的守护，除黄河、汉江、长江大桥和小丁斗、龙门、九里山隧道由军队担负外，其余交给附近民兵守护，费用由郑州铁路局支付。

1970 年 10 月中旬，随着焦枝铁路会战河南省指挥部的撤销（省指挥部运输组继续办公至当年 10 月 16 日，后勤组留下必要人员结算账务到 10 月 31 日），指挥部及各个办事机构的印鉴同时失效。至此，焦枝铁路逐渐走上正常运行轨道，担负起与京广线平行的中国另一条南北大干线的重任。焦枝铁路建成之后，立刻解决了三线城市运输线匮乏的问题，沿线的许多小城市，因为这条铁路的建成，也迎来了经济的腾飞。

1988 年，随着枝柳线（湖北枝城至广西柳州）的修通，焦枝铁路与该线改称为焦柳线，将豫、鄂、湘、桂 4 省（区）一线贯穿。由于线路的延伸，焦柳线的运行非常忙碌，原焦作至枝城区间的运输任务在整个线路中的比重不断下降。截至 2020 年 7 月 31 日，从湖北枝城方向到达月山站的火车日平均 5.5 列，从月山站开到枝城的火车日平均 10.8 列，而当前，由柳州方向沿焦柳线到达月山站的列车日均 263 列，由该站发出至柳州方向的火车日均 532 列。经过该站的除了一列由南阳至北京西的 K183 次客车，其余全部为货车，绝大多数是运煤火车。更名为焦柳线后的焦枝铁路不但成为豫煤、晋煤南运的重要通道，而且对京广线的运输起着分流作用，在全国铁路网中占有十分重要的地位。

父亲在焦枝铁路驻扎了一年，在这一年时间里，因为工程实施军事化管理，虽然项目部距离家只有六十多里的路程，父亲却一直都没能回家看看。焦枝铁路通车后，回到家的父亲才知道，在他离家这一年时间里，因为二叔视力不好，没法经常帮奶奶夹眼睫毛，长期倒长眼睫毛的奶奶眼睛已经瞎了。从不轻易流泪的父亲哽咽了，为了国家，他没能尽到一个儿子应尽的义务，而自己的母亲也为焦枝铁路这条战备线的修建牺牲了双眼。虽然父亲依然以自己能为国家效力而自豪，但心里对自己母亲的亏欠却深深地刺痛着他。

焦枝铁路建成通车后，按照国家和邓县交通局的相关政策，凭着自身的优势和相关领导的推荐，厚坡公社以父亲为代表的 20 位同志作为优秀民兵，在各个生产队及相关领导的全力举荐下，由组织给安排了工作，吃上了国家粮，在河南省邓州市开始了他长达几十年直至退休的工作。父亲虽是旱涝保收的正式职工，但他所从事的工作却并不轻松，然而，受尽磨难命运多舛的父亲却从不喊苦说累，他尽职尽责地在自己那颇为劳累的岗位上一干就是大半辈子，也因此收获了"老工人"这个听起来普通实则饱含荣耀的称号。

二叔是个乐天派，有一肚子讲不完的故事，从妖魔鬼怪到天地间的风云变幻，在他的脑子里都有无穷的想象。20世纪七八十年代，电视机很少，基本上一个村有一台就算是很好了。为了节约用电，有电视的家庭也就晚上才打开一会儿，让人们看看《新闻联播》或是《天气预报》，偶尔还让大家看看当时特别火的电视剧，印象里只有少得可怜的几部电视剧《射雕英雄传》《霍元甲》《十三妹》等，一结束，主人家立即就关掉了。有电视的家庭白天是不会开着电视让大家去看的，所以大家也就没有白天看电视的想法，都觉得看电视是天黑才有的事。人们农闲时的生活很单一，所以大人小孩都喜欢找爱说书、会讲故事，又爱拍瞎话儿（杂史野趣）的二叔玩。

在讲故事的过程中，二叔还巧妙地在自己所讲的神话故事里加入了一些历史人物，比如晚清重臣李鸿章、邓世昌等，让人在半信半疑中分不清虚实，记得二叔在讲到李鸿章与甲午大海战及《马关条约》的故事时，设悬念抖包袱的本领实在是堪称一绝。

话说李鸿章带着大清的舰队从天津塘沽港驶出，舰船上坐满了北洋水师官兵，目的地是日本马关。话说走到海峡中间，本来风平浪静的海面突然天气大变，狂风骤雨直逼舰船，肆虐的狂风把舰船吹得眼看就要翻了，连航海经验丰富的舰长邓世昌此时也束手无策心急如焚，舰船上所有人都紧张地屏住了呼吸。这时，舰船突然就很是出奇地变得平稳了，就像停靠在码头上一样，大家一下子没回过神来，李鸿章和邓世昌先反应过来，他俩在觉得奇怪的同时双目对视，赶紧跑到舰船的边上向下查看情况。俩人往下一看，看到许多只比磨盘还要大的海龟有序地浮在船体脚下，在海平面与船体接触的位置排列成一圈，用力地支撑着舰船的平衡。瞬间，海面上一下子又云开日出风平浪静了，这时听故事的人也跟着松了一口气，一个个慢慢地缓过劲儿来。

话说这事儿还得分开说，说是刚才那阵狂风骤雨本来是那个季节不该出现的天气现象，原来是海里龙王的三太子不听话，老龙王让他闭关修炼，他趁父王处理公务之际，用指头点了守在他跟前的章鱼童子的穴位，然后就悄悄地跑出去玩耍了。老龙王在公堂上忙完公务，一下子觉得头皮发痒，总感觉哪里不对劲儿，这时他忽然就想起自己那个调皮捣蛋的三儿子，想着去他修炼的洞口看看他去。一到洞口只见白岩石门大开，老龙王顿感不妙，他走进去见到章鱼童子站着一动不动的样子，就知道是三太子点了他的穴，这时老龙王扭头示意螃蟹将军解开章鱼童子的穴位，被解开穴位的章鱼童子麻利地在老龙王跟前跪下。老龙王厉声喝问，三太子呢？章鱼童子吓得直哆嗦，也没说出个所以然来。这时老龙王踩着脚大发脾气，从怀里掏出对光镜（关于二叔说的这个对光镜，现在想想，应该是和微信视频一样的功能），对着对光镜大喊三太子不孝儿，快点滚回龙宫来。就是因为老龙王对三太子发的这通脾气，才引发了刚才海面上让大家惊心动魄的一幕。

话说这时三太子怀里的对光镜突然狂响起来，三太子从怀里掏出对光镜，打开一看，看到父王那怒火冲天的表情，再听到父王那严厉的唤儿声，知道大事不妙，完蛋了。情急之下，三太子迅速地打开他的宝盒子（感觉二叔说的这个宝盒子就类似于现在的私人直升机），来不及和他的玩伴们告别，坐着他的宝盒子嗖嗖嗖地瞬间就从几千里之外的终南山乖乖地回到了东海。

然而，这时的龙王余怒未消，他总觉得心里还有个啥事儿没处理，一晃脑袋方想起刚才在处理公务时乌贼将军有报，今天有大清重臣李鸿章带的舰队从此地经过。心想，不好了，刚才那阵脾气发得过大，海水翻腾得厉害，肯定会让李鸿章的舰队吃不消的。他赶紧派了海龟将军带其部下前往海面救援，龙王对海龟将军说，一定要保住李鸿章的舰队平安无事。海龟将军奉命带着部下坐着龙王特批的超大宝盒子，以迅雷不及掩耳之速来到舰队下面，海龟将军指挥训练有素的各位部下用身体稳稳地护住了顷刻间就要翻倒的舰船，使舰队化险为夷。

二叔说到这里，特意制造了一个让人觉得特别安静的氛围！这时听二叔说书的人不约而同地齐声喊道，哎哟妈呀，吓死我了！

话说龙王为啥要着急忙慌地派海龟将军带部下去救李鸿章的舰队呢？因为龙王刚才接到下属乌贼将军的报告后，掐指一算就知道了，李鸿章带的舰队此去日本这个蕞尔小国是为了百姓的利益议和去的。龙王想着李鸿章这朝中重臣都能放下尊严去为百姓的利益议和，为了百姓为了苍生自己也该为他助力，保他平安无事！

话说三太子乖乖地回到了龙宫，看到老龙王正在和海龟将军说事，趁机溜进内室装模作样地去打坐。可他屁股还没坐稳，老龙王就气冲冲地走了进来，三太子闭上眼睛不敢看老龙王，这时老龙王开始对三太子训话了，说是你这孩子从来就没让我省心过，武功到了这个程度总是不能进步，让你修炼还跑出去玩耍。然后就开始一笔一笔地跟三太子算账，这时三太子心里有数了，知道老龙王要给他安排任务了。果然是亲亲的父子一猜一个准儿，老龙王说，三太子你听好了，给你安排个事情，一定要给我做好了。三太子一听这话，知道老龙王不会惩罚他了，机灵地说，父王请下令。老龙王把李鸿章带着舰队去日本的事，详细地给三太子讲了个清楚。三太子接到命令，心里很是欢喜，正不想坐着修炼呢，能跑出去做些事情真是太好了。三太子也知道此行的重要性，就动作麻利地做好各项出行准备，一路上细心周到地跟在李鸿章的舰队后面，守护李鸿章带的舰队平平安安地抵达了目的地。

二叔讲的故事总是那么有趣，多年以后，当他老人家离我们而去，每每忆及二叔，同时想到的必然是他曾经带给我们的那些精彩绝伦的故事。

1978年冬天，母亲带着我和妹妹去父亲的工作单位小住，噩耗传来，说奶奶不行了，我们火速赶回，可是奶奶已经去世了。奶奶个子不高，白白净净的小圆脸，后来因眼疾而双目失明，因为走路都是依靠拐杖，所以印象里她走路一直都是猫着腰。奶奶的发型从来都不变，就是在后脑勺部位挽着一个扁圆形状的发髻，极具年代感的发髻足以彰显一位老太太的干净利索。奶奶穿的外套扣子是用布绺成的盘扣，衣襟的扣子是从右边肩膀前方开始扣的带大襟款式，那个年代的老人服饰大多都是这样的款式，类似于现在的唐装。穿的裤子也是裤裆很宽大，和现在的萝卜裤差不多。一双被缠裹成型的小脚，常年用白布层层包裹着，穿一双"V"形口的黑面白底布鞋，裤脚和脚上裹的白布交接处也就是脚踝部位，再用另外一个长布条扎紧连接在一起，整体看上去很利索，就是脚太小，走路一拧一拧的，这样的装束也是那个年代众多老妇人的统一装束。

我们从邓县回到家，来了一院子的人，有邻居、亲戚和父亲单位的几个同事。奶奶先是放在堂屋当堂东边的地上，后来又移到一口黑色的棺材里，堂屋正中间支了两个长长的凳子，奶奶的棺材稳稳地放在两个凳子上。父亲和二叔哭得很伤心，我没有哭，主要是那时候自己也就几岁，似乎对生死还没什么概念，根本不知道是永远都不能相见了。晚上去报庙，我们当地的风俗，几个人在前面打着火把，有吹唢呐的，有放鞭炮的，篮子里装着纸钱边走边烧，亲人、朋友、邻居跟在队伍里，关系亲近点的称为孝子，孝子们跟在后面边哭边走，时而还得跪下，就这样反反复复一路到了祠堂。在祠堂，孝子们又行了礼，稍长时间的停下来拼命地哭上一大会儿之后，再掉头往回走，这都是豫西南一带的风俗。第二天大清早，奶奶要出棺（出殡）了，还是昨晚的那些礼数，作为奶奶的长子，父亲抱着奶奶的遗像，手持一棵高大的竹子，竹子顶端的枝杈上糊着流苏一样的白纸条，在唢呐声、鞭炮声和焚烧后浓浓的火纸钱味儿中，我们把奶奶送到了坟园，奶奶这一生一世就这么过去了，她就像一片秋天的叶子，回到了大地深处。

姐姐写于2022年2月27日

后 记

远去的故乡

写完这本书的最后一句话，我没有像自己想象中那样长舒一口气，而是突然就有了一股莫名的惶恐，对于故乡这个敏感又扎心的地方，我总是觉得多少文字多少故事都会让我对其有着表达不尽的怅然和遗憾。故土给我的太多，无论以任何形式，我都难以给予等同的回报。

大概是 2017 年秋天，我初次动了想写一写故乡这个念头，至于要如何去写，当时脑子里没有任何具体的想法，我的写作习惯一直以来都是这样，不会打腹稿，不会提前构思，我只需要心情，等到那种恰到好处的心情来了，写作就是一件水到渠成的事。从 2017 年产生这个念头时，我就把素材的来源寄托在父亲身上，觉得父亲必然是我即将开写题材最有实力的后盾，父亲辈分大，岁数大，爱读书，见多识广，又心思细腻，既然是写故乡，那么有着丰厚阅历的父亲无疑就是这个名词身后最靠谱的一本百科全书了。然而，总是以各种由头耽搁自己进步的我再次懈怠了这件事，直到 2020 年春季父亲突然永远地离我而去！猝不及防竟然赤手空拳就打败了来日方长，可见，来日方长并不长，它只是徒有虚名地打着哄人的幌子满世界招摇而已。那一刻，除了巨大的悲痛，就是铺天盖地的遗憾。

2021 年深秋，尚未从失去父亲的悲伤中走出来的我，竟然再次遭遇了人生的又一股寒流，睡前还有说有笑行走自如一切正常的母亲突然在后半夜彻底离开了我。痛彻心扉地送走母亲，经过一大段灵魂无法归位的心神恍惚之后，我静下心来回想自己到底以各种托辞白白放走了多少光阴，我为何在错过父亲那本百科全书又痛失母亲这本万能宝典之后依然不懂得把握当下，在痛定思痛和追悔莫及中自我反思之后，我于 2021 年冬天开始着手写这本《中原往事》，并于 2022 年春天为这本书画上了最后一个标点符号。

《中原往事》写的是中原地区一个叫林湾的村子自 20 世纪 80 年代中期至今的变迁和村子里一群小人物平凡又坎坷的生活，真实再现了豫西南这个小村庄从被划为贫困县到脱贫攻坚再到乡村振兴的历史进程，以及在这一过程中普通农民的心路历程和思想转变。故事以林康成一家为主线，通过写林湾村各个家庭各个人物的性格和命运来以小见大地展现时代洪流中豫西南农村的整体精神风貌，从新的视角观察反映了变革中的农村现实，以及新时期农村的巨大变化。

　　这本书没有绝对的主角，也没有贯穿全局的伟大时代主题，只有小人物之间的鸡零狗碎和悲欢离合。在宛南市、丹楚县、穰县、后土乡和林湾村这个不大不小的活动范围内，每个人都是一个个性鲜明的主体，各个小人物的群像就是本书的主角。书中的每个章节并非仅仅围绕一个主题展开，各个章节都有自己相应的主题和其想要表达的东西，有人说，文学作品如果写好了乡村，也就写好了中国，写好了乡下人也就写好了中国人，书中各个小人物演绎的故事不单单是中原地区的往事，也是整个中国的往事，一群有代表性的农村人用自己的独特个性和生活方式展现了整个中国乡村的社会现实。

　　在这本书的后半部分，我写到了乡村振兴和城市化进程给林湾村带来的改变和冲击，自然也提到了外出务工者对自己的故土在情感方面所发生的微妙变化。其实，随着城市化进程的出现，乡土情结已经内化为中华民族的一种文化心理和集体意识，并蕴含着丰富的审美理想和价值追求。然而，随着外出务工成为一种普遍且长期的现象，乡村逐渐由传统社会进入了现代社会，人们安土重迁的观念也随之发生了改变，信息的开放和交通的便利使越来越多的人进入城市，但无论人们如何安土重迁，乡土情结依然会步步相随，成为我们精神家园中最重要的支撑。

　　其实，书中的林湾村有我老家邓湾村的影子，作为一名写作者，邓湾是我的精神原乡，是我永恒的眷恋，是我的万水千山，是我创作路上不可或缺的精神图腾，也是我走向远方后始终为我提供丰富素材的泉眼。几乎毫无例外，写作者的灵感总是先从故土萌芽，从故土起飞，笔下的文字也总是试图回归自己的故乡，不停地向自己的精神世界进行深度挖掘，以另一种形式向故乡表白。书中的丹楚县，就是南水北调中线源头淅川县的化名，因历史上楚国的第一个都城在淅川境内的丹阳，我便据此命名。后土乡，自然是我的老家厚坡镇，据说厚坡最早叫后坡，因着农民对皇天后土的敬畏，后土乡这个地名也就应运而生。而关于穰县，很明显是如今的邓州市，也即邓县，这个是根据邓州历史地名沿革而来，自有其意义之所在。

生在豫西南，长于小村庄，关于故乡，我总是有很多话要说，却又一次次近乡情怯，那种刻在骨子里的乡愁就像一个人的胃对自己老家那些食物的本能适应与渴盼。故乡在每个人的身上都打上了深深的烙印，这烙印就如胎记一样永远长在了身上，刻进了灵魂里，每个人心上都有一方魂牵梦萦的土地，得意和失意时总会最先想到它。我距离老家并不远，可我是个念旧的人，也是个心里时常装满乡愁的人，那些我小时候见过后来却一个一个逐渐消失了的亲人或村邻，总在不经意间搅动着我滚滚涌动的故土情结，我怀念那些温暖又熟悉的面孔，我深深地牵挂着已故的亲人，可他们却再也回不来了，离去的故人就如夜空中的繁星，永远在我心灵的苍穹中闪烁着悲痛的光芒，我想让他们一直都在，我觉得我必须要把他们的故事写下来。我记忆力比较好，小时候听到看到经历过的人和事一直都留存在我的心里，这么多年过去了，那些陈旧的往事依然会时不时地冲出来，掀动我那份深深的思乡情怀。随着年龄的增长，眼看着人生无常，令人喜忧参半的城市化进程正在加速，传统的乡村正在凋零，老一辈逐渐落幕退场，后来人陆续登台唱响，我想要把那些往事记录下来的心就越发迫切。

我有深刻记忆的童年大概是从 90 年代初开始的，作为一个豫西南 100 线小村庄的小姑娘，我亲眼目睹了重男轻女和计划生育带来的那些家庭悲剧，也亲眼见证了小恩小怨和鸡毛蒜皮带来的邻里不睦，并亲耳听到了女人在传统婚姻和婆媳争吵的双重压制下选择了喝药上吊，也实地看到了在困苦生活逼迫下的屈膝折腰，八九十年代的中原乡村就是这样，他们活在村子里，活在传统里，活在一种又一种的不得已里，唯独没有活在自己的生命里，在毫无鲜花和阳光的地方，经历着那些大多人并不曾见过甚至想象不到的人间悲苦。书中写到的那些人物其实就生活在你我身边，他们没有一个人是完美的，虽各有瑕疵，却凸显人性本色，邻里乡亲，低头不见抬头见，知己知彼，没有能够藏得住的秘密，纵观全书，那些鸡零狗碎，那些茶余饭后，那些小恩小怨，无形中都带着国字头的标签，因此，这本书不仅是林湾村的故事，也不仅是穰县和丹楚或者后土的故事，它实则是一部传统的中国故事。

写作过程中，我的心情时常无法舒展，在写到保成耕牛被偷、红娟喝药、憨平娃儿被弃、凯子精神失常、小草沟惊现婴儿手指、文钊舍己为人将自家七十六亩麦子放弃等故事时，我的心揪得紧紧的，疼痛，难受，无可奈何，作为一名亲历者和见证者，在深情回望故土的同时，我总是感到一股莫名的空虚和难过，悲伤和无力如浪涛般一阵一阵地扑打而来，让我感到分外的孤独和痛心。一位前辈说过：编造一个苦难故事，对于写作者来说，不算什么难事，但那种在苦难中煎熬过的人才可能有的命运感，那种建立在人性无法克服的弱点基础上的悲悯，却不是凭借才华就能够编造出来的。人生就像一出戏，结局总是身不由己。就拿本书结尾来说，无论是郝疯子的梦还是林文青的梦，都是一种理想型的圆满，它们圆满了憨平娃儿，圆满了郝疯子，圆满了凯子，圆满了我，也希望它能够圆满我所有的读者。

在写作的路上，我是个孤独的行者，但知己般的伙伴还是会在不经意间出现。六年前，我偶然联系到了高中同学校光昊，得知这么多年后我依然笔耕不辍，定居广东中山的他毫不犹豫地极尽一个老同学所能地给予我诸多支持和鼓励，让我在写作的途中不惧风雨，这份温暖也让我信心更足。高中校友韦金平以一篇对我长篇小说《爱在流年陌路》亦书评亦读后感的文字成为我的微友，自此，他便时常关问我的写作情况，知道我在写这本书之后，他不但发来了长长的鼓励信息，还不惧手酸地打出一大段字，是他于多年前看过的同题材影视剧梗概，而此时，我才知道他居然不是我想象中性格爽朗情感丰富的袅袅女子，而是一位心思细腻文艺范儿拉满的理工男。还有那些一直以来关注我支持我时常关问我创作情况的亲友、老师、同事和领导等，发自内心地，我感谢他们对我的真诚欣赏、督促和爱护！面对他们，我无以为报，只有把这些带着温度的文字呈送在他们面前。

在此，特别感谢为我写推荐语的周大新老师和罗振亚老师，以及不辞辛苦为我作序的李迎兵老师！有着少将军衔的军旅作家周大新老师是我河南邓州的同乡，周老师曾当选中国作协第五届、第六届全国委员会委员，是全军文学界高级职称评委会主任，曾获茅盾文学奖、人民文学奖等知名大奖，有作品被译成多国文字，多部作品被改编为影视剧，享受国务院特殊津贴。此外，周老师心怀桑梓情系教育，不但为家乡邓州捐建了图书馆，还设立了助学基金，一直行走在回馈与大爱的路上；罗振亚老师是南开大学文学院副院长、教授、博士生导师，享受国务院特殊津贴，任教于赫赫有名的南开大学，知识渊博的罗老师儒雅且谦逊，作为南开大学穆旦诗歌研究中心主任，罗老师出版有数十本专著，并先后担任第六届和第七届鲁迅文学奖等知名大奖的诗歌奖评委；李迎兵老师是我高中时代在鲁迅文学院少年作家班的辅导老师，李老师曾长期担任鲁迅文学院辅导教师，曾获得首届张爱玲文学奖和三晋英才奖，出版有多部长篇小说，最新作品《沐月记》入选"中国专业作家典藏文库"，并入选国家新闻出版署和北京市政府主办的"第二十一届北京国际图书节前门大街书店之夜"专场。

我不是个矫情的人，也没有花哨的言行，但在这里，我必须要感恩我亲爱的大（父亲的弟弟），是他那一个个精彩绝伦的故事让我在那个书本稀缺的年代得以成为被故事喂大的幸运孩子，是他的宽厚和纵容让我在那个大多人精神和物质并不充裕的年月拥有听不完的故事和要啥有啥的零食，并深受启迪成长为一个喜好写作略带文艺范儿的女子。感恩我的父母，从小到大，他们从未干涉过我的任何决定，使我得以在无拘无束自由自在的环境中健康成长，读书时无论我成绩如何，父母都义无反顾地支持我一路向更高的学府前进，写作上无论我水平如何，他们总是一如既往地纵容我买书投稿交笔友，只要我平安快乐，父母就心甘情愿以爱配合。上个周末回老家，翻出高中时代和同学朋友以及杂志社的来往信件，看着那当初被我细心分类的一沓沓贴着花花绿绿邮票盖着天南海北邮戳的几百枚信封，我为自己当时竟然花费父母那么多钱买邮票和信纸而感到无尽的自责和愧疚。多年以后，再见小学时的那些小伙伴们，当他们用羡慕又心酸的口气对我说出"学上成了就是好"这句话时，我心里除了对当初成绩也很好却因家庭困难或其他原因不得不辍学的他们的深度惋惜，更多则是对自己父母的开明生发出无尽的感激，是他们无怨无悔地一路托举着我，我才得以有条件无忧无虑顺顺溜溜地上学和写作；是他们对我的无私付出，才让我不至于像其他小伙伴那样早早踏入社会去经历人世的坎坷，搏击生活的风雨。

鲁迅先生曾说：故乡是乡愁的记忆，她只属于童年，成年后再无故乡。先生所言实属经验之谈，长大后我们天南海北行走四方，一寸故土一寸思，半生风雨半生离，回不去的不仅仅是故乡，还有永不再来的童年记忆，以及那些永远盘桓在我们心尖上的汤汤乡愁。

回望过去，思绪无边无际，当你在暖暖的夜灯下打开这本书，你一定会在山水流转间看到昨天的自己，那么就让我们在《中原往事》里相遇，听我安静地讲述悠悠岁月带走的细碎记忆，在轻叹或微笑之余，掩卷深思那些流落在光阴里的往事。

邓书静

2024 年 3 月 22 日于南阳